NARRATORI MODERNI

REN KABURAGI

LA PICCOLA AGENZIA DEI RICORDI

Traduzione di
DANIELA TRAVAGLINI

Garzanti

Prima edizione: agosto 2024

Traduzione dal giapponese di
Daniela Travaglini

Titolo originale dell'opera:
思い出探偵
by Ren Kaburagi

ISBN 978-88-11-01081-4

Printed in Italy

www.garzanti.it

LA PICCOLA AGENZIA DEI RICORDI

AVVERTENZA

Per la trascrizione dei termini giapponesi è stato adottato il sistema Hepburn, secondo il quale le vocali sono pronunciate come in italiano e le consonanti come in inglese.
Si noti inoltre che:

ch è un'affricata come la *c* nell'italiano *cera*
g è sempre velare come in *gatto*
h è sempre aspirata
s è sorda come in *sandalo*
sh è una fricativa come *sc* nell'italiano *scena*
w si pronuncia coma una *u* molto rapida
y è consonantico e si pronuncia come la *i* italiana.

Il segno diacritico sulle vocali indica l'allungamento delle medesime.
Per alcuni termini giapponesi, si rimanda al glossario a fine volume.

I
L'UOMO DALLA GRAFIA GENTILE

1.

Kojirō Jissō d'un tratto guardò fuori dalla finestra e notò che la luce dell'insegna dell'ufficio era rimasta accesa. Si alzò, allontanandosi dallo schermo, e spense l'interruttore. La scritta AGENZIA INVESTIGATIVA DEI RICORDI scomparve nel bianco della lavagna acrilica.

Guardò l'orologio e si rese conto che erano le cinque del mattino. La cliente sarebbe venuta a ritirare il rapporto alle nove: aveva ancora quattro ore. Se fosse riuscito a terminarlo in tre ore, avrebbe potuto affidare la correzione delle bozze alla moglie, che si svegliava sempre alle otto. In questo modo, una volta sistemate le foto e gli altri documenti, avrebbe avuto il tempo di godersi un caffè. Ma ora doveva spazzare via la sonnolenza che, come un'onda, lo aveva assalito da circa mezz'ora.

Kojirō non era bravo a scrivere al computer. Fino a cinque anni prima, quando era ancora un detective della polizia della prefettura di Kyoto, usava il PC solo se strettamente necessario. Preferiva affidarsi alle sue amate stilografiche dal pennino spesso e, anche se non aveva una bella grafia, era apprezzato da tutti per la sua scrittura chiara e leggibile. Tuttavia, da quando aveva iniziato questo lavoro, dovendo dedicarsi alla redazione di report, si era reso conto di quanto le informazioni digitalizzate fossero comode. Le lettere manoscritte di cui Kojirō andava tanto fiero erano un peso che rallentava il lavoro, perciò si era dovuto convertire al computer.

Dopo essersi alzato, Kojirō ne approfittò per uscire un momento a prendere una boccata d'aria fresca. Davanti a lui, il Giardino Imperiale di Kyoto si confondeva nella foschia mattutina, mentre una coppia di anziani era già in giro a passeggio. Anche se era luglio, non si era ancora levato l'insopportabile vento caldo che sferzava le guance.

Era deciso a dedicarsi con tutto sé stesso ai «Rapporti investigativi dei ricordi», non importava quante volte dovesse riscriverli. L'obiettivo non era una persona o una cosa, bensì erano i ricordi. L'approvazione del contenuto dell'indagine dipendeva da quanto fosse scritto bene il rapporto, ma anche dalla disposizione d'animo del cliente. Nella nota di richiesta d'indagine c'era sempre una clausola che prevedeva che, se il rapporto non avesse soddisfatto il cliente, a Kojirō sarebbe stato riconosciuto soltanto il rimborso delle spese effettive. Questo perché si sentiva in colpa a monetizzare i ricordi: non aveva alcuna intenzione, infatti, di trasformare la ricerca dei ricordi in un business, né tantomeno avrebbe mai immaginato che questo sarebbe diventato un vero e proprio lavoro.

Dopo la morte di Kōshi, il suo unico figlio, Kojirō si era lasciato prendere a tal punto dalle estenuanti indagini sul caso, che non si era reso conto che sua moglie stava affogando il dolore nell'alcool.

Sin dall'inizio, la morte del figlio, che frequentava ancora il liceo, si era rivelata piuttosto insolita. Era infatti annegato nel lago Biwa in pieno inverno. La polizia investigativa della prefettura di Shiga era giunta alla conclusione che si era trattato di un suicidio, dopo aver trovato sul suo computer, acquistato in estate con i guadagni di un lavoretto part time, una poesia che aveva l'aria di un biglietto di addio.

Kojirō, seppur non fosse quasi mai a casa, era convinto che suo figlio non si sarebbe mai tolto la vita. A maggior ragione, Michiyo, sua madre, non poteva accettare il suicidio come spiegazione.

Kojirō nutriva seri dubbi sull'esito delle indagini svolte dalle forze dell'ordine della prefettura di Shiga, perciò si era messo in testa di investigare per conto proprio. La polizia non poteva certo tollerare una tale libertà di azione e così, dopo innumerevoli scontri con i suoi superiori, Kojirō aveva dovuto rassegnare le dimissioni.

Ora aveva tempo. Nessuno poteva più impedirgli di far luce sulla morte del figlio, e poteva stare accanto alla moglie nella terapia. Era in pena per Michiyo. Temeva che se fosse andata avanti così, presto avrebbe avuto un'epatite, una cirrosi... Aveva già iniziato ad avere visioni e allucinazioni uditive, era a pezzi. Non era più lei. Sembrava negare la realtà, perdendosi tra i ricordi del figlio: sfogliava il diario della gravidanza, gli album di fotografie, le pagelle, i libri di testo e il diploma delle scuole elementari e delle medie, e continuava ad ascoltare all'infinito i suoi CD preferiti. Non riuscendo ad accettare la morte di Kōshi, era come se fosse rimasta intrappolata nel passato. Più ci pensava e più continuava ad annegare nell'alcool, fino a che un giorno non aveva piantato un chiodo nella porta della stanza di Kōshi, dicendo che non aveva mai avuto figli. Dopo un'estenuante lotta con i ricordi, era come se il corpo della moglie ne fosse uscito logorato.

Kojirō voleva rimanere il più possibile al suo fianco. Perciò, decise di impiegare il tempo che aveva a disposizione per risolvere il caso di Kōshi e sostenere sua moglie.

2.

Un giorno a Kojirō accadde qualcosa che gli fece comprendere l'importanza dei ricordi nella vita delle persone.

Aveva accompagnato come al solito la moglie all'Ospedale universitario K e, mentre era in attesa che finisse la visita, si concesse il lusso di crogiolarsi al sole d'inizio autunno: lungo la Higashiyama-dōri, fuori dall'ospedale, c'è infatti un spazio sontuoso, ampio quasi quanto una piazza. Pensò di sedersi su una panchina, da cui avrebbe visto comodamente uscire la moglie, e godersi il tepore del sole. Stava giusto per accomodarsi, quando sentì una voce gridare: «Ehi! Fermati!».

Kojirō si voltò, ma non vide nessuno. Poi, da una trentina di metri di distanza arrivò di corsa un ragazzo con i capelli castani e la maglietta sformata. Dietro di lui, una donna anziana era accovacciata a terra. Immaginando che si trattasse di uno scippo, Kojirō si mosse istintivamente: corse alla sinistra del giovane e lo colpì con forza sulla spalla. Il ragazzo, non riuscendo a schivare il colpo, perse l'equilibrio sotto il peso della spinta e cascò a terra.

Kojirō lo prese per un braccio proprio mentre stava per sbattere la faccia, e lo fece ruotare per proteggergli la testa. La regola base delle tecniche di arresto era evitare che il fuggitivo si ferisse. Si trattava di un'abilità rimasta ben radicata in Kojirō dopo aver lasciato la polizia. La differenza era che, anche se lo aveva afferrato per un braccio per fermarlo, non poteva arrestarlo. Così, quando il ragazzo gli urlò: «Dannazione, vecchio, lasciami andare!» pensando all'imbarazzo di dover affrontare la polizia, Kojirō allentò la presa sul braccio. Il ragazzo si divincolò e scappò via, facendo schioccare la lingua.

Con un sorriso beffardo, Kojirō raccolse la borsa che il giovane aveva lanciato a terra e la restituì alla signora che camminava arrancando.

«Signora, è ferita?»

«Non so davvero come ringraziarla. Mi ha salvata! Senza di questo...» la donna continuava a chinare il capo profondendosi in ringraziamenti. Dalla borsa tirò fuori un logoro portafoglio in pelle, lo accarezzò con la mano e lo ripose.

«Il ladro non ha avuto nemmeno il tempo di tirarlo fuori, ma forse sarebbe meglio che controllasse all'interno, per sicurezza.»

Di solito gli scippatori tiravano fuori soltanto le banconote per poi disfarsi del resto il prima possibile.

«Non si preoccupi dei soldi, non ho mai molto con me. L'importante è che il mio portafoglio sia al sicuro.»

«È così importante?» chiese Kojirō, ma si interruppe, temendo di essere stato inopportuno. Le sue parole sembravano implicare che un portafoglio di pelle logoro non avesse un gran valore.

«Me lo ha regalato mio figlio con il suo primo stipendio. Lo uso ormai da vent'anni, non faccio altro che ripararlo», disse la donna come se potesse leggergli nella mente.

«Le cose che usiamo tutti i giorni sono sempre le migliori.»

«Non so davvero come ringraziarla.»

«Non occorre che mi ringrazi. Va bene così.»

«No, no, assolutamente! Senza il mio portafoglio, perderei la voglia di vivere!»

Per quanto Kojirō tentasse di declinare, la donna, caparbia, non mollava. Alla fine, lui non ebbe altra scelta che accettare qualcosa da bere al bar dell'ospedale.

3.

Kojirō si recò nello studio medico in cui era la moglie per dire all'infermiera dove si trovava e tornò alla caffetteria.

Non aveva nulla in comune con la donna. Ma visto che si erano incontrati in ospedale, il discorso scivolò inevitabilmente sulle malattie.

«Come può vedere, io sono di costituzione robusta. Mia moglie invece è stata male. E lei? Come mai si trova qui?» chiese Kojirō alla donna.

«Per via di una forte lombalgia, di una tendinite e reumatismi vari. Ma non mollo!»

Kojirō percepì che la donna aveva bisogno di sfogarsi. Doveva ancora attendere almeno un'ora prima che la moglie finisse i controlli medici, perciò, pensando che quello fosse un segno del destino, decise di assecondare lo sfogo della donna.

«È dura, vero?»

«Sì, lo è. Sa, il figlio di cui le parlavo prima è costretto a letto da vent'anni.»

«Vent'anni?»

Di solito, anche in caso di malattie croniche, i pazienti dopo sei mesi al massimo venivano trasferiti o dimessi dall'ospedale. Forse giusto nel caso di qualche trattamento medico per anziani si poteva rimanere in quelle condizioni così a lungo ma, a giudicare dall'aspetto della donna, il figlio doveva essere nel fiore degli anni. Doveva quindi trattarsi di una malattia gravissima e incurabile, o comunque che gli rendeva impossibile qualunque movimento.

«Ha battuto la testa in un incidente. Non ha più ripreso conoscenza da allora.»

La donna raccontò che il figlio, a causa delle conseguenze dell'incidente, non poteva muovere altro che le palpebre e le dita della mano destra.

«È andata così.»

«Poi, proprio mentre stavamo ristrutturando casa per poter fornire assistenza domiciliare a nostro figlio, mio marito è morto all'improvviso. Sono trascorsi tredici anni da allora, ormai...»

Quindi, il figlio era stato dimesso dall'ospedale e costretto a trasferirsi. E alla fine, la sua famiglia non aveva avuto altra scelta se non quella di curarlo a casa, costringendola a una gravosa ristrutturazione. Il mal di schiena e la tendinite della donna erano sicuramente dovuti all'esaurimento in anni di assistenza al figlio.

La vita non va mai come immagini: proprio durante i lavori per allestire un ambiente adeguato alle condizioni di salute del figlio, il marito era morto all'improvviso per un'emorragia cerebrale. All'epoca l'uomo aveva solo quarantotto anni.

Kojirō sapeva che il figlio le aveva comprato quel portafoglio con il suo primo stipendio e che, a prescindere dall'età e dall'usura, la donna lo teneva come un bene preziosissimo.

«Questo...» la donna riprese il portafoglio dalla borsa, lo avvolse tra le mani e proseguì: «Aveva iniziato a lavorare come apprendista in una piccola tipografia, e il suo primo stipendio era di circa settantamila yen. Tolti i soldi dell'affitto di una stanza a Shiga, gli rimanevano appena quarantamila yen».

Il figlio, con quei soldi, aveva deciso di fare un regalo alla madre, acquistando un portafoglio del valore di ventimila yen. La donna disse di ricordare ancora l'espressione piena d'orgoglio del ragazzo mentre le porgeva quel portafoglio, di ritorno a casa dopo tanto tempo. Non aveva mai posseduto un portafoglio in pelle di tale fattura, e così la donna aveva deciso di recarsi nel negozio dove lui lo aveva acquistato (il cui nome era stampato sulla carta da regalo) per capire quanto costasse.

Una settimana dopo, il figlio era rimasto coinvolto in un

terribile incidente: stava percorrendo la strada nazionale che da Shiga portava alla casa dei genitori a Kyoto, quando era stato investito da un camioncino. Secondo la polizia, era un miracolo che non fosse morto. Kojirō non era nuovo a casi di persone scampate alla morte in incidenti gravissimi. Ma non gli era mai capitato di vedere una persona risvegliarsi dopo vent'anni di cure mediche.

«Però... dall'altro giorno le condizioni di mio figlio sono peggiorate», mormorò la donna.

«Capisco. Deve essere davvero difficile per lei», sospirò Kojirō.

«Sa, quando guardo questo portafoglio, mi vengono in mente soltanto le cose negative, non quelle positive. Ripenso alle sue malattie alle elementari, alla fuga da casa dopo l'inizio delle scuole medie, al grande litigio che ebbe con mio marito quando iniziò le superiori... Mi sembra di averne passate così tante. Ecco perché, quando perdo questo portafoglio, mi sento come se quel bambino si allontanasse ancora di più...»

Quella donna aveva tentato di sopravvivere alla dolorosa sorte del figlio con i ricordi di quando lui stava ancora bene. Quel portafoglio usurato era per lei un simbolo della buona salute del figlio e un oggetto di preghiera per la sua guarigione. Non era difficile immaginare le sofferenze patite dalla donna. Eppure continuava a guardare il regalo del figlio e a usarlo come conforto.

Ricordi...

Guardando indietro ai quarantacinque anni di vita di Kojirō, alcuni ricordi erano ancora vividi nella sua mente.

Quando nella vita si trovava a un bivio, li rievocava all'istante e, in una sorta di flusso di coscienza, li usava per superare l'incertezza.

Nel momento in cui aveva dovuto decidere se dimettersi dalla polizia, Kojirō aveva richiamato alla mente il ricordo di suo padre, anch'egli detective, morto di malattia nove anni prima.

*

Allora, la famiglia di Kojirō Jissō viveva nella periferia a nord di Kyoto. Il fratello maggiore, Kenichi, ancora viveva lì. Aveva trasformato il giardino in una sala di *kendō* chiamata Mushinkan. In quella zona, nota come Rakuhoku, le montagne erano vicinissime e tra i monti scorreva un ruscello, dove si praticava la pesca di trote e salmoni.

Kojirō, all'epoca bambino di sette anni dallo spirito avventuroso, aveva deciso di mettere alla prova il suo coraggio, addentrandosi di sera nella zona vietata di Satoyama. Non aveva mai conosciuto la paura della vera oscurità, e aveva finito per perdere il senso dell'orientamento e vagare per la foresta.

Era stato salvato dai vigili del fuoco locali soltanto due giorni dopo. Aveva placato la sete con l'acqua del fiume e, sebbene fosse apparso piuttosto provato, non aveva problemi di salute. Temeva soprattutto la rabbia del padre. Quando suo padre si era precipitato all'ospedale dove era stato ricoverato, Kojirō si era nascosto sotto il *futon*, aveva pianto e si era scusato.

«Sono felice che tu sia sano e salvo.» Il padre aveva abbracciato Kojirō attraverso il piumone. E da allora, non aveva più menzionato quell'episodio.

Insieme a questo ricordo, c'era un altro evento che era rimasto impresso nella mente di Kojirō: quando un assassino, arrestato da suo padre anni prima, era venuto a casa loro. A quanto pareva, costui aveva detto più volte che il padre di Kojirō era la prima persona che avrebbe voluto vedere una volta uscito di prigione. Così il padre era andato a prenderlo e lo aveva portato a casa.

Kojirō, all'epoca ancora studente delle scuole medie, aveva pensato che fosse una vera follia portarsi in casa un assassino, che rischiava di mettere in pericolo le loro vite. A dire il vero, era terrorizzato dai delinquenti, perciò gli era naturale disprezzare un ex detenuto. Il suo atteggiamento non poteva che riflettere quello stato d'animo, e quando l'uomo, di circa cinquant'anni, lo aveva salutato educatamente, Kojirō lo aveva ignorato.

In quel momento, suo padre afferrò Kojirō e gli diede uno schiaffo sulla guancia. Fu solo un singolo schiaffo, ma sentiva ancora quel dolore bruciare sulla sua pelle.

«Cerca di essere il tipo di persona che capisce i sentimenti di chi sbaglia!»

Dopo aver detto questo, il padre tolse lentamente la presa su di lui.

Kojirō aveva poi saputo che quell'uomo, con enormi sofferenze, aveva soffocato con un cuscino la madre, costretta a letto, che non riusciva più a sopportare il dolore della malattia e che lo aveva implorato di ucciderla.

Il giorno in cui il padre aveva catturato l'uomo che, impaurito, aveva tentato di fuggire, aveva detto che il suo era un lavoro talvolta odioso.

Anche dopo che gli era stata spiegata la situazione, Kojirō continuava a provare risentimento nei confronti del padre per averlo picchiato.

Rivivendo quel dolore alle guance, sentì anche il caldo abbraccio del padre attraverso le lenzuola in ospedale, e in quel momento capì.

La compassione verso chi è più debole.

Ciò che accomunava il figlio che piangeva in preda al rimorso per il suo fallimento e il criminale che scontava la sua pena per aver ucciso la madre che mai avrebbe voluto uccidere era la loro fragilità.

Suo padre voleva insegnargli l'empatia verso le persone.

Cosa gli direbbe se fosse ancora vivo, di fronte alla morte di suo figlio e al dolore senza scampo di sua moglie? Cosa direbbe al detective che cerca di scoprire la verità sulla morte di Kōshi, a costo di lasciare la polizia?

Kojirō nel porsi queste domande, sentì di nuovo l'abbraccio e lo schiaffo del padre sfiorargli la testa.

"Non è forse amore soffrire insieme?"

Quando Kojirō aveva presentato le sue dimissioni, si era sentito finalmente rinfrancato.

*

La donna del portafoglio si inchinò e continuò a ringraziarlo più e più volte quando si separarono.

Per gli esseri umani, ciò che conta non sono gli oggetti quanto i ricordi che essi custodiscono. Ciò fece comprendere a Kojirō che nella vita le tracce che lasciamo alle nostre spalle possono essere la ragione stessa per cui viviamo.

Per lui, che da detective vedeva soltanto il lato negativo delle persone, fu una specie di catarsi. Osservare quella donna custodire gelosamente un portafoglio ormai logoro, consolata dai ricordi del figlio, lo spinse a considerare che forse avrebbe avuto senso aiutare la gente a ritrovare cose, persone, oggetti legati in qualche modo ai loro ricordi più preziosi.

Kojirō e sua moglie avevano tempo da dedicare, e potevano prodigarsi per chi si trovava in difficoltà. Aiutare qualcuno poteva essere un modo per sua moglie di superare la morte di Kōshi.

Fu questo lo spirito con cui Kojirō iniziò il suo lavoro di detective dei ricordi.

Non fece in tempo a esporre la targa del suo studio, che i media locali ne avevano già parlato, e in breve tempo arrivò un gran numero di richieste, soprattutto tra la generazione di coloro che nel dopoguerra erano stati costretti a fuggire, lasciando indietro pezzi di sé.

I media però iniziarono a mettere in dubbio l'affidabilità di indagini svolte a titolo gratuito, visto che alcuni clienti erano disposti a pagare parcelle che superavano di gran lunga i costi effettivi dell'indagine. Alla fine Kojirō decise che ai clienti sarebbero state addebitate le spese effettive più il compenso per la preparazione del rapporto. Fu così che Kojirō diventò «il detective dei ricordi».

Infine, decise di lasciare la loro casa, ormai un ostacolo al recupero della moglie, e acquistò la proprietà che in origine era stata la casa e l'ufficio del suo commercialista, dove prese sede l'agenzia investigativa dei ricordi.

Kojirō sapeva benissimo che i ricordi potevano rivelarsi un'arma a doppio taglio. A volte, come nel caso di sua moglie, si finiva con il rimanerci intrappolati, mentre altre volte, come nel caso della signora del portafoglio, diventavano motivo di sopravvivenza.

Ma la vita non è un semplice accumulo di ricordi. Belli o brutti che siano, essi sono solo la testimonianza della vita di una persona. Il luogo in cui si conservano gioie, dolori e soddisfazioni: ciò che ci rende umani.

Il compito del detective dei ricordi era qualcosa di più di una ricerca documentale. *Il compito del detective dei ricordi era la ricerca del senso di una vita.*

Gli sembrò di sentire la voce del defunto padre che gli diceva che se avesse voluto davvero confrontarsi con le memorie degli altri, avrebbe dovuto avere compassione verso di loro.

Kojirō era convinto che, grazie al lavoro dell'agenzia, un giorno lui e la moglie sarebbero riusciti ad accettare la morte del figlio, a riprendere possesso dei suoi effetti personali, conservati al terzo piano dell'ufficio, e a trasformarli in ricordi positivi.

4.

Ormai era assuefatto alla caffeina. Aveva bevuto una tazza di caffè senza alcun effetto. L'aroma fresco dei chicchi appena macinati e tostati avrebbe dovuto essere più efficace.

Mentre Kojirō fissava la caffettiera con questo pensiero in testa, sentì il rombo del motore di una moto che si fermò all'ingresso.

"Grazie al cielo."

Si trattava di Yumi Ichinose, investigatrice. Era una donna di trentaquattro anni, divorziata, con una figlia di nove anni a carico e una moto da settecentocinquanta cavalli. Yumi era un'ex infermiera, che Kojirō aveva conosciuto nell'ospedale frequentato dalla moglie. Molto brava nel prendersi cura degli altri, si occupava di coordinare le colleghe, ma era stata costretta a lasciare l'ospedale dopo essere entrata in conflitto con un medico che la sottoponeva a un mobbing continuo. All'inizio del suo impiego nell'agenzia dei ricordi, doveva semplicemente dare una mano a Kojirō ad allestire l'ufficio, ma visto il numero di richieste sempre crescente, era diventata una presenza indispensabile.

«Lo sapevo, sei rimasto sveglio tutta la notte...»

Non appena entrata, con il casco sottobraccio, Yumi si rivolse a Kojirō nel morbido dialetto di Kyoto, in netto contrasto con il suo aspetto da motociclista.

«Come al solito, è stata dura! Senza il tuo caffè, non riesco a carburare, lo sai!»

«Eh, eh», rispose lei posando il casco ai piedi della scrivania e dirigendosi verso lo spogliatoio per togliersi la tuta da motociclista bianca e rossa. Ne uscì poco dopo, indossando una camicia rosa salmone e una gonna marrone, alta e tonica come una modella.

«Non puoi continuare a stare sveglio tutta la notte. Prima o poi dovrai farti vedere da un medico.»

«Ma non ci penso neanche. Il lavoro è la mia unica forza! Se vado dal medico perdo anche quella!»

«Smettila di fare il bambino terrorizzato dai medici!»

Yumi andò a sciacquare i piatti in cucina, poi mise con maestria i chicchi di caffè nel macinino e lo accese.

Quando l'aroma fragrante iniziò a diffondersi nell'ufficio, Kojirō si sentì di nuovo pronto ad affrontare il report.

«Ci vorrà molto tempo ancora», disse tra sé e sé mentre fissava lo schermo del computer.

In realtà aveva finito di scriverlo, ma mentre cercava le parole che si adeguassero ai sentimenti della cliente, fu costretto a rivederlo. Di solito, era sufficiente annotare l'avanzamento delle indagini su base cronologica per completare un rapporto. Tuttavia, Kojirō voleva anche tenere conto dello stato d'animo di chi gli commissionava l'indagine, e comprendere cosa voleva da quei ricordi, in modo da redigere un rapporto che si avvicinasse il più possibile a quell'idea.

Per esempio, poteva capitare di rintracciare la persona che il cliente desiderava incontrare, e scoprire che quella era morta oppure che aveva completamente perso la memoria. In questi casi, Kojirō desiderava comunque colmare in qualche modo la delusione del mancato incontro con qualcosa che desse felicità. Quindi cercava di enfatizzare gli aspetti positivi dell'esistenza dell'altra persona, raccontando storie di una vita serena e soddisfacente. Non si trattava di mentire, ma sapeva bene che la semplice realtà dei fatti poteva ferire. Il compito di un detective dei ricordi era scoprire la verità e non inventare cose, ed era proprio questo a rendere il suo lavoro diverso dalle normali indagini su un delitto o su una relazione extraconiugale.

«E la piccola Yuma come sta?» chiese Kojirō a Yumi, che gli aveva portato il caffè e guardava l'orologio che indicava le sei. Yuma era la figlia di Yumi.

«Ora che sono iniziate le vacanze estive, è andata da mia madre per un po'.»

«Ah, già, le vacanze estive. Me ne dimentico sempre da quando non ho più figli.»

«Quando ero piccola, avrei voluto che le vacanze non finissero mai. Ora che sono madre, invece, non vedo l'ora che ricominci la scuola!»

Ogni anno, Yumi lasciava la figlia dai genitori durante le vacanze. La loro casa si trovava sulle montagne di Ohara, alla periferia di Kyoto, dove la natura è rigogliosa e le temperature sono più fresche: un ambiente confortevole per i bambini.

«Abbiamo ancora un po' di tempo prima che Michiyo scenda, quindi iniziamo a correggere le bozze.»

«Già, così ci portiamo avanti. In ogni caso, non scenderà prima delle otto. Yūtaka arriverà dopo le riprese, mentre Kanako verrà alla solita ora.»

Yūtaka Hongo era un uomo di trentadue anni che aspirava a fare l'attore, e nel frattempo lavorava part time in agenzia. Era stato presentato a Kojirō da suo fratello maggiore: era infatti un suo studente al *dōjō* di *kendō*. Aspirava a diventare un attore in drammi storici e Kojirō lo aveva assunto con la promessa che ogni volta che avesse avuto del lavoro da fare a Uzumasa, negli studi cinematografici, sarebbe stato esonerato dalle attività dell'agenzia.

Yūtaka era molto preoccupato per via della sua età. I suoi genitori, che vivevano a Kagoshima, gli facevano pressioni, dicendogli di sistemarsi presto e di tornare a casa per dare una mano nella fattoria di famiglia.

Per l'agenzia sarebbe stato un problema se Yūtaka fosse tornato nella sua città natale. Senza di lui, infatti, Kojirō sarebbe stato l'unico a poter fare viaggi di lavoro, trovandosi così costretto a rifiutare più del trenta per cento delle richieste. Alla fine, era conveniente per entrambi che Yūtaka continuasse il suo impiego presso l'agenzia mentre lavorava come comparsa.

L'ultimo membro del gruppo, Kanako Tachibana, era una donna minuta di ventisette anni, talmente magra da sembrare delicata e fragile. Aveva avuto diversi problemi di salute e, una volta diplomata, non era stata in grado di lavorare a lungo nello stesso posto; anzi, le era persino capitato di abbandonare alcuni lavori dopo appena pochi giorni. In realtà si trattava di una persona molto motivata e seria, che faceva del suo meglio, ma il suo corpo non riusciva a tenere il passo. Kojirō sapeva bene che la ragione di ciò risiedeva nel terribile caso che l'aveva vista protagonista a soli diciassette anni.

Si trattava di un caso di omicidio che lo stesso Kojirō aveva seguito anni prima. Kanako all'epoca era perseguitata da uno sconosciuto, e si era rivolta alla polizia di Fushimi, dove vivevano i suoi genitori.

Quell'uomo le aveva fatto delle avances tramite telefonate e lettere, la seguiva in giro per la città con berretto da baseball e occhiali da sole, ma la polizia non era stata in grado di intervenire perché non aveva commesso alcun reato. Le autorità competenti, quindi, non avevano preso provvedimenti.

Tuttavia, la famiglia Tachibana era terrorizzata dal crescente numero di telefonate e lettere senza francobollo che riceveva: era chiaro che quell'uomo non era in grado di contenere le proprie pulsioni. La famiglia si era recata più volte alla stazione di polizia, presentando prove su prove e implorando di indagare per tentare almeno di identificare l'uomo.

Le suppliche dei genitori non erano servite a nulla.

La tragedia li colpì all'improvviso.

La casa di Kanako si trovava in una zona residenziale fiancheggiata da fabbriche di *sake*, in uno stretto vicolo, che dava su una grande via commerciale.

Un sabato mattina, Kanako era tornata a casa da scuola dopo il laboratorio di calligrafia e stava preparandosi per andare a un corso pomeridiano insieme a una sua amica. Da quando erano iniziati i pedinamenti, infatti, Kanako e la sua amica cercavano sempre di incontrarsi a casa di lei per prendere l'autobus insieme.

L'amica, però, quel giorno tardava ad arrivare. Kanako, preoccupata, si diresse verso la stazione di polizia. Lì la vide parlare con un poliziotto. Stava raccontando di uno strano uomo che le aveva afferrato la mano e, spaventata, si era precipitata da loro. L'identikit del sospetto – berretto da baseball e occhiali da sole – corrispondeva all'uomo che perseguitava Kanako. La ragazza era scioccata dal fatto che avesse preso di mira anche la sua amica, e non se la sentì più di andare al corso pomeridiano.

Le due ragazze decisero così di tornare casa di Kanako.

Arrivate, si trovarono di fronte uno spettacolo raccapricciante.

Kojirō fu il primo a precipitarsi sulla scena, e vide il padre di Kanako disteso a terra con un coltello da cucina conficcato nella schiena, e la madre in salotto con la gola tagliata, riversa in una pozza di sangue.

Kojirō, vedendo Kanako parlare di quanto fosse accaduto come se si trattasse di un problema di qualcun altro, aveva capito la profondità del trauma che la ragazza aveva subito.

Suo fratello una volta gli disse che quando una persona viene colpita in modo rapido e letale con una lama affilata, come quella di una spada giapponese, può non rendersi conto di essere stata ferita.

Allo stesso modo Kanako, che aveva subito lo shock di trovare i genitori massacrati, non era stata in grado di elaborare le sue emozioni.

Kojirō non sbagliò nelle sue previsioni, in seguito, infatti, Kanako ebbe crisi di iperventilazione e fu ricoverata per un anno e mezzo in una clinica per disturbi psicosomatici. Uscì dall'ospedale soltanto perché il presunto colpevole si suicidò, lasciando un biglietto d'addio in cui confessava il duplice omicidio.

Kojirō disse ai suoi superiori che un testo scritto al computer non era un elemento attendibile; tuttavia, la descrizione del delitto conteneva elementi che non erano mai stati resi pubblici e, per tanto, risultava plausibile.

Dopo alcuni anni, Kanako espresse il suo interesse a lavorare per l'agenzia investigativa dei ricordi. Fu così che Kojirō la rivide ormai diventata una donna.

Non aveva idea di dove fosse stata e che tipo di vita avesse condotto fino a quel momento, tranne per una parte della sua storia lavorativa, che gli raccontò durante il colloquio.

5.

«Ah, Kojirō-san, stai scrivendo del primo caso di cui si è occupata anche Kana-chan!» esclamò Yumi, scrutando lo schermo del computer.

«Sì. Ti ricordi? L'unico indizio era una grafia molto particolare. È stata proprio Kanako, che aveva studiato calligrafia, a notare la stranezza di quei caratteri. Ha fatto davvero un ottimo lavoro.»

Kojirō aveva ammirato la sua forza nell'affrontare quel caso. Kanako, infatti, aveva preso molto sul serio i sentimenti della sua cliente. Per questo motivo il caso, che in ufficio avevano battezzato *L'uomo dalla grafia gentile*, si era risolto in modo soddisfacente.

Non c'è niente di più logorante dell'essere empatici.

Per Kojirō, il fatto che Kanako fosse riuscita a seguire il caso significava che nel suo cuore si era creato spazio per i sentimenti degli altri.

Per questo motivo era importante per lui scrivere una relazione che fosse in grado di soddisfare la sua cliente e di instillare ancora più fiducia in Kanako.

Il caso, in realtà, non aveva richiesto una lunga indagine. La cliente si era rivolta all'agenzia investigativa alla fine della stagione delle piogge. La donna, di circa cinquant'anni, riponendo il suo ombrello trasparente nel portaombrelli, aveva interpellato Yūtaka, seduto vicino all'ingresso. Ma poiché aveva parlato a bassa voce, era stata Kanako, e non Yūtaka, ad accorgersi di lei e a farla accomodare.

«Quindi, indagherete sui miei ricordi?»

Questa volta, la voce della donna raggiunse Kojirō, che era nel retro. Kojirō aveva chiesto a Kanako di far accomodare la cliente sul divano nella sala di ricevimento.

La donna era seduta e Kanako, che le aveva portato il caffè, si accomodò con lei. Kojirō pensò che fosse una buona occasione per coinvolgerla attivamente nelle indagini, anche se non era sicuro che fosse pronta dopo soli sei mesi di lavoro.

«Ci occuperemo di tutto quello che serve per arrivare alla soluzione. Il mio nome è Kojirō Jissō, e sono il responsabile dell'agenzia», disse allungando il suo biglietto da visita.

«Lei invece è l'investigatrice Tachibana», aggiunse, presentando Kanako, che si affrettò ad alzarsi e a fare un inchino.

«Il mio nome è Kyōko Ochi. Sono interessata al vostro servizio, ma come indagate sui ricordi?» chiese la signora inclinando la testa.

Forse aveva un po' meno di cinquant'anni. Le guance, nel suo viso ben modellato, erano paffute. L'aspetto un po' dimesso e il taglio del vestito grigio la facevano apparire più vecchia di tre o quattro anni.

«Vuole che indaghiamo su una persona? O un oggetto?» domandò Kojirō.

«Una persona. Vorrei che trovaste una persona che non conosco. Vorrei incontrarla per poterla ringraziare.»

«Certo. È il nostro lavoro.»

Ochi fece un sospiro, sentendo la tensione allentarsi, e sorrise a Kanako. Anche Kanako le sorrise, come se fosse felice quanto lei. Spiegò che il compenso sarebbe stato pari ai costi effettivi più una diaria di quindicimila yen per investigatore. Poi aggiunse che, se non fosse stata soddisfatta del rapporto scritto a fine ricerche, avrebbe dovuto rimborsare solo le spese sostenute. Ogni volta che lo diceva, Kojirō raddrizzava la schiena.

Forse la rigidità della postura di Kojirō si era in qualche modo trasmessa a Ochi, la cui espressione si era fatta seria.

Osservare attentamente tali reazioni era per Kojirō un'occasione per studiare il carattere del cliente. Era fondamentale per non ritrovarsi coinvolti in situazioni pericolose o assurde, e utilizzava le sue impressioni come punto di partenza nella redazione dei rapporti.

«Allora siamo pronti, se vuole raccontarci i dettagli.» Così dicendo, Kojirō accese il piccolo registratore che teneva sempre sul tavolo.

6.

Ochi era una donna di quarantasette anni e viveva da sola vicino al parco Okazaki. Aveva divorziato dal marito, che lavorava in un'impresa edile, e i suoi due figli vivevano ormai da soli. Dopo il divorzio, era andata a vivere in una casa indipendente e si manteneva con un lavoro part time al supermercato. Era aiutata anche dai figli, che le versavano una piccola somma mensile e, nonostante non avesse uno stile di vita agiato, viveva bene.

Malgrado ciò, sentendosi sola, due anni prima aveva deciso di adottare un gattino. Si era infatti invaghita della foto vista su un annuncio attaccato alla bacheca del supermercato con la scritta: ADOTTAMI, CERCO CASA!

«Ecco il mio Sujata», disse Ochi, posando una fotografia sul tavolo.

Era l'immagine di un gatto quasi tutto nero, a eccezione dei lati del naso che erano bianchi e rotondi. I grandi occhi sembravano sul punto di uscire dalle orbite. A quanto disse, lo aveva chiamato Sujata perché assomigliava alle porzioni singole di latte da mettere nel caffè.

«Oh, che carino!» esclamò Kanako con una voce squillante da ragazzina.

«Vero? Mi era davvero di grande conforto!»

«Non c'è più?» replicò Kojirō, vedendo gli occhi tristi di Ochi e la sua espressione malinconica.

«Aveva solo sei mesi quando è venuto a casa. Volevo farlo diventare un gatto domestico, ma quando aveva circa un anno, ho commesso l'errore di lasciarlo in cortile a prendere un po' di sole. Sujata passava molto più tempo fuori che dentro casa. Sei mesi dopo, ha scavalcato il muretto del cortile correndo sulla strada principale ed è stato investito da un'auto.»

Guardando la foto, Ochi abbassò la testa: «È tutta colpa mia».

Vedendola coprirsi gli occhi con un fazzoletto e piangere in silenzio, era chiaro quanto quella donna avesse amato il piccolo Sujata. Kojirō si sentì sopraffatto da un senso di perdita e ripensò a suo figlio.

Asciugandosi gli occhi, Ochi estrasse lentamente un ciondolo. La parte superiore era composta da una piccola fiala di vetro, al cui interno sembrava esserci sabbia a forma di stelle, un motivo un tempo molto popolare.

Prendendo il ciondolo tra le mani, Kojirō osservò da vicino il contenuto della fiala, che era un mucchietto di piume di uccello sporche e gusci di riso sminuzzati e traslucidi. Era un po' disgustoso.

«E questo cos'è?»

«Forse pensa che sia spazzatura. E in effetti non è un oggetto carino da vedere. Proprio per questo vorrei ringraziare chi ha capito che era qualcosa di importante.»

Ochi spiegò che il contenuto della fiala era una piuma di passero che Sujata aveva catturato nel suo giardino, e un piccolo artiglio caduto dopo che lui era morto. A quanto pareva, la signora Ochi aveva smarrito questo piccolo ciondolo a forma di fiala all'interno del Seiryō-ji, un famoso Tempio di Saga.

«Amo *La storia di Genji* sin da quando ero una bambina, e ancora adesso ho una forte ammirazione per Hikaru Genji. Ecco perché ho scelto la stagione delle piogge, quando ci sono meno persone, per visitare la tomba all'interno del Seiryō-ji. Non vedevo l'ora di trascorrere del tempo ammirando la sala principale e i giardini, e mangiando gli *aburi mochi* prima di tornare a casa. Questo tempio si trova sul sito di Seikakan, la villa di Minamoto Toru, che si dice sia stato di ispirazione per Hikaru Genji, il protagonista.»

Ochi disse poi che una pagoda si ergeva silenziosa a vegliare la tomba di Toru, e spiegò che l'*aburi mochi* era una specialità a base di riso glutinoso cotto allo spiedo e cosparso di farina di soia. Il dolce veniva poi tostato e intinto in una salsa di miso bianco dolce.

Ochi era rimasta per un po' di fronte alla pagoda, continuando a pensare alla figura di Toru che aveva ispirato il protagonista di *La storia di Genji.*

«Non mi ero nemmeno accorta di aver perso il mio prezioso ciondolo.»

«Come ha raggiunto il Seiryō-ji?»

«Con l'autobus e la linea Randen.»

La Randen era la linea principale di Arashiyama della ferrovia Keifuku, che collegava Shijō-Ōmiya, nel centro di Kyoto, a Sagano Arashiyama in poco più di venti minuti.

«Ho impiegato venti minuti in autobus e venti minuti in treno, quindi sono circa quaranta minuti in totale.»

Dunque, il ciondolo era stato raccolto da qualcuno che non la conosceva e non l'aveva mai vista. In pratica, questa persona non aveva alcun rapporto con la cliente.

Kojirō domandò come ne fosse tornata in possesso.

«Una volta arrivata a casa, mi sono accorta di non avere più il ciondolo al collo. Ho pensato che potesse essermi caduto sull'autobus, così mi sono messa in contatto con l'azienda del trasporto pubblico; ho detto l'orario e la linea del bus, ma non è stato trovato, così ho provato a contattare anche la Keifuku Electric Railway, ma... alla fine mi sentivo così triste che sono crollata per la stanchezza.»

Considerando l'affetto di Ochi per Sujata, non parve improbabile che fosse crollata dal dispiacere. Ochi sentiva un forte senso di colpa per la morte del suo amato gatto, pensava che non sarebbe andata mai più da nessuna parte e che sarebbe stata con lui per sempre, così si era fatta fare un ciondolo con le piume e gli artigli per ricordarsi del gatto quando era ancora in vita. Perdere quell'oggetto per lei significava, senza esagerare, perdere il suo amato animale una seconda volta.

«Ho pensato che se il ciondolo non era sui mezzi pubblici, allora doveva essere al tempio!»

Ochi aveva ricostruito nella sua mente le azioni compiute

prima di andare alla tomba di Toru ed era tornata a cercarlo più e più volte. La piccola fiala in vetro avrebbe finito con il rompersi in pezzi se fosse stata calpestata, e le piume e gli artigli al suo interno sarebbero stati dispersi.

Nei mesi di giugno e luglio sono parecchi gli studenti in gita scolastica, anche se non tanti come nella stagione della fioritura dei ciliegi o nel periodo del *foliage* autunnale.

Quella è una zona che ospita molti templi famosi, come il Tenryū-ji, il Nison-in, il Daikaku-ji e Rakushisha, quindi in realtà c'è sempre un gran viavai di gente. Inoltre, quell'anno la stagione delle piogge era stata particolarmente intensa.

«Di solito, il bosco di bambù ha un certo fascino sotto la pioggia. Allora, però, il rumore della pioggia che batteva sull'impermeabile mi ha ricordato il rumore dei passi di Sujata, è stato molto strano», sembrava travolta da uno stato febbrile, mentre parlava.

«Ma non è riuscita a trovare il ciondolo.»

«Ho passato quattro giorni a cercarlo disperatamente, stavo per arrendermi.»

Esausta, Ochi aveva camminato lentamente verso la stazione di Arashiyama. Bagnata e infreddolita per via della pioggia. Poi, alzando lo sguardo, aveva visto le luci di una caffetteria di fronte alla stazione che avevano attirato la sua attenzione. Era una giornata stranamente calda.

«Non mi fermo quasi mai in caffetteria. Non amo il fumo di sigaretta e ho una leggera allergia.»

«Ci sono poche caffetterie per non fumatori», commentò Kanako in un sussurro.

«Eppure, quel giorno si è fermata», si affrettò ad aggiungere Kojirō.

«Desideravo una tazza di caffè caldo.»

E lì, sulla bacheca di quella caffetteria, c'era un annuncio di OGGETTI SMARRITI con un piccolo ciondolo a forma di fiala.

L'ho trovato nel recinto del Tempio Seiryō-ji. Lo lascio qui in custodia perché penso che si tratti di qualcosa di importante: così c'era scritto sulla bacheca.

Ochi, dimenticandosi completamente del caffè, si era rivolta al proprietario.

«Ero così sconvolta che continuavo a indicare la bacheca e a ripetere che quel ciondolo era mio. Il proprietario della caffetteria ha cercato di tranquillizzarmi, mi ha portato dell'acqua e mi ha fatto fare un respiro profondo», continuò Ochi stringendo a sé il ciondolo, inquieta.

Certo, non si poteva proprio dire che si trattasse di un oggetto in grado di suscitare interesse. Sicuramente, il gestore della caffetteria non avrebbe mai pensato che arrivasse a reclamarlo qualcuno che non fosse il legittimo proprietario.

«Immagino che il gestore si sia accontentato di un paio di spiegazioni, prima di restituirlo.»

«Già!»

Quando lo aveva riavuto tra le mani, era così felice che aveva pianto a lungo. Quel sentimento si era poi mutato in gratitudine verso la persona che lo aveva trovato, raccolto e affidato alla caffetteria.

«Quindi vuole trovare la persona che l'ha raccolto e ringraziarla», si assicurò Kojirō.

Un detective ha sempre la necessità della massima chiarezza, altrimenti si rischia di perdere il focus nel report finale. Ma la richiesta di Ochi non si limitava alla semplice ricerca di quella persona: si sarebbe infatti sentita soddisfatta soltanto incontrandola ed esprimendole la propria gratitudine direttamente.

«Ho chiesto anche al proprietario della caffetteria e ai negozi vicini...»

Il proprietario della caffetteria le aveva detto che si trattava di un avventore occasionale, che non conosceva. Gli era però rimasto profondamente impresso nella memoria perché indossava un cappello di stoffa e guanti da lavoro nonostante fosse una giornata calda e umida. Le aveva raccontato, inoltre, che il cliente, per scrivere quella nota da affiggere in bacheca, ci aveva impiegato così tanto tempo che sembrava ci fosse qualche problema.

«Questo è l'annuncio che era affisso in bacheca.» Ochi

tirò fuori un pezzo di carta dal portafoglio e lo aprì con cura. Aveva le dimensioni di un libro tascabile.

«Wow!» esclamò Kanako.

«Già, questi caratteri sono davvero... particolari!» Kojirō non poté fare a meno di esprimere la propria ammirazione. Probabilmente era stato scritto utilizzando una penna stilografica. I caratteri erano vergati con linee spesse e regolari. Non era una bella grafia, ma il tratto aveva uno stile unico. Osservando attentamente carattere per carattere, si notava che mancava di equilibrio e uniformità. Tuttavia, quel testo dai tratti enigmatici riusciva in qualche modo a trasmettere un senso di stabilità e conforto. Il testo aveva occupato l'intero foglio, senza lasciare spazi vuoti.

«A modo suo è meraviglioso», commentò Kanako, fissando i caratteri sul pezzo di carta.

«Kana-chan, tu che conosci la calligrafia, pensi si tratti di un autodidatta?»

«Difficile dirlo, nella calligrafia può esserci anche un aspetto creativo.»

«E secondo te perché ci ha messo così tanto tempo per scrivere questo annuncio?»

C'era un candore infantile in quel modo creativo di scrittura, non poté fare a meno di pensare Kojirō.

«Penso che il motivo sia che muovesse la penna con estrema lentezza e attenzione. Vedi, utilizza la stessa quantità di inchiostro quando interrompe bruscamente il tratto e quando lo chiude con una leggera sbavatura.» Kanako spiegò che anche quando si utilizza una penna, la sfumatura dell'inchiostro dipende dalla velocità del tratto, e che questo è evidente soprattutto nella parte finale del carattere.

«Detto questo, vedo che c'è un'impronta di inchiostro sbavato su entrambi i lati del carattere.»

Questo succede quando si imprime troppa forza nella scrittura. C'era infatti anche un leggero tremore. Di solito capita a chi ha appena iniziato a imparare l'arte della calligrafia.

«Ho capito. Quindi non si tratta di una calligrafia creativa.»

«Proprio quello che ci si aspetterebbe da un detective», commentò Ochi, che stava ascoltando la conversazione tra Kojirō e Kanako, e scuoteva la testa ammirata.

«So che per lei questo ciondolo è molto importante, quindi glielo restituisco subito, ma prima, se me lo permette, vorrei fargli una foto. Vorrei fare anche una copia di questo annuncio. Va bene per lei?»

«Certo, faccia pure. Non so davvero come ringraziarla.»

«Faremo del nostro meglio per risolvere il caso il prima possibile, signora.» Così dicendo, Kojirō consegnò a Ochi il preventivo e l'accompagnò alla porta.

«L'indizio è in quelle lettere», disse tra sé e sé Kojirō, chiedendosi che tipo di uomo potesse mai scrivere con simili caratteri; la sua mente, intanto, andò all'incontro successivo.

7.

Kojirō seguiva i suoi casi in autonomia, ma stavolta avrebbe condotto le indagini insieme a Kanako, anche se lei ancora non si sentiva sicura a girare da sola per la città. Il giorno dopo, come prima cosa, Kojirō pensò di recarsi alla caffetteria dove era stato lasciato il ciondolo. Volendo ricostruire il più fedelmente possibile le azioni della sua cliente, decise di prendere la linea Keifuku fino alla stazione di Arashiyama. Non essendoci molti parcheggi in città, non utilizzava quasi mai l'auto, a meno che non fosse strettamente necessario: come nel caso di collegamenti scomodi, oppure se era carico di bagagli o doveva accompagnare qualcuno. Detestava perdere tempo a cercare parcheggio. A maggior ragione se la destinazione era una località turistica.

La linea Randen correva lungo le strade della città e ricordava i vecchi tram cittadini di una volta. Quando Kojirō era uno studente delle scuole medie, si vedevano spesso i tram sulle strade principali di Kyoto. Il dolce suono vibrante della Randen gli ricordava incredibilmente quello del tram. Ma il paesaggio che scorreva lungo i binari era cambiato.

Il treno oltrepassava cortili, negozi e templi; allungando la mano, si riusciva facilmente a toccare una siepe. La stazione di Arashiyama, dove arrivarono in breve tempo, era piuttosto piccola, considerato che si trattava di una fermata che attirava molti turisti, ma aveva un fascino particolare.

Purtroppo, pioveva dalla mattina.

Kanako, che camminava qualche passo dietro a Kojirō, indossava un abito blu scuro e a occhi esterni poteva quasi sembrare una studentessa in cerca di un lavoretto part time. Trovarono con facilità la caffetteria indicata da Ochi; si raggiungeva con una breve passeggiata a nord della stazione. Era in una posizione ideale per una località turistica.

Vi si recarono alle dieci, pensando che a quell'ora fosse ormai finito il momento delle colazioni e ci fosse ancora un po' di tempo prima del pranzo. Quando entrarono, si resero conto che Kojirō ci aveva visto giusto.

C'erano appena tre clienti seduti ai quattro tavoli, ma il bancone da otto posti era vuoto. I due si sedettero lì e ordinarono due caffè caldi.

Osservando i sifoni allineati davanti al bancone, Kojirō decise che il modo migliore per avvicinare il proprietario era parlargli mentre era impegnato a preparare il caffè.

«Buongiorno, ho sentito dire che qualche giorno fa una persona ha trovato un ciondolo smarrito da queste parti...» disse rivolgendosi all'uomo che stava gettando i chicchi di caffè da macinare nell'imbuto del sifone.

«Ah, sì, è stata davvero una sorpresa», disse, dopo averci riflettuto qualche secondo. «Erano da poco passate le quattro e chiacchieravo con i clienti del più e del meno.»

«Immagino si trattasse di un oggetto piuttosto costoso...» buttò lì Kojirō con nonchalance. Cercava sempre di non rivelare il suo ruolo di detective quando si relazionava con le persone. Era particolarmente cauto in questo.

«Nah, non era niente di valore, paccottiglia. Era dentro una specie di barattolino di vetro.»

«Ma immagino che il proprietario del ciondolo sia poi venuto a riprenderselo...»

«Non avrei mai pensato che sarebbe davvero venuto qualcuno a reclamare quell'oggetto. Non era stato smarrito qui al locale, e volevo sbarazzarmene il prima possibile, riportarlo al tempio o alla polizia. Inoltre, sembrava che all'interno ci fossero piume di uccello, aveva tutta l'aria di essere spazzatura.»

Cinque giorni dopo averlo preso in custodia, il proprietario aveva quindi pensato di portarlo alla polizia, o direttamente al tempio dove era stato ritrovato. Proprio quel giorno, la signora Ochi si era fermata nella caffetteria.

«Ma come ha fatto a capire che si trattava di qualcosa di importante?»

«Dovrebbe chiederlo a chi l'ha trovato. Io, al suo posto, l'avrei lasciato lì dov'era.»

«Eppure, quella persona è venuta appositamente qui a consegnarlo, giusto? Che tipo di persona era? Se lo ricorda?»

«Uhm, non saprei proprio. Non si è mai tolto il cappello e portava degli occhiali scuri.»

Non appena l'uomo era entrato nella caffetteria, si era seduto vicino alla finestra, aveva preso un libro che era esposto accanto al bovindo e aveva iniziato a sfogliarlo.

«Si trattava di un vecchio libro illustrato, *Miyako Meishozue*, una specie di guida turistica del periodo Edo, utile per creare un po' di atmosfera. Ma quando sono andato da lui per prendere l'ordinazione, ha messo subito via il libro e ha ordinato un latte caldo. Mi è parso un peccato, visto che il nostro caffè è uno dei migliori della zona. Poi, mi ha detto del ciondolo.»

Un liquido marrone fuoriuscì borbottando, mentre un aroma fragrante raggiungeva le narici di Kojirō. Il proprietario spostò al momento giusto la lampada ad alcool, togliendo il recipiente dalla fiamma. Il caffè iniziò a scendere lentamente.

«Immagino che appartenesse alla generazione di chi ancora apprezzava le cose», mormorò Kojirō, assicurandosi che il proprietario potesse sentirlo.

«Aveva una voce bassa e ovattata. Inizialmente mi sembrava più giovane, ma poi, parlandoci, gli avrei dato una settantina d'anni.»

In base alla descrizione del proprietario della caffetteria, quel signore all'apparenza aveva una normale andatura, ma si muoveva con estrema lentezza e attenzione.

Kojirō diede un'occhiata a Kanako per vedere se anche lei volesse chiedere qualcosa, al che lei disse: «Quindi, quella persona ha scritto un annuncio da mettere in bacheca...».

Stava tentando di capire qualcosa sulla scrittura.

«Impiegava moltissimo tempo a scrivere e sembrava voler nascondere le mani, così ho pensato che potesse avere una malattia, o qualcosa del genere.»

«Scriveva molto lentamente?»

«Sì, proprio così. Ha utilizzato la mia penna.»

L'uomo intanto posò le tazze riscaldate sui piattini e versò in silenzio il caffè, poi mise tutto davanti a loro. Kojirō, bevendolo pensò che fosse leggero ma delizioso. Si era dimenticato che il caffè non serviva soltanto a scacciare la sonnolenza.

Kojirō lo prese nero, mentre Kanako era più un tipo da caffellatte, così vi versò dello zucchero e molto latte.

Dopo aver gustato il caffè, lasciarono il bar.

La pioggia, nel frattempo, era diventata più intensa. Proseguirono per un po' lungo la strada dritta e, dopo aver attraversato i binari della ferrovia che rilucevano di nero sotto la pioggia, videro il grande cancello del Tempio Seiryō-ji.

La vista dell'antico tempio avvolto nella foschia sotto la pioggia era particolarmente suggestiva, e il suono delle gocce di pioggia che colpivano l'ombrello conferiva alla scena un tocco romantico.

«Jissō-san, mi sembra che i caratteri siano un po' troppo spessi per una penna stilografica.» Kanako parlò con voce insolitamente alta, rivolta alla giacca fradicia di Kojirō.

«Ma non ha utilizzato un pennello...»

«Lo spessore dipende dal modo in cui si impugna la penna o il pennello, oppure dal fatto di avere un tratto pesante.»

«Eppure, scrivere tutte quelle lettere, per un principiante, non è un'impresa da poco. Io non ci capisco molto, ma è affascinante. Deve essere il risultato di anni di pratica. Tutto questo lo rende un personaggio interessante.»

Il Seiryō-ji è un tempio della setta Jōdō situato nella parte occidentale di Kyoto, conosciuto tra la gente del posto anche con il nome di Saga Shaka-dō. Attraversando l'imponente Niomon, la vista si allarga, il recinto, da dove si riesce a vedere in lontananza fino alla sala principale, aveva un aspetto diverso dai sentieri che avevano percorso fino a quel momento.

Da lì, videro sbocciare come tanti piccoli fiori diversi ombrelli di plastica. Si trattava di un gruppo di studenti in gita scolastica. Nonostante il cielo fosse cupo e piovoso, per Kojirō lo spettacolo era abbagliante. Gli sembrava quasi di poter vedere Kōshi, il figlio defunto.

Kojirō si affrettò a superare gli studenti e si diresse a sinistra della Pagoda Tahoto: la tomba di Minamoto no Toru, di cui gli aveva parlato Ochi, si trovava sul lato a ovest della Pagoda.

Al di là del *torii* collocato accanto alle tombe dell'Imperatore Saga e dell'Imperatrice, vide la pagoda svettare, bagnata dalla pioggia. A Kojirō, che non nutriva alcun interesse per *La storia di Genji*, non faceva alcun effetto, ma per Ochi quello scenario doveva rappresentare una sorta di accesso al mondo di Genji.

Dopodiché, Kojirō e Kanako pagarono il biglietto d'ingresso per entrare nella sala principale.

Sebbene non fossero lì per ammirare e venerare le statue di Shakyamuni o dei Dieci Grandi Discepoli, Kojirō rimase impressionato nel sentire che la statuetta conservata all'interno della custodia rappresentasse Buddha Shakyamuni all'età di trentasette anni. Probabilmente per via di un periodo di penitenza, le sue guance e le sue dita non avevano la carnosità che di solito ostentavano le statue buddhiste. Eppure, nel suo sguardo si leggeva forte la volontà di salvare la gente.

Kojirō ripensò ai suoi trentasette anni, quando sia suo figlio che sua moglie erano in salute, e non aveva alcuna preoccupazione. C'era stato un tempo in cui aveva ancora la presunzione che avrebbe potuto fare qualunque cosa nella vita solo grazie alle sue forze.

Scosse la testa e si diresse verso l'Hōjō attraverso il corridoio dietro la sala principale. Il giardino costruito nello Hōjō era nel classico stile zen.

Quando erano giovani, lui e la moglie si erano dati appuntamento per vedere i giardini del Tempio Ryōanji, ma la ricordava come una visita noiosa. A quel tempo non conosceva ancora la vera tristezza.

«Jissō-san, cosa c'è che non va? Si sta comportando in modo strano da un po'.»

«Ah, no, tutto bene. Sono rimasto ipnotizzato da questa vista. Mi tocca il cuore come la pioggia.» Indicando gli alberi che ondeggiavano sotto la pioggia, Kojirō cercò di mascherare l'imbarazzo per essere stato colto a sognare a occhi aperti.

«Immagino che in casi di eventi, come per esempio la cerimonia del tè, ci sia una lista degli ospiti, anche se non è necessario lasciare il proprio nome alla reception.»

«Sarebbe bello se anche qui ci fosse un *Diario dei ricordi* come al Jikishi-an.»

«Come?» chiese Kojirō.

Kanako spiegò che al Tempio Jikishi-an, sempre a Sagano, il *Diario dei ricordi*, un quaderno in cui era possibile annotare i propri pensieri, era diventato famoso in tutto il paese come spazio in cui le donne che si recavano al tempio in pellegrinaggio potevano scrivere dei loro problemi nella vita.

«Ecco, Kana-chan. Abbiamo ancora un po' da fare, sbrighiamoci.»

Quando i due si spostarono dal chiostro all'Hōjō, videro una lunga scrivania affacciata sul giardino. Lì sopra c'era un taccuino le cui pagine erano consumate da quante volte erano state sfogliate.

«Ah, Jissō-san! Prenda questo.»

Kojirō fissò il taccuino che Kanako aveva aperto e gli stava mostrando. «Ma questi...»

Non riusciva a parlare. Perché lì sopra c'erano quei caratteri.

«Il tratto è forte e tremante, ma anche gentile, onesto e, soprattutto, caloroso. Non credo che ci sia un'altra persona al mondo in grado di scrivere in questo modo.»

Si mise rapidamente a sfogliare il taccuino, alla ricerca di un indirizzo o di un nome. Poi, scovò nuovamente la scrittura di quell'uomo su un'altra pagina.

«A giudicare dalle date delle altre persone, sembra che sia venuto qui per due giorni di fila.»

– Giorno 1
Anche le persone piene di sé, se si ammalano in viaggio, perdono baldanza. Sono felice della mia vita.

– Giorno 2
Tanti omaggi. E tante lacrime. Sono molto grato.

Kanako appuntò tutto sul suo taccuino.
«Perfetto, abbiamo trovato un nuovo indizio», disse Kojirō con il sorriso stampato sulla faccia, come a mettere in mostra le sue abilità di detective dei ricordi.

8.

Era ormai l'una del pomeriggio quando Kojirō e Kanako lasciarono il Seiryō-ji.

«Anche se vivo a Kyoto, non avevo idea che il Seiryō-ji avesse un giardino. Non immaginavo nemmeno che fosse così grande.»

Camminavano lungo il sentiero che conduceva agli altri antichi templi della zona.

«Sarà faticoso visitare tutti questi templi», disse Kojirō mentre digitava sul cellulare i testi che Kanako aveva annotato sul suo taccuino. Aveva appena inviato un'email a tutti i componenti dello staff, chiedendo loro di contattarlo se avessero notato qualcosa.

Kojirō, abituato alla totale mancanza di comunicazione all'interno del dipartimento di polizia, aveva sempre cercato di incoraggiare i membri dell'agenzia dei ricordi a scambiarsi attivamente informazioni, invece di concentrarsi solo sui propri casi. Pensava infatti che se tutti fossero stati coinvolti, anche solo in minima parte, sarebbero riusciti a comprendere il lavoro dell'agenzia nel suo insieme, piuttosto che limitarsi ai casi singoli.

Per questo motivo, condivideva anche le informazioni più banali, così da poter fare un lavoro di squadra che coinvolgesse i cinque membri dello staff, inclusa sua moglie.

«Mi chiedo perché abbia lasciato il ciondolo proprio in quel bar», mormorò Kojirō mentre chiudeva il cellulare.

«Forse non sapeva dov'era l'ufficio del tempio?»

«O forse non ha fatto in tempo. Il tempio, infatti, chiude alle quattro.»

«La signora Ochi aveva detto che con il freddo aveva notato le luci del bar, forse anche quella persona potrebbe aver sentito freddo ed essersi rifugiata lì.»

«A proposito, ho visto che hai ordinato del latte caldo, quindi non sei una grande fan del caffè!»

La pioggia finalmente iniziava a scemare, e in poco tempo arrivarono al successivo luogo di ricerca, il Rakushisha. Era la villa di Kyorai Mukai, discepolo di Bashō Matsuo, poeta *haiku* del periodo Edo. Si diceva che Kyorai avesse aperto una sorta di *dōjō* di *haiku* in quella capanna dal tetto di paglia per coloro che volevano imparare a comporre poesia, indipendentemente dal loro status sociale.

L'atmosfera poetica era preservata da una piccola scatola in bambù che riportava un messaggio rivolto ai visitatori: COMPONI IL TUO HAIKU. I migliori *haiku* venivano poi pubblicati negli opuscoli distribuiti al Rakushisha.

Kojirō contattò la segreteria dicendo che stavano cercando una persona e chiedendo se nell'ultima settimana fossero state pubblicati *haiku* scritti con caratteri particolari.

La maggior parte delle poesie erano state composte da studenti durante le gite scolastiche e non c'erano poesie scritte da anziani.

Dopo aver visitato il Rakushisha, i due si diressero rapidamente verso il Gio-ji, il Takiguchi-ji e il Tenryū-ji. Ma non vennero a capo di nulla. E, a malincuore, si avviarono verso casa.

Proseguendo lungo la strada in direzione sud, si arrivava davanti alla caffetteria. Dall'altra parte, a sinistra della stazione di Arashiyama, si vedeva l'ospedale.

«È a circa quattrocento metri.» Kojirō si fermò in un punto da cui si poteva vedere sia la stazione che l'Ospedale N.

«Cosa intende?» Anche Kanako si fermò e avvicinò l'ombrello a Kojirō.

«Non aveva scritto che si era ammalato in viaggio?»

Nella testa di Kojirō si stava materializzando l'immagine di un uomo di età compresa tra i sessanta e i settant'anni che indossava cappello, occhiali e guanti da lavoro.

«Così diceva il taccuino.»

«In altre parole, è arrivato a Kyoto da qualche parte della campagna e poi si è ammalato. Pensando a questa ipotesi, ricordiamoci che ha trascorso al Tempio Seiryō-ji due giorni di fila. Gli piaceva così tanto questo tempio?»

«Oppure era geograficamente facile da raggiungere?»

«E se fosse stato ricoverato all'Ospedale N?» Kojirō continuava a fissare il simbolo N dell'ospedale dipinto sull'edificio.

«Dall'ospedale sono poco più di tre chilometri tra andata e ritorno fino al Seiryō-ji. Non è vicinissimo, ma non è nemmeno una distanza impossibile da percorrere a piedi.»

«Bene.» Kojirō chiamò subito Yumi al cellulare per chiedere se conoscesse qualcuno all'Ospedale N.

«Shiho Nakai, un'infermiera specializzata, era una mia collega all'ospedale in cui lavoravo. La sento subito», disse Yumi con voce allegra.

«Allora, chiedile se di recente è stato ricoverato in ospedale un uomo di circa sessanta o settant'anni, proveniente da un'altra prefettura. Ha una voce bassa e indossa guanti da lavoro. Quando esce, indossa un cappello colorato. E porta gli occhiali. Inoltre, la grafia di quest'uomo è piuttosto particolare. Ho una copia dell'appunto che ha scritto, quindi vorrei che tu gli dessi un'occhiata e lo inviassi alla tua ex collega. Adesso sono proprio qui davanti all'ospedale, quindi mi piacerebbe poterle parlare di persona. Si tratta di informazioni personali, e non sarà facile, ma apprezzeremmo moltissimo il suo aiuto.»

«Capito. Ti faccio sapere.»

Circa dieci minuti dopo, Yumi richiamò. La deduzione di Kojirō era corretta.

«Non mi ha potuto dire il suo nome e l'indirizzo per via degli obblighi di riservatezza, ma, a quanto pare, una persona con caratteristiche simili a quelle che mi dicevi, è stata portata qui d'urgenza tre settimane fa. Ha avuto un ictus ma è stato curato in tempo; quindi, non ha subito conseguenze gravi.»

Tuttavia, poiché si era trattato di un secondo ictus, l'uomo era rimasto leggermente paralizzato nella parte destra del corpo, per cui il periodo di ricovero era stato prolungato di cinque giorni.

«E ora?»

«Sembra che sia stato dimesso dall'ospedale l'altro ieri.»

«Ah, l'abbiamo mancato di poco! Comunque, grazie.»

«Figurati. Ancora una cosa, anche se non so se sia un elemento utile...» Yumi fece una pausa e continuò: «A quanto pare, la maggior parte dei suoi bagagli erano libri».

«Quindi un amante della lettura...»

«Più che altro, un amante di volumi d'epoca rilegati. La signora Nakai ha detto che erano libri simili a quelli usati nelle scuole dei templi durante il periodo Edo.»

«Quindi libri antichi rilegati in stile giapponese.»

Kojirō riattaccò, si voltò con aria pensosa e si fermò di nuovo davanti al bar.

«Jissō-san, cosa c'è che non va?»

«Questa è stata la ragione per cui è entrato nel bar...»

Kojirō puntò il dito verso il libro sul bovindo che aveva visto all'interno del locale. Anche se era pieno giorno, il cielo era cupo e l'area scarsamente illuminata, e questo conferiva al luogo un'atmosfera un po' vetusta. Quando l'uomo era passato di lì era tardo pomeriggio, e la luce filtrava dalla vetrata. Doveva aver visto il libro più chiaramente di come appariva loro.

«Kana-chan. Fammi vedere il taccuino.»

Tanti omaggi. E tante lacrime. Sono molto grato.

Kojirō fu colpito dalla parola «omaggi». La prima cosa a cui aveva pensato erano i souvenir, ma suonava strana come frase.

Nella frase esprimeva la sua gratitudine, utilizzando un termine di uso formale. Forse poteva trattarsi di una parola legata a un contesto specifico.

«Magari è un termine che utilizza chi lavora con i libri?»

«Proviamo a cercare la terminologia del settore.»

«Bene, allora... Kana-chan, per favore, vai subito in biblioteca.»

«D'accordo.»

«Vorrei anche capire il senso delle persone che perdono

"baldanza". Forse da qui potremmo riuscire a identificare il luogo di origine.»

«Perfetto.»

«Ce la fai da sola?»

«Sì, ce la faccio», disse Kanako con voce squillante.

9.

Pochi giorni dopo, nel primo pomeriggio, Kojirō e Kanako scesero dal treno espresso Thunderbird arrivato alla stazione di Kanazawa.

In contrasto con il clima di Kyoto, lì il tempo era bello e faceva molto caldo. Kojirō stava già sudando. Dopo essersi tolto la giacca, sentì la camicia bagnata e appiccicata alla schiena.

Secondo il dizionario terminologico di settore che Kanako aveva consultato in biblioteca, nell'ambito delle librerie dell'usato si parla di «omaggi» quando, in occasione dei mercatini, i rivenditori locali che organizzano il mercato portano fiori ai rivenditori di altre zone. Con il tempo, era diventata consuetudine regalare un libro a un rivenditore locale pari al valore dell'offerta ricevuta. Un vero e proprio dono: un «omaggio», appunto. Inoltre, Kanako aveva scoperto che si parlava di persone piene di «baldanza» nella zona di Kanazawa.

Così, mentre indagava se a Kyoto si fosse tenuto un mercato di libri antichi a giugno, scoprì che a Sagano si era svolto un mercatino di libri usati a cui avevano partecipato alcuni rivenditori di Kanazawa. Tra questi, una persona si era sentita male durante il mercato ed era stata portata via d'urgenza da un'ambulanza. Quando chiesero al direttore dell'associazione dei libri usati, venne fuori il nome di Junzō Tateishi, della Kanazawa Hyakuman Bunko.

Il taxi su cui erano a bordo costeggiò il fiume Saigawa, per poi fermarsi vicino a un santuario circondato da una vegetazione lussureggiante. Il Santuario di Saikawa, disse l'autista.

Da lì si poteva vedere la Kanazawa Hyakuman Bunko. Kojirō non vedeva l'ora di incontrare Junzō Tateishi, l'autore di quei caratteri così particolari, nonché l'uomo che aveva ritrovato il ciondolo a forma di piccola fiala contenente un artiglio di gatto e una piuma di passero, un oggetto che chiunque altro avrebbe buttato via. Provava un'eccitazione simile a quella che sentiva quando, da poliziotto, era sul punto di scoprire dove si nascondeva un criminale. Ma la questione era completamente diversa.

Per Kojirō, la collera verso l'autore del reato era stata da sempre la sua forza motrice. Spinto dalla rabbia, effettuava l'arresto come fosse una sorta di vendetta, il risarcimento al dolore e alla frustrazione della vittima.

Ma per il detective dei ricordi era diverso. Non c'era più rabbia, ma compassione umana. Il suo cuore batteva di gioia, come se stesse per ritrovare un vecchio amico. Era un lavoro che lo rendeva felice, e anche se ormai l'aveva sperimentato diverse volte, ogni volta riviveva quella sensazione.

Passo dopo passo, mentre si avvicinavano al negozio di libri dell'usato, sentì una forte sonnolenza. Anche Kanako, accanto a lui, aveva un'espressione tesa sul viso.

Nonostante la vecchia insegna, il negozio era completamente rinnovato. La porta scorrevole in alluminio si aprì con un leggero ronzio.

I libri erano impilati sugli scaffali e un distinto odore di muffa colpì il suo naso, come se fosse in un polveroso magazzino.

«Il signor Tateishi? Junzō Tateishi è qui?» chiamò Kojirō al centro del negozio, circondato da scaffali.

«Chi è? Sono io: Tateishi.» Dal retro del negozio giunse una voce ovattata e ne uscì un uomo con i capelli bianchi e gli occhiali. Non era particolarmente alto, era di corporatura minuta e trascinava leggermente la gamba destra.

«Piacere di conoscerla, vengo da Kyoto.» Kojirō gli porse il suo biglietto da visita.

«Agenzia investigativa dei ricordi?» chiese Tateishi, mettendosi gli occhiali e scrutando il biglietto da visita, prima di squadrare Kojirō e Kanako con un'occhiata diffidente.

La parola «investigazioni» risuonava sempre un po' equivoca, e la maggior parte della gente guardava Kojirō con sospetto. Forse avrebbe dovuto lasciare a Kanako la spiegazione.

Kojirō chiarì a Tateishi che il loro compito era completamente diverso da quello di un normale detective che svolgeva indagini su società commerciali o su tradimenti.

«E così fate dei lavori piuttosto strani a Kyoto, eh?» Tateishi osservava Kojirō ancora scettico. Aveva uno sguardo acuto, cercava di valutare una persona in base a ciò che vedeva, piuttosto che alla sua professione.

«Le spiego perché sono venuto a cercarla, signor Tateishi.» Kojirō gli porse una copia dell'annuncio appeso in bacheca.

«Qu... questo...» Tateishi sbarrò gli occhi, da dietro gli occhiali.

«Non c'è dubbio che lo abbia scritto lei, signor Tateishi.»

«Sì, l'ho scritto io, ma c'è qualche problema...?»

«No, nessun problema. Semplicemente, la mia cliente è rimasta molto colpita dal suo bel gesto.»

Kojirō, dopo essersi accertato che Tateishi fosse l'autore dell'annuncio, gli rivelò il nome della sua cliente e gli spiegò cos'era accaduto.

«Incredibile. Come avete fatto a trovarmi? Avevo solo scritto un appunto...»

«No. Non tutti sono in grado di scrivere caratteri come questi. Sia io che la signora Ochi, ma anche il personale dell'ospedale, abbiamo sentito da subito un potere emanare da quelle lettere. Si è trattato di un indizio fondamentale.»

«È il mio stile.»

«Riflette la sua indole.»

«Se dice questo, allora direi che ne è valsa la pena. Venite, parliamone qui dietro.»

Guidati da Tateishi, i due entrarono nel retro del negozio. C'era un ufficio con innumerevoli scatole di cartone ammucchiate. In base alle scritte ai lati delle scatole, si capiva che si trattava di libri e vecchie mappe.

Un giovane intento a sistemare gli scatoloni fece un cenno a Kojirō.

«Lui è mio nipote.»

Tateishi gestiva il negozio con la famiglia. Accanto c'era una casa e Tateishi disse loro che viveva lì. Al che, sua moglie gli portò una sedia su cui sedersi e una tazza di tè.

«Ho avuto un ictus tre anni fa. Me la sono cavata, ma sono rimasto paralizzato al lato destro del corpo.»

Dopo diverse sessioni di riabilitazione, Tateishi era riuscito a riprendersi e a camminare di nuovo.

«Però non riesco più a scrivere bene.»

In giro erano affissi fogli di carta che pubblicizzavano libri rari e riportavano frasi accattivanti tratte dai libri rossi, e il tutto creava un'atmosfera particolare, che non si trovava nei negozi di libri nuovi. I libri rossi di solito sono volumi poco costosi per bambini, come i libri illustrati del periodo Edo, e includono storie molto popolari, come *Momotarō*.

«Ma lei scrive moltissimo!»

«Però in modo completamente diverso da prima. Non riesco più a stendere le dita, perciò devo usare una penna stilografica con un manico particolare; quindi, alla fine ci metto il doppio del tempo a scrivere un solo carattere.»

A Kojirō tornarono in mente le parole del proprietario del bar sul fatto che ci avesse impiegato parecchio a scrivere l'annuncio.

«Eppure, signor Tateishi, più scrive lentamente e più la sua sincerità, la sua gentilezza e il suo cuore emergono tra le righe. Non so come spiegarmi: è come se la gioia di poter scrivere si riflettesse nei suoi caratteri.»

«Prima di ammalarmi, ero una persona caparbia, e non ascoltavo davvero ciò che la gente aveva da dire. Adesso invece è come se fossi pervaso di umana compassione.»

Tateishi disse che solo dopo la sua malattia, per la prima volta, si era sentito profondamente grato per la sua famiglia e i suoi amici. Quando aveva perso conoscenza a Kyoto, era rimasto colpito dalla solidarietà dei suoi colleghi e ricordava di aver pianto nel letto d'ospedale.

«Per fortuna si è ripreso in fretta», disse Kanako. Aveva saputo da Yumi che l'ictus avrebbe potuto rivelarsi fatale.

«Me la sono cavata bene. Appena ho iniziato a sentirmi meglio, volevo fare tutto. Il Tempio Seiryō-ji è uno scrigno di beni culturali, si dice che ospiti anche la tomba di Minamoto no Toru. Sapendo di averlo lì, a pochi passi da me, non riuscivo proprio a stare fermo a letto!»

«Come ha capito che quel ciondolo era una cosa importante?»

«Perché era una cosa da quattro soldi.»

«Come, scusi?»

«A una persona qualunque non poteva che apparire così. Però, guardandolo da un'altra prospettiva, quel ciondolo doveva avere un valore che non si poteva misurare con il denaro. E se non ha un gran valore economico, allora vuol dire che ha un forte valore affettivo. E non c'è niente al mondo che sia più importante degli affetti. In alcuni casi, sono più importanti persino della tua stessa vita.»

«*Non c'è niente al mondo che sia più importante degli affetti.*» Kojirō continuava a ripetere tra sé e sé quelle parole, ne sentiva tutto il peso. Erano parole che Tateishi, che aveva visto la morte da vicino, poteva ben dire.

Tutti apprezzano il valore economico di un oggetto costoso, mentre una cosa da niente può avere un valore affettivo solo per il suo proprietario. Visto in questo modo, un piccolo ciondolo che conteneva artigli e piume non poteva che essere un oggetto molto importante. Kojirō riuscì a capire l'intento che aveva spinto Tateishi a raccoglierlo e a farlo riavere al suo proprietario.

Tuttavia, non sarebbe stato più semplice consegnarlo all'ufficio del tempio o a una stazione di polizia, piuttosto che in un bar?

«E perché ha portato il ciondolo proprio in quella caffetteria?»

«Non riesco a muovere bene le gambe, e non ero sicuro di fare in tempo a consegnarlo negli uffici del tempio. Era quasi l'ora di chiusura. Poi, mentre passavo davanti a quel bar, ho notato in vetrina la scritta *MIYAKO MEISHOZUE*. Avevo appena visitato un importante tempio patrimonio culturale. Il Saga Shaka-dō, l'odierno Seiryō-ji, era raffigurato all'interno di quel volume. Pensando si trattasse di un libro raro, mi sono fiondato all'interno.»

In realtà, si trattava di un volume largamente distribuito. Ma a quel punto aveva notato la bacheca. Aveva pensato di lasciare il ciondolo alla stazione di polizia, ma, trattandosi di una cosa senza valore, probabilmente non sarebbe stato restituito al proprietario.

«La persona che l'aveva perso sarebbe venuta sicuramente a cercarlo al tempio. Con questo annuncio ho deciso di lasciare il ciondolo al proprietario della caffetteria.»

«Il proprietario ci ha detto che se nessuno fosse venuto a reclamarlo dopo cinque giorni, lo avrebbe riportato al Seiryō-ji o alla polizia.»

«Lo immaginavo», disse Tateishi, sorridendo soddisfatto.

«Ho capito. La ringrazio. A questo punto, la signora Ochi vorrebbe incontrarla, signor Tateishi, per esprimerle la propria gratitudine. Che ne pensa?»

«Non ho bisogno di essere ringraziato», disse fermamente Tateishi.

Quella era la risposta che Kojirō si aspettava.

Per Tateishi non si trattava di nulla di speciale.

Kojirō era ben consapevole che nessuno sarebbe riuscito a fargli cambiare idea.

10.

«Ho finito di correggere le bozze, ora stampo tutto», disse la voce calma di Yumi, e Kojirō aprì gli occhi.

«Ops, mi sono addormentato?»

«Dormivi come un ghiro, non volevo svegliarti.»

«Che ore sono?» disse guardando l'orologio.

Erano quasi le nove. Si era addormentato a faccia in giù sulla scrivania da quasi tre ore. Riuscire a mangiare e a dormire in qualunque situazione era una qualità indispensabile per un detective.

«Stampa tutto e rilega subito la relazione.»

Ormai il caffè non aveva più alcun effetto su Kojirō.

Quando si guardò intorno nell'ufficio, Yūtaka e Kanako erano già al lavoro e scoppiarono a ridere vedendo il segno del cinturino dell'orologio sulla sua fronte.

Michiyo, sua moglie, non era ancora scesa. Forse era ancora sotto l'effetto dei sonniferi.

Mentre Kojirō si lavava la faccia in bagno, la signora Ochi entrò in ufficio.

«Era oggi, giusto? Sono venuta a ritirare il rapporto.»

«Sì, esatto. Aspetti solo un momento, per favore.» Kanako le portò un caffè e guadagnò un po' di tempo chiacchierando con lei mentre gli altri finivano di rilegare la relazione.

Kojirō si inchinò leggermente e si sedette al tavolo della reception.

«Questo è il rapporto. Può esaminarlo con calma», disse mentre consegnava il plico a Ochi.

«Immagino di non poter incontrare la persona che ha ritrovato il ciondolo, quindi.» Dopo aver finito di leggere il rapporto, Ochi alzò lo sguardo verso Kojirō.

«Il suo carattere è così. Però, ogni anno, durante il periodo di Obon, si svolge un festival del libro antico al Santuario di Shimogamo.»

«Sì, lo conosco. È all'interno del bosco Tadasu.»

«Esatto. So che il signor Tateishi vi si recherà per andare a trovare alcuni amici che saranno lì con uno stand e aggiornarli sulle sue condizioni di salute.»

«Quindi, se ci vado, potrei incontrarlo... Ma come farò a riconoscerlo?»

Non avevano immagini del volto di Tateishi perché si era rifiutato di farsi fotografare.

«Non si preoccupi. Sarà allestita una tenda chiamata *Exploration Book Corner.* I membri dell'Associazione librai antiquari si siederanno lì a turno per aiutare i clienti a trovare i libri che stanno cercando. Ho già parlato con l'associazione, la mattina del 14 vada a chiedere del libro *Miyako Meishozue* che raffigura Sagano e il Tempio Seiryō-ji, e la presenteranno al signor Tateishi.»

«Lo stesso volume della caffetteria, vero?»

«Sì. Spero che sia soddisfatta del rapporto...»

«Sì, non so davvero come ringraziarla... Anche Sujata ne è felice, lo so.» La signora Ochi sorrise, mostrando il ciondolo che portava sul petto.

«Allora, il 14 del mese prossimo, per favore, vada a incontrare l'uomo dalla grafia gentile.»

Kojirō immaginò Tateishi che teneva il pennello tra le dita e scriveva, riversando tutta la sua attenzione su ogni tratto. "*Non c'è niente al mondo che sia più importante degli affetti. In alcuni casi, sono più importanti persino della tua stessa vita*": le sue parole continuavano a risuonargli in testa.

Dopo che la signora Ochi se ne fu andata, tutto lo staff brindò con birra analcolica. Nell'ufficio di Kojirō era infatti consuetudine fare un brindisi quando un caso veniva chiuso.

Ovviamente, evitavano di portare in ufficio alcolici. Tutto lo staff dell'agenzia, infatti, si era fatto in quattro per aiutare Michiyo a uscire dall'alcolismo.

«Forse Michiyo non si sente bene?» notò Yumi, tenendo d'occhio l'orologio.

Erano circa le dieci e mezzo. Kojirō si precipitò su per le scale fino al secondo piano, vicino alla porta sul retro. Era preoccupato, c'era troppo silenzio.

La porta sul pianerottolo in cima alle scale conduceva al soggiorno, mentre alle spalle si trovava la stanza di *tatami*, che era la loro camera da letto. Kojirō provò a chiamare sua moglie attraverso la porta scorrevole, ma non ricevette risposta. L'effetto dei sonniferi ormai doveva essere svanito.

Sentendo una leggera trepidazione nel petto, aprì la porta scorrevole. C'erano i due set di *futon* sparpagliati nella stanza da sei *tatami*, ma di Michiyo non c'era traccia. Kojirō salì nella stanza da otto *tatami* al terzo piano, dove conservavano gli effetti personali del figlio, ma Michiyo non era nemmeno lì.

Gli venne in mente che sarebbe potuta uscire dalla porta sul retro. La notte precedente era stata calda e umida, e Kojirō, che era rimasto tutta la notte sveglio a lavorare, si ricordò che Michiyo lo aveva chiamato per dirgli di fare qualcosa per alleviare la calura.

Forse, quel qualcosa le aveva fatto pensare alla birra. Cavolo! Se ne aveva voglia, poteva acquistare tutto l'alcool che voleva ai distributori automatici. Kojirō corse di nuovo al primo piano e uscì dalla porta sul retro.

A est c'era il Palazzo Imperiale, dove non c'erano né negozi di liquori né distributori automatici; a ovest c'era la vecchia stazione di polizia dove aveva prestato servizio lui. Conoscendo Michiyo, avrebbe evitato di passare lì davanti, preferendo muoversi verso sud o nord.

Vicino a Marutamachi-dōri, a sud, c'era un piccolo *convenience store* che vendeva bevande alcoliche, ma si affacciava proprio davanti all'edificio del quartier generale della polizia. Rimaneva quindi soltanto la zona di Imadegawa, luogo di ritrovo degli studenti, dove si respirava un'atmosfera decisamente più rilassata.

Kojirō si diresse quindi in direzione nord, verso Imadegawa-dōri, la strada principale che tagliava la città da est a ovest.

Si era imbattuto in diversi distributori automatici prima di raggiungere la strada principale, ma erano tutti di bibite analcoliche.

«Kojirō!» si sentì chiamare da dietro mentre attraversava l'incrocio per raggiungere Imadegawa. Voltandosi, vide sua moglie, che appariva più magra del solito.

«Michiyo. Dove sei stata?»

«Volevo fare una sorpresa a tutti...» disse lei, mostrando il sacchetto di carta di uno storico negozio di dolciumi giapponesi.

«*Yōkan*?»

«Sono *namagashi* estivi. Ho comprato anche delle foglie di tè di alta qualità. Dobbiamo festeggiare! È il primo lavoro di Kana-chan, quindi ho pensato di concederci un piccolo lusso e acquistare dolci giapponesi, ma ce n'erano di così tanti tipi che non sapevo decidermi.»

«Okay. Scusami, ma mi sono preoccupato quando non ti ho trovato in camera.»

«No, tesoro, non devi. Non bevo più. Prendo anche le medicine, quindi non ho alcuna voglia di bere.»

Il farmaco prescritto dall'ospedale anche con una quantità minima di alcool provocava forti mal di testa e nausee simili a quelli dei postumi di una sbornia.

Per un po' era persino riuscita a smettere di prendere le medicine, ma quando ad aprile era iniziato il nuovo anno scolastico ed erano apparsi gli studenti delle scuole superiori con le loro uniformi nuove di zecca, Michiyo aveva avuto un crollo, ripensando al suo amato Kōshi, e aveva bevuto una lattina di birra.

Ne bastava pochissima, anche solo un goccio era sufficiente per farla ricadere nella dipendenza. Tutta la determinazione messa in cinque anni era stata vanificata.

Un ex collega aveva trovato Michiyo che piangeva in un

minimarket con una lattina di birra in mano. Quando Kojirō era arrivato lì dopo aver ricevuto la chiamata, aveva visto sua moglie bere un sorso e versare il resto della birra in strada, e si era reso conto della profondità della sua sofferenza. Nemmeno Michiyo voleva bere, ma si era sentita troppo sola. Cercava qualcosa per riempire quel vuoto.

Era stata la stessa Michiyo a chiedere al medico di prescriverle dei farmaci per la sua dipendenza. Kojirō doveva prestare maggiore attenzione a sua moglie, ma durante il viaggio di lavoro a Kanazawa aveva abbassato la guardia.

«Davvero non hai più bevuto?»

«Davvero. Credimi.» Michiyo sollevò il sacchetto di carta, sorrise e continuò. «E poi, anche volendo, i dolcetti non si abbinano con l'alcool!»

Kojirō si sentì sollevato e, restituendo il sacchetto di carta a Michiyo, disse: «Vedrai, saranno tutti felici», e ricambiò il suo bacio.

Tutti in ufficio amavano i dolci. Yumi e Yūtaka adoravano il cioccolato e anche l'alcool. Kojirō invece apprezzava lo scotch, ma dopo la dipendenza di Michiyo aveva completamente smesso di bere.

11.

Come previsto, il *sencha* e i dolcetti avevano reso tutti felici. Tra questi, aveva riscosso particolare successo il *kuzu manju*. Il suo gusto fresco e la delicata dolcezza si sposavano alla perfezione con il sapore del pregiato tè di Uji.

Kojirō sentì la testa rilassarsi, dopo la stanchezza accumulata. D'un tratto, però, guardando l'ingresso, si accorse di una figura tremante che si avvicinava.

«Prego!» esclamò.

Quando la porta si aprì, apparve una donna minuta che sembrava sulla settantina.

«Buongiorno, vorrei un'informazione: è possibile richiedere la ricerca di una persona che ho conosciuto tanto tempo fa?» domandò con imbarazzo la donna.

«Prima di tutto si accomodi.» Kojirō la invitò nella sala di ricevimento e le offrì l'ultimo *kuzu manju* accompagnato da tè verde. La servì Yumi, che si muoveva lentamente. Kojirō la invitò a sedersi.

Ultimamente, Kojirō si era sfogato con Yūtaka dicendo che da un po' di tempo Yumi non gli rivolgeva più la parola. Kojirō aveva sempre lavorato in ambienti prettamente maschili e non era molto abituato ad avere a che fare con le donne. Yūtaka gli aveva spiegato che a volte tra le donne poteva sorgere un po' di competizione.

La cliente si chiamava Tomoyo Shimazaki, di settantacinque anni, e veniva dalla città di Toba, nella prefettura di Mie.

In agenzia c'erano stati altri clienti che venivano da prefetture lontane, per via della copertura mediatica ottenuta, ma questa era la prima volta che ricevevano una donna così anziana.

«Sono venuta appositamente dalla prefettura di Mie. Ho saputo di questo posto da un vecchio articolo di giornale che ho conservato. C'è qualcosa che vorrei chiederle.»

«Era circa tre anni fa, quando hanno parlato di noi su quel giornale...»

Si trattava di un breve articolo per i residenti della prefettura di Mie.

«Dunque, mio marito è morto questa primavera, e penso che presto lo raggiungerò...» Abbassò gli occhi, parlando con un'espressione dolce sul viso e la voce flebile.

«Signora, per favore, non dica così...»

«Grazie, lei è tanto giovane e gentile...» Tomoyo sembrava sul punto di piangere e chinò la testa. La perdita del marito doveva essere stato un dolore enorme nel suo cuore.

«Signora Shimazaki, ha figli?» chiese Yumi.

«Soltanto uno, ma non è mai andato d'accordo con il padre... È un dispiacere!»

Tomoyo aveva sposato un uomo, che aveva dieci anni più di lei e gestiva un ristorante di *udon* vicino alla stazione di Toba, quando aveva appena compiuto vent'anni, nel 1951; l'anno successivo, aveva dato alla luce suo figlio. Poi, quando il figlio aveva trentacinque anni, il padre lo aveva ripudiato.

«È una cosa di cui mi vergogno profondamente: è fuggito con la moglie di un altro.»

Il marito aveva disprezzato la disonestà del figlio e, contrariato dal suo comportamento vigliacco, per cui era scappato senza affrontare il padre, gli aveva scritto una lettera con cui lo informava di averlo rinnegato. Da allora, non si erano più parlati.

«Quando mio marito è morto, l'ho informato mandandogli un telegramma. Ma lui non si è fatto vedere.»

«Vuole che ritroviamo suo figlio, quindi?»

«No. Ho rinunciato a lui.» Tomoyo chiuse gli occhi scuotendo la testa. «Inoltre, dalla morte di mio marito, non mi sono più ripresa.»

«Ma ha un ottimo aspetto, signora», cercò di incoraggiarla il detective.

«Si dice che marito e moglie si assomiglino, e anch'io, come mio marito, ho avuto un infarto al miocardio. Mi aspetto che lui venga a prendermi da un momento all'altro. Ma c'è qualcosa che ho lasciato in sospeso. Prima di morire, vorrei esprimere la mia gratitudine a *quella* persona. Se non lo faccio, so che me ne pentirò e che non potrò attraversare il Sanzu, il fiume delle anime defunte, serenamente.» La donna si protese in avanti, come a proteggere il cuore.

«Quindi vuole cercare *quella* persona, ho capito bene?» Kojirō, come sempre, aveva acceso il registratore vocale.

«Sì, *quella* persona. Ma è successo tanto tempo fa.»

«Non si preoccupi. È nel passato che il detective dei ricordi svolge le sue indagini. Mi racconti.»

«Parliamo di sessantadue anni fa.»

«Nel dopoguerra, quindi.»

«Avevo tredici anni. Osaka era stata completamente distrutta dai raid aerei. Anche se forse le rovine avrebbero potuto tenere lontana la gente...»

Gli occhi di Tomoyo erano puntati ora su Kojirō, ora su Yumi, che erano lì davanti a lei. Tuttavia, sembravano non vederli, come se stessero riflettendo lo scenario della Osaka di sessantadue anni prima.

12.

Tomoyo era nata negli anni Trenta a Matsunohama, città di Izumiōtsu, nella prefettura di Osaka. Era la figlia maggiore di un fabbro artigiano e aveva trascorso tutta la sua infanzia circondata dalla guerra. Tutto era guerra, a quei tempi.

Anche alle elementari, non era mai stata libera di giocare come voleva. Osservava con invidia i ragazzini mentre si davano battaglia nei campi, giocando alla guerra.

A scuola agli studenti veniva insegnato come marciare. Nella marcia, tutto era determinato, dal modo in cui si muovevano le braccia e si alzavano i gomiti, all'atteggiamento mentale e all'umore.

In altre parole, Tomoyo non aveva libertà.

Il suo unico divertimento era comprare le caramelle con i soldi racimolati facendo la babysitter e guardare gli spettacoli di *kamishibai.*

A quel tempo, gli spettacoli di *kamishibai* si pagavano in caramelle, che i bambini compravano quando potevano. Con le caramelle si pagavano i posti più economici, mentre i *senbei* con sciroppo di amido e i *karume-yaki* erano per i bambini ricchi. Così, il gruppo delle caramelle era in piedi sul fondo, mentre il gruppo *karume-yaki* era seduto in prima fila. In realtà, non c'erano veri e propri posti a sedere; semplicemente, ci si accovacciava per terra con le ginocchia al petto.

Tomoyo era solita andare agli spettacoli con il fratello più piccolo, con il timore che da un momento all'altro iniziasse a piangere, interrompendo la visione.

«Il mio spettacolo preferito era *La ragazza delle camelie*, ma non sono mai riuscita a seguire tutta la storia.»

Gli spettacoli di *kamishibai* si svolgevano sempre nello stesso luogo e all'incirca alla stessa ora, ma le storie narrate non erano mai le stesse. Quando i ragazzi gridavano: «Una storia di fantasmi!» o «Una storia militare!» lo spettacolo veniva modificato in base alle richieste, e diventava quindi difficile seguire la storia.

Inoltre, con i pochi soldi che aveva, Tomoyo riusciva a guardare soltanto uno spettacolo ogni tre giorni. Tuttavia, fu proprio in quel periodo che scoprì la gioia di immergersi in fantasie romantiche.

Non importava quanto fossero difficili le cose in quel momento, quelle storie le avevano insegnato a sopportare la sua situazione sognando che qualcuno, da qualche parte, l'avrebbe aspettata. Anche se alla fine era il fratellino a godersi le caramelle che venivano distribuite a scuola, lei nutriva la sua anima con gli spettacoli di *kamishibai*.

«Non avevo mai conosciuto niente di così delizioso come le caramelle. Erano tanto preziose, che il mio insegnante mi aveva avvertito di non mangiarle mai per strada. Anche se stessi morendo di fame.»

Tomoyo era seduta di fronte a Kojirō, mentre il *kuzu manju* era ancora al suo posto. Quando Yumi glielo ricordò, Tomoyo lo portò alla bocca con un'aria deliziata.

In ogni caso, quello era un tempo in cui genitori e insegnanti educavano le ragazze a camminare tre passi dietro agli uomini. Per lei non c'era altro modo di vivere che diventare la donna che gli adulti le dicevano di diventare.

L'8 dicembre 1941, l'anno in cui Tomoyo compì nove anni, alle sette del mattino sentì l'annuncio che l'esercito giapponese era in guerra con le forze americane e inglesi nel Pacifico occidentale.

Kojirō aveva ascoltato spesso le storie di guerra da suo padre, che ormai non c'era più. Suo padre, che aveva cinque anni meno di Tomoyo ed era l'ultimo di quattro figli, diceva sempre che ai tempi della guerra riusciva solo a sentire la strana eccitazione degli adulti.

Tomoyo all'epoca era una bambina e aveva ascoltato l'annuncio con le sue stesse orecchie. Kojirō si commosse nel vedere qualcuno che ricordava ancora il momento in cui il Giappone aveva fatto il primo passo verso la sconfitta.

«Festeggiai la fine della guerra a casa dei miei genitori. L'anno prima avevo terminato le scuole elementari in una scuola statale ed ero entrata in una scuola superiore femminile. Per via delle ristrettezze economiche finii a lavorare come apprendista in una fabbrica di abbigliamento di Sakai. Anche quella zona era stata completamente rasa al suolo, e il mio compito era diventato quello di coltivare patate dolci a Izumiōtsu, dove ancora c'erano dei campi, e portarle al mercato nero di Umeda per scambiarle con riso e sale. I miei fratelli maggiori erano rimasti uccisi in guerra, mentre mia madre doveva proteggere il campo e mio fratello minore, che aveva sette anni.»

Tomoyo trainava un rimorchio per arrivare fino a Umeda, impiegandoci mezza giornata. Indossava una divisa maschile per sembrare un ragazzo e teneva i capelli corti legati indietro e infilati in un cappello. All'epoca, si diceva che le donne che andavano in giro da sole rischiavano di essere rapite o stuprate.

«Non solo, c'era anche molta diffidenza nei confronti dei soldati americani che vagavano per le strade. Portavo sempre con me una bottiglia di medicinale che mi era stato detto di usare nel caso fossi stata aggredita.»

Ciò che gli era stato dato era cianuro.

A Kojirō tornò in mente un caso che riguardava appunto il cianuro. Durante la guerra era successo che il nipote di una donna fosse scappato di casa portando via con sé quella fiala e minacciando il suicidio. Però, dal momento che il veleno era stato conservato male, aveva perso la sua tossicità combinandosi con l'anidride carbonica presente nell'aria, e alla fine il nipote era sopravvissuto.

Guardando quella fiala di cianuro ormai inefficace, Kojirō pensò che l'ombra della guerra aleggiasse ancora in quel posto.

«Era dura per una ragazzina di tredici anni. Non credo

che le ragazzine di oggi sarebbero in grado di sopportarlo», rifletté Yumi ad alta voce. Erano altri tempi, e Kojirō non poteva far altro che chinare il capo davanti a coloro che erano riusciti a sopravvivere a difficoltà che nemmeno lui sarebbe stato in grado di affrontare.

«All'epoca venivamo incoraggiati da slogan come: *Tutto il mondo sotto un unico tetto!* e *Non lo voglio finché non vinco.* Io avevo quasi dieci anni, e in giro si diceva che il motto *Non lo voglio finché non vinco* fosse stato inventato da una bambina di due anni più grande di me. Quando vedevi le ragazze della tua stessa generazione impegnarsi a fare del loro meglio, era facile arrivare a provare un forte senso di orgoglio patriottico, anche se non ero certo una militarista.»

Per i bambini erano stati tempi durissimi. Tomoyo ricordava bene gli adulti intorno a lei che dopo la sconfitta dicevano di voler morire per l'Imperatore facendo *seppuku*, ma in realtà non seppe mai di qualcuno di sua conoscenza che lo avesse fatto veramente.

13.

Era la primavera del 1945. Tomoyo camminava lungo la riva del fiume Aji, trainando un carro. Da lontano sembrava un ragazzino con l'uniforme nazionale e il cappello del fratello maggiore. Si era allacciata le ghette attorno all'orlo dei pantaloni e indossava stivali militari. Però le scarpe non si adattavano alle dimensioni dei piedi, e le provocavano vesciche che le facevano molto male.

Il carico diretto a Umeda era costituito da sei grandi sacchi di iuta pieni di patate dolci e cipolle verdi, mentre al ritorno quei sacchi sarebbero stati riempiti di riso e sale. Il peso non era troppo gravoso da trainare avanti e indietro, ma le oltre sette ore di cammino in entrambe le direzioni erano la cosa più stancante. Partiva alle quattro del mattino per arrivare entro mezzogiorno nella zona di Umeda, dove si trovava il mercato nero; dopodiché, non aveva nemmeno il tempo di riposare perché doveva tornare subito a casa, per rientrare a Izumiōtsu prima del calar della notte.

Come le altre volte, anche quel giorno, dopo lo scambio di oggetti al mercato, si era fermata un momento a consumare il suo pasto, che consisteva in farina di riso leggermente tostata e spalmata di salsa, per poi far ritorno a casa.

A causa delle incursioni aeree, il letto del fiume non aveva che pochi alberi che potessero dare un po' di ombra, ma il sole splendeva forte, era una giornata talmente calda che era difficile pensare che fosse primavera.

Al di là della riva prosciugata e polverosa, si vedeva una massa color kaki che ondeggiava come vapore. Diventava sempre più grande, fino a che Tomoyo si rese conto che si trattava di una jeep che trasportava soldati americani. Era l'esercito di Occupazione.

Tomoyo, terrorizzata, cambiò direzione, spostando il carro sul lato della strada per nascondersi.

In quel momento perse l'equilibrio con il piede sinistro e scivolò sull'erba. Mentre cercava di rimettersi in piedi, il dolore delle vesciche la colpì intensamente.

I soldati americani le gridarono qualcosa. Sembrava che stessero sorridendo. Dopo che la jeep e il rimorchio si furono incrociati, Tomoyo non ricordava più nulla di quanto accaduto.

Sentiva nelle sue narici l'odore dell'acqua e dell'erba e, quando si ridestò, vide due occhi azzurri che la fissavano. Tomoyo provò a girare la testa e a sbattere i piedi. Però, il soldato americano, di corporatura imponente, non si era mosso di un millimetro. Aveva capito di essere sdraiata con la schiena contro l'erba, con un soldato americano che, come una roccia, la sovrastava, ma sapeva anche di essere totalmente impotente.

Nel momento in cui sentì che le aveva aperto i vestiti e scoperto il petto, il terrore di essere violentata da quel soldato fu più forte persino dell'imbarazzo di non volere che nessuno la vedesse.

«Aiuto!» Tomoyo, nonostante non fosse mai stata brava a urlare durante gli addestramenti militari, gridò con tutto il fiato che aveva in gola. Poi iniziò a tossire violentemente, sentendo l'odore dell'acqua di fiume passarle dalla bocca al naso.

«Fermati, demonio!»

A un certo punto le era sembrato di sentire una voce che urlava in giapponese.

«*Oh, my God!*» Il soldato americano che era sopra di lei fece un balzo all'indietro.

Si teneva la testa e le spalle. La persona di fronte al soldato era un ragazzo con addosso una camicia con il colletto aperto e dei pantaloncini. Teneva in mano qualcosa di simile a un lungo bastone.

Tomoyo svenne per la paura e la tensione; quando si riprese, quello che vide fu il volto coraggioso di quel giovane che la guardava negli occhi con apprensione. Era piccolo di statura, ma non così giovane come gli era sembrato all'inizio.

«Va tutto bene, adesso. Se n'è andato.»

Tomoyo non riusciva a parlare. Tremava per la vergogna di essere stata umiliata di fronte a quel ragazzo che aveva visto tutto.

Così, mentre si affrettava a cercare la bottiglietta di cianuro che aveva nel taschino della giacca, sulle mani sentì la sensazione familiare del lino. Sul suo petto c'era la sacca di iuta che conteneva le patate dolci. Sotto, i vestiti erano bagnati fradici. Anche se non sentiva freddo, per via del clima primaverile, tremava.

«Tranquilla, non avere paura, sei in salvo. Sei stata ammirevole. Sei riuscita a opporre una feroce resistenza a quel tizio dai capelli rossi e dagli occhi azzurri.»

«Sono riuscita a resistere...» disse Tomoyo dopo un po'. Sentiva un sapore amaro in bocca e tentò di reprimere la nausea che le stava salendo; la sua voce le sembrò così vecchia da stentare a credere che le appartenesse.

«Quindi, per favore, non fare nulla di strano. O il mio aiuto sarà stato inutile.» Il ragazzo sorrise solo con gli occhi. «Ora siediti e bevi un po' d'acqua.»

Nel momento in cui la mano di quel ragazzo le avvolse la schiena, il cuore di Tomoyo cominciò a batterle così forte in petto che pensò si potesse sentire.

Seduta sull'erba, mentre beveva l'acqua dalla bottiglietta, percepì lo scrosciare del fiume Aji diffondersi nelle orecchie e gli occhi le si riempirono della vista del paesaggio circostante.

Il giovane si era accorto che due bottoni della sua divisa le erano saltati, così glieli porse. Di fronte al fiume, con addosso soltanto la sacca, Tomoyo li riattaccò rapidamente con gli strumenti da cucito che portava sempre con sé. Lo sconosciuto risalì velocemente l'argine e riportò il carro, fermo a metà del pendio, sulla strada.

Per la prima volta, Tomoyo conobbe la gentilezza di un uomo diverso da suo padre.

Il padre era un uomo tranquillo, un artigiano specializzato nella riparazione di ferramenta, in particolare di lame da sega. Non era però il tipo che si prendeva cura dei bambini, né mostrava alcun segno di affetto nei loro riguardi. C'era però una dolcezza davvero avvolgente nella sua voce, quando intonava antichi canti popolari mentre lavorava dalla mattina alla sera e beveva un bicchiere di *shōchū*. Cercava di esprimere l'amore per i figli costruendo per loro trampoli e libellule di bambù, ma Tomoyo credeva che il suo amore trapelasse più dalle canzoni, che dai giochi.

«Dove sei diretta?» chiese il ragazzo.

«A casa, a Izumiōtsu», rispose Tomoyo, alzandosi.

Tomoyo si accorse di qualcosa di rosso sotto i suoi piedi, mentre risaliva il pendio punteggiato d'erba.

«È il sangue del soldato americano. In realtà, volevo colpirlo alla spalla, ma l'ho preso in testa.»

«Era ferito?»

«Un altro soldato lo ha caricato e portato via sulla jeep», replicò lui.

«È terribile! È tutta colpa mia!»

Non c'era alcuna possibilità che la polizia militare non intervenisse in un caso di giapponesi che attaccavano l'esercito di Occupazione.

«Tu non c'entri nulla. È tutta colpa della mia inesperienza. Se non partiamo prima dell'arrivo della polizia, sarà buio quando raggiungerai Izumiōtsu. È pericoloso quando fa buio.»

Spinta da quel ragazzo, Tomoyo tornò al carro.

«Come posso ringraziarti?» Le uniche parole che le venivano in mente in quel momento sembravano uscite da una *pièce* teatrale.

«Non disturbarti a ringraziare un ragazzo giapponese che ha fatto solo il suo dovere.»

Mostrando i denti bianchi, le porse il cappellino che aveva raccolto da terra.

In quel momento, Tomoyo notò una ferita che sembrava

molto dolorosa e che partiva dal dorso della mano destra per arrivare al polso.

«Adesso ho qualcosa da fare, qui, vicino al fiume; quindi, per favore, vai!»

Sfruttando la spinta data dal traino, Tomoyo ripartì.

14.

«È grazie a lui se oggi sono ancora qui.»

Tomoyo posò sul tavolo la bottiglietta di cianuro di potassio. Sembrava una fiala ghiacciata, era completamente diversa da quella che conteneva gli artigli e le piume del gatto.

Contenuto diverso, emozioni che cambiano. I sentimenti delle persone sono qualcosa di inafferrabile. E questo appartiene alla condizione umana.

«Signora Shimazaki, non ha nulla con sé che potrebbe fornirci un indizio?»

Sessantadue anni erano una distanza enorme: avere degli indizi diventava fondamentale.

«Dopo aver camminato per un po', sentii il rumore della motocicletta e della jeep della polizia militare. Mi sono spaventata, così ho abbandonato il carro lì dov'era, ho nascosto il riso tra l'erba e sono corsa via con tutte le mie forze.»

Quando era tornata indietro, non c'era più nessuno. Erano rimaste solo le tracce di sangue del soldato americano, ormai scolorite di nero.

«È lì che ho trovato questo, coperto di sabbia.»

Quello che Tomoyo aveva in mano era un *omamori*. Attaccato all'estremità del filo rosso brillante c'era un piccolo amuleto di un blu più profondo dell'oltremare. Era tutto sfilacciato e probabilmente c'era uno stemma ricamato al centro, ma non si riusciva a dire con certezza. Naturalmente, non aveva più la polvere, era stato ripulito. Nonostante ciò, emanava ancora l'odore della terra bruciata che aleggiava nell'aria dopo la guerra.

«Questo apparteneva all'uomo che l'ha aiutata, signora Shimazaki?»

«Non ne sono sicura, ma ricordo di aver visto spuntare un filo rosso dalla sua nuca.»

Nel mondo del dopoguerra, dove tutti i colori erano scomparsi, soltanto il rosso era ancora visibile. Tomoyo disse che non poteva sbagliarsi.

«La cicatrice sul dorso della mano destra e questo amuleto sono gli unici indizi che abbiamo.»

«Esatto. Questo è tutto. Sento che la fine si sta avvicinando, e vorrei dire una parola di ringraziamento alla persona che mi ha salvato la vita. Spero che potrete aiutarmi a realizzare questo mio sogno...»

Con il consenso di Tomoyo, Kojirō guardò dentro l'*omamori*. Se al suo interno ci fosse stato il nome del santuario, sarebbe stato un ottimo punto di partenza.

All'interno c'era solo un pezzo di carta con alcune parole scritte che sembravano essere state tagliate a metà in lunghezza. Senza conoscere il significato delle lettere, non c'era modo di identificare il nome del santuario.

«Diamo un'occhiata più da vicino.»

Tomoyo guardò ancora Kojirō e si inchinò di nuovo.

«Per quanto riguarda il rapporto, spero di essere ancora viva quando lo riceverò.»

A breve doveva essere ricoverata in ospedale e non avrebbe avuto modo di venire a Kyoto a ritirarlo. Pertanto, chiese a Kojirō di portarlo nella sua stanza d'ospedale.

«Sta così male?»

«Sono venuta qui con il pensiero che questo sarebbe stato il mio ultimo viaggio.»

Anche se la sua malattia non sembrava tanto grave, i medici le avevano detto che le restavano solo sei mesi di vita. Lei non disse nulla, ma probabilmente soffriva di altro, oltre ai problemi del miocardio.

«La terremo informata su tutto ciò che scopriremo mentre procediamo con l'indagine. E comunque, non si lasci influenzare dalle dichiarazioni dei medici sull'aspettativa di vita, signora Shimazaki.»

«Temevo che non avrebbe accettato il mio caso.»

«Farò del mio meglio per consegnarle un rapporto accurato. Non si preoccupi.»

Fu così stabilito che il rapporto non sarebbe stato consegnato a Toba, la città in cui la signora Shimazaki viveva, ma nella stanza 607 al sesto piano dell'Ospedale H, nella vicina città di Ise.

Dopo aver firmato il contratto e sbrigato altre formalità, Tomoyo si appoggiò allo schienale del divano, sentendosi sollevata. Vedendo ciò, Yumi l'aiutò a sdraiarsi lentamente, poi le controllò la pressione sanguigna, la temperatura corporea e il polso.

Viste le condizioni della moglie di Kojirō, Yumi aveva sempre con sé i suoi strumenti, come il misuratore della pressione.

«Che mi dici?»

«La pressione è bassa, quindi non credo che riuscirà a camminare, in questo momento. Non sarebbe meglio consultare un medico e farla ricoverare in ospedale qui a Kyoto?»

«Mi capita spesso, non preoccupatevi; se resto sdraiata per un po', poi riesco di nuovo a camminare», disse Tomoyo con voce sofferente.

«Signora Shimazaki. So che non si direbbe dal mio aspetto, ma ero un'infermiera. Vorrei che la visitasse un medico di mia conoscenza, penso che sarebbe meglio.»

Tomoyo respirava affannosamente.

«Grazie!» disse Kojirō a Yumi, continuando a guardare Tomoyo. «Signora Shimazaki, deve prendersi cura di sé, almeno fino a che non potrà ringraziare la persona che le ha salvato la vita. Non abbiamo nemmeno iniziato le indagini, non può crollare adesso.»

Tomoyo Shimazaki aveva messo a repentaglio la sua vita per bussare alla porta dell'agenzia dei ricordi. Trovare il suo benefattore basandosi solo su un *omamori* sarebbe stato un compito arduo.

Kojirō non aveva alcuna intenzione di arrendersi.

II
LA DONNA CHE PIEGA LE GRU

1.

Kojirō fece salire Tomoyo Shimazaki, stremata, nel minivan di Yūtaka e la portò alla vicina clinica Iizu. Il dottor Iizu, che Yumi Ichinose conosceva bene, le aveva garantito un ricovero nonostante la chiamata improvvisa.

«Il viaggio in treno dalla prefettura di Mie deve averla stancata troppo», disse il dottor Iizu, mentre controllava il polso di Tomoyo, sdraiata a letto.

«Mi capita spesso», sussurrò Tomoyo, insistendo che era normale.

«Signora Shimazaki. Il suo cuore è talmente malandato che fa fatica persino a respirare. Deve prendersene cura», affermò il dottore, chiudendo rapidamente la tendina. Scostando la camicetta di Tomoyo, le poggiò sul petto lo stetoscopio. Nonostante l'età avanzata, non dimenticava mai di mostrarsi attento nei confronti delle sue pazienti.

Il dottor Iizu aveva appena compiuto sessant'anni. Era magro e slanciato, e la sua figura appariva elegante anche con i jeans sotto il camice bianco. Se avesse indossato uno smoking al posto del camice, con quel suo volto smagrito e i capelli neri corvini sarebbe stato simile al conte Dracula.

«Sono ben consapevole di avere un problema cardiaco. Ma ci sono abituata, ho solo bisogno di riposarmi per un...»

«No, no, no, rimarrà ricoverata qui per qualche giorno!» esclamò il dottore, prima che Tomoyo potesse finire la frase.

«Be', questo è un problema.»

«È sotto la mia responsabilità medica, e non posso lasciarla andar via nelle sue condizioni. Comunque non si preoccupi, la terrò in osservazione lo stretto necessario, signora Shimazaki.»

«Signora, è meglio così, si fidi. Se c'è qualcuno da avvisare, me lo dica e lo farò io per lei.» Kojirō si inserì nella conversazione da fuori la tenda.

«Nessuno.» La voce di Tomoyo si fece ancora più flebile.

Kojirō immaginò che stesse pensando al figlio che non vedeva da tanto tempo, ma lo tenne per sé.

«Signora Shimazaki, lasci a me tutte le cose di cui ha bisogno per l'ospedale. Mi occuperò io di tutto», disse Yumi accanto a Tomoyo.

Kojirō era convinto che lasciandola alle amorevoli attenzioni di Yumi, Tomoyo si sarebbe persuasa a farsi curare. A volte nutriva un moto di tenerezza nei riguardi di Yumi. Non le aveva mai chiesto perché avesse divorziato dal marito, ma Kojirō la vedeva come una moglie e una madre perfetta. Quindi le affidò Tomoyo e lasciò la stanza della clinica.

«La sala esami al momento è occupata da mio figlio.» Anche il dottor Iizu lasciò la stanza subito dopo e invitò nel salottino Kojirō, che, nel corridoio, guardava il suo taccuino pensando alle prossime mosse da fare.

All'interno della clinica, infatti, proprio oltrepassata la sala esami, c'era l'abitazione della famiglia e, aperta la porta, si trovava subito il salotto per gli ospiti.

Mentre si accomodava sul divano, Kojirō notò un grande orologio di legno appeso a un pilastro nella parte anteriore della stanza. Erano quasi le due.

«Le visite mattutine non sono ancora finite?»

«No, mio figlio è impegnato nello studio. Non tanto delle malattie, quanto dei pazienti di zona.»

Il dottor Iizu gestiva la clinica con il figlio, medico anche lui. Voleva man mano cedergli la gestione, una volta acquisite le ultime conoscenze come internista, ma sembrava che i suoi vecchi pazienti preferissero essere visitati ancora da lui, che li conosceva bene, invece che dal figlio.

«Ho capito: il punto è il malato, e non la malattia, giusto?»

«Esatto. È il paziente che va esaminato, non la malattia.» Il dottor Iizu aveva il volto sorridente.

«Dottore, mi dica, come sono le condizioni della signora Shimazaki?»

«Dalla lastra ho visto che ha avuto un "polso paradosso", non facile da riconoscere. Il polso paradosso si verifica quando la frequenza del polso diminuisce inspirando, a causa di un tamponamento cardiaco. Auscultando il torace, ho notato un notevole rumore di attrito pericardico. Potrebbe pertanto avere una pericardite in corso.»

«La pericardite è difficile da curare?»

«Visto che ha avuto un infarto del miocardio, probabilmente si tratta di una conseguenza. Potrebbe essere un'infiammazione causata da un precedente infarto miocardico acuto, da reumatismi o dal *Mycobacterium tuberculosis.* È difficile da dire con certezza. In ogni caso, l'aritmia e il calo di pressione si possono definire gravi. È il caso di fare degli esami approfonditi.»

«Quanto dovrà rimanere ricoverata in ospedale?»

«Be', direi almeno un paio di settimane. Ma prima di tutto, ha bisogno di molto riposo.»

«Due settimane?»

Era impossibile soddisfare la richiesta di Tomoyo in sole due settimane. Kojirō sentiva tutto il peso dei sessantadue anni che incombevano su di lui.

«Non ci sono dubbi che il muscolo cardiaco sia stato gravemente danneggiato, ma qui possiamo fornire cure limitate», replicò il dottor Iizu, spostandosi i capelli all'indietro. Aveva un'espressione cupa in volto.

«Il motivo per cui la signora Shimazaki è venuta nella nostra agenzia investigativa è che deve trovare una persona da ringraziare. Il suo rammarico è di non averle potuto esprimere adeguatamente la sua gratitudine.»

«Quindi, vuol dire che è rassegnata al peggio. È una persona molto saggia: come non se ne vedono più in televisione o sui giornali, oggigiorno. Ma potrebbe essere che proprio i suoi rimpianti le abbiano dato la forza di andare avanti, signor Jissō.»

Capiva cosa intendeva il dottor Iizu. Non avere più rimpianti poteva rendere la vita priva di scopo. Spesso i pensieri nei recessi della memoria e nel profondo del cuore sono la roccaforte dell'anima. Nel caso di Tomoyo, erano il bastone che sosteneva la sua resistenza alla malattia.

Kojirō sentì un'improvvisa urgenza di trovare una soluzione, ma si chiese anche se fosse davvero il caso di cercare il benefattore di Tomoyo.

«Dottore, se risolvessimo il suo cruccio, cosa potrebbe succedere alla signora Shimazaki?»

«Non saprei proprio. Non sopravvaluti la medicina. Detto tra noi, ci sono molte cose che ancora non conosciamo. Quando si parla di aspettative di vita, ci si basa sulle statistiche. Non mi fraintenda, ma è una specie di schema fisso.»

«Uno schema fisso?»

«Se dichiari tre anni di aspettativa di vita, i familiari inizieranno a fare il conto alla rovescia. Per quanto si possano sforzare di nasconderlo, in qualche modo questa ansia si trasmette al malato. Un paziente costretto a letto è concentrato su ciò che gli sta attorno, quindi riesce a percepirlo dai dettagli, dalle microespressioni del volto, dal tono della voce. È come se avesse antenne estremamente sensibili.»

«Quindi sta dicendo che questo influisce inconsciamente sulla sua reale aspettativa di vita?»

«È quello che penso. Medici, infermieri, familiari e amici intimi che vengono in ospedale hanno tutti in mente quanto resta di vita al paziente. La comunità medica mi deriderebbe se dicessi cose del genere.» Sorrise, ma il suo sguardo era tagliente.

«È una specie di preghiera al contrario, insomma?»

Le famiglie affidano le loro preghiere affinché il loro caro guarisca prontamente, ma Kojirō sentiva che se fossero stati consapevoli di quanto tempo restava da vivere, le loro preghiere avrebbero avuto un altro obiettivo.

«Mi scusi se le mie parole l'hanno turbata. Non badi a me. Dopotutto, sono un medico un po' eretico. In altre parole, non so se i rimpianti della signora Shimazaki abbiano avuto un effetto positivo o non siano stati altro che motivo di stress e preoccupazione.»

Il dottor Iizu sembrava parlare con cognizione di causa.

Le sue parole erano da considerare, soprattutto nel caso degli anziani. Doveva tenerne conto, nel momento in cui avrebbe preparato la relazione finale.

Non significava tanto mentire, quanto rendere giustizia alla realtà che poteva essere sfaccettata. A seconda della prospettiva, c'erano informazioni che era meglio occultare. Finché lavorava con i ricordi, era necessario superare questi dilemmi per andare avanti.

«Kojirō!» esclamò Yumi, entrando nel salotto.

«È più tranquilla, ora?» chiese Kojirō, lanciando un'occhiata in direzione della stanza da letto di Tomoyo.

«Sta dormendo. Mi ha dato questi, ma non so che farne.»

Kojirō ricevette da Yumi un'ampia busta. Vi era impresso sopra il logo della Mie Bank. All'interno c'erano un libretto bancario e un timbro.

«Possiamo controllare il suo libretto bancario?»

«Ho ricevuto il suo consenso.»

Sentendo queste parole, Kojirō aprì il libretto bancario.

«Ha un saldo di 830.000 yen?!»

«Ha detto che erano tutti soldi suoi», disse Yumi a bassa voce.

«Non è forse segno della sua determinazione? Nelle sue condizioni, ha messo tutti i suoi beni sul libretto. Signor Jissō, a me sembra faccia sul serio.» Il dottor Iizu si accarezzò nuovamente i capelli.

«È un caso piuttosto difficile.»

«Perché intanto non iniziamo dall'*omamori*?»

«Sì, vediamo quante informazioni riusciamo a raccogliere. Io cercherò qualcuno che sappia qualcosa del mercato nero della zona di Umeda. Oh, e... Yumi, trovami un nome a questo caso.»

«D'accordo.»

Kojirō e Yumi, prima di fare ritorno in ufficio, raccomandarono al dottor Iizu di contattarli in caso di cambiamenti delle condizioni di Tomoyo.

2.

In ufficio, un bel signore elegante era seduto sul divano della reception e Yūtaka rispondeva alle sue domande.

«Ah, è appena rientrato il titolare.» Yūtaka si alzò velocemente e presentò Kojirō al gentiluomo.

Kojirō lo salutò e, dopo aver scambiato i bigliettini da visita, si sedette accanto a Yūtaka.

Il biglietto da visita del signore diceva *Tamura Construction Company – Hisashi Tamura* e il suo indirizzo era Adachi-ku, Tokyo.

«Quindi, viene da molto lontano.»

«In realtà, mi sono avvicinato. Vengo infatti dalla regione di Tohoku, e lo Shinkansen e i suoi treni ad alta velocità hanno contribuito ad accorciare le distanze», disse Tamura con un sorriso e continuò. «Volevo telefonare prima di venire, ma mi è venuto in mente di passare mentre ero già sulla strada per Kyoto. Ho la tendenza a fare le cose di getto, mia moglie mi rimprovera sempre di essere troppo impulsivo.»

La linea muscolosa e spessa del collo e delle spalle di Tamura ricordava a Kojirō un suo ex collega, un feroce combattente di *jūdō.* La corporatura massiccia gli dava un'aria elegante; guardandolo da vicino, si notava che aveva un fisico tonico.

«È molto legato a sua moglie?»

«Sì, molto. Quando ho compiuto sessant'anni, mi mancavano ancora due anni per la pensione. Così ho deciso di cedere l'azienda a mio figlio, in modo da avere più tempo a disposizione. Mia moglie mi assillava in continuazione perché la portassi da qualche parte.»

Se avesse voluto, avrebbe potuto tranquillamente rimanere nell'edilizia. Eppure, aveva deciso che sarebbe stato meglio per lui farsi da parte per lasciare che il figlio trentenne diventasse un uomo a tutti gli effetti, raccontò Tamura.

«Mio figlio ha studiato ingegneria edile all'università, ma ancora deve riuscire a mettere in pratica i suoi studi. C'è infatti un evidente divario di competenze tra lui e l'attuale amministratore delegato e i vecchi falegnami che lavoravano con me. Se non riesce a colmare questo gap, non potrà diventare il titolare dell'azienda. E io non posso essere d'intralcio agli amministratori delegati.»

"Mio figlio..." Kojirō pensò all'improvviso: "Se fosse ancora vivo, anch'io sarei diventato un padre così severo?". L'immagine di Kōshi nella sua testa rimaneva cristallizzata all'età delle superiori.

«Anche nel mio lavoro, io stesso credo di essere arrivato dove sono oggi solo perché ho sopportato una dura gavetta», disse Tamura con orgoglio.

«Quindi ha affrontato una lunga gavetta...» replicò Kojirō con un cenno del capo.

«Già. Si tratta di una vecchia storia. Era il 1965, subito dopo le Olimpiadi di Tokyo. Pensa sia possibile indagare?»

«1965: quarantatré anni fa. Pensi che ho appena ricevuto una richiesta su un caso avvenuto sessantadue anni fa, in confronto il suo è recente...» ironizzò Kojirō ripensando a Tomoyo, benché sapesse bene che la difficoltà di un'indagine non si misura dal numero di anni trascorsi. «Naturalmente, a seconda di ciò che mi racconterà, potrei non essere in grado di soddisfare le sue richieste, ma faremo comunque del nostro meglio. Prima di tutto, mi racconti la sua storia», disse Kojirō con un'espressione seria.

«Sono nato nel febbraio del 1950 a Ishidoriya, nella prefettura di Iwate, terzo di sette figli. Ishidoriya è diventata famosa per la produzione di *sake*, forse avrà sentito parlare della distilleria Nanbu...»

«Sì, ne ho sentito parlare in una fabbrica di *sake* di Fushimi, a Kyoto.»

«Allora, la maggior parte della popolazione era fatta di contadini. Anche la mia famiglia possedeva una piccola risaia. Quando, però, è subentrato il primogenito, noialtri siamo diventati un peso per la famiglia, e siamo stati costretti a migrare, così da ridurre le bocche da sfamare...»

"Ancora quarantatré anni fa si parlava dei figli come di bocche da sfamare..."

Quarantatré anni non erano pochi. Ma Kojirō all'epoca era già nato e aveva tre anni. E nei suoi ricordi non c'era traccia di queste ristrettezze.

A quei tempi però, c'erano ancora famiglie che faticavano a provvedere ai propri figli e piangevano perché erano costrette a vederli andare via. Da un lato c'era Tokyo, la capitale dove si sarebbero svolte le Olimpiadi, dall'altro, come raccontava Tamura, c'era chi era costretto a trasferirsi nella grande città per non gravare sulla famiglia. Non fu solo Kojirō a sentire forte questo divario: poté infatti sentire anche Yūtaka, seduto accanto a lui, sussultare di stupore.

«Da allora, ho continuato a venire a Tokyo per quasi dieci anni. Mio fratello maggiore, che aveva tre anni più di me, già da tempo saliva su quel treno notturno che portava i lavoratori in massa a Tokyo; quindi, per me è stato naturale pensare che avrei preso anch'io quel treno, una volta diplomato alla scuola media», disse Tamura, con aria malinconica, forse ricordando quei giorni.

L'Occupazione di massa era stata messa in atto dal 1955 al 1975 circa, ed ebbe l'effetto di ridurre la miseria nelle famiglie degli agricoltori.

«Non era tanto una questione di inserimento lavorativo. Ai miei compagni di classe all'epoca non importava che tipo di lavoro andassero a fare, desideravano soltanto un posto dove dormire e cibo da mangiare», continuò Tamura.

Il Giappone del dopoguerra aveva visto la nascita della rete ferroviaria Shinkansen e l'organizzazione delle Olimpiadi come simboli di una rapida crescita economica. Man mano che cominciavano ad apparire cose nuove, le risorse di manodopera nelle città cominciavano a scarseggiare. E l'era moderna non era poi così diversa, con le aziende che ancora cercavano manodopera a basso costo.

In effetti, però, in termini di disparità tra città e aree rurali, Kojirō ebbe la sensazione che all'epoca il divario fosse ben maggiore.

«E per quanto riguarda le condizioni dell'Occupazione di massa, le richieste dei lavoratori venivano soddisfatte?» domandò Yūtaka.

«Assolutamente no. Il punto era offrire lavoro a manodopera poco qualificata, perché era senza pretese ed era il tipo di gente che dopo sei mesi, o al massimo un anno, se ne sarebbe andata.»

Tamura proseguì dicendo che quanto peggiori erano le condizioni della fabbrica, tanto più basso era il tasso di rendimento, con conseguente assunzione di più lavoratori.

«Dato che siete tutti giovani, forse non lo sapete, ma nel 1964, un cantante di nome Hachirō Izawa ha pubblicato un brano intitolato *Ah Ueno Station*. Ho pianto tutte le mie lacrime quando ho sentito quella canzone alla radio. Dopotutto, avevo solo quindici anni.»

3.

Testi: Yoshiaki Sekiguchi
Composizione: Eiichi Arai

Mentre fissavo l'orologio sulla banchina,
ho iniziato a vedere il volto sorridente di mia madre.
Ueno è la stazione del nostro cuore.
Il lavoro è duro, ma ho grandi sogni nel cuore.

Tamura amava la terza strofa.

Anche se non pensava che l'orologio rotondo sulla banchina buia della stazione di Ueno assomigliasse al volto di sua madre, quando la cantava, la parola «madre» gli faceva sempre provare una fitta di nostalgia e si sentiva soffocare. Come se volesse metterla a tacere, alzava la voce per cantare: «Ho grandi sogni nel cuore».

Dopo essersi diplomato alla scuola media, Tamura aveva saputo che sarebbe finito a lavorare in un'azienda di produzione del legname che si era offerta di mandarlo part time alla scuola superiore dove c'era anche un dormitorio.

Arrivarono alla stazione di Ueno alle otto del mattino circa. Gli facevano male il sedere e la schiena per essere stato a lungo su un sedile duro. Neanche il tempo di poter sgranchire le gambe e si dovettero mettere in fila nella direzione indicata dall'intermediario. La banchina era affollata di ragazzi e ragazze della stessa età, che venivano spinti attraverso i tornelli.

All'interno della stazione, li attendevano in gran numero

dipendenti di aziende, o funzionari governativi, con in mano i documenti su cui era scritto il nome dell'azienda cui erano assegnati. Tamura notò subito il nome della ditta RK ZAIMOKU KOGYO: era lì che avrebbe lavorato.

Davanti all'insegna, si erano radunate una cinquantina di persone.

Tutta quella folla fece riaffiorare l'ansia in Tamura, che aveva cercato di mettere a tacere da quando aveva lasciato Ishidoriya. Quell'ansia era dovuta al timore non sarebbe mai riuscito a frequentare la scuola superiore, come promesso. Secondo quanto detto dall'intermediario, la ditta si sarebbe fatta carico di tutte le tasse scolastiche. Ma era difficile credere che un'azienda pagasse realmente le tasse per un numero così elevato di persone.

Questa premonizione si rivelò esatta quando Tamura fu accompagnato al dormitorio e dispose lo zaino e i suoi pochi averi nella stanza. Non c'era spazio per studiare in quella stanzetta da quattro *tatami* e mezzo, condivisa da altre due persone, con *futon* sparsi in giro. Inoltre, all'interno della porta c'era un cartello che recitava: DEVI RISPETTARE RIGOROSAMENTE IL COPRIFUOCO DELLE 20.00 E LO SPEGNIMENTO DELLE LUCI ALLE 21.00.

Tamura aveva sentito dire dal suo insegnante delle medie che le lezioni part time delle scuole superiori iniziavano alle 17.30 e duravano quarantacinque minuti per quattro ore. Ciò significava che, comprese le pause, gli studenti potevano lasciare la scuola solo dopo le nove di sera. Non era così ingenuo da aspettarsi che le lezioni della scuola fossero escluse dai motivi del coprifuoco.

Aveva sentito dire dal fratello maggiore, che già lavorava, che la città era un posto difficile in cui vivere.

«Mi sono fatto coraggio, e ho detto loro chiaramente che non era quello che mi era stato promesso. Pessima idea: mai dire subito ciò che si pensa...» Tamura sorrise amaramente.

«Forse non era un male in senso assoluto, ma immagino che le cose non siano andate per il meglio», disse Kojirō con aria mesta.

I giovani delle campagne erano noti anche come «uova

d'oro»: erano utili come forza lavoro facile da controllare e a buon mercato. In questo senso, il giovane Tamura, lamentandosi del mancato rispetto degli accordi presi, doveva costituire un elemento problematico.

«Oggi si direbbe un piantagrane. Il mio lavoro consisteva nel realizzare impiallacciature, un nuovo materiale da costruzione; era un lavoro duro, e l'odore forte della colla dava alla testa. Inoltre, c'era il pericolo delle presse.»

I fogli sottili venivano trattati termicamente, conciati, rivestiti di colla e pressati; i fogli bagnati e pesanti dovevano essere sollevati da entrambi i lati a coppie e impilati l'uno sull'altro. Era un lavoro di squadra: servivano due persone per sollevare i fogli bagnati e impilarli uno sopra l'altro. Se non fossero stati sincronizzati, non sarebbero riusciti a far combaciare i quattro angoli e, in tal caso, c'era il rischio che una delle loro dita rimanesse intrappolata nella pressa.

«Mi avevano messo in coppia con un tizio di un anno più grande di me che non mi dava mai retta, quindi non riuscivo ad andare d'accordo con lui. Continuavamo a consegnare prodotti difettosi e, alla fine, tutta la responsabilità veniva attribuita a me.»

Lo stipendio mensile di Tamura era di seimila yen, ma alla fine quello che rimaneva sottratte le spese varie era poco più di tremila yen. Da questi, togliendo i millecinquecento yen che mandava alle sue sorelle a casa, rimaneva a malapena con millecinquecento yen.

«Inoltre, quasi ogni mese mi venivano decurtati cinquecento yen come risarcimento per i prodotti difettosi.»

Come se non bastasse, Tamura soffriva di asma.

"Una malattia cronica?" si chiese Kojirō: dal fisico di Tamura non avrebbe mai detto che fosse stato un ragazzo debilitato.

«I villaggi di Iwate sono immersi nel verde e hanno una buona qualità dell'aria. A Tokyo, invece, il numero di automobili cominciava ad aumentare e anche i gas di scarico. Le fabbriche di impiallacciatura erano piene di segatura fine. Ogni volta che lavoravo, questa si sollevava e si attaccava alla mia testa e al mio viso impregnati di sudore. Credo di averne inalata molta, all'epoca.»

Non aveva altra scelta che lavorare indossando un asciugamano a mo' di mascherina per prevenire le convulsioni. Tamura raccontò che in quel modo riusciva a proteggersi dalla polvere, ma ciò rendeva difficile parlare con gli altri, isolandolo ancora di più.

«Non mi era permesso andare a scuola e non avevo amici che mi sostenessero emotivamente. Ho sopportato questa situazione in silenzio per un mese e mezzo. Ma una sera ho avuto la febbre alta. E nonostante questo, ho continuato a lavorare in fabbrica; poi, proprio quando la giornata stava per finire, il mio superiore mi ha ordinato di trasportare da solo il compensato fino all'ascensore. Dopo la pressatura, il compensato diventa estremamente pesante ed elastico. Era praticamente impossibile trasportarlo da solo.»

Nonostante ciò, trasportò più di una dozzina di fogli. Dopo un po', tuttavia, per la fatica e la febbre iniziò a perdere il senso dell'equilibrio, e alla fine fece cadere il compensato sul pavimento sporco.

«Sono scoppiati tutti a ridere.» Mentre raccontava gli occhi di Tamura erano iniettati di sangue e si mordeva il labbro.

«È terribile», disse Yūtaka con rabbia, come se la cosa lo riguardasse personalmente.

Kojirō sapeva che anche Yūtaka era stato vittima di bullismo quando viveva nel Kyūshū. Conosceva molti casi di persone che, come lui, in seguito avevano deciso di dedicarsi alle arti marziali, acquisendo capacità superiori alla media. L'abilità di Yūtaka nella spada doveva dipendere evidentemente da questo.

«Mi sono sforzato di non piangere, ma dentro di me ho versato molte lacrime. Avevo raggiunto il limite.»

«Cos'è successo poi?» chiese Kojirō, stringendo i pugni.

4.

Tamura agguantò il suo superiore per il petto, lo buttò a terra. Nel momento in cui alzò il pugno, il suo capo gli afferrò il braccio da dietro.

Fiducioso nelle sue capacità, Tamura si avventò sul suo capo quarantenne, ma l'ex soldato gli diede un colpo secco e lo scaraventò a terra. Tamura cadde sulle natiche e, incapace di sopportare oltre le risate che giungevano da ogni parte, corse fuori dalla fabbrica.

Vestito con gli abiti da lavoro, si diresse verso sud, senza dare nell'occhio. Quando fu stanco di correre, camminò; una volta accese le luci al neon, si imbatté in una vista familiare. Era la zona della stazione di Ueno.

Non era estate e un ragazzo che si aggirava in canottiera poteva essere arrestato. Tamura si accovacciò mentre camminava, cercando un posto dove nascondersi. In ogni caso, non sarebbe tornato al dormitorio. Non voleva incontrare nessuno dei suoi compagni. Come minimo, sarebbe stato punito per aver affrontato i suoi superiori.

Sapeva di non poterci fare nulla e pensava che niente ormai avesse più importanza.

Evitando gli sguardi dei lavoratori in giacca e cravatta, si infilò in un vicoletto.

I vicoli che si addentrano tra le strade della città hanno uno strano fascino, e a ogni passo potresti liberarti del tuo buon senso, della tua posizione nel mondo, della tua identità.

Si fermò davanti a un locale con un'insegna in legno non proprio invitante, come se fosse stato ammaliato da un fascino misterioso che in uno sperduto paese di campagna non avrebbe mai potuto cogliere.

JAZZ CAFÉ JOURNEY GUITAR

Le lettere cremisi erano scritte su una tavola di legno massiccio, dipinta di verde scuro e incorniciata da un bordo bianco. Se non fosse stata illuminata da una lampadina puntata su di essa, sarebbe stata avvolta dall'oscurità.

Sulla parte in vetro della porta a grate c'era una targhetta di plastica su cui era scritto il prezzo di un caffè: 60 YEN. Per Tamura, che guadagnava duecentoquaranta yen al giorno, sessanta yen erano una spesa non da poco. Tuttavia, la musica che fuoriusciva dall'interno gli risollevò il morale. Frugando nella tasca dei pantaloni da lavoro, scoprì che gli erano rimasti solo cinque yen per la cartolina che aveva intenzione di inviare a sua madre.

Non poteva fare nulla con cinque miseri yen.

Tuttavia, moriva dalla curiosità di sapere cosa stesse succedendo all'interno e non riusciva a lasciare la grondaia.

«Ti interessa il jazz?»

Sorpreso, si voltò e vide una donna con un vestito color pesca in piedi a poca distanza da lui.

Il suo rossetto era di un rosso intenso e, a prima vista, aveva un aspetto trasandato, ma pensò che probabilmente non fosse molto più vecchia di lui. C'era ancora un che di infantile nei suoi lineamenti.

«Jazz? Questa è musica jazz?» mormorò Tamura con il suo tipico accento del Nord.

«Ehi, anche tu vieni dal Tohoku?» La donna spalancò gli occhi per la sorpresa e si precipitò verso di lui.

«Eh? Ma quindi anche lei, signora...?»

«Eh... chi io? No, no, no», si affrettò lei a negare. E tirando Tamura per un braccio, aprì la porta del bar. L'interno era avvolto dal fumo di sigaretta. Tamura dovette coprirsi anche la bocca e il naso con l'asciugamano che aveva lasciato legato intorno al collo. Il locale non era poi così ampio, ma era abbastanza profondo.

Tamura raccontò di essere rimasto colpito dal tocco morbido della donna che era più grande di lui, dalla musica jazz che sentiva per la prima volta e dall'atmosfera unica con il suo mix di caffè e odore di sigaretta.

«Ma avevano smesso di servire il caffè alle cinque.»

«Si sarà trattato di un locale che serviva alcolici», rifletté Kojirō a voce alta, pensando che, in un locale di jazz, il bourbon whisky fosse più adatto del caffè.

«Fino alle cinque, una tazza di caffè costava sessanta yen e permetteva di restare seduto un'ora, ma nel caso degli alcolici, il prezzo saliva di dieci volte. Avevamo trovato un tavolo in fondo al locale, in un punto poco illuminato; era molto bello, ma ho cominciato a sentirmi in ansia per i soldi.»

Tamura raccontò di aver confessato alla donna di non avere denaro con sé. Lei non se ne preoccupò minimamente e, di sua iniziativa, ordinò un caffè e del vino rosso.

«Un po' prepotente, insomma!»

«Sì, la sua assertività iniziava a spaventarmi. Il suo volto infantile e l'aspetto pulito cozzavano con quel suo atteggiamento. Ero ancora un ragazzino e non capivo le donne. Ho pensato addirittura che mi avrebbe estorto una grossa somma di denaro, che sarei stato costretto a indebitarmi e che mi avrebbero portato via persino il nostro piccolo appezzamento agricolo.»

«Quindi i suoi ricordi sono legati a questa donna?»

«Esatto. A mia moglie ho detto che è stata la mia benefattrice, ma forse in realtà è stato il mio primo amore. Una donna che ho incontrato una sola volta.»

«Quindi non l'ha più rivista?»

«Siamo rimasti seduti uno di fronte all'altra solo per mezz'ora, ma non esagero quando dico che si tratta dell'incontro che ha cambiato la mia vita...»

«Non penso affatto stia esagerando, signor Tamura.»

Kojirō credeva che gli incontri con le persone che in qualche modo hanno un impatto sulle nostre vite siano veramente segno del destino. Non c'entra la durata, o il numero di incontri. L'incontro di un momento è sufficiente a riecheggiare nella vita di un'altra persona.

Tamura annuì alle parole di Kojirō e sorseggiò il *sencha* che Michiyo gli aveva appena servito. Poi riprese: «Dopo essermi abituato al fumo di sigaretta e alla musica, sono finalmente riuscito a guardarla dritto negli occhi. Era un locale poco illuminato, ma il suo viso bianco risaltava ed era così bella che sono rimasto senza fiato». Tamura disse timidamente che, ripensandoci, la donna emanava un fascino che non aveva mai avvertito nella sua città natale o al lavoro.

«Non sapevo cosa dire a questa donna più grande di me, quindi per un po', come gli altri avventori del locale, mi sono limitato ad ascoltare la musica jazz.»

Dopo circa tre canzoni, fu lei a rivolgersi a Tamura con una voce cristallina.

«Mi ha confessato che anche lei era venuta a Tokyo da Sendai, quattro anni prima, su un treno in cerca di lavoro. Ha detto che amava i libri e voleva studiare, e che aveva iniziato a lavorare come cameriera in un ristorante tradizionale giapponese che le permetteva di frequentare la scuola superiore, tranne nei giorni particolarmente impegnativi.»

Nella primavera di quell'anno, quando le mancava un anno al diploma, dopo tre anni di studi diligenti, suo padre a Sendai ebbe un collasso a causa di un'emorragia cerebrale. Sopravvisse, ma fu costretto a letto e gli servirono cure mediche e assistenza domiciliare. Anche lasciando la scuola e lavorando giorno e notte, come cameriera di un ristorante, riusciva a mandare a casa al massimo cinquemila yen, quindi non aveva avuto altra scelta che cercare un lavoro più remunerativo.

Incontrò Tamura il giorno in cui aveva deciso di lavorare in un nightclub di Ginza, grazie alla raccomandazione di un cliente che frequentava il ristorante.

«Mi ha raccontato di essersi innamorata del jazz grazie alle canzoni di Eri Chiemi. E che era la prima volta che assaggiava il vino. Aveva diciannove anni e quella sera aveva deciso di salutare l'infanzia. In realtà, credo che fosse piuttosto tesa.» Tamura immaginò che la donna avesse voluto placare i suoi sentimenti di solitudine e ansia con il suo pezzo jazz preferito.

«Mi ha raccontato che quando mi aveva visto con i miei abiti da lavoro davanti al café, le avevo ricordato il suo fratellino a casa. E non ha aggiunto altro.»

«Non le ha detto nemmeno il suo nome?» Kojirō pensò che non avesse molte informazioni.

«Non ha detto altro di sé.»

«Capisco. E per quale motivo si sente in debito con lei, signor Tamura?» chiese Kojirō, avvicinandogli il registratore acceso.

*

«Vai a scuola?» La donna si era rivolta a Tamura, con la faccia rossa per il vino di cui aveva appena bevuto un sorso. Sulla sua carnagione pallida, la sfumatura rossastra si era fatta più evidente.

«Mi avevano promesso che avrei potuto frequentare la scuola serale...»

«E sei stato ingannato. È una cosa che ho sentito raccontare spesso.»

«Anche nella ditta dove lavoro...»

«Sei scappato via dopo aver litigato con qualcuno!»

«Come?»

«Hai la schiena sporca e indossi una semplice maglietta bianca: non è il modo di presentarsi in un jazz café. Non siamo più nel dopoguerra. Ho immaginato che fossi un apprendista falegname per via della segatura sui pantaloni, ma mi sembra strano che si tratti di un... Immagino che tu non sappia come fare per tornare dal capomastro.»

«Sei davvero intelligente.»

Tamura le aveva raccontato che lavorava per un'azienda di falegnameria da aprile e di essere stato isolato da tutti, dopo aver sostenuto che il suo impiego era subordinato alla frequenza di una scuola superiore regolare.

«Dovresti mettere da parte il tuo stipendio per andare alle superiori per conto tuo. Gli insegnanti della scuola saranno in grado di aiutarti. Quindi ora torna indietro e mettiti in ginocchio davanti al tuo capomastro.»

«Inginocchiarmi? Non ci penso proprio!»

«Inginocchiati, torna al lavoro e poi inizia a frequentare la scuola superiore. In futuro troverai sicuramente il lavoro che desideri. Te lo garantisco. Fidati di me.»

La sua espressione era così seria che Tamura non era riuscito a resistere.

«Okay, ho capito, lo farò», aveva detto, sorseggiando il primo caffè della sua vita: era terribilmente amaro.

Quando la tensione si era allentata un po', Tamura si era alzato per andare in bagno. Al suo ritorno la donna non c'era più. Sul tavolo era rimasto solo un origami a forma di gru.

*

«Eccola qui.»

La gru che Tamura aveva posizionato davanti a Kojirō e agli altri aveva decisamente un aspetto insolito.

Il becco, la coda e le piume erano quelle di una normale gru di carta, ma la parte posteriore aveva un'apertura quadrata che poteva essere utilizzata per riporci piccoli oggetti.

«È in buone condizioni, considerando che sono passati più di quarant'anni.»

«Sì, me ne sono preso cura. Al suo interno, c'era una banconota da cento yen ripiegata.»

Aveva saldato il conto del vino e aveva lasciato a Tamura i soldi per il caffè.

«Ho fatto come mi aveva detto: sono tornato in azienda, mi sono inginocchiato e ho implorato il capomastro di non licenziarmi. Ho usato tutto il denaro rimasto della mia indennità per pagare la retta mensile di milletrecento yen e sono andato a un liceo serale. Appena mi sono diplomato, ho trovato lavoro presso un'impresa edile. Quando ho compiuto vent'anni ho fatto anche un apprendistato da falegname; infine, sono diventato architetto.»

Quando aveva deciso di cedere l'azienda a suo figlio, aveva iniziato a ripensare alla strada percorsa fino a quel momento e aveva sentito che gli eventi del jazz café Journey Guitar avevano rappresentato un punto di svolta nella sua vita.

«Mi ha offerto i sessanta yen del caffè, ma le devo ancora quaranta yen. Mi piacerebbe molto ringraziarla e ripagare il mio debito.» Tamura si inchinò profondamente.

«Ho capito. Faremo del nostro meglio.»

«Non so come ringraziarla.»

Vedendo Tamura tirare un sospiro di sollievo, Kojirō capì che i suoi sentimenti per la donna erano autentici.

«In conformità con la legge sulle agenzie investigative, firmeremo un contratto. Oh, dunque, posso aprire la gru?»

«Faccia pure. L'ho aperta anch'io per vedere se c'erano degli indizi. Sopra c'è qualcosa, come una poesia scritta a mano. E anche la carta è di ottima qualità per l'epoca.»

Kojirō aprì lentamente la gru, riportandola a un pezzo di carta quadrato di circa quindici centimetri per lato, poi osservò la scritta.

«Ma questa è una poesia!»

5.

«Parliamo del caso *La donna che piega le gru.* Il 1965 non sembra così tanto tempo fa», disse Kojirō allo staff durante il briefing serale sul caso.

«Per te che sei nato negli anni Sessanta, forse, ma noi all'epoca non esistevamo, quindi per noi è roba vecchia!» esclamò Yumi, come se parlasse a nome di tutto lo staff.

«In effetti...» Kojirō ridacchiò.

«A me è sembrata una storia estremamente autentica», ammise Yūtaka con una voce chiara e un'espressione seria sul viso.

«Autentica?» chiese Kojirō, accarezzandosi il mento.

«Sì. Il bullismo sul posto di lavoro, qualcuno costretto ad andare all'università, qualcun altro costretto a rinunciare all'università per il bene della propria famiglia. Sono tutte situazioni ancora molto attuali, che causano dolore.»

«È un modo nobile di vedere la cosa.»

Kojirō, che non era certo un fine conoscitore del mondo della recitazione e dello spettacolo, pensò che, anche se Yūtaka era il tipo di persona che riusciva a prendere tutto con filosofia, era effettivamente difficile superare situazioni di quel tipo.

Contro i suoi interessi, desiderava che Yūtaka spiccasse il volo. Da amante dei drammi storici, sperava sinceramente che presto le luci della ribalta sarebbero state per lui.

«L'indizio da cui partiamo è questo: martedì 25 maggio 1965, una donna va al jazz café Journey Guitar vicino alla stazione di Ueno, e l'unica traccia che lascia di sé è una gru di origami.»

«Qualcuno sa come ripiegare questa gru?» Yūtaka stava tentando di ricostruire la gru che Kojirō aveva aperto per mostrarla a tutti. La sua lunga mano adagiò la gru al centro del tavolo.

Yumi prese la piccola gru, la guardò per un attimo e poi la passò a Kanako Tachibana, seduta accanto a lei.

«Forse potremmo trovarla in qualche libro sugli origami, ma sembra difficile da fare», disse Michiyo dopo aver ricevuto la gru da Kanako.

«L'ho aperta e ripiegata più volte, ma è decisamente complicata. La tecnica di piegatura non è difficile, ma non riesco a realizzarla in modo così pulito», rispose Yūtaka a Michiyo.

«Stando a quanto detto dal signor Tamura, la donna ha piegato la gru nel breve tempo in cui lui era andato in bagno. Ora, anche considerando il fatto che il ristorante era affollato, gli ci saranno voluti cinque o sei minuti prima di tornare al tavolo.»

Quindi la donna, in quel lasso di tempo, aveva finito di piegare la gru e vi aveva inserito all'interno una banconota da cento yen. Poi aveva pagato il suo vino alla cassa e lasciato il locale.

«Dunque l'ha piegata in circa tre minuti?» Yūtaka si accigliò, pensando fosse impossibile.

«Probabilmente era molto pratica.»

«Forse lo faceva senza nemmeno pensarci, come se giocherellasse con una penna...» Yumi cercò di far ruotare la penna ma non ci riuscì e lasciò perdere.

«Ora parliamo della poesia.» Kojirō, dopo aver disfatto la gru, passò il foglietto aperto a tutti.

Volti riflessi nella corrente limpida del fiume —
La voce di un giovane è chiara e brillante
"Che fiorisca l'ambizione del mondo!
Oh, ecco la luce della nebulosa

«Sono sicuro che ci siano altri versi dopo questi, ma qui è troncato, e non riesco a leggere le ultime lettere del primo verso... Se capissimo di quale fiume parla, forse capiremmo anche dove è stata scritta.» Come sosteneva Yumi: capire il paesaggio che stava guardando la persona che aveva scritto la poesia avrebbe fornito uno spunto per l'indagine.

«Non potrebbe aver ricopiato una poesia di qualcun altro?» chiese Yūtaka.

«Non sembra che l'abbia scritto come se avesse preso appunti. Se l'ha copiata, probabilmente aveva il testo originale accanto.» Le lettere a matita erano scritte in maniera accurata, in una grafia femminile.

«Ecco...» proferì Kanako con la solita voce flebile.

«Oh, bene, a proposito di scrittura: Kana-chan, hai notato qualcosa?» le chiese Kojirō.

«È solenne.»

«Solenne. Un'opinione interessante...»

«Come poesia, non posso fare a meno di notare che non ci sono alti e bassi emotivi. Il messaggio che vuole veicolare è chiaro.»

«Come poesia non è un granché», scherzò Yumi.

«Non è che sia brutta, ma non trasmette emozioni. E poi...»

«Poi cosa, Kana-chan?»

«Non mi sembra femminile.»

Dalla poesia sul pezzo di carta, Kojirō non riusciva proprio a percepire il fascino che Tamura sentiva nella donna.

«È maschile.»

«Penso che si tratti di un inno scolastico», terminò Kanako, con un luccichio negli occhi.

«Ma certo! "Ecco la luce della nebulosa"! è una frase che potrebbe stare tranquillamente in una canzone scolastica. Anche a me ha dato subito quella sensazione», annuì Yumi con convinzione.

Era una reazione esagerata, ma era il suo modo di complimentarsi con Kanako per la sua intuizione. A suo modo, Yumi stava cercando di valorizzare le parole di Kanako affinché venissero prese sul serio. Doveva pensare che così facendo avrebbe almeno in parte alleviato il trauma di Kanako, aiutandola a superarlo.

«Cercando la canzone, potremmo riuscire a identificare la scuola», disse Yūtaka su di giri.

«Aspetta un attimo», lo interruppe Yumi con il suo tono monocorde, «mi chiedo però perché abbia scritto la canzone scolastica a matita. Le lettere non sono come scarabocchi, e non sembra che abbia preso appunti. E poi, perché si è presa la briga di trascrivere l'inno di una scuola?»

«Questa carta ha una consistenza simile alla carta da regalo del negozio dove avevo comprato i dolcetti giapponesi», disse con calma Michiyo.

«Forse sembrano simili perché la parte anteriore è liscia e la parte posteriore è ruvida.»

«Sì, in quel senso. Potrebbe trattarsi di carta da imballaggio.» Michiyo sorrise felice.

Era molto più espressiva di prima. Kojirō sperava che entro la fine dell'anno avrebbe finito con le visite in ospedale.

«Analizziamo il foglio in dettaglio. Sono passati quarant'anni, ma è ancora piegato come una gru. Forse possiamo scoprire qualcosa.»

Kojirō decise di rivolgersi a Daisuke Chagawa, ex allievo dell'Istituto di Scienze forensi di Kyoto. Chagawa attualmente era docente presso l'Istituto di tecnologia di Osaka. Nei suoi corsi insegnava sistemi di sicurezza per la corrispondenza delle impronte digitali, ma il suo occhio perspicace e allenato sul campo non si era indebolito.

«Yūtaka, per favore, verifica la canzone della scuola. Questo è l'unico indizio che abbiamo al momento.»

«Va bene. Comincio da una ricerca sui nomi dei fiumi di Tokyo.»

«Infatti, visto che la poesia si apre con un fiume... Se fosse stata Kyoto, sarebbe stato il fiume Kamo!»

«Però, questa donna frequentava una scuola superiore serale. Nella Tokyo degli anni Sessanta forse non erano molte le scuole superiori che una donna poteva frequentare.»

«Ottima osservazione. Inoltre, lavorava come cameriera in un ristorante tradizionale di zona, dove riusciva ad arrivare nell'area di Ueno appena dopo le cinque. Se pensi alle scuole superiori serali che avrebbe potuto frequentare da lì, possiamo restringere il campo a una frazione di Tokyo. In effetti, forse potrebbe essere più efficace concentrare l'ambito dell'indagine sulla zona della stazione di Ueno.»

6.

Il giorno successivo, appena arrivato al lavoro, Yūtaka chiamò l'ufficio scolastico dell'area metropolitana di Tokyo per informarsi sugli istituti superiori serali che esistevano nel 1965. Ci volle un po' di tempo, ma ottenne un elenco di centoventuno scuole. Da allora il numero di scuole si era ridotto di quasi la metà, ma alcune avevano introdotto corsi diurni regolari e le scuole stesse erano rimaste intatte.

Partendo dalla zona della stazione di Ueno, avevano chiamato le scuole in ordine di indirizzo per chiedere se le parole scritte sul foglio fossero parte dell'inno scolastico. Se non si fosse trattato della loro canzone, domandavano di quale scuola potesse essere, facendo del loro meglio per trovare anche il più piccolo indizio.

Kanako e Michiyo avevano fatto telefonate per tutta la mattinata, ma non erano riusciti a trovare nulla.

Dati gli sforzi di tutti, Kojirō contattò Chagawa, spiegandogli i motivi per cui stava richiedendo un'analisi della carta. Non poteva rivelare i dettagli del cliente per obblighi di riservatezza, ma fornì alcune informazioni che suggerivano si trattasse di una carta da regalo degli anni Sessanta.

Malgrado le perplessità, visto che il foglio era molto vecchio, si accordarono per incontrarsi la sera stessa nell'*izakaya* preferito di Chagawa a Takatsuki.

Kojirō stava cercando di immaginare cosa avesse potuto provare una ragazza trasferitasi in città. Aveva speso tre anni della sua vita a lavorare per aiutare i genitori, per poi trovarsi costretta a rinunciare al diploma a causa della malattia del padre.

Diceva che le canzoni di Eri Chiemi l'avevano incoraggiata a lavorare sodo. Se non ricordava male, Eri Chiemi cantava per la sua famiglia nei campi militari statunitensi da quando era alle elementari. Forse ascoltava *Tennessee Waltz*.

Il jazz veniva percepito in modo diverso rispetto alla musica classica. Quest'ultima era di alto livello, mentre il primo era considerato frutto della cultura popolare, canzoni di periferia. Ci doveva essere una certa riluttanza, soprattutto da parte delle giovani donne, a frequentare i jazz café. Nei tre anni trascorsi da quando aveva lasciato la campagna, quella ragazza aveva rivalutato le etichette imposte dalla società, pur nutrendo una certa ansia all'idea di passare al mondo dell'intrattenimento notturno.

Un vino forte, un origami a forma di gru, un inno scritto a mano e l'abbandono scolastico.

Kojirō poteva quasi percepire il senso di rassegnazione che attanagliava la ragazza.

Quale scelta avrebbe fatto? Avrebbe vissuto nella città notturna o sarebbe scappata da lì? Avrebbe pensato alla famiglia o a sé stessa?

Nel primo caso, si sarebbe lasciata traviare dal mondo della notte; nel secondo, invece, avrebbe lasciato tutto per trasferirsi in un altro luogo.

Era forse troppo azzardato pensare una cosa del genere? Sembrava innaturale che, dopo aver parlato al giovane Tamura dell'importanza dell'istruzione, fosse sparita senza una parola. Non sapeva cosa pensare.

Kojirō lanciò uno sguardo alla scrivania di Yumi: avrebbe voluto una tazza di caffè nero forte, ma lei non c'era.

«Yumi è andata alla Sartoria K a Nishijin, ma a quanto pare non arrivano buone notizie nemmeno da lì.»

La Sartoria K era un'azienda che progettava e cuciva amuleti per i santuari. In base alle informazioni che avevano raccolto, la quota di mercato dell'azienda era vicina al novanta per cento. Yumi ci era andata per far valutare l'*omamori* affidatole da Tomoyo Shimazaki.

L'orologio da muro segnava qualche minuto all'una.

«Forza, andiamo tutti a pranzo.» Kojirō esortò lo staff a prendersi una pausa.

Capitava spesso che il personale dell'agenzia dei ricordi fosse così assorbito dal proprio lavoro da non fare nemmeno una pausa.

Alle quattro di pomeriggio si concluse l'indagine sulle scuole serali: non avevano trovato nessuna scuola che utilizzasse il testo scritto sulla gru come inno.

Anche la ricerca di Yumi non aveva dato frutti. Le avevano mostrato un vecchio campione, ma dal confronto del tessuto e delle cuciture aveva capito che non era stato realizzato dalla sartoria: poteva trattarsi di un amuleto proveniente da un'altra zona. Nessuno aveva mai visto la scritta sulla carta all'interno.

Superata la zona commerciale dopo la stazione di Takatsuki, il traffico diventava meno intenso. Kojirō sentiva i piedi pesanti mentre camminava lungo il vicolo. Non si aspettava di trovare facilmente una pista, visto che erano passati molti anni, ma non recuperare neppure un indizio era scoraggiante. Non gli restava che affidarsi all'occhio attento di Chagawa.

Era stato solo un paio di volte al ristorante preferito di Chagawa. Era un piccolo *izakaya* che serviva soltanto *oden,* e il polpo era delizioso. Kojirō oltrepassò la tenda di corda e aprì la porta scorrevole, sperando che mangiare quel polpo succulento gli avrebbe dato qualche buona idea.

«Kojirō!» Chagawa, che aveva già vuotato gran parte del suo boccale, alzò la mano per chiamarlo. Il ristorante aveva una sala *tatami* dietro il bancone, dove Chagawa era seduto a gambe incrociate davanti a un piccolo tavolino da tè.

L'uomo, con le guance arrossate, sembrava di ottimo umore. Aveva sessantadue anni, ma era sempre pieno di energie.

«Da quanto non ci vediamo? Almeno tre mesi, no?» Kojirō si tolse le scarpe e si sedette al tavolino da tè.

«Non ci vediamo dalla riunione degli ex allievi del laboratorio di Scienze forensi.» Chagawa ordinò due grandi boccali. Poi fecero un brindisi.

«Come ti dicevo al telefono, mi chiedevo se potessi aiutarmi a trovare una persona partendo da un involucro che ha più di quarant'anni.»

«Mangia il polpo. Ora ne parliamo», suggerì Chagawa.

«Buon appetito!» Kojirō si mise comodo e si portò alla bocca lo spiedo di polpo.

«Più di quarant'anni fa! La vedo dura!»

«Comunque, potresti dargli un'occhiata? È in buone condizioni.» Tirò fuori dalla borsa l'origami che aveva riposto in un sacchetto di plastica e la porse a Chagawa.

«È una gru piuttosto particolare. La parte posteriore è un vano portaoggetti. È un bel lavoro, considerando che è stato realizzato con un pezzo di carta quadrato.»

Stava osservando la gru tenendo il sacchetto di plastica in controluce, come un medico legale che esaminasse le prove raccolte dalla Scientifica sulla scena del crimine.

«A quanto pare, l'ha realizzato in un paio di minuti.»

«Nessuna incertezza, una piega stretta e nessun disallineamento. Non riesci a fare un lavoro del genere se non fai origami ogni giorno.»

«Non si tratta di prove trovate su una scena del crimine, puoi anche tirarla fuori dal sacchetto di plastica!»

«Ah! Ah! Hai ragione! Kojirō, sei sempre il solito spiritoso!» Chagawa si diede una pacca sulla testa e rise forte.

Il suo sorriso si spense improvvisamente quando aprì la gru. Poi tirò fuori la lente d'ingrandimento che portava sempre con sé.

«Kojirō. Non riuscivo a vederlo prima, ma qui c'è un grosso indizio. Questa fa parte di un disegno più grande», affermò Chagawa, abbassando la voce per cercare di trattenere l'eccitazione.

7.

«Un disegno?» chiese Kojirō sporgendosi in avanti.

«La carta ritagliata contiene un'immagine che potrebbe essere la parte principale. Sul lato del ritaglio c'è un disegno di qualcosa che cresce verso il basso. Potrebbe essere un'edera o qualcosa di simile. Dai un'occhiata anche tu.»

Dopo aver ricevuto il pezzo di carta e una lente d'ingrandimento, Kojirō si concentrò sulla parte che Chagawa aveva indicato. Anche se il colore era sbiadito, si potevano distinguere quelle che sembravano foglie di edera.

«È sbiadito e sgualcito, quindi non me ne sono accorto. E poi, ero concentrato sugli appunti», disse per nascondere l'imbarazzo, Kojirō prese il boccale, ma si fermò a metà.

Erano anni che non beveva nemmeno un sorso in compagnia e non tornava mai a casa portandosi dietro l'odore di alcool.

«Ah, capisco, è per tua moglie, vero? Dai, ti sei appena bagnato le labbra quando abbiamo brindato. Lascia a me, lo finisco io.» Con queste parole, Chagawa tirò il boccale davanti a sé.

«Mi dispiace. Avrei dovuto rifiutare sin dall'inizio...»

«Non preoccuparti. La tua devozione verso tua moglie era ben nota anche al laboratorio. Le donne la trovavano irresistibile. Ma tua moglie è migliorata, vero?»

«Sì. Più di quanto sperassi.»

Forse, era proprio Kojirō quello che non riusciva a controllare il suo desiderio di bere. Aveva la sensazione che quel desiderio si sarebbe potuto riflettere su di lei, facendola dubitare di sé stessa.

«Sull'incidente di Bon? Nessuna novità?»

Chagawa chiamava Kōshi affettuosamente «Bon». Il modo in cui lo pronunciava sembrava quasi solenne, e a Kojirō piaceva. Chagawa era nato e cresciuto a Gion, il quartiere delle case da tè. La sua famiglia gestiva da sempre una merceria per *maiko* e *geisha*, poi rilevata dalla sorella maggiore e dal marito.

Venendo da una famiglia di questo tipo, da quando Chagawa aveva ottenuto il lavoro in polizia e nel dipartimento di medicina legale (non un tipo di lavoro «elegante», per intenderci) gli veniva sempre rinfacciata questa sua eccentricità durante le riunioni di famiglia. Lui rideva ogni volta che lo bombardavano di domande curiose. Le tradizioni della famiglia Chagawa erano profondamente influenzate dalla raffinatezza dell'antica capitale.

«In questo momento, mi sento come se fossi in stallo per via di mio figlio», confessò Kojirō.

«La situazione si sbloccherà. Non preoccuparti. Una volta che le prove verranno alla luce, farò tutto ciò che è in mio potere per indagare.»

«Grazie. Vorrei solo rendergli giustizia.»

«Se Bon non si è suicidato, in questo momento il colpevole starà vivendo la sua vita altrove», disse Chagawa, svuotando d'un fiato il boccale di Kojirō.

Chagawa promise di esaminare il disegno nel dettaglio e di comunicargli i risultati in pochi giorni.

Kojirō lasciò il ristorante e Chagawa, che non aveva ancora bevuto abbastanza. Il caldo e l'umido gli si attaccavano alle guance. Erano le nove, ma l'aria ancora non si rinfrescava.

E Bon?

Kojirō non aveva dimenticato suo figlio, ma c'era una parte di lui che non aveva voglia di indagare sulla sua morte. Temeva che avrebbe turbato Michiyo. Che si trattasse di suicidio o di omicidio, non avrebbe cambiato il fatto che ormai Kōshi non era più tra loro. L'elaborazione del lutto aveva cominciato a trovare spazio nel cuore di Michiyo, e temeva che ritornare sul caso avrebbe potuto far vacillare la sua tranquillità.

Voglio avere un cuore forte.
Se si tratta di difficoltà, più grandi che piccole.
Se si tratta di tribolazioni, più profonde che superficiali.

Questa era la poesia che Kōshi aveva lasciato sul suo computer.

L'ufficiale a capo dell'indagine l'aveva interpretata come un'espressione di debolezza. Nella scuola superiore che Kōshi frequentava si era verificata un'aggressione a uno studente. Lui, che era un amico intimo della vittima, aveva confidato al suo insegnante di essere turbato per non averlo protetto.

«Il suo senso di giustizia era troppo forte.» Queste erano state le parole di un detective della polizia della prefettura di Shiga a Michiyo.

Il ragazzo vittima di bullismo aveva abbandonato la scuola, ma era ancora vivo. Non c'era motivo che Kōshi si togliesse la vita per una cosa del genere.

Tuttavia, era un dato di fatto che si fosse recato sulle rive del lago Biwa da solo. E non c'erano segni che dimostrassero che fosse stato costretto a entrare in acqua. Inoltre era annegato in un punto con l'acqua bassa, e di certo lui sapeva nuotare.

Kojirō aveva anche dei dubbi sull'aspetto di Kōshi quando era stato trovato. A quanto pareva, si era tolto i vestiti della parte superiore del corpo, ma aveva ancora i pantaloni. Per quale motivo una persona pronta al suicidio si metteva a torso nudo?

La polizia riteneva che il tentativo di entrare nel lago in pieno inverno costituisse di per sé un atto suicida.

Kojirō continuava a ripetere che suo figlio non era il tipo di persona che si sarebbe suicidata.

Eppure, non c'erano lesioni esterne, né testimoni oculari. Quando gli avevano chiesto per quale motivo potesse trovarsi da solo in riva al lago al freddo, Kojirō non aveva saputo come rispondere.

Gli tornò in mente la frustrazione provata allora, e gli salì la nausea.

Non poteva pensarci adesso. Ora doveva risolvere il caso di Tamura. Non appena si fosse fatto un'idea più precisa, avrebbe lasciato il resto delle indagini a Yūtaka. E poi, c'era il caso di Shimazaki Tomoyo ad aspettarlo.

Dopo aver salito di corsa le scale della stazione di Takatsuki, Kojirō si fermò sulla banchina tutto sudato.

Trovò un distributore automatico, prese del tè e lo bevve d'un fiato.

8.

Due giorni dopo, nel primo pomeriggio, ricevettero finalmente un riscontro da parte di un ex insegnante delle superiori in merito al testo scritto sulla gru di carta e che avevano intuito trattarsi di una canzone scolastica.

Yūtaka, infatti, aveva inviato via fax il testo della canzone a tutte le scuole, pensando che avrebbero potuto vederlo persone diverse da quelle con cui aveva già parlato. Considerando che gli insegnanti spesso vengono trasferiti, aveva pensato che fosse meglio non limitarsi alla zona attorno alla stazione di Ueno.

Sfortunatamente, Yūtaka non era in ufficio quando Kojirō prese il telefono e sentì la voce gentile di una donna.

«È una canzone nostalgica.»

Dopo essersi scambiati dei convenevoli, la donna si presentò come Toshie Asano, ex insegnante, ed espresse in tutta sincerità il suo pensiero sul testo che aveva ricevuto via fax.

«Quindi, si tratta davvero di una canzone scolastica!» esclamò Kojirō con voce tonante.

«Sì, era l'inno della scuola superiore serale Oshiage, che però ormai non esiste più.»

«E questa scuola, la Oshiage, era vicina alla stazione di Ueno?» domandò Kojirō, spiegando che non aveva familiarità con la toponomastica di Tokyo.

«Sì, anche il nome del fiume che manca alla fine del testo. In pratica, attraversando il ponte Kotoibashi sul fiume Sumida si arriva ad Asakusa; poi, proseguendo dritto, si raggiunge Ueno», spiegò la professoressa Asano. Aggiunse che si poteva raggiungere tranquillamente a piedi.

«Ah, quindi era il fiume Sumida», disse Kojirō tra sé e sé, prima di chiedere: «Signora Asano, lei quindi lavorava alla scuola serale di Oshiage, giusto?».

«Sì, ho insegnato in quella scuola per tre anni. Il secondo anno, era il 1965, decidemmo di comporre un inno per la scuola, dal momento che non ne aveva uno.»

«Quindi avete deciso di comporre una canzone per la scuola nel 1965?» lo stesso anno in cui Tamura aveva incontrato la donna.

«Era normale per le scuole superiori avere un inno scolastico, ma non era così scontato per le scuole serali. Ecco perché si era deciso di comporne uno. Chiamammo a raccolta tutti gli studenti, a prescindere dal grado.»

Fu chiesto proprio alla professoressa Asano, docente di lingua giapponese, di scrivere i testi, ma lei suggerì che fossero gli studenti a cimentarsi nella composizione.

«Per molti studenti era difficile avere fiducia in sé stessi, per questo pensai che sarebbe stato bene dare loro un senso di speranza e di orgoglio attraverso la poesia.»

L'appello era stato lanciato in aprile e alla fine di maggio avevano raccolto trentadue poesie. Considerando che gli studenti erano una settantina, Asano si stupì dell'alto livello di interesse dimostrato dagli studenti. «Erano tutti talmente impegnati con il lavoro che a malapena avevano il tempo di frequentare le lezioni. Pensai proprio che avessero fatto un ottimo lavoro.»

Asano disse di avere ancora con sé le trentadue poesie. Non riusciva proprio a buttarle via, perché erano piene della gioia di partecipare alla storia della scuola e della passione degli studenti nel creare l'inno scolastico.

«Alla fine, selezionammo la poesia di una studentessa.»

«Quella che le abbiamo inviato via fax?» chiese Kojirō.

«Sì, purtroppo però la ragazza lasciò la scuola a maggio, quindi non ebbi modo di comunicarle che era stata scelta proprio la sua poesia.»

«Una studentessa che ha lasciato la scuola a maggio», ripeté Kojirō, euforico. «E ricorda anche il nome di quella studentessa?»

«Certo: si chiamava Shoko Ishibashi.»
«Sa anche dove lavorava in quel periodo?»
«Se ricordo bene, in una fabbrica di cartone sulla riva del fiume Sumida.»
«Una fabbrica di cartone? Non era per caso nell'industria alimentare, o in un ristorante?»
«No, no, Shoko era paffutella. Quando si presentò, mi fece molto ridere dicendo che si occupava della produzione di scatoloni, anche se dal suo aspetto si sarebbe detto più di palle di gomma. Era una ragazza allegra e solare, che veniva dal Sud.»
«Dal Sud?»
«Da Kokura. Attualmente invece vive a Kitakyūshū.»
Negli anni avevano continuato a scambiarsi gli auguri di Capodanno e a inviarsi cartoline.
«Qual è stato il motivo per cui ha lasciato la scuola? Me lo saprebbe dire?»
Si stava allontanando sempre più dalla donna della gru. Tuttavia, continuò a cercare un punto di contatto.
«La madre si ammalò. Era una famiglia monoparentale, lei non poteva lavorare nei campi a causa dei reumatismi e doveva prendersi cura anche della sorella minore.»
Kojirō fu colpito dal fatto che la professoressa riusciva a ricordare così bene tanti dettagli, ma la donna spiegò che si era appuntata quello che sapeva degli studenti sul retro delle poesie e rise elegantemente al telefono.
«Ci sono altri studenti che hanno lasciato la scuola a maggio?»
«Be', a dire il vero più di venti studenti se ne andarono in quel mese. Molti di loro non avevano nemmeno inviato le loro poesie...»
«Quindi se non hanno inviato le poesie, significa anche che non ha appunti su di loro...»
«Ho ricordi vaghi, ma sono passati quarantatré anni e quindi gli studenti che riesco a ricordare senza guardare gli appunti sono quelli che ho sentito anche in seguito, come Shoko. Oppure, per chi è rimasto fino al diploma, ci sono gli album e il libro dei diplomati.»

Kojirō spiegò alla professoressa Asano, senza violarne la riservatezza, che un suo cliente stava cercando una donna e le chiese di contattare la signora Shoko Ishibashi per domandarle se l'agenzia investigativa poteva chiamarla. Voleva infatti avere una conferma di ciò che la donna della gru aveva raccontato a Tamura, e magari ottenere altre informazioni.

«Ho capito. Certo, chiederò a Shoko e le farò sapere.» Kojirō la ringraziò educatamente e riattaccò.

Yūtaka tornò al lavoro dopo le riprese. Visto che sapeva remare, veniva spesso impiegato come comparsa nelle scene dei traghetti al porto di Fushimi. Interpretava la parte di un barcaiolo senza nome e senza dialoghi. Tuttavia, quando veniva chiamato, teneva il remo senza lamentarsi.

Quando Kojirō gli parlò della telefonata di Asano, Yūtaka commentò: «Forse ci stiamo avvicinando».

«Almeno, siamo arrivati alla ragazza che quarantatré anni fa scrisse la poesia per l'inno scolastico. Ci deve essere per forza un collegamento con la gru su cui era scritto il testo. Stiamo facendo progressi.» In quel momento, squillò il telefono. Era Chagawa.

«Ho scoperto una cosa interessante.»

«Cosa?» chiese Kojirō, tentando di domare l'impazienza.

«Quando l'ho passato allo scanner e alla fotocopiatrice per avere un'immagine più chiara del disegno, ha reagito al calore.» Le spiegazioni di Chagawa erano sempre un po' oscure, Kojirō ricordava che anche durante le riunioni della Scientifica non sempre riusciva a capire cosa volesse dire.

«Che significa?»

«Dunque, ho controllato e ho trovato ingredienti come cloruro di cobalto e colla arabica.»

«Per favore, spiegamelo in modo semplice.»

«È inchiostro invisibile.»

«Inchiostro invisibile? Come quello che si faceva con il succo di mandarino?»

«Sì, se fossimo alle scuole elementari basterebbe un mandarino; questo, invece, è qualcosa di più sofisticato. Sono passati quarantatré anni, ed è pertanto molto deteriorato, ma sono riuscito a decifrare cosa c'era scritto. Mi merito un applauso!»

«Ti offro un polpo o delle uova!»

«Portami al pub a bere birra a volontà!»

«Va bene, va bene... Allora, cosa c'è scritto?»

«Ti sto mandando un fax. Richiamami appena ti arriva. Qui, al numero dell'università.»

Dopo aver riagganciato, Kojirō si avvicinò al fax e aspettò. Poco dopo arrivò il messaggio.

Richiamò Chagawa e lesse ad alta voce: «La pioggia mutevole del Nord che sale dalle montagne, la pioggia mutevole del Nord che sale dalle montagne. Non ho idea di dove andrà... Cos'è questo? Non è nemmeno un *tanka*!».

«Non ne avevo idea, così ho chiesto a mia sorella maggiore.»

La sorella maggiore era quella che aveva rilevato il negozio di Gion. Aveva sessantasei anni, quattro più di Chagawa, era anche maestra di *Nagauta* e conosceva *haiku*, *waka*, *Nō* e *Kyōgen*. Chagawa era il secondo di tre figli e aveva un'altra sorella più piccola.

«E quindi, sei riuscito a scoprire qualcosa?»

«È quello che ci si aspetta da una sorella maggiore. Non credi, Kojirō?» disse con orgoglio Chagawa, che aveva sempre avuto una sorta di adorazione per la sorella.

«Non ho dubbi, ma non ho ancora sentito la risposta...»

«Questa è la parte iniziale di un'opera di teatro Nō.»

«È Nō?»

«Kojirō sei o non sei di Kyoto anche tu? Ogni tanto dovresti dedicarti anche alle nobili arti classiche.»

«Hai ragione.»

«Vedi, a volte può tornare utile. Io sono stato svariate volte a rappresentazioni di Nō, ma purtroppo non sono un grande esperto di questo tipo di teatro, quindi non posso parlarne in modo accurato.»

Tempo fa, davanti a un drink, gli avevano raccontato che Chagawa, in quanto analista del laboratorio di Scienze forensi, era stato in grado di smascherare il finto suicidio di un artista Nō sul palcoscenico di un teatro.

«E allora, che mi dici di questa frase?»

«Mia sorella ha detto che si tratta dell'inizio di un'opera che si chiama *Teika.*»

«*Teika* è il nome di una persona, non si riferisce al poeta del periodo Kamakura, Fujiwara no Teika?»

«Bravo, hai indovinato! La storia di questo spettacolo inizia con un monaco itinerante che si imbatte in un acquazzone a Senbon, a Kyoto», spiegò Chagawa, raccontando la trama di *Teika* che aveva sentito da sua sorella. «Mentre si ripara dalla pioggia, appare una donna del villaggio e gli dice che quello è un padiglione costruito da Fujiwara no Teika, di cui lei è innamorata. La donna conduce il monaco alla tomba della principessa Shikishi e gli racconta della relazione sentimentale consumata con Teika. Anche dopo la morte, l'ossessione di Teika per la principessa lo trasforma in *kazura,* un'edera che si aggrappa alla sua tomba in eterno. La donna confessa infine di essere in realtà la principessa in cerca di salvezza, per poi rientrare nella tomba. Pazzesco, eh? In seguito, come è consuetudine nelle rappresentazioni Nō, il fantasma della principessa esce dalla sua tomba mentre il monaco prega. Dopo aver parlato dei suoi ricordi, lo spirito torna al suo posto. Questa è la storia in breve, ma ciò che ha molto a che fare con la nostra carta della gru è il *kazura* che appare nella storia. Il significato del disegno simile all'edera è ora chiaro. Si tratta del *teika-kazura,* una pianta che esiste davvero.»

«Veramente?»

«Mai detta una bugia in vita mia. Se guardi bene, c'è anche un'immagine nell'angolo in alto a destra di quel foglio.»

«In alto a destra?» Il lato destro era quello non tagliato.

Se ci fosse stata un'immagine, avrebbe dovuto per forza accorgersene.

«Dai, non buttarti giù se non la vedi. Non sei cieco!»

Era così abituato alle sue battute taglienti, che nemmeno ci fece caso, interessato com'era all'immagine.

«La luna. Una luna disegnata piuttosto grande. Troppo grande per essere riconoscibile. A me sembrava solo una macchia di sporco. Solo quando l'ho sottoposta ai raggi X ho riconosciuto i bordi circolari.»

«Quindi, su questa carta c'è un disegno di un *kazura* e della luna, e in rilievo c'è una frase tratta dal dramma Nō *Teika*. Sembra qualcosa di particolarmente elaborato, ma per cosa diavolo veniva utilizzata questa carta?»

«Non saprei dirti, ma credo che sia stata usata per il trasporto di cibo caldo, visto che l'idea è quella di sfruttare il calore per rendere visibile la scritta. Se sei mai stato in un buon ristorante francese, probabilmente avrai visto un coperchio a forma di cupola che copre il cibo.»

«Sì, la *cloche.*»

«Ehi, Kojirō, sei diventato un buongustaio, adesso? Quindi, sai di cosa parlo... Se copri il cibo con questa carta, lo proteggerai dalla polvere e le lettere in rilievo risalteranno leggermente; poi, prima che tu te ne accorga, scompariranno. È una pura forma di ospitalità del ristorante. La carta è anche decorata con il disegno del *kazura* e della luna», Chagawa fece una pausa, prese fiato e continuò. «Nel *Teika*, il *kazura* è un elemento fondamentale. Nel canto, c'è un verso che dice: "In passato, ci siamo scambiati parole con il vento che soffia tra i pini e la luna che illumina i boschi di edera, e abbiamo posato i nostri cuscini nella camera da letto rossa con il libro verde".»

«Non riesco proprio a capire...»

«Ritorna il motivo della luna e dell'edera.»

«Okay, quindi si abbina al disegno della luna e del *kazura.*»

«Esatto, vista l'ossessione per questo dettaglio, mi fa pensare che abbia a che vedere con il nome del locale.»

«Ma certo, potrebbe essere qualcosa tipo “Matsukaze” o “Akazuki”»

«Lascio a te il resto, detective. Io aspetto la mia birra!»

Chagawa riattaccò il telefono senza nemmeno dargli il tempo di replicare.

Kojirō non poté fare a meno di sorridere pensando al volto di Chagawa, sempre all’erta nonostante i sessant’anni suonati.

9.

Yūtaka arrivò alla stazione di Ueno. La sua prima tappa fu al memoriale, posto proprio di fronte alla stazione, di cui gli aveva parlato Kojirō. In realtà, però, fu un monumento dietro la stele ad attirare l'attenzione di Yūtaka. Sopra era scolpito un gruppo di persone che scendono da una locomotiva a vapore appena arrivata: un uomo sventola qualcosa come uno striscione, o una bandiera, e un gruppo di ragazzi e ragazze lo segue; nei loro volti non c'è alcun segno di ansia, piuttosto un senso di attesa. Sotto il monumento, c'era la fotografia originale da cui era stata realizzata la scultura. Guardandola, Yūtaka vide più chiaramente l'emozione dipinta sui volti.

Quei quindicenni che avevano lasciato la loro città natale per disparati motivi apparivano più maturi dei ragazzi di oggi. Ciò derivava dal senso di orgoglio nel sostenere economicamente le proprie famiglie? No, forse avevano dovuto necessariamente pensarla in questo modo per tagliare i ponti con la città natale.

Lo stato d'animo di Yūtaka, quando arrivò alla stazione di Kyoto dal Kyūshū all'età di ventidue anni, con l'obiettivo di diventare un attore, era profondamente diverso. Se c'era una cosa che li accomunava, era che tutti loro avevano dei sogni. Ma nel caso di Yūtaka si trattava di un sogno egoista: non era costretto a guadagnare soldi per la sua famiglia o per i suoi fratelli, né sentiva alcuna pressione.

La loro realtà, invece, era dura. Quante persone in quella foto avevano potuto perseguire i propri sogni e poi realizzarli?

Tamura aveva tratto un incoraggiamento dalle parole della donna della gru, ma non era andata bene a tutti, all'epoca. Yūtaka riusciva a comprendere il desiderio di Tamura di ringraziare la donna, anche dopo quarantatré anni.

A volte a Yūtaka capitava di digrignare i denti nel cuore della notte, ripensando ai commenti dello staff, che lo riteneva un attore finito prima ancora di cominciare. Era consapevole della sua abilità nel *kendō* ed era sicuro di sé in combattimento, ma c'erano giorni in cui si vergognava profondamente per essere ancora una semplice comparsa.

Da quando aveva iniziato a lavorare per Kojirō, Yūtaka aveva capito che anche le persone venute prima di lui avevano affrontato sfide e ingoiato lacrime amare, e ciò gli aveva fatto comprendere l'importanza della perseveranza.

C'erano ruoli che poteva interpretare anche se aveva più di trent'anni, lo sapeva. Per questo era felice di accettare anche parti minori, come il barcaiolo e Dozaemon.

Yūtaka tirò fuori il cellulare. Kojirō gli aveva detto di chiamarlo una volta arrivato al monumento.

«Sono qui davanti», disse Yūtaka, e gli riferì le sue impressioni.

«Bene, da Internet non sono riuscito a riconoscere i volti. A ogni modo, dobbiamo trovare il Journey Guitar: un giro tra le rivendite di liquori, le tabaccherie e i negozi di musica. Magari qualcuno lo ricorda.»

«D'accordo.»

«Prova anche a cercare ristoranti che abbiano parole come "Matsukaze" o "Akazuki" nel nome. Se non ci sono nei dintorni di Ueno, cercali negli elenchi telefonici che vanno dal 1965 al 1975. Se non riesci a trovarli nella biblioteca locale, prova alla biblioteca nazionale. Io sto andando a Kokura.»

«Vedrà Shoko Ishibashi?»

«Sì. Se riesco ad avere qualche indizio da lei, ti contatto subito.»

«Perfetto.» Dopo aver riattaccato il telefono, Yūtaka decise di recarsi nel luogo in cui si trovava il locale di cui aveva parlato Tamura.

A quanto aveva detto, aveva provato a cercarlo più volte, ma il paesaggio era cambiato così tanto che non era più riuscito a trovarlo. Yūtaka sapeva che non sarebbe stato facile individuare quel locale, ma voleva comunque farsi un'idea delle distanze e dell'atmosfera della città.

Uscì dalla stazione di Ueno di fronte al parco e costeggiò a piedi i negozi vicini. Notò le insegne dei bar nei vicoli poco frequentati di giorno.

Si addentrò in ognuno di quei vicoletti e fece qualche domanda nei locali aperti, ma la maggior parte erano cambiati negli anni, e nessuno di essi esisteva dal periodo Shōwa. Esplorò qualche altra strada per vedere se c'erano vecchi negozi come quelli che diceva Kojirō, e dopo un po' si imbatté in un negozio di liquori.

«Buongiorno, scusate, vorrei un'informazione!» urlò Yūtaka e dal negozio uscì una donna sulla cinquantina. Lui le rivolse alcune domande mentre le porgeva il bigliettino da visita. «Sto cercando notizie su un jazz café che esisteva tempo fa da queste parti.»

«Ma è un detective? Eppure, mi pareva uno a posto...» disse la donna, scrutando il suo biglietto da visita.

«Sono un detective, ma il mio lavoro consiste nel ripercorrere il viale dei ricordi.»

La donna non sembrava avesse ascoltato una parola della spiegazione di Yūtaka. Lo guardava come se fosse il protagonista di un film *hard-boiled.*

«Fino a una decina di anni fa c'erano diversi jazz café da queste parti.»

«E questo negozio c'è da molto tempo?»

«Ormai è il più vecchio in zona.»

«Quello che cerco è un locale che si chiamava Journey Guitar.»

«Mah, forse c'era qualcosa del genere...» replicò evasivamente la donna.

«Magari qualcuno lo ricorda. Non so: suo padre o sua madre?»

"Trattandosi di un negozio di liquori, potrebbe aver avuto contatti con locali che servivano alcolici, come jazz café o ristoranti giapponesi..." Tenendo questo a mente, Yūtaka non mollò la presa.

«Mio padre potrebbe ricordarselo.»

«Quando posso trovarlo?»

«È in ospedale per un problema alla schiena. Ha settantasei anni ormai. Ciononostante, ha avuto l'imprudenza di caricarsi sulle spalle una valigia pesante.»

«Mi spiace essere scortese in un momento simile, ma forse può essermi d'aiuto. Si tratta di una storia che risale al 1965 e avrei proprio bisogno di parlare con qualcuno che possa ricordare quel periodo. Potrebbe chiedere a suo padre se ha tempo da dedicarmi?» domandò Yūtaka con un inchino.

«Fare l'investigatore è un lavoro duro, eh? Glielo posso chiedere; dove la contatto?»

Yūtaka scrisse il suo numero di cellulare sul retro del biglietto da visita e glielo restituì.

«Per favore, mi faccia sapere il prima possibile. Sarò a Tokyo fino a domani sera. Andrò a trovarlo in ospedale, se me lo permette.»

«Certo che è proprio un bel ragazzo, non ha mai pensato di fare l'attore?» domandò ridendo la donna.

Yūtaka la ringraziò e lasciò il negozio di liquori. Poi si diresse verso la biblioteca nazionale.

10.

Kojirō cambiò dalla stazione di Kokura alla linea principale di Kagoshima e arrivò alla stazione del Kyūshū, l'Istituto di tecnologia, intorno alle 15.30. Avevano concordato di incontrarsi alla caffetteria P&L di fronte alla stazione alle quattro. Kojirō aveva detto che sarebbe stato seduto al tavolino con una guida di Kyoto. Poco prima dell'orario stabilito entrò una donna di mezza età che si guardava intorno. Si trattava di una donna magra, che non aveva nulla a che vedere con l'immagine di una palla di gomma di cui aveva parlato la professoressa Asano.

Kojirō abbassò lo sguardo sulla tazza di caffè e, mentre iniziava a sfogliare la guida, sentì la presenza di qualcuno accanto a lui.

«Il signor Jissō?» Era proprio Shoko Ishibashi.

«La signora Ishibashi?»

«Adesso mi chiamo Yamaguchi.»

«Capisco, era il suo cognome da nubile.»

Asano aveva detto che fino a non molto tempo prima si scambiavano le cartoline di Capodanno.

«In realtà, dopo il divorzio mi sono risposata, ma non ho avuto ancora modo di dirlo alla professoressa. Ecco perché sono tornata a casa dei miei genitori. Sa, non c'entra nulla, ma all'epoca chiamavamo la professoressa "vecchia bacucca". Anche se era nuova, per noi restava comunque una vecchia.»

«Ho capito, però si trattava di una professoressa giovane, giusto?»

«Già, non era molto carino come soprannome», ridacchiò Shoko.

«Secondo la professoressa Asano, ossia la "vecchia bacucca", a scuola fu richiesto agli studenti di dedicarsi alla composizione di un inno, e fu scelto proprio il suo, signora Yamaguchi», riepilogò brevemente Kojirō, cercando di riportare alla mente di Shoko il periodo in cui frequentava la scuola serale.

«Sì, ero ormai tornata nel Kyūshū e fu una vera sorpresa quando la professoressa me lo disse l'anno successivo.»

«Sua madre era malata, giusto?»

«Lei ci ha cresciuto da sola, quindi facevamo affidamento su mia madre per tutto. Tuttavia, nonostante abbia sofferto di reumatismi, è ancora in salute: quest'anno compie ottant'anni.»

«Questa è la cosa più importante. Mi scusi, potrebbe dare un'occhiata a questo?» Kojirō mostrò a Shoko una copia della poesia che la donna della gru aveva lasciato.

«Questa, quindi, è la gru di origami di cui mi ha parlato al telefono?»

«Lo ha scritto lei, questo?»

«No, non è la mia grafia», replicò Shoko, distogliendo lo sguardo dalla poesia. Kojirō ebbe la sensazione che Shoko stesse nascondendo qualcosa.

«Riconosce questa scrittura?»

«Io non...»

«Signora Yamaguchi, questa non è un'indagine della polizia. Come le ho spiegato, c'è un uomo che si è diplomato anni fa in una scuola serale e sta cercando la donna che potrebbe aver scritto questa lettera per ringraziarla. È il desiderio di una persona non privilegiata, che ha faticato molto nella vita, in un momento in cui il mondo stava vivendo un periodo di rapida crescita economica.»

«La conosco molto bene quella sofferenza!»

«Allora, potrebbe aiutarmi, per favore?» disse Kojirō in tono gentile, attento a non farlo sembrare un interrogatorio.

A capo chino, Shoko mormorò: «Forse questo...».

«Cosa? Riconosce questa grafia?» Kojirō la spinse a parlare.

«Penso che l'abbia scritto il vero autore della poesia», disse Shoko e bevve un sorso d'acqua dal suo bicchiere.

«Il vero autore...» mormorò Kojirō a bassa voce.

Shoko Ishibashi aveva ricevuto il suo libro di testo da una compagna più grande, una ragazza con cui condivideva la stanza nel dormitorio dell'azienda di imballaggi. Quella ragazza era così dedita agli studi che spendeva tutto il suo magro stipendio in libri.

Shoko non avrebbe mai immaginato di dover tornare a casa all'improvviso a causa della malattia della madre e a metà maggio ricevette un libro e un quaderno da quella ragazza che nel frattempo aveva lasciato la scuola.

«C'era una poesia in quel quaderno. Non avevo cattive intenzioni, lo giuro. L'ho semplicemente copiata e poi consegnata, come se si fosse trattato di un compito...»

«Poi la poesia fu selezionata.»

«Non avrei mai pensato che sarebbe accaduta una cosa del genere. Ero così preoccupata per mia madre che quasi me ne ero dimenticata.»

Shoko poi venne a sapere che quella sua compagna più grande, una ragazza snella e molto carina, era stata vista in giro per i night club di Ginza.

Si trattava senza dubbio della donna della gru.

Kojirō si sentì pervadere dall'euforia nel momento in cui riuscì a unire tutti i puntini.

«Come si chiama quella donna?» chiese cercando di mantenere un tono calmo.

«Non ricordo. Ho presentato la poesia come fosse mia, senza permesso, e per anni mi sono sentita in colpa perché era diventata la canzone della scuola. Mi sono talmente sforzata di dimenticare che alla fine ci ero riuscita.» Shoko, una donna di cinquant'anni, stava chinando il capo come una ragazzina.

«Allora ricorda il nome degli altri compagni più grandi del dormitorio?»

«Dovrei tornare a casa e verificare.»

«Mi dispiace crearle un disturbo, ma potrebbe provare a contattarli per chiedere se conoscono il nome o i recapiti di quella donna?»

«Ci proverò», acconsentì prontamente Shoko.

Kojirō le diede il suo numero di cellulare, pagò il conto e lasciò il locale. Fuori, notò di nuovo l'insegna: P&L. *Punti e Linee.* L'intuizione lo fece sorridere. E ricordò che all'interno del castello di Kokura era ospitato il Memorial Museum dedicato a Matsumoto Seichō.*

Alle sei del pomeriggio, Kojirō tornò alla stazione, comprò il famoso *torimeshi* e del tè, poi si mise in fila accanto al binario. Proprio mentre lo Shinkansen diretto a Tokyo stava per arrivare, suonò il suo cellulare.

«Signor Jissō, sono la signora Yamaguchi.» Il tono di voce di Shoko era squillante.

«L'ha trovata?»

«Sì, si chiama Hiroe Tabei.»

Nemmeno gli altri sapevano cosa le fosse successo, dopo che era stata reclutata nei locali di Ginza. Inizialmente non si era ricordata il nome del ristorante tradizionale in cui Hiroe lavorava, poi le tornò in mente. Era Tsuruya. Si scusò con Kojirō per averci messo tanto tempo.

«No, anzi. La devo ringraziare, anche a nome del cliente. Grazie mille», disse lui con un inchino.

Il bambino, lì accanto scoppiò a ridere, probabilmente perché Kojirō sembrava si fosse inchinato al treno proiettile. Salito a bordo, Kojirō posò il suo *bentō* sul sedile e uscì sull'intercomunicante. Chiamò Yūtaka e lo informò che il nome della donna era Hiroe Tabei e che il ristorante in cui lavorava si chiamava Tsuruya.

* *Ten to sen* (trad. *Punti e linee*) è il titolo di uno dei romanzi più famosi del noto autore di gialli Matsumoto Seichō (1909-1992). In italiano è stato tradotto con il titolo *Tokyo Express* (Adelphi. Traduzione di Gala Maria Follaco). [*n.d.t.*]

11.

«Grazie per le informazioni. Avevo fatto diverse ricerche in biblioteca, ma non ero riuscito a trovare nulla con i nomi "Matsukaze" e "Akatsuki" negli elenchi telefonici. Certo, dall'origami si doveva intuire. Tsuruya. Anche la forma particolare della gru, con il piccolo vano portaoggetti, probabilmente è collegata al nome del locale.» Yūtaka si trovava al business hotel di Ueno dove alloggiava, quando ricevette la telefonata di Kojirō.

«Sì, e probabilmente era riuscita a piegare quella gru in poco più di due minuti perché ne realizzava diverse al giorno. Forse era un segnaposto a tavola che veniva presentato a ogni pasto.»

«Immagino che fosse abituata a piegarne tante velocemente.»

«Abbiamo finalmente qualcosa da cui partire. Continua le ricerche su Hiroe Tabei e lo Tsuruya.»

«Certo, signor Jissō. A breve dovrei riuscire a parlare con una persona che potrebbe sapere qualcosa.»

Yūtaka gli spiegò che il proprietario del negozio di liquori sembrava conoscere la zona della stazione di Ueno da parecchi anni.

«A quanto pare è ricoverato in ospedale per via del mal di schiena. Me lo ha detto la figlia, sto aspettando che mi dia una risposta.»

«Un tempo, i negozi di liquori e le tabaccherie erano le principali fonti di informazione nei quartieri. Sai, quando si è malati, si deve fare i conti con questa condizione. In futuro, vista l'età del cliente, l'ospedale potrebbe essere parte integrante di questa indagine. Forse è il caso di prepararsi.»

«Farò del mio meglio.»

Kojirō ripensò al fatto che Yūtaka al massimo aveva avuto dei raffreddori e poco altro, e che non era mai stato ricoverato. "Capirà i sentimenti di una persona malata?"

Non riusciva a immaginare come sarebbe andata. Tuttavia, sia che in futuro avesse continuato a fare il detective dei ricordi, o che si fosse guadagnato da vivere come attore, non poteva certo fargli male provare a mettersi nei panni di un'altra persona.

Sperò di ottenere informazioni utili dal proprietario del negozio di liquori.

*

Yūtaka fu svegliato dalla suoneria del cellulare. L'orologio segnava le otto. Di solito si svegliava alle sei, ma evidentemente l'indagine del giorno prima, in un luogo che non conosceva, lo aveva stancato molto.

«Oh, detective, buongiorno», cinguettò all'altro capo del telefono la voce allegra e squillante della donna del negozio di liquori.

«Oh, buongiorno.»

«Per caso l'ho svegliata? Volevo dirle che papà è d'accordo a parlare con lei.»

«Non so come ringraziarla. Dove si trova l'ospedale?»

«È a Okachimachi, Ospedale S, stanza 312, al terzo piano. Il nome di mio padre è Ken Sunahara. Come Ken Uehara, il famoso attore del cinema, cosa di cui lui è particolarmente orgoglioso. Detective, lei è molto giovane, quindi probabilmente non lo conosce. Anch'io devo dire che me lo ricordo soltanto per la pubblicità dell'agenzia di viaggi. Ha detto che nel pomeriggio c'era qualche problema con la luce, ma la mattina era libero. Quando lo vede, gli faccia sapere che il negozio è ancora bruciato e che non possiamo più permetterci il conto dell'ospedale; gli dica quindi che deve sbrigarsi a uscire di lì. Mi raccomando, bel detective!»

Yūtaka, che aspirava a diventare attore, ovviamente conosceva bene Ken Uehara, ma non fece nemmeno in tempo a dirlo che la donna aveva già messo giù. Ripensò a ciò che nelle sceneggiature veniva chiamato «parlare come una mitragliatrice» e si chiese se intendessero qualcosa del genere.

Ken Sunahara si rivelò essere un signore distinto e piacevole. I sottili capelli bianchi erano ben divisi e il viso dalla carnagione chiara e dal naso pronunciato ricordava i lineamenti di Ken Uehara. Era piccolo di statura ma con i muscoli delle braccia ben delineati, e non sembrava proprio avere settantasei anni.

«Oh, eccola, finalmente! La stavo aspettando. Non capita tutti i giorni di incontrare un vero detective.»

«Ecco, in realtà...»

«Lo so, lo so, non dica altro. Altrimenti interferirà con l'indagine sotto copertura», disse Sunahara, lasciando la stanza da quattro letti e spostandosi verso la saletta comune.

Yūtaka lo seguì in una stanza soleggiata di circa venti *tatami*, poi i due si accomodarono accanto alla finestra. Era seduto con il sedere sporgente, ma non sembrava avesse molto dolore nella parte bassa della schiena.

«Sembra che stia meglio», disse Yūtaka.

«Sì, finalmente sono riuscito a camminare fin qui. All'inizio non riuscivo nemmeno a girarmi. Allora, voleva avere alcune informazioni sugli anni Sessanta, vero?» disse Sunahara con voce sommessa.

«Per caso ricorda un jazz café chiamato Journey Guitar?»

«Lo conosco: il proprietario era un ottimo cliente che comprava molto vino a buon mercato. Aveva aperto il locale negli anni Cinquanta, e lo chiuse nel 1967.»

Tutto coincideva con i ricordi di Tamura.

«Il locale esiste ancora?»

«È stato trasformato in una palazzina con diversi locali vicino alla stazione. Se avessero preservato i vecchi edifici, si sarebbe mantenuta una bella atmosfera. Quando tirano su condomini e palazzi, purtroppo lo scenario intorno perde completamente fascino.»

«C'è una persona che sta cercando una donna che ha incontrato solo una volta proprio al Journey Guitar.»

«Solo una volta?»

«Si sono seduti al tavolo insieme a parlare, per una ventina di minuti circa.»

«Oh, quanta eleganza. Sono così stanco delle lunghe conversazioni al cellulare che si fanno oggigiorno. Era così bello un tempo. Sa, mi piaceva molto *Kimi no na wa*, ma probabilmente un giovanotto come lei non ha idea di cosa sia.»

«È una serie drammatica scritta da Kazuo Kikuta che è andata in onda sulla radio NKH. È la storia di Mariko e Haruki, ed era così popolare che si diceva che quando andava in onda, i clienti sparivano dai bagni pubblici...»

«Giovanotto, lei è un vero detective.»

«Nel caso del mio cliente, però, non si tratta di una tragica perdita, ma di un ricordo prezioso: è una donna importante, per lui.»

«È una bella storia.»

«Si ricorda di un ristorante che si chiamava Tsuruya?»

«Ce n'erano diversi all'epoca.»

«Quanti?»

«Be', che io ricordi, erano tre. Solo uno è ancora in attività.»

La probabilità che fosse proprio quello che cercavano era di una su tre, si stavano gradualmente avvicinando all'obiettivo.

«Oh, aspetti un momento. Se ricordo bene, c'erano qualcos'altro oltre a Tsuruya. Non si chiamava solo così.»

«A Kyoto, per esempio, c'è un negozio di dolciumi giapponesi di vecchia data che si chiama Tsuruya Yoshinobu.»

«Oh, sì, qualcosa del genere. Tsuruya *qualcosa.*»

«Forse Tsuruya Matsukaze o Tsuruya Akatsuki?»

«Oh, sì, sì, certo, è proprio lui! Tsuruya Akatsuki. Non ricordo come si scriva, ma è esattamente come dice lei, detective!»

«Tsuruya Akatsuki», ripeté Yūtaka elettrizzato.

«Non c'è più, però.»

«Si ricorda dov'era?»

«Certo che lo ricordo»

Yūtaka si fece spiegare la strada e prese nota di tutto.

«Benissimo, grazie. Ho parlato con sua figlia, mi ha detto di sbrigarsi a tornare, il locale va ristrutturato e non può più pagare il ricovero in ospedale...»

«Quella non riesce mai a stare zitta! Ha addirittura coinvolto lei, detective. Si tratta di un'incresciosa fuga di informazioni personali. Si trattava di dati TOP SECRET», disse Sunahara ridendo con aria allegra.

Yūtaka trovò divertente il modo in cui padre e figlia dialogavano tra loro.

12.

Il ristorante Tsuruya Akatsuki era diventato un supermercato. Quando però Yūtaka controllò la registrazione della società presso l'ufficio degli affari legali di Taitō, scoprì che l'azienda era stata registrata come società per azioni con il nome di Tsuruya Akatsuki e che il cognome del suo rappresentante era Fukami, lo stesso del direttore del supermercato.

Yūtaka decise così di visitare lo Shopping Fukami per chiedere direttamente informazioni.

Quando disse alla cassiera di voler incontrare il direttore, il signor Fukami, lei gli rispose che poteva dirigersi verso la porta sul retro. Questa conduceva in un cortile, alla fine del quale si vedeva una stanza che sembrava un ufficio. Non c'erano porte, e all'interno si vedevano cinque scrivanie allineate, separate da teli trasparenti, forse per impedire all'aria fresca del condizionatore di fuoriuscire.

«Permesso...» accennò Yūtaka mentre entrava attraverso il telo trasparente.

«Chi è lei? Al momento non siamo interessati a fare affari», disse un giovane vicino all'ingresso, voltandosi verso di lui.

Yūtaka gli porse il suo bigliettino da visita e lo informò educatamente che non era un venditore, ma che era venuto da Kyoto a trovare il direttore, il signor Fukami. Poi, gli spiegò che stava cercando una persona e che aveva bisogno di parlare con lui.

Il giovane era il responsabile dell'ufficio acquisti e lo fece parlare con l'amministratore delegato, che si trovava sul retro. Anche l'amministratore delegato non era poi così vecchio: agli occhi di Yūtaka sembrava essere di poco sopra la quarantina, proprio come Kojirō.

«E quindi è venuto appositamente da Kyoto?» Quando l'amministratore delegato lesse la parola «detective», lo osservò con uno sguardo sospettoso.

«Per favore, pensa sia possibile incontrare il signor Fukami?» chiese Yūtaka, facendo un profondo inchino.

«Il presidente al momento è occupato, senza un appuntamento è difficile. Adesso sta parlando con qualcuno della banca, appena si libera provo a chiedere.»

«Non so davvero come ringraziarla», disse Yūtaka con un altro inchino.

L'amministratore delegato tornò poco dopo rispondendo che ne avrebbe avuto ancora per qualche minuto.

Circa quaranta minuti dopo, apparve il presidente Fukami. Vedendo Yūtaka, lo fece accomodare sul retro.

Dopo essersi presentato, Yūtaka spiegò il lavoro di detective dei ricordi e riferì a Fukami la natura generale della sua richiesta. Il signor Fukami indossava un paio di occhiali dalla montatura nera e sembrava essere sull'ottantina.

«Quindi parliamo del 1965, ovvero poco dopo aver ereditato lo Tsuruya da mio padre. È stato un periodo molto intenso della nostra attività, ne ero totalmente assorbito.»

«Usavate questi origami a forma di gru al ristorante?»

«Sì, ci servivamo le *konpeitō*, e i clienti li usavano per pulirsi la bocca a fine pasto.»

La prima cosa da imparare, per chi lavorava come cameriera in quel locale, era piegare le gru a forma di piccolo contenitore. Nel ristorante c'erano un'ottantina di posti a sedere e le gru dovevano essere piegate ordinatamente in un minuto o due.

«La gru che abbiamo è stata piegata con una carta con sopra un motivo a *kazura* e luna, e una frase tratta dal dramma Nō *Teika*»

«Come avete fatto a riconoscerla? Il nome commerciale Tsuruya è piuttosto comune in tutto il Giappone e, quando fu deciso di registrare il marchio, il mio predecessore aveva pensato di aggiungerci la parola "Akazuki", che appariva nei versi del *Teika.* Le vecchie generazioni amavano cantare e apprezzavano particolarmente quel brano. Trovavano l'ossessione per l'amore, o meglio la follia degli esseri umani che non riescono a sfuggirvi, qualcosa di molto terreno, in cui era facile identificarsi.»

Secondo quanto aveva sentito da Kojirō, l'amore tra *Teika* e la principessa imperiale Shikishi non era scomparso nemmeno dopo la cerimonia funebre del monaco. Immaginò che fosse questo che intendeva Fukami quando parlava di «qualcosa di molto terreno».

«Ma quella carta veniva usata per le gru. Serviva a coprire i piatti con gli stufati.»

Raccontò infatti che ogni giorno si dilettavano a servire un piatto a sorpresa, non presente sul menu, e che utilizzavano quella carta per nasconderlo.

«Il mio predecessore era una persona che aveva un gran senso dello spettacolo. Far apparire le lettere con il calore del vapore era una piccola forma di intrattenimento. Purtroppo, poi, il ristorante ha chiuso...»

«Ricorda una donna di nome Hiroe Tabei che lavorava come cameriera da voi?» Yūtaka aggiunse che era una donna venuta da Sendai e che in seguito aveva iniziato a lavorare nei night club di Ginza.

«Certo, conosco Hiroe Tabei.»

«Davvero?» Yūtaka rimase stupito delle parole di Fukami, pronunciate senza esitazione. Aveva posto quella domanda con la convinzione che il presidente non ricordasse nulla dei suoi dipendenti.

«Non ne seppi più nulla finché lavoravo nel mio locale, ma dopo essermi trasferito in un altro locale a Ginza, un paio d'anni dopo, ricevetti una sua telefonata in cui mi diceva se potevamo incontrarci da Asagiri, sempre a Ginza, per bere una cosa insieme...»

«Asagiri a Ginza...»

«Doveva essere molto popolare, era a capo di un gruppo di donne. Quella fu la prima volta che incontrai Tabei, o per meglio dire Megumi, come era conosciuta da tutti. Da allora diventammo amici, e ci vedevamo spesso da Asagiri.»

«E adesso dov'è?»

«In ospedale.»

A Yūtaka tornarono in mente le parole di Kojirō.

«Cos'ha che non va?»

«Il fegato, a quanto pare. Ho lavorato sodo finché non sono riuscito ad avere un negozio tutto mio. Poi, vent'anni fa circa, ho aperto un bar a Yurakuchō, il Megumi», disse Fukami con un sospiro, anche se a quanto pareva non era bravo a reggere l'alcool.

«Cinque o sei anni fa le ho ceduto il locale e ho lasciato il mio lavoro. L'anno scorso mi ha fatto sapere che era stata ricoverata all'Ospedale K di Ueno, così sono andato a trovarla. Ma quella è stata l'unica volta, infatti mi ha cacciato via in malo modo. Non sono ancora riuscito a capire per quale motivo. Perché me lo aveva detto, se non voleva che andassi a trovarla?»

«L'ha allontanata, quindi?»

«È stato un vero shock per me, non l'avevo mai vista comportarsi così.»

Era difficile credere che Hiroe, che aveva lavorato per molti anni con la clientela dei locali, avesse assunto un simile atteggiamento nei confronti di chi era venuto a trovarla. Cosa mai poteva esserle accaduto?

«Non voleva farsi vedere malata, forse?»

«Aveva un bell'aspetto, è sempre stata bellissima. Le donne, valle a capire!»

13.

«Vorrei restare ancora un giorno», disse Yūtaka dopo essere rientrato in albergo alle cinque del pomeriggio e aver riferito l'esito dell'indagine a Kojirō.

«Certo. Devi assolutamente incontrare Hiroe. Rimani pure finché non riesci a vederla. Yūtaka, hai fatto davvero un ottimo lavoro. Ormai ci siamo», disse Kojirō cautamente, anche se il tono della sua voce era euforico.

«L'unica cosa che mi preoccupa è il suo atteggiamento nei confronti del signor Fukami. Perché l'ha mandato via in quel modo dopo avergli detto di essere ricoverata?»

«Ci sarà una ragione... Yūtaka, non prendertela troppo se non riesci al primo colpo. Non preoccuparti, ritenta. Le riprese del film, invece, non inizieranno prima di dopodomani, giusto?»

«Sì, non c'è problema.» Era felice di vedere Kojirō così attento a lui. Sentì che la tensione degli ultimi giorni si stava allentando.

*

Yūtaka si alzò il giorno dopo alle sei, andò a fare jogging e poi si recò al negozio di liquori.

«Oh, ecco il bel detective. Glielo hai detto a quello zuccone di papà?»

«Esattamente come mi aveva chiesto.»

«Bene, bene, grazie! Allora, sei riuscito a cavarne un ragno dal buco?»

«Sì. Sono riuscito a trovare la persona che cercavo. Tutto merito del signor Sunahara. Non so davvero come ringraziarla.»

«Dovere, dovere... Ora pensa a fare l'attore. Sarò la tua fan numero uno.»

«Oh, grazie.»

Gli sarebbe piaciuto poter vedere il suo viso il giorno in cui sarebbe apparso sul grande schermo. L'idea di riuscire in qualche modo a sorprendere quella donna gli trasmetteva una grande energia.

Con questo slancio, Yūtaka fece una doccia e si recò all'ospedale in cui Tabei era ricoverata. Gli ospedali erano restii a fornire informazioni sui pazienti ai non familiari. Ciò avveniva in parte come forma di tutela della privacy, perché c'erano casi di persone in fuga dagli esattori, o vittime di violenza domestica.

Yūtaka decise così di recarsi direttamente presso la stanza che gli aveva indicato il signor Fukami. La stanza d'ospedale con la targa con riportato il nome HIROE TABEI era privata. Le porte delle altre stanze d'ospedale erano aperte, con le tendine rosa pallido che si muovevano all'aria. Ma la porta della stanza di Hiroe era chiusa. Sembrava quasi voler respingere i visitatori, esattamente come aveva fatto con il suo atteggiamento nei confronti di Fukami. Yūtaka si fece coraggio e bussò alla porta.

Si udì una voce rauca.

Yūtaka non sapeva come presentarsi.

«Chi è? Chi c'è lì?» La voce di Hiroe suonava minacciosa.

«Chiedo scusa...» disse Yūtaka, aprendo la porta. Non aveva altra scelta che farsi vedere, sperando di convincerla con la sua aria affidabile.

14.

Dall'altra parte della porta una tenda rosa chiaro era tirata in modo da coprire la vista di Hiroe.

Yūtaka afferrò il bordo della tenda e la tirò di lato.

«Fermo, fermo!» disse Hiroe.

Yūtaka si bloccò di colpo nel sentire quella voce.

«Oh, mi scusi per essere piombato qui così.»

L'aspetto di Yūtaka somigliava a quello di un gatto che cercando di passare attraverso un *noren* rimaneva bloccato nella stoffa.

"Che idiota!" pensò: avrebbe potuto trovarla in *déshabillé*, entrando senza preavviso.

«Le chiedo scusa. Sono di Kyoto. Signora Tabei, sono venuto su richiesta di un uomo che l'ha incontrata in un bar di Ueno quarantatré anni fa: all'epoca era solo un ragazzo che lavorava in un'azienda di falegnameria.» Yūtaka cercò di dirlo nel modo più schietto possibile.

«Non so chi lei sia e di cosa stia parlando. Per favore, se ne vada!»

«Non è la signora Hiroe Tabei?»

«No, si sbaglia. Il mio nome è Hinano.»

«Hinano?» Yūtaka si sporse con la testa fuori dalla porta e controllò la targhetta con il nome. C'era senza dubbio scritto HIROE TABEI.

«Quello è il nome della persona che c'era qui prima di me!»

«Mi spiace tanto», farfugliò in fretta Yūtaka, uscendo immediatamente nel corridoio. Hiroe aveva forse cambiato stanza o era stata dimessa dall'ospedale? Dubbioso, iniziò a guardarsi intorno.

Le pareti del corridoio erano dotate di corrimano. C'era una donna anziana in pigiama che camminava lentamente tenendolo. La sua carnagione era scura e sembrava senza vita. Yūtaka si chiese se potesse trattarsi di Hiroe, il cui fegato stava cedendo, ma non dava l'impressione di una donna che avesse vissuto le notti di Ginza. Sapeva che era sbagliato giudicare dalle apparenze, ma era anche convinto che uno stile di vita radicato negli anni, in qualche modo, dovesse vedersi da fuori.

Doveva accertarsene, quindi tornò al terzo piano per chiedere informazioni alla reception, dove c'era una piccola finestra affacciata sulla postazione del personale.

«La signora Tabei vuole che rimuova la targa. Dice che vorrebbe che ci fosse scritto Hinano Yuri», disse la voce di una giovane infermiera che veniva dall'interno.

Quando Yūtaka sentì che si trattava proprio di Tabei, si allontanò dal bancone e, rimanendo in ascolto, attese, facendo finta di nulla, che l'infermiera che aveva appena parlato uscisse.

Dopo poco, l'infermiera uscì dalla porta ridendo, e lui la seguì. L'infermiera si fermò davanti alla stanza ed estrasse la targhetta con il nome di Hiroe Tabei.

Cosa significava? L'infermiera aveva appena detto che Tabei preferiva il nome Hinano Yuri. Ma aveva anche sentito dal signor Fukami che era conosciuta con il nome di Megumi. Qual era il suo vero nome?

E chi vorrebbe essere ricoverato in ospedale e avere il proprio nome d'arte esposto invece di quello vero? Anche gli attori erano riluttanti a usare il loro nome d'arte da malati. Non volevano attirare l'attenzione, o far sapere di non stare bene; e poi, era come liberarsi di un peso. Il nome, infatti, diventa ingombrante nel momento in cui si combatte la malattia. Yūtaka aveva sentito molte storie di questo tipo.

Inoltre, Hiroe aveva già affidato il locale a qualcun altro. Perché mai utilizzare un nome d'arte?

«E tu chi diavolo sei? Un cliente di mia madre?» All'improvviso, un uomo piccolo e tozzo con la barba incolta, che era davanti alla stanza, si rivolse a Yūtaka. L'uomo, sulla quarantina, con i capelli lunghi e spettinati che gli ricadevano sulla schiena, indossava abiti dall'aspetto trasandato e guardava i vestiti di Yūtaka come per giudicarlo.

«No, no, signore, si sbaglia.» Yūtaka era curioso di sapere perché avesse detto «madre», ma voleva evitare di mettersi nei guai lì, in ospedale.

«Sei un esattore?»

«No.»

L'uomo afferrò la cravatta di Yūtaka con la mano inanellata. Poi lo prese per le spalle.

«Hideaki! Per favore, fai silenzio in ospedale!» La porta della stanza si aprì e apparve una donna.

Sebbene fosse estremamente magra, era bellissima e aveva occhi lunghi e magnetici. Yūtaka era convinto che fosse proprio Hiroe, con il suo fascino senza tempo, come era emersa dai ricordi di Tamura.

«C'era questo tizio davanti alla tua stanza, mamma!»

«Ah, ma quello è il venditore di alimenti naturali, si aggira da un po' da queste parti. Che ci fa Victor Young con questa vecchia signora malata? Ti ho detto che non voglio nulla!» Hiroe non aggiunse altro e si ritirò nella sua stanza.

«Non sono un venditore...» provò a spiegare Yūtaka, ma poi ricacciò indietro le parole, pensando che non fosse il caso di lasciarsi coinvolgere.

«È una follia vendere alimenti naturali ai pazienti ospedalizzati.»

Yūtaka non sapeva che dire, mentre l'uomo che si chiamava Hideaki fece un gesto come se stesse scacciando una mosca e scomparve nella stanza di Hiroe.

*

«Ha avuto un figlio?!» esclamò stupito Kojirō quando Yūtaka riferì cosa era successo in ospedale.

Considerata la sua età, non c'era da stupirsi che avesse figli. Ma come per Yūtaka, anche per Kojirō l'immagine della ragazza che piega le gru, creata dal racconto di Tamura, era diversa e radicata.

«Sì. Anche se il figlio non mi ha fatto una buona impressione», aggiunse Yūtaka pensando non soltanto al suo aspetto, ma anche alla voce e ai modi volgari.

«Dal momento che quando ti ha visto, ha pensato fossi un esattore, immagino abbia problemi di soldi. O forse è la stessa Hiroe ad avere debiti.»

«Ma si ricorderà del giovane Tamura?»

«È successo quarantatré anni fa. Per Tamura lei è stata una sorta di salvatrice, ma dal punto di vista di Hiroe, lui non è che uno dei tanti uomini che ha incontrato nella sua vita.»

Quando si trattava di indagare sui ricordi, Kojirō diceva sempre che, più che il tempo, spesso è la differenza di percezione tra le parti coinvolte a creare barriere.

«Signor Jissō, c'è qualcosa di strano in quello che Hiroe ha detto.»

«Intendi la storia del venditore di alimenti naturali?»

«Capisco che abbia preferito non dire che ero un detective, per evitare discussioni, ma avrebbe potuto tranquillamente ignorarmi, dicendo che non ne sapeva nulla.»

«Forse era un modo per lasciarsi un margine d'azione.»

«Già. Se davvero non ricordasse nulla di Tamura, non avrebbe avuto bisogno di prendere tempo.»

«Ho capito cosa intendi. Segui pure la tua intuizione. Ma se vedi che non ricorda nulla davvero, lascia perdere.»

«Lo so. Stasera andrò al Megumi, il locale di Hiroe. Va bene?» disse Yūtaka a Kojirō, preoccupato per le spese che lievitavano.

Quando un membro del personale partiva per un viaggio di lavoro, era previsto che portasse con sé la carta bancomat dell'agenzia, ma se c'era una spesa importante, era Kojirō a provvedere al pagamento di tasca sua.

«Te l'ho detto, Yūtaka: segui il tuo istinto.»

A Yūtaka parve di vedere il sorriso gentile di Kojirō mentre diceva quelle parole.

15.

Yūtaka era stato più volte nelle case da tè di Gion, il quartiere dei piaceri di Kyoto. Chagawa, che conosceva molto bene lo *hanamachi*, lo aveva portato in una sala chiamata Shinise.

Quella notte a Yurakuchō, però, c'era una strana tensione nell'aria.

Il Megumi aveva un aspetto particolarmente lussuoso, soprattutto perché la spessa porta impediva l'ingresso a chiunque non fosse dell'ambiente.

Seguendo il consiglio di Kojirō, Yūtaka fu presentato in anticipo da Fukami, cliente abituale del Megumi, e così riuscì a entrare senza problemi.

Yūtaka si sistemò ancora una volta la cravatta davanti alla porta e poi entrò nel locale. L'interno era più luminoso di quanto si aspettasse, e fu accolto da due donne non molto appariscenti.

Quando menzionò il nome di Fukami, fu fatto accomodare in una stanza sul retro. Di fronte a lui era seduta una donna in abiti giapponesi, sui trent'anni al massimo, mentre un'altra donna di circa vent'anni era seduta accanto a lui. Le due donne, dopo averlo educatamente salutato, gli fornirono un *oshibori* e presero le ordinazioni.

La donna in kimono si presentò come Saya e, mentre porgeva il suo bigliettino da visita, disse: «Il cliente è un conoscente della mamma. Le sono in debito».

«Cosa, mamma Megumi?» disse la donna più giovane, che si chiamava Aya, con un sospiro e una voce delusa. «Ma è un cliente giovane, come fa a conoscerla?»

«Per favore, non fare queste domande!» Saya rimproverò in tono lieve Aya.

«La mamma è bellissima. C'è qualcosa in lei che mi fa impazzire di gelosia», disse Aya con una faccia imbronciata.

Sapeva che si trattava di un modo standard per trattare i clienti, ma Yūtaka lo trovò comunque accattivante.

«Quindi c'è solo il suo nome sul locale?» chiese Yūtaka a Saya.

«Sì», rispose Saya.

«Capisco.» Yūtaka annuì mentre osservava Aya mettere sul tavolo cracker, formaggio e noci.

«Be', non si è mai sentito un cognome d'arte», disse Saya con un sorriso.

«Una volta mi ha detto che il suo nome era Yuri Hinano, mi pare.»

«Ah, ma allora non la conosci!» intervenne Aya maliziosamente, porgendo il bicchiere a Yūtaka.

«Cosa intendi?» Yūtaka prese il bicchiere e lo portò alla bocca. Era da molto tempo che non beveva alcolici, quindi avvertì una sensazione di bruciore in bocca.

«Lei non è soltanto la nostra padrona di casa; in realtà, è una poetessa.»

«Aya, non è così, è un po' diverso», la corresse gentilmente Saya.

«Padrona di casa e poetessa?» chiese Yūtaka a Saya.

«Be', padrona di casa perché ci ha fornito un appartamento dove vivere. Consideriamolo una specie di benefit. E non è una poetessa, ma una paroliera, a essere precisi. È una professionista», disse Saya con uno sguardo orgoglioso.

«Professionista...»

Quindi Hiroe, la donna che aveva scritto l'inno scolastico, aveva continuato a comporre versi. Nella mente di Yūtaka i contorni di Hiroe poetessa e della donna che piegava le gru si sovrapponevano perfettamente.

«Dunque, se è una professionista, immagino che le sue parole siano state cantate da artisti veri.»

«Ovviamente.»

«Mi piacerebbe sentire qualcosa di suo...»

«Sì, dovremmo avere qualcosa...» L'espressione di Saya sembrava un po' vaga.

«Cosa c'è che non va?»

«In realtà, i cantanti sono professionisti, ma non hanno venduto molto. Perciò molti sono andati fuori stampa.»

«Ah, quindi non c'è nulla che possiamo ascoltare?»

«Be', penso che dovremmo avere una copia di uno tra *Naruko no Hito*, *Steam* o *Mado Akari* da qualche parte...»

«Forse farebbe meglio a parlarne direttamente con mamma Megumi», disse Aya. «Lei sicuramente ha qualche CD.»

«Sì, sarebbe meglio.» Saya annuì, come se le parole di Aya la stessero aiutando. Quei titoli, però, a Yūtaka non dicevano assolutamente nulla.

Yūtaka non ascoltava musica *enka*, ma questo non significava che non la apprezzasse. Quando un folto gruppo di attori si riuniva per una festa, di solito si andava in locali con il karaoke e la maggior parte delle volte si cantavano *enka*. Molti di loro cantavano con entusiasmo quei testi che invitavano a sopportare le avversità e le difficoltà della vita. In quelle tre o quattro ore si ascoltavano tantissime canzoni, sia note sia sconosciute.

Yūtaka aveva una buona cultura di canzoni *enka*.

«Chiederò a mamma Megumi», concluse, vuotando il bicchiere.

Non aveva bevuto molto, ma la mattina dopo aveva la testa pesante. Era da tanto che era astemio, coinvolto dalla dedizione di Kojirō nei confronti della moglie, che aveva sofferto di alcolismo. Più i postumi dell'alcool si facevano sentire, più Yūtaka cercava di muovere il corpo e sudare.

Erano quasi le otto del mattino, un po' tardi per fare jogging, ma lasciò comunque l'hotel e si diresse verso lo stagno Shinobazu. Mentre si riscaldava correndo lungo la riva, riconobbe l'anziano seduto su una panchina. Si trattava di Ken Sunahara.

«Signor Sunahara, è stato dimesso dall'ospedale?»

«Ehi, detective. È ancora nella capitale?» L'uomo sorrise

alzando un sopracciglio e disse che, visto che sua figlia continuava a lamentarsi, aveva chiesto all'ospedale il permesso di uscire temporaneamente.

«Mia figlia non ha tutti i torti. Non è solo una questione di soldi, detective. Sono io il principale del negozio, quindi non va bene che sia assente.»

Stava facendo il massimo: riusciva a immaginarselo mentre esclamava che era troppo presto per andare in pensione.

«Lei è molto gentile.»

«Che io sia dannato se voglio essere gentile con mia figlia!»

«No, mi riferivo a sua figlia.»

«Strano. Cosa c'è di così gentile in quella?» imprecò Sunahara con un'espressione di stizza.

«Camminiamo un po'. Immagino che lei abbia fatto tutta questa strada per la riabilitazione, no?»

«Be', sì, ma non funziona. Ho la schiena tutta bloccata.»

«Andiamo piano.»

«D'accordo.»

Yūtaka attese che Sunahara si alzasse e si avvicinò.

«Allora, com'è finita la grande storia d'amore?»

Sunahara lo guardò con aria incuriosita.

Yūtaka disse che era riuscito a trovare la donna, ma che al momento era in ospedale per ricevere cure mediche.

«È incredibile, detective. Non posso credere che lei abbia trovato il suo ago in un pagliaio come Tokyo.»

«No, non ho ancora chiuso il caso», disse Yūtaka, raccontando le circostanze senza fare collegamenti diretti alle persone coinvolte; poi gli parlò dei suoi dubbi sull'atteggiamento di Hiroe.

«È strano, se non ricordava cosa le avevo detto, perché ha dovuto inventare quella storia del venditore di alimenti naturali? Ha anche detto cose senza senso, come: "Che ci fa Victor Young con questa vecchia signora malata?".»

«Detective, le ha detto che l'uomo che la sta cercando l'ha incontrata in un bar a Ueno?»

«Sì.»

«Ma non le ha detto il nome del bar?»

«Avrei dovuto?»

«La domanda era se l'ha detto, oppure no.» Sunahara si fermò, lanciandogli uno sguardo irritato.

«Non mi sembra di averle detto nemmeno che fosse un jazz café. Quindi?» Anche Yūtaka si fermò.

«Detective, quella donna ricorda tutto!»

«Vorrei davvero fosse così.»

«Non è questione di volerlo. È pura logica.»

«Logica?»

«Ah, la logica. Ecco perché non si può fare affidamento su voi giovani.» Sunahara allungò le braccia verso lo stagno.

«Signor Sunahara, mi spieghi, per favore...» Yūtaka si inchinò come se stesse per iniziare un incontro di *kendo.* «Vuole starmi a sentire?»

«Certo!»

«Be', se insiste tanto, le spiegherò.» Sunahara aveva un'aria così innocente che non si riusciva proprio a odiarlo.

«Per favore, la ascolto.»

«Penso che fosse il 1954. Le trasmissioni regolari della NHK erano iniziate solo l'anno prima, ma i ricevitori TV non si trovavano ancora da nessuna parte. Quando avevo vent'anni, l'unico intrattenimento era il cinema. Guardavo Kurama Tengu, Godzilla e tutto il resto», disse Sunahara, lanciando uno sguardo nostalgico alla superficie dello stagno. Dopo una pausa, continuò: «Tra i film americani, venivano trasmessi molti horror, ma i miei preferiti erano i western».

«Non erano passati nemmeno dieci anni dalla fine della guerra...»

«No, non mi piacevano i combattimenti nella vita reale, ma riuscivo a guardarli sullo schermo in tutta tranquillità. Mi sentivo persino a mio agio, quindi ecco cosa c'è di sbagliato negli esseri umani: siamo nati crudeli! Quell'autunno uscì un film americano che ebbe molto successo.»

«Sì...?»

«Era una storia d'amore tra una donna che gestiva un bar e un chitarrista ex gangster.»

«Un chitarrista?»

«Già, aveva sempre una chitarra sulla schiena. Il film era *Johnny Guitar.*»

«Johnny...!» esclamò Yūtaka con una voce acuta.

«All'epoca non si conoscevano bene le lingue straniere, così spesso il nome veniva storpiato in "*Journey*". Il film era bello, ma la musica era ancora meglio. Le canzoni diventarono più popolari del film. E la colonna sonora era di Victor Young...» Sunahara schioccò la lingua e guardò Yūtaka.

«Victor Young e Journey Guitar sono collegati! »

«Detective, quando le ha detto che si trattava di un bar a Ueno, evidentemente la donna è andata subito con il pensiero al jazz café Journey Guitar, non crede? Detective, deve assolutamente ascoltare la colonna sonora di *Johnny Guitar.* È così malinconica da rabbrividire. Ti rimane nelle orecchie. Quindi, se sai che è stato Victor Young a comporre la musica, non è strano che inconsciamente ti venga in mente quel nome. Non è un nome inventato su due piedi, uscito dalla bocca per caso. No, sapeva esattamente di cosa stava parlando!»

«Una logica schiacciante! E ricorderà anche l'uomo che ha incontrato al jazz café?»

«Questo è difficile da dire», rispose Sunahara, mettendo le mani sui fianchi e gonfiando il petto.

16.

«È proprio un bel tipo, questo Ken!» esclamò Yumi impressionata dopo aver ascoltato il rapporto di Yūtaka da Kojirō.

«Con il carattere di Yūtaka è facile incontrare persone così!» Kojirō sembrava felice. Vedendo il suo sorriso, Yumi si tranquillizzò.

«Già, è un po' troppo diretto. E non so se sia sempre un bene.»

«Perché, tu non lo sei, Yumi?»

«Eh, già, anche io...»

«Allora, hai trovato un nome per il caso di Tomoyo?»

«Ci ho pensato molto. Che ne pensi di questo...?» Yumi si mise accanto alla lavagna per la programmazione e scrisse: *Il sogno della ragazza delle camelie.*

«Che dici? È brutto?» Yumi scrutò il volto di Kojirō.

«No. Per me va bene. Kanako, cosa ne pensi?» Kojirō si rivolse a lei.

«Penso che sia un nome meraviglioso per un caso.»

«Perfetto. È deciso. Andiamo avanti.» La voce di Kojirō risuonò nell'ufficio.

«Meno male! Nella storia de *La ragazza delle camelie,* alla fine la ragazza riesce a incontrare il padre che avrebbe voluto sempre conoscere. E il sogno di Tomoyo è quello di incontrare l'uomo dell'amuleto. E ora è anche il nostro.» Vedendo il sorriso di Kojirō, Yumi si sentì sollevata.

Fino a quel momento, Yumi non si era mai resa conto di quanto il nome di un caso potesse essere importante. Pensava solo che senza un nome sarebbe stato complicato redigere i rapporti e archiviarli.

Ma stavolta, dopo aver visto le condizioni di Tomoyo, fu naturale per lei cercare un nome che esprimesse il forte desiderio della donna. Il cuore di Tomoyo aveva perso il ritmo che aveva da tempo. Si era talmente indebolito da non riuscire più a pompare il sangue in tutto il corpo. E quindi, la forza vitale stava venendo meno.

Tomoyo si reggeva in piedi con la poca energia che le era rimasta. E molta di quella scaturiva dal forte sentimento di riconoscenza per l'uomo che l'aveva salvata.

Quando era al suo capezzale e si sentiva bene, le raccontava spesso le storie del passato. Sembrava vivere più lì che nel presente: ricordava vividamente la sua vita di ragazza ai tempi della guerra. Tempi duri quelli, caratterizzati da un generale malcontento per la gestione militare del conflitto, per le ferite e i danni di guerra e per la povertà. Allora Tomoyo era nel fiore degli anni, giovane e sana come ormai non poteva più essere. E quando sentiva nuovamente quella sensazione di gioventù, quell'uomo affascinante le appariva ancora più radioso, lasciandole una profonda impressione nei suoi ricordi.

«Ho dimenticato di ringraziarlo. È doloroso.» Queste erano le parole che Tomoyo continuava a ripetere.

Yumi lo aveva definito «sogno», ma era qualcosa più vicino a un desiderio. Quando ci pensava, ogni volta che vedeva il nome del caso o lo diceva ad alta voce, Yumi sentiva una strana tensione alle spalle, e voleva assicurarsi che i suoi più sinceri desideri fossero esauditi.

«La Sartoria K di Nishijin produce *omamori* per tutto il paese. Se loro non hanno alcun indizio, allora quel talismano deve essere stato realizzato da un'azienda locale, oppure fatto a mano», disse Kojirō.

«Se è così, allora saranno tantissimi! Ecco perché ho chiesto al signor Chagawa di esaminare i disegni appena visibili sulla superficie e il pezzo di carta all'interno.»

«Chagawa ha storto la bocca come al solito?»
«No, ma mi ha chiesto di uscire a bere qualcosa.»
«Chagawa invita solo le persone che gli piacciono, deve avere un debole per te!»
«Mi ha anche detto di portare Yuma, se volevo, ma non mi sembra il caso di portare una bambina a bere, è contro ogni principio educativo.»
Il padre di Yuma, suo ex marito, portava spesso la figlia al pub. Yumi si sentiva in colpa per l'educazione inadeguata della figlia, causata dalla vita irregolare del proprio lavoro da infermiera. Tuttavia non ci vedeva nulla di male nell'andare al pub con lei. Gli adulti tendono a essere più attenti del necessario se i bambini vengono visti in luoghi in cui non dovrebbero essere. Ma lei era convinta che questo genere di cautele non facesse bene alla figlia.
Questa sensazione in lei diventò ancora più forte dopo l'esperienza in una scuola media, quando le fu chiesto di condurre una prova pratica ai tempi in cui ancora lavorava in ospedale. Trovò dei lavoretti semplici che gli studenti delle scuole medie potevano svolgere in autonomia, e poi dava loro alcuni compiti aggiuntivi come assistenti infermieristici. Così, aiutarono un paziente paraplegico a salire su una sedia a rotelle e gli fecero prendere un po' di sole nel cortile. Era solo questo, ma la preparazione aveva richiesto moltissimo tempo. Il lavoro extra era stato gravoso e frustrante, perché aveva nettamente ridotto il tempo a disposizione dei pazienti. Tuttavia, i bambini non sapevano che l'esperienza di apprendimento pratico era possibile solo con la collaborazione dei pazienti assistiti e la preparazione delle persone sul posto. Dopo alcuni giorni, trascorsi senza intoppi, tornarono a casa pensando che le cose fossero come le avevano sperimentate. Yumi si sentì svuotata dopo aver letto nelle loro impressioni scritte i soliti cliché come: «Sono rimasta stupita di quanto le infermiere debbano lavorare duramente ogni giorno».
Per i bambini poteva essere importante dare un'occhiata al mondo degli adulti, ma forse non era utile per loro avere la sensazione di capirlo facilmente.

Come madre, voleva insegnare a Yuma, che viveva senza il padre, la severità e la dignità della vita adulta. Una volta raggiunta l'adolescenza, era normale che si sarebbe ribellata, per questo non voleva che vedesse la sciatteria degli uomini durante gli anni della scuola primaria.

«Yuma non vuole che la porti da qualche parte durante le vacanze estive?»

«Se le dico di andare al mare, ribatte che c'è troppa confusione. Se le propongo Ohara, si lamenta che ci sono troppe montagne e non si vede il mare... È proprio una kyotese doc: si lamenta di tutto.»

«Cerca di prenderti qualche giorno di vacanza, una volta che *Il sogno della ragazza delle camelie* sarà stato risolto.»

«D'accordo. A proposito, Kojirō, stavo pensando che potrei incontrare l'autore di questo libro.» Yumi, tra i vari libri che aveva in borsa, tirò fuori un volumetto con la copertina morbida. Era intitolato *Mercato nero: dolce o amaro?*

Yumi aveva cercato su Internet documenti sul mercato nero presso la biblioteca nazionale. Aveva anche consultato i documenti del comandante supremo degli Alleati, durante gli anni dell'Occupazione militare americana, ma la maggior parte di essi era incentrata su Tokyo e c'erano poche fonti su Osaka. Si era anche avvalsa di un sito web gestito dalla corporazione delle librerie antiquarie, dove aveva continuato a cercare documenti sul mercato nero di Osaka. Poi, finalmente, era riuscita a mettere le mani su alcuni libri che aveva iniziato a leggere.

«Rokushinmon Akira. Be', i ricercatori di storia possono rivelarsi una risorsa preziosa», commentò Kojirō mentre prendeva il libro e leggeva la pagina con la sua biografia.

«È incredibile che a ottantaquattro anni ancora pubblichi una rubrica sul giornale locale. Inoltre, nel libro si trovano tante informazioni utili, come queste», replicò Yumi mentre osservava l'altra pagina. Kojirō voltò il foglio che stava leggendo.

Il mercato nero poteva sembrare una zona senza legge, ma in realtà era un luogo in cui le transazioni commerciali venivano condotte con un certo grado di restrizione. Vi si trovavano soldati feriti, vagabondi e delinquenti, con una libertà e un controllo simili al *rakuichi rakuza* dell'epoca di Oda Nobunaga. Era una mischia in cui i giapponesi cercavano di guarirsi a vicenda dallo shock della sconfitta, appoggiandosi l'uno sulle spalle dell'altro.

In qualità di giornalista, all'epoca venni a sapere da un uomo che lavorava come interprete per le forze di Occupazione, e che aveva assistito all'interrogatorio, che un giovane giapponese aveva picchiato a morte un soldato americano delle forze di Occupazione vicino a un mercato di Umeda. Non ho potuto scriverlo negli articoli ai tempi, ma ho pensato che il giovane, appena ragazzo, fosse stato ammirevole per il suo silenzio risoluto, e in cuor mio l'ho applaudito per questo. L'ho applaudito, perché, indagando, ho scoperto che lo aveva fatto per aiutare il suo popolo. Noi giornalisti abbiamo scritto che i sentimenti del popolo giapponese erano stati scossi dalla guerra e stavano appassendo a causa dei danni subiti, ma quel ragazzo aveva ancora uno spirito di altruismo e di rettitudine morale tale da mettere a repentaglio la propria vita per salvare gli altri. È questo che mi ha dato fiducia nel futuro.

Sì, il futuro. L'alba sta arrivando. Si dice che l'attimo prima dell'alba è quello in cui la notte è più buia. Non posso fare a meno di pensare che nell'oscurità del mercato nero giacesse una tale promessa.

«Sembra la storia di Tomoyo», commentò Kojirō sorpreso.

«Ero sicura che anche tu l'avresti pensato. Per la prima volta dopo tanto tempo mi è venuta la pelle d'oca.» Yumi ricordò l'eccitazione che aveva provato leggendo quella frase.

«Allora, hai già preso un appuntamento con il signor Rokushinmon?»

«Mi sono rivolto alla Juzen Publishing e mi hanno messo

in contatto con l'ufficio Ookini di Osaka, che pubblica i giornali locali. Dovrei incontrarlo lì, oggi alle tre.»

«Se tutto va bene, potremmo anche riuscire a entrare in contatto con il conoscente di Rokushinmon che lavorava come interprete all'epoca.»

«Così potremo scoprire l'identità del ragazzo che è stato catturato e interrogato. Ottimo! Chissà, forse riuscirò a portare Yuma al mare prima del previsto...»

Mentre parlava, Yumi ripensò alle condizioni di Tomoyo. Da una parte, non vedeva l'ora di poter condividere la buona notizia; dall'altra, temeva che se il suo desiderio si fosse avverato, non le sarebbe rimasto più nulla per cui vivere in questo mondo, e che avrebbe perso la sua forza vitale.

«Dove si trova l'ufficio Ookini? Se vuoi posso raggiungerti, dopo aver portato Michiyo a casa dalla riunione degli Alcolisti anonimi.»

«L'ufficio si trova a Kyobashi. Ma non preoccuparti, me la cavo bene con i nonnetti!»

«Non sono preoccupato per questo, sono curioso di conoscere il signor Rokushinmon», disse Kojirō con uno scintillio negli occhi.

Era stato per quello scintillio che, la prima volta che Yumi aveva incontrato Kojirō, aveva subito capito di voler lavorare per lui, senza ancora conoscere la natura del lavoro.

Era diverso dallo sguardo torbido dei medici, così elitari e abituati alle vessazioni pur di affermare il proprio potere.

«Lo trovi strano?»

«No. Penso che sia proprio da te», disse Yumi, poi proseguì: «Allora ti aspetto all'ingresso del grande magazzino di fronte alla stazione di Kyobashi. Sono circa cinque minuti a piedi dall'ufficio. Sarò lì dieci minuti prima delle tre».

Stupita del suo stesso tono di voce, che sembrava quello di una ragazza innamorata che annuncia un appuntamento, Yumi si alzò dalla sedia per nascondere l'imbarazzo.

«Vado a preparare un caffè.»

17.

Yūtaka non aveva alcuna esperienza nel pedinare le persone. Non aveva mai nemmeno provato ad apprendere l'arte del pedinamento da Kojirō. Probabilmente era questo che lo rendeva diverso da un normale detective. Quindi, non gli rimaneva altro che seguire quell'uomo, cercando di imitare i detective che aveva visto nei film.

L'uomo che Yūtaka doveva pedinare era il figlio di Hiroe, Hideaki, che era appena uscito dall'ospedale. Yūtaka, infatti, vi si era recato di nuovo in visita, per avere conferma del fatto che il Victor Young nominato da Hiroe fosse effettivamente collegato al jazz café Journey Guitar. Lì aveva trovato Hideaki che parlava all'ingresso con un uomo dall'aspetto poco raccomandabile. Dopo che si furono separati, si convinse che l'uomo fosse stato mandato a sorvegliare la stanza d'ospedale di Hiroe.

Avvicinarsi a Hiroe con noncuranza avrebbe significato commettere lo stesso errore del giorno prima. A ogni modo, Yūtaka voleva conoscere la vera identità di Hideaki. Dal suo aspetto, non sembrava avere un lavoro vero. Forse era membro di una banda. In tal caso, avrebbe dovuto agire con cautela per evitare problemi.

Una vettura bianca di lusso si fermò davanti all'ospedale e Hideaki vi salì. Quando l'auto si mise in moto, Yūtaka la seguì in taxi. La vettura uscì su Kuramaebashi-dōri, percorse per un po' la strada in direzione est, attraversò il fiume Sumida e svoltò a sud all'incrocio con Meiji-dōri. Dopo essere passata vicino alla stazione di Kameido, l'auto si fermò davanti a un condominio poco dopo un cartello stradale che indicava la direzione di Oshima e Minamisuna. Hideaki scese da solo. Yūtaka, che non aveva familiarità con la zona, prese nota dei cartelli stradali. Poi pagò il taxi e si avvicinò all'edificio in cui era entrato Hideaki.

La palazzina sembrava piuttosto vecchia; al primo piano c'erano un'agenzia immobiliare, un'agenzia di viaggi e un ristorante cinese con un ampio menu.

Hideaki era dietro la vetrata dell'agenzia immobiliare e, dopo una breve chiacchierata con qualcuno del ristorante, sparì più in là nel palazzo. Anche da lontano, si riusciva a capire che si trattava di qualcuno che conosceva bene. Sulla porta a vetri era scritto CL DEVELOPMENT LTD in lettere blu. Non c'era modo di entrare. Il volto di Yūtaka si incupì: doveva assolutamente capire il rapporto tra Hideaki e quella società.

Decise di andare al ristorante cinese per raccogliere informazioni e valutare la mossa successiva. Erano già le due passate e non c'erano clienti. Si sedette al bancone e, sebbene non fosse affamato, ordinò il menu cinese più costoso e una birra alla spina per tentare di ingraziarsi il proprietario.

«Sto cercando una stanza da queste parti, che mi dice degli appartamenti qui sopra?» buttò lì al proprietario del ristorante.

«No, no. Qui è molto caro, signore.»

«Ma questa è un'ottima posizione per un ristorante, no?»

«Guardi, se riuscissi a trovare in affitto un posto più economico, mi trasferirei all'istante.»

«Ah, sì? E l'agenzia immobiliare qui accanto?»

«Da queste parti è tutto molto caro», tagliò corto l'altro mentre armeggiava con il suo wok.

Gli si era rivolto pensando che se gli avesse detto che stava cercando un immobile, avrebbe avuto informazioni sull'agenzia lì accanto. Ma, a giudicare dal modo in cui il proprietario del ristorante aveva deviato il discorso, era lecito pensare che non avesse una buona opinione della CL DEVELOPMENT LTD.

«Signore, ci sono appartamenti in zona gestiti dall'agenzia immobiliare qui accanto?» chiese Yūtaka, mentre il proprietario gli serviva le pietanze.

«Di cosa sta parlando? Non so nulla di quello che fanno qui.»

«Capisco, allora ci andrò di persona.»

Il menu comprendeva polpette, riso fritto, anatra alla pechinese, zuppa di pinne di squalo e sottaceti vari: tutto molto abbondante. Yūtaka aveva un po' di fastidio allo stomaco, ma mangiò comunque, vuotò il boccale di birra e lasciò il ristorante.

La sera stessa, riferì a Kojirō i risultati della sua ricerca sulla reputazione di Hideaki nei ristoranti vicini e in altri locali.

*

«Il rappresentante della CL DEVELOPMENT LTD è Hideaki Suzuki. Ma la gente ha tenuto la bocca chiusa su di lui, non sono riuscito a ottenere molte informazioni...»

«Vuoi dire che hanno paura?»

«Esatto. Non ne hanno parlato bene, ma non si sono azzardati a criticarlo. Probabilmente, nemmeno sotto minaccia sarei riuscito a strappare loro qualche indiscrezione», replicò Yūtaka, posando il gomito sul tavolino per appoggiarci la testa.

«Domani come prima cosa chiederò una mappa degli impianti elettrici nell'area di Kameido. Conosco una persona del dipartimento di polizia che prima faceva parte della polizia metropolitana di Tokyo e attualmente lavora presso il dipartimento contro la criminalità organizzata. Conosciamo il suo nome e quello della società, dovremmo riuscire facilmente a risalire alle sue attività. Inoltre, ho contattato l'associazione dei parolieri del Giappone. A quanto pare c'è una paroliera che corrisponde al nome di Yuri Hinano. Dodici anni fa ha vinto il Japan Lyricist Grand Prix Newcomer Award con una canzone intitolata *Mado Akari.*»

«E così ha fatto il suo debutto come paroliera...»

«È cantata da Satomi Shimomura.»

«Satomi Shimomura. Non la conosco.»

«Anche se è una cantante *enka* professionista, non si vede di frequente in TV. Secondo Yumi, la si sente spesso agli eventi locali, presso stazioni termali e piccoli centri, dove vende i suoi CD. Ha detto anche che una volta era stata invitata in ospedale da lei.»

È improbabile che cantanti molto conosciuti vengano utilizzati per il debutto di nuovi parolieri. Tuttavia, tra loro c'è chi riesce a farsi un nome.

«Non è solo il mondo degli attori a essere difficile...»

«Hiroe non hai mai abbandonato la poesia.»

«È sorprendente il numero di persone che non rinunciano ai propri sogni.»

«È vero.» Yūtaka riuscì a sentire dentro di sé la forza di volontà di Hiroe.

«Dal momento in cui ho sentito la storia del signor Tamura, ho avuto la percezione che Hiroe fosse una persona molto determinata. E anche molto premurosa nel fornire alloggi ai suoi dipendenti.»

«È per questo che sento una distanza siderale tra lei e il figlio.»

«È questo il punto. Qualunque siano le circostanze, come può una persona del genere essere figlio di una madre premurosa come Hiroe...»

«Non riesco proprio a spiegarmelo.»

«Tuttavia, quel senso di disagio potrebbe essere il motivo per cui Hiroe ha rifiutato di vedere il signor Fukami e anche te, Yūtaka.»

«Ciò significa che Hiroe ha qualcosa che la preoccupa?» domandò Yūtaka, guardando Kojirō per avere una risposta.

«Sì. Dunque, si è ammalata e ha allontanato il signor Fukami dopo averlo informato che era stata ricoverata. Penso che questo non abbia nulla a che vedere con suo figlio. Quando Hiroe era stata ricoverata, suo figlio non era con lei in ospedale. Penso che non glielo avesse nemmeno detto. Forse non voleva proprio che lo venisse a sapere.»

«Ma poi Hideaki ne è venuto a conoscenza...»

«Credo che non solo non volesse causare problemi agli altri pazienti dell'ospedale, ma che Hiroe sia anche preoccupata per i potenziali danni in cui potrebbero incorrere le persone che le fanno visita. Hideaki è un tipo problematico.»

«Questo spiegherebbe perché Hiroe ha fatto finta di non ricordare il Journey Guitar.»

«Non voleva che tu incontrassi Hideaki. Se è così, allora Hiroe Tabei è una persona molto attenta. Non ci rimane altro da fare che convincerla a parlare con noi...»

Yūtaka ricevette, in merito, alcuni consigli da Kojirō.

«Farò del mio meglio!»

«Buona fortuna. Anche Yumi è riuscita a trovare una traccia.»

«Per il caso di Tomoyo?»

Quando Kojirō gli riferì che il nome scelto da Yumi per il caso era *Il sogno della ragazza delle camelie*, Yūtaka sorrise pensando a Yumi e a quanto fosse poco in sintonia con un nome così romantico.

Kojirō gli spiegò che Yumi aveva trovato un libro sui mercati neri di Osaka che conteneva una descrizione molto simile all'esperienza di Tomoyo.

«L'autore, un ex giornalista di nome Rokushinmon Akira, è un tipo piuttosto interessante. Purtroppo, il suo interprete dell'epoca, Richard Sugiyama, presente durante l'interrogatorio, è morto, ma aveva una figlia che ora vive a Kobe. Andrò a trovarla questo fine settimana.»

«Abbiamo finalmente un indizio sulla persona che ha aiutato Tomoyo allora!»

"Ciò che riempie il nostro tempo e il nostro cuore sono le persone." Yūtaka rifletté ancora una volta su quanto il lavoro di un detective dei ricordi fosse scavare nelle profondità delle vite della gente per portare alla luce l'umana gentilezza.

18.

Il rapporto di Kojirō aveva rivelato che Hideaki Suzuki era a tutti gli effetti membro di un gruppo della criminalità organizzata e che faceva da prestanome per acquistare terreni e gestire proprietà.

La sera del giorno successivo, Yūtaka incontrò Saya davanti al locale mentre stava andando al lavoro.

«Saya, ho un favore da chiederti.»

Yūtaka rivelò la sua vera occupazione e il motivo per cui si era presentato lì da lei. Disse che il suo cliente voleva solo ringraziare Hiroe e le chiese di collaborare.

«Cosa dovrei fare?» Fu subito chiaro che Saya aveva paura di Hideaki.

«Non voglio crearti problemi. Ma se andassi a trovare mamma Megumi e la portassi fuori a fare una passeggiata?»

«Portarla fuori e basta?»

«Sì. Del resto mi occuperò io.»

«D'accordo.»

«Dopo averla ringraziata», Yūtaka chiese a Saya quando sarebbe stata disponibile e si separarono.

Saya gli diede appuntamento due giorni dopo, quando Yūtaka avrebbe avuto le riprese. Tuttavia, questi decise di cedere il suo ruolo a un collega più giovane e rimase a Tokyo.

Nonostante tenesse moltissimo a recitare come comparsa, sapeva che solo lui poteva fare il detective dei ricordi, quel giorno.

Un detective amico di Kojirō informò Hideaki di una visita presso la CL DEVELOPMENT LTD: un piano per tenerlo bloccato in azienda e portare fuori Hiroe liberamente.

«Non che per loro sia stato un grande sforzo, darci una mano. Tenere d'occhio i movimenti dei membri dei gruppi criminali costituisce il grosso del normale lavoro del dipartimento», gli aveva detto Kojirō ridendo.

*

L'attuazione del piano era prevista alle 14.00.

Di Hideaki e dei suoi amici nessuna traccia all'ospedale. Dopo averne avuto conferma, Yūtaka guardò Saya.

La ragazza indossava un tailleur pantalone grigio e i capelli, che la sera portava sempre raccolti, le ricadevano sulla schiena. Riapparve una ventina di minuti dopo essere entrata dalla porta, accompagnata da Hiroe, che indossava un vestito blu navy. L'invito a fare una passeggiata sembrava aver avuto successo.

Attraverso la rete di conoscenze del dottor Iizu, erano venuti a sapere delle reali condizioni di Hiroe. Aveva una grave cirrosi epatica, ma non era in uno stato tale da proibirle di uscire. Negli ultimi tempi aveva perso energia e appetito e il suo medico era molto favorevole a un'uscita per tirarle su l'umore.

C'era una caffetteria a lato dell'ospedale. Si erano mossi separatamente e alle due e mezzo si sedettero al tavolino.

«Tu! Che cosa significa?» disse Hiroe con voce strozzata quando vide il volto di Yūtaka.

«Perdonami, mamma, per aver agito di nascosto da tuo figlio!» Prima che Yūtaka potesse dire qualcosa, Saya unì le mani e si scusò con Hiroe.

«Sono un detective dell'agenzia investigativa dei ricordi.» Yūtaka le porse il suo biglietto da visita.

«Non mi importa niente se è un detective o qualcos'altro. Se sta parlando della persona che ho incontrato a Ueno, gliel'ho già detto l'altro giorno. Non ricordo nulla di quel periodo.»

«Io le ho solo parlato di un locale di Ueno, non le ho fatto il nome. Ma lei ha menzionato Victor Young...»

«E questo cosa significa?»

Quando le portarono il caffè, Hiroe allungò le dita sottili sulla zuccheriera e prese il cucchiaino.

«Victor Young. Stiamo parlando del film dal titolo *Johnny Guitar*. E il luogo in cui lei e quel ragazzo all'epoca vi eravate incontrati era un jazz café, il Journey Guitar. Victor Young ha curato la colonna sonora del film. E, inconsciamente, le è tornato alla mente quel jazz café. E quel ragazzo...»

Hiroe, dopo aver messo lo zucchero nel caffè, lasciò vagare il cucchiaino sopra la tazza.

«Il jazz café Journey Guitar. Sì, c'era un locale con quel nome. Se il detective dice che è stato *inconsciamente*, allora sì, potrei aver detto inconsapevolmente il nome di Victor Young. Inconsapevole, perché non ricordo», e posò con sicurezza il cucchiaino nella zuccheriera.

«Grazie alle sue parole, quel ragazzo, nostro cliente, si è diplomato con successo in una scuola superiore serale e in seguito ha avviato un'impresa edile. Poi ha ceduto la gestione dell'attività al figlio ed è andato in pensione. Tuttavia, è ancora colpito dal suo ricordo e rammaricato di non averla potuta ringraziare quarantatré anni fa. Vorrebbe dirle che è stato tutto merito suo se ha potuto vivere la vita che voleva. È stato questo a spingerlo a partire da Tokyo per presentarsi alla nostra agenzia investigativa, a Kyoto. Allora, vorrebbe incontrarlo?»

«Non ci si può fare niente per chi non ricorda», disse Hiroe scuotendo la testa.

«Guardi questo...» proseguì Yūtaka, posando la gru di origami sul tavolo.

«Ah! Ma quella gru è fatta come mi ha insegnato mamma!» esclamò Saya, seduta accanto a Hiroe.

«Saya-chan!» la rimproverò Hiroe, con voce flebile.

«Il mio cliente l'ha custodita per quarantatré anni. Questa gru era l'unico indizio che aveva, oltre al nome del locale in cui vi eravate incontrati.»

Yūtaka era riuscito a identificare il nome del ristorante,

Tsuruya Akatsuki, dai disegni del *kazura* e della luna impressi sul foglio di carta utilizzato per realizzare la gru. Raccontò di aver chiesto al vecchio proprietario del locale e di aver scoperto che Hiroe era stata poi reclutata da un ristorante a Ginza.

«Presidente Fukami...» farfugliò Hiroe.

«Il signor Fukami era molto in pensiero per lei, visto che lo ha fatto allontanare dall'ospedale.»

«Mio figlio Hideaki mi odia.»

«La odia?»

«L'ho abbandonato, andandomene via di casa. Aveva solo cinque anni.»

Il padre di Hideaki aveva fatto fortuna nel settore delle demolizioni e un tempo era proprietario di un locale a Yurakuchō, dove pare vivesse con Hiroe. Lei raccontò che si erano lasciati dopo soli sei anni a causa dei suoi continui tradimenti.

«Da quel momento in poi, le ragazze del locale sono diventate mie figlie.»

Saya disse che nessun'altra si era mai presa cura delle sue dipendenti come Hiroe, facendo realizzare per loro un appartamento dove vivere e appaltando a un fornitore di servizi di consegna pasti equilibrati, poiché l'attività notturna era nociva per la loro salute.

«E questo come si collega all'atteggiamento nei riguardi del signor Fukami?»

«Mio figlio sta aspettando che io muoia.»

Il motivo per cui Hideaki visitava ogni giorno la stanza d'ospedale di Hiroe era per farle scrivere un testamento. Voleva che lei espiasse i suoi peccati trasferendogli tutte le sue proprietà.

«Il mio fegato sembra non funzionare più», disse Hiroe, mettendo la mano sul lato destro dello stomaco.

«Alcune persone riescono a vivere anche con il fegato quasi completamente distrutto. E il suo non è ridotto così male, a quanto dicono i medici.»

«Oh, dice davvero? Ma non so come farà quel ragazzo...

A quanto pare ha un grosso debito con i vertici dell'organizzazione.»

«Quindi è in grave difficoltà.»

«Pensa che ci sia un uomo da qualche parte che mi tiene sotto sorveglianza e che stia controllando gli uomini che mi avvicinano. Se fosse davvero così, potrebbero rivalersi su di loro. Qualunque sia il motivo per cui mi conoscono.»

«Ecco perché sta allontanando le persone...»

«Non voglio perdere la casa delle ragazze e non voglio causare problemi a nessuno.»

Se Hiroe avesse incontrato Tamura, avrebbero sicuramente rivolto le loro attenzioni anche alla Tamura Construction. Permettere loro di incontrarsi non doveva in alcun modo disturbare la tranquillità di Tamura.

Yūtaka cominciò a pensare che la decisione di Hiroe fosse quella giusta, ma ritenne comunque di raccontarle tutti i ricordi che Tamura aveva di lei.

Hiroe ascoltò in silenzio la storia di Yūtaka.

«Si ricorda di quel ragazzo, vero?» le chiese poi in un sussurro.

«La carta che copriva i piatti non poteva essere usata due volte. Ma era una buona carta, perciò l'ho conservata. L'ho raccolta e poi legata con del filo, in modo da utilizzarla come taccuino.»

«La poesia scritta sul retro della gru è stata poi adottata come inno scolastico per la scuola serale Oshiage. Per noi è stato un indizio fondamentale.»

«Davvero? L'ho scritta io... L'ho fatto inconsciamente, come diceva prima, signor detective. Avevo dimenticato di aver scritto quelle parole. Avevo preso uno dei fogli di carta che usavo come quaderno, l'ho strappato a formare un quadrato e ho creato la gru», raccontò Hiroe con nostalgia, tenendo la gru tra le dita, prima di avvicinarla al viso e fissarla. «Se avessi della carta, piegherei di nuovo questa gru con le mie mani. Sapete, ero la più veloce del ristorante», aggiunse con decisione.

La maggior parte dei clienti portava a casa come ricordo le gru che venivano servite. Si trattava di normale carta *chiyo-*

gami. Se la gru non fosse stata piegata in quel modo, ci sarebbe voluto ancora più tempo e lavoro per identificare Hiroe.

«Sì, quel ragazzo... Allora mi ha ascoltata! Non lo dimenticherò mai, come avrei potuto? Ero timida e riservata, ed ero andata in un jazz café solo per mettere alla prova il mio coraggio. Pensavo che non avrei mai potuto farcela in un locale per adulti. Stavo cercando di incoraggiare quel ragazzo, ma in realtà dicevo quelle cose a me stessa», disse Hiroe portandosi un fazzoletto alla guancia. «Ciò che gli ho detto, non l'ho mai dimenticato. Penso che se avesse ascoltato *Mado Akari,* lo avrebbe capito. Ogni volta che la ascolto, ripenso alla me di allora.»

Hiroe tirò fuori dalla borsa un CD.

«È il CD di Satomi Shimomura?»

«Saya ha detto che c'era qualcuno che voleva ascoltarlo, così l'ho portato. Lo ascolto sempre nella mia stanza d'ospedale.»

Yūtaka lo prese con entrambe le mani.

19.

Yūtaka Hongo arrivò alla stazione di Kyoto poco dopo le otto di sera. Si affrettò a tornare in ufficio dove Kojirō lo stava aspettando seduto alla scrivania.

«Hai fatto un ottimo lavoro, grazie! Ti ho preparato del caffè, anche se non è buono come quello di Yumi!»

«Appena ho aperto la porta e ho sentito l'aroma, ho pensato: "Ah, sono tornato a Kyoto!".»

Yūtaka posò il bagaglio sul divano della reception, prese la sua tazza e si diresse verso la macchinetta del caffè.

Kojirō si alzò velocemente e la afferrò. «Lascia che te lo versi.»

«Grazie!»

«Mi dispiace per le riprese.» Felice nel constatare che Kojirō si ricordava dei suoi impegni, Yūtaka sentì tutta la stanchezza accumulata sparire in un istante.

Al telefono non gli aveva detto nulla, a parte l'ora in cui sarebbe arrivato. Immaginò che fosse impaziente di ascoltare il risultato delle sue indagini, ma in realtà non lo esortò in alcun modo a fare rapporto.

Gli tornò in mente la teoria di Kojirō secondo cui serviva tempo per maturare certe considerazioni. Per mettersi il più possibile nei panni dell'interessato, occorre un tempo di fermentazione, come quando i semi di soia si trasformano in miso. A differenza delle cose semplici, la complessa psicologia umana ha bisogno di tempo per essere metabolizzata, o si potrebbe finire con il confondere verità e bugia.

Da dove poteva iniziare a raccontare i sentimenti di Hiroe senza rischiare di travisarli?

Sorseggiando il caffè, Yūtaka ripensò al tempo trascorso a Tokyo. Mentre stava per prendere il suo taccuino dalla borsa, notò la custodia del CD.

«Prima di tutto, ascoltiamo questo.»

Yūtaka si alzò e si avvicinò a uno scaffale sulla parete. Quindi inserì il CD nel lettore portatile posizionato lì sopra.

«Musica?» disse Kojirō, con la tazza in mano.

«*Enka.*»

«Il brano scritto da Hiroe?»

«Sì. Con questo ha vinto il premio per gli esordienti. Non c'è però la scheda con il testo.»

Probabilmente era stata la stessa Hiroe a toglierla, perché voleva che lo ascoltassero con attenzione.

Hiroe aveva riversato i suoi ricordi di Tamura nel testo, che rifletteva i suoi sentimenti.

«E quindi te l'ha affidato...»

«Sì.»

«Ascoltiamolo», disse Kojirō e Yūtaka riprodusse il CD.

Il pezzo iniziò con un malinconico assolo di chitarra, più simile a quello di una canzone gitana che di un *enka.*

Riflessi sulle finestre bianche smerigliate
Ho solo una valigia da preparare
Il giorno in cui ho lasciato la mia città natale è lontano
Ti mando per la tua strada con gli occhi del treno in discesa
Credi in me
Sono stata tradita
Sto cercando qualcosa in cui credere di nuovo
Una Journey Guitar
Suonala per me
La canzone della mia città.

Riflesso nella finestra illuminata di rosso
Spalle stanche per un lavoro sconosciuto.
Camicie sporche e odore di sudore, anche tu sei tutto solo
Credi in me
Sono stata tradita

Sto cercando qualcosa in cui credere di nuovo
Una Journey Guitar
Suonala per me
La canzone della speranza.

Riflesso nella finestra blu dell'alba
Nessuno sa nulla di oggi
Dei polpastrelli che si vantano della loro destrezza
Anche le mie unghie tinte si sono spezzate
Credi in me
Sono stata tradita
Sto cercando qualcosa in cui credere di nuovo
Una Journey Guitar
Suonala per me
La canzone dell'alba.

I due ascoltarono in silenzio la canzone più e più volte. Satomi Shimomura aveva una voce morbida ed emozionante, che nulla aveva da invidiare a cantanti più famosi. Yūtaka rimase impressionato dalla passione di quella voce.

Una volta, un attore anziano gli aveva detto che avrebbe dovuto imparare a cantare le battute e a recitare le canzoni. Questo era lo spirito che un grande compositore aveva trasmesso ai suoi allievi, e valeva anche per la recitazione.

Satomi sfruttava le sue doti canore per cantare la canzone, ma la stava recitando. Così parve a Yūtaka.

Anche la melodia era malinconica, in tonalità minore, e non gli dispiaceva. Era convinto che fosse un pezzo destinato a diventare popolare. Tuttavia, non aveva mai sentito parlare né della cantante né della canzone *Mado Akari*. Ciò lo rese ancora più consapevole della difficoltà dell'industria dello spettacolo. Non era un mondo meritocratico.

Forse la percezione di Yūtaka era sbagliata. Le buone canzoni non diventano tormentoni e i bravi cantanti non vendono bene: non necessariamente. Lo sapeva. E tuttavia, rimaneva sempre stupito del fatto che una cosa di qualità non riscuotesse successo nel pubblico.

Yūtaka rabbrividì al pensiero dell'ineffabilità del mondo dello spettacolo. Poi pensò a Hiroe e alla sua canzone. Anche Kojirō, seduto di fronte a lui, comodo sulla sedia, con gli occhi chiusi, cercava di entrare nei panni di Hiroe.

Era quasi mezzanotte.

Kojirō tirò fuori una ciotola di ramen istantaneo e la offrì a Yūtaka.

Yūtaka versò l'acqua nel bollitore elettrico, lo accese e rimase in attesa.

«Cosa ne pensa, signor Jissō?» domandò a Kojirō.

«"Riflessi sulle finestre bianche smerigliate / Ho solo una valigia da preparare" è sicuramente un'osservazione sul periodo dell'Occupazione di massa. Questo si intuisce facilmente, il problema è con la seconda strofa.»

«"Riflesso nella finestra illuminata di rosso / Spalle stanche per un lavoro sconosciuto / Camicie sporche e odore di sudore, e tu sei tutto solo"», mormorò Yūtaka.

«Non frequentava nemmeno i jazz café. Le piaceva Eri Chiemi, ma in quegli anni il livello di questi locali doveva essere alto.»

Era arrivata a Tokyo dalla campagna per trovare un lavoro; quindi, non doveva essere così scontato per lei entrare in un locale che serviva alcolici.

Kojirō disse che Hiroe doveva aver visto le luci delle finestre mentre camminava avanti e indietro davanti al Journey Guitar.

«Quello è stato il giorno in cui Hiroe ha deciso di andare a lavorare nel locale di Ginza!»

«Il signor Tamura ha visto il viso di Hiroe arrossire mentre beveva un sorso di vino. E il signor Fukami ha detto che non era una forte bevitrice. Forse quella era la prima volta che beveva alcolici. Si fingeva matura.»

«Una specie di addestramento», disse Yūtaka, versando l'acqua bollente nella ciotola di ramen. Il vapore si alzò e scomparve rapidamente.

«"Le spalle stanche per il lavoro sconosciuto" si riferiscono al giovane Tamura e a lei stessa», affermò Kojirō.

«Perché dopo "l'odore delle camicie sporche e del sudore” dice: “Anche tu sei tutto solo”.» Yūtaka porse le bacchette e la scodella di ramen a Kojirō.

«Tutto solo...» mormorò Kojirō, premendo il coperchio con la mano.

«Sono sicuro che fosse nervosa all'idea della città di notte.»

Yūtaka pensò alla diciannovenne che viveva all'ombra dell'aspetto dignitoso di Hiroe. Si immaginò una Hiroe dimessa, con le guance arrossate dalla piccola quantità di vino che aveva consumato, piuttosto che con una voce bruciata e offuscata dall'alcool.

«Quando Tamura è venuto qui per condividere i suoi ricordi, la prima cosa che le sue labbra hanno pronunciato è stata il testo di *Ah, Ueno Station.*» Kojirō si rivolse a Yūtaka mentre sorbiva un po' del suo ramen.

«Me lo ricordo. Mi ricordavo tutte le parole, quando ho visto il monumento alla stazione di Ueno.»

«In realtà, quella canzone ha una parte parlata nel mezzo.»

«Una parte parlata...»

«L'ho sentita solo poche volte, quindi non la ricordo benissimo, ma diceva qualcosa del genere: “Sono arrivato a Tokyo anch'io, ora il lavoro nei campi sarà ancora più duro. Quando nel giorno libero tornerò a casa, darò a mia madre una pacca sulla spalla”. Quando ho udito questa frase, mi sono sentito sopraffatto, non so perché. Forse perché erano stati costretti a venire a Tokyo e a lavorare per aiutare le loro famiglie. Come secondo o terzo figlio di una famiglia di contadini, era una scelta inevitabile. Alcuni di quei ragazzi sono saliti su quel treno sapendo bene che si trattava di un modo per ridurre le bocche da sfamare in famiglia. Eppure, si preoccupavano del peso della loro assenza. E quella pacca sulla spalla era un modo per mitigare il disagio», disse Kojirō d'un fiato. Poi, guardando negli occhi Yūtaka, aggiunse: «Il protagonista del testo di *Ah, Ueno Station* prova un sentimento di gratitudine».

«Mi sembra così assurdo a pensarci oggi.»

La generazione Heisei sembrava essere piena di insoddisfazione, piuttosto che di gratitudine. E Yūtaka non faceva eccezione.

«Quarant'anni non sono pochi. Mentre il signor Tamura e gli altri vivevano situazioni di sofferenza, un anno dopo io ero ossessionato da una nuova serie TV che ha come protagonista un eroe che salva la Terra», disse Kojirō con nostalgia.

Era il 1966 quando Ultraman, un alieno proveniente dai confini della galassia, faceva la sua apparizione in TV. Yūtaka aveva interpretato quell'eroe diverse volte sui tetti dei grandi magazzini e nei parcheggi, indossando il copricapo di Ultraman. Gli organizzatori di quegli spettacoli di eroi per *otaku* facevano spesso riferimento al primo episodio.

In quel momento, a Yūtaka tornò in mente la vista dall'interno del copricapo. Ricordava la sensazione di solitudine mischiata all'odore del lattice della tuta. Mentre recitava, nel pieno dello spettacolo, era talmente concentrato sulla performance da non provare particolare fastidio. Ma nei quindici minuti di attesa dopo la vestizione, si sentiva come sopraffatto dall'oscurità e da un senso di claustrofobia.

Lungo quel percorso aveva appreso sulla sua pelle che ci sono difficoltà che non si vedono dall'esterno. Yūtaka aveva promesso a sé stesso che non avrebbe mai dimenticato le difficoltà degli attori.

Gli Ultraman che Yūtaka aveva conosciuto nel frattempo erano stati tutti sostituiti da altri nuovi giovani attori. Ciò lo portò a ripensare ancora una volta allo scorrere delle generazioni e alle loro differenze.

«Non credo che tutte le persone vissute in quell'epoca avessero lo stesso temperamento. Tuttavia, Tamura e Hiroe, che frequentavano una scuola serale, avevano la gentilezza delle persone dell'antico Giappone. È un dato necessario per capire lo stato d'animo di Hiroe.»

«Ed entrambi si sono imbattuti in molte difficoltà.»

«Hiroe non voleva lasciare la scuola e non voleva diventare un'intrattenitrice da night.»

«Ma non aveva alternative valide...» disse Yūtaka, cercando una conferma.

«È andata avanti per il bene della sua famiglia.»

Avrebbero entrambi potuto abbandonare il lavoro. Ma questo avrebbe avuto ripercussioni sulle rispettive famiglie. Hiroe ne era consapevole, e per questo disse a Tamura di tornare in fabbrica, anche a costo di chiedere perdono in ginocchio.

«Ciò che il verso "Anche tu sei tutto solo" esprime è quel senso di solitudine che non puoi condividere né con i capi o i colleghi né con la famiglia», rifletté Yūtaka portandosi alla bocca la scodella di ramen.

«Quella sensazione di solitudine la perseguiterà per sempre. La terza strofa parla di ciò che accadde dopo che Hiroe entrò nel mondo dei locali notturni: "Riflesso nella finestra blu dell'alba / Nessuno sa nulla di oggi".»

«Ha vissuto tutta la vita senza riuscire a scrollarsi di dosso quel senso di abbandono.»

«Non so quali fossero le circostanze o cosa sia successo alla sua famiglia a Sendai, ma non è mai tornata nella sua città natale. Tuttavia, Yūtaka, c'è una frase importante.»

«Importante? Si riferisce a "Credi in me / Sono stata tradita / Sto cercando qualcosa in cui credere di nuovo / Una Journey Guitar"?»

«No, è alla fine del ritornello, la frase che segue: "Suonala per me". Nella prima strofa è "la canzone della mia città", poi diventa "la canzone della speranza", e infine "la canzone dell'alba".»

«E cosa significa?» Yūtaka non riusciva a capire dove volesse arrivare Kojirō.

«Significa che credeva. Che le cose sarebbero migliorate. O meglio, se questa canzone si basa sul suo incontro con il giovane Tamura, forse sarebbe più appropriato dire che sperava. Era una preghiera, affinché le cose, la sua via e quella di Tamura, migliorassero, a tutti i costi.»

«Quindi pensava al destino di un ragazzo che per lei era un perfetto estraneo?»

«Il loro cuore parlava la stessa lingua, quella di chi era venuto dal Nord in cerca di lavoro.»

Yūtaka ripensò alle espressioni di orgoglio dei ragazzi e delle ragazze nella foto del monumento alla stazione di Ueno. Tutti loro stavano tentando di fare qualcosa per qualcun altro: erano determinati a fare del loro meglio.

«Quindi Hiroe Tabei e il giovane Tamura...»

«Hanno continuato a incontrarsi in questa canzone. Più e più volte.»

«Cosa facciamo con il signor Tamura...?»

«Non abbiamo altro modo che farli incontrare di nuovo in questa canzone. E dei quaranta yen? Che ne è stato?»

«Ho piegato una gru di carta con la custodia e lì li ho messi, e poi l'ho consegnata a Hiroe.»

«Quindi li ha accettati. Va bene così. Per la prima volta, invece di preparare un rapporto, dovremo far ascoltare un CD.»

«Andrà bene?»

«Nessun'altra parola potrebbe competere con questo testo.» Kojirō masticò con soddisfazione il ramen ormai freddo.

«Che ne sarà invece del figlio di Hiroe?» domandò Yūtaka, ingurgitando il ramen rimasto.

«Dunque, mi hanno informato che sarà arrestato con l'accusa di estorsione e frode. Usciranno parecchi scheletri dall'armadio, e faranno di tutto per nasconderli. Sono sempre madre e figlio, dopo tutto.»

«E Hiroe?»

«Non c'è niente che possiamo fare al riguardo. Non possiamo in alcun modo caricarci sulle spalle il peso che Hiroe sta portando», disse mestamente Kojirō; poi aprì la finestra e guardò con sconforto il Palazzo Imperiale, ormai sprofondato nel buio.

Yūtaka rimase in silenzio.

20.

Il sabato successivo, Tamura venne in ufficio.

«Siete riusciti a trovarla?! Non so davvero come ringraziarvi. Avevamo solo quel piccolo indizio. Ora sento che posso togliermi questo peso dal cuore.» Tamura si profuse in diversi inchini per ringraziare lo staff.

«Il suo nome è Hiroe Tabei.»

Yūtaka aprì la gru di origami e iniziò a parlare degli indizi che lo avevano condotto fino a Hiroe.

Hiroe si era trasferita a Tokyo nell'ambito del programma di Occupazione di massa, come Tamura, e aveva lavorato come cameriera presso il ristorante tradizionale Tsuruya Azuki mentre frequentava la scuola superiore per lavoratori di Oshiage. Quando la scuola decise di realizzare un inno scolastico, l'insegnante di lingua giapponese spronò i suoi studenti a comporre il testo per la canzone. Yūtaka spiegò che ciò che era scritto sul retro della gru era una strofa di quell'inno, e la mostrò a Tamura.

Volti riflessi nella corrente limpida del fiume —
La voce di un giovane è chiara e brillante
"Che fiorisca l'ambizione del mondo!
Oh, ecco la luce della nebulosa

«Siamo riusciti a entrare in contatto con un'ex insegnante della scuola Oshiage che ci ha detto che la parte che non si riusciva a leggere era "fiume Sumida"», proseguì Yūtaka.

«Certo, il fiume Sumida. La ditta in cui lavoravo, la RK

Timber Industry, era proprio lungo il fiume Sumida. Osservavamo entrambi lo stesso corso d'acqua.»

«È stato grazie a questo testo e alla gru di carta che sono riuscito a trovare la signora Tabei.» Yūtaka spiegò che la carta utilizzata aveva sopra un disegno e le lettere erano in rilievo.

«Davvero elaborato. Non sono mai stato in un ristorante di così alta classe.»

Tamura rimase impressionato e sfogliò con piacere la carta, accarezzandola con le dita tozze e segnate dagli anni.

Con le mani giunte, il giovane Tamura si era inginocchiato davanti al capo dell'azienda. Con le mani, sosteneva sé stesso e la sua famiglia da quarantatré anni. Yūtaka si sentì in imbarazzo perché le sue, a confronto, sembravano infantili, perciò le nascose.

«Signor Tamura. Questa è Hiroe Tabei, e anche dopo ha continuato a scrivere poesie mentre lavorava nei locali di Ginza.»

«Quindi alla fine è rimasta nel mondo dei locali notturni? Ma sono felice di sapere che è ancora viva.» Nel momento in cui lo disse, gli occhi gli si arrossarono.

«Mi chiedo come stia e come vadano le cose. Forse è diventata nonna, ormai siamo vecchi. È la vita, in fondo. Devo ringraziarla come si deve. Allora, dove vive?»

«In realtà, non sta bene.»

«È malata?» domandò Tamura con voce rotta.

«È in ospedale per un problema al fegato.»

«Allora devo andare subito», sbuffò Tamura, come se stesse per alzarsi dal suo posto e lasciare l'ufficio.

«No. Non potete incontrarvi», disse calmo Yūtaka, guardando Tamura negli occhi.

«È così grave?» rispose Tamura con uno sguardo di rammarico.

«Non è questo.»

«Allora, non vuole vedermi. Forse è giusto così. Nessuno vuole guardare al proprio passato doloroso. Poi, è comprensibile non ricordarsi di una persona vista una sola volta e venuta da chissà dove. Posso capirlo...» Tamura abbassò lo sguardo con aria triste.

«No, si ricorda di lei, signor Tamura. Non l'ha mai dimenticata.»

«Va bene così, va bene così, detective. Anch'io ho vissuto la mia vita stringendo i denti. Non saremmo sopravvissuti se ci fossimo fatti prendere dal sentimentalismo.»

Mentre Tamura parlava, Kojirō, seduto accanto a lui, lo osservava in silenzio.

Il fatto che Kojirō non intervenisse dimostrava che Yūtaka stava procedendo bene. Convinto di ciò, consegnò il CD di Satomi Shimomura in un sacchetto di carta dell'agenzia investigativa. Aggiunse che era tutto contenuto in quella canzone.

«Conosco Satomi Shimomura. Ci sono testi scritti dalla signora Tabei nelle sue canzoni?»

«Venne selezionata per un premio dedicato ai parolieri esordienti. Non potremmo mai spiegare i sentimenti della signora Tabei meglio del testo di questa canzone, *Mado Akira*», disse Yūtaka in tutta onestà.

«Se non vi dispiace, posso ascoltarla qui?»

«Certo.»

Quando Yūtaka si voltò verso lo stereo, Kojirō decise di intervenire.

«Signor Tamura. Il CD contiene tutto il nostro rapporto di indagine. Se non è soddisfatto dell'indagine dopo aver ascoltato la canzone, non le addebiteremo alcuna spesa. Le chiediamo solo il rimborso dei quaranta yen che abbiamo restituito e i costi effettivi.»

«Signor Jissō...» tentò di dire Yūtaka.

«Yūtaka, va tutto bene», lo interruppe Kojirō a bassa voce.

«Ma...»

«D'accordo. Prenderò una decisione dopo aver ascoltato la canzone. Sono venuto a chiedervi di cercare ricordi che erano sfuggenti fin dall'inizio. Ascolterò con il cuore...»

Kojirō annuì, soddisfatto.

Dopo aver ascoltato il CD, Tamura si coprì gli angoli degli occhi con un fazzoletto. Senza dire una parola, prese la fattura per il compenso dell'indagine, chinò il capo e uscì dall'ufficio.

«Signor Jissō. Non avremmo dovuto dirgli anche del figlio, e della vera ragione per cui non possono incontrarsi?»

«Penso che il signor Tamura abbia capito il senso delle parole: "Anche le mie unghie tinte si sono spezzate". È l'anima di una donna che dice: "Voglio che tu mi ricordi per sempre come la ragazza che ero". Potranno incontrarsi per sempre nelle parole di quella canzone.»

«Ma certo, che dilettante che sono!» esclamò Yūtaka, e davanti ai suoi occhi apparve il volto di Ken Sunahara: "Ecco perché non posso affidarmi a qualcuno più giovane".

«Anche l'inesperienza conta. Ognuno è diverso, e va bene così.»

«Ognuno è buono a modo suo, non è vero? Mi piace pensarla in questa maniera», disse Yūtaka guardando l'orologio. Pensò alle riprese del film che si sarebbero svolte quella sera. Doveva girare la scena di un barcaiolo su uno *yakatabune* che galleggiava nel porto di Fushimi: un ruolo che non prevedeva battute.

«Una ripresa notturna?» domandò Kojirō.

«Sì. È un ruolo centrale!» ironizzò Yūtaka.

Per qualche motivo, questo lo rendeva felice.

III
L'UOMO CHE DICE BUGIE

1.

«Buongiorno, è l'agenzia investigativa dei ricordi? Ehm, scusi...»

Quando Kanako Tachibana rispose al telefono, lunedì mattina, la voce del giovane si fermò a metà della frase.

«Buongiorno, sì, è l'agenzia investigativa dei ricordi, come posso aiutarla?» chiese Kanako. All'altro capo del telefono si sentiva soltanto un flebile respiro.

«Potrebbe aiutarmi?»

«Aiutarla a cercare i suoi ricordi?»

«No, aiutarmi ora!»

«Che vuol dire?» chiese Kanako, non capendo.

Yumi, che era al telefono sul retro, guardò Kanako. C'erano solo loro due in ufficio.

«L'accoglienza non è il vostro forte, eh?» C'era una punta di insofferenza nel suo tono.

«Quindi?» Kanako cercò di nuovo spiegazioni.

«Sono su una sedia a rotelle, quindi non posso entrare.»

«Eh?» Con il ricevitore in mano, Kanako guardò la porta d'ingresso. Una figura si agitava nella metà inferiore del vetro della porta.

«Mi scusi, non me ne ero accorta. Arrivo subito.»

Kanako si precipitò alla porta d'ingresso. Aprì la porta, sentendo Yumi correre dietro di lei. Un uomo dai lineamenti infantili era su una sedia a rotelle e teneva in mano un cellulare.

«Questo posto è pieno di barriere architettoniche», si lamentò l'uomo.

«Mi dispiace, è un vecchio edificio...» disse Yumi, posizionandosi dietro la sedia a rotelle per aiutarlo a superare la soglia ed entrare nell'ufficio.

«Grazie», disse lui con un sorriso allegro.

Yumi spostò uno dei divani della reception e sistemò la sedia a rotelle accanto al tavolo.

«Sto cercando una persona. Potete aiutarmi? Le racconto la mia storia», si affrettò a dire l'uomo, mentre Kanako era intenta a portare il tè.

Yumi, che era nel bel mezzo di una telefonata con il dottor Iizu, si spostò sul retro, così Kanako venne ad ascoltare.

«Okay, solo un momento. Posso registrarla?»

«Non c'è problema.»

«Prima di tutto, può dirmi il suo nome e l'indirizzo?»

Mentre Kanako parlava con lo sconosciuto, Yumi si stava informando sulle condizioni di salute di Tomoyo, prima di recarsi in clinica. Kojirō e Michiyo avevano una visita medica all'Ospedale K, mentre Yūtaka sarebbe arrivato in ritardo per via delle riprese che erano durate tutta la notte. Yumi le si avvicinò preoccupata: negli ultimi giorni si era discusso molto del fatto che un uomo dall'aria sospetta si aggirava nella zona.

Kanako guardò il giovane di fronte a lei, decise che non c'era pericolo e la lasciò allegramente andare.

Seguendo i movimenti di Yumi con lo sguardo, Kanako chiese di nuovo al giovane il nome e l'indirizzo.

«Mi chiamo Takashi Itanami, vivo a Hirakata da solo e sono disoccupato.»

«Ah, sì?» disse Kanako in tono allarmato: l'idea che qualcuno senza lavoro spendesse soldi per un'indagine la impensieriva.

«Se è per i soldi, non devi preoccuparti. Sono in queste condizioni a causa di un incidente avuto l'anno scorso, ma ho i miei risparmi da parte, posso pagare.»

«Mi dispiace.» Kanako si sentì in imbarazzo: l'uomo aveva intuito subito le sue perplessità.

«Nessun problema. È solo che spero non servano più di centomila yen. Altrimenti sarei in difficoltà.»

«Penso che possiamo rientrare in quel budget. Chi sta cercando?»
«Un primo amore.»
«Sì?» Kanako sgranò gli occhi sorpresa.
«Mi spiego meglio...» sorrise Itanami, mostrando i denti bianchi. «La mia amica, una donna che si chiama Tomoko Kinoshita...»
«Un'amica?»
«Cos'è, sei una che pensa che l'amicizia tra un uomo e una donna sia impossibile?»
«No, non è così...»
«Bah, pensala come ti pare, ma non esistono sentimenti romantici tra me e Tomoko», disse Itanami negando con un gesto della mano.
«E quindi lei, signor Itanami, vuole trovare il primo amore della signora Kinoshita, giusto?»
«Esatto. È una brutta idea?»
«Quando c'è stato questo incontro?» chiese Kanako, ignorando la presa in giro di Itanami. Probabilmente, vedendola così giovane, lui non riusciva a prenderla sul serio. Kanako lo capì dal suo atteggiamento e fece una faccia seria, cercando di mostrare un atteggiamento risoluto.
«Ho conosciuto Tomoko due anni fa al lavoro.»
«No, parlavo della signora Kinoshita e del suo primo amore», replicò lei, attenta a non cambiare espressione.
«Ah, già, in effetti ha più senso! Tomoko ha detto che si sono conosciuti il primo anno di scuola media; quindi, deve essere stato circa dieci anni fa.»
«Dieci anni...»
Dieci anni prima. Era un passato che Kanako non voleva ricordare.
«Tomoko è una donna molto determinata. Normalmente ci si dimentica le cose avvenute dieci anni prima. Invece lei è tenace!»
«Dieci anni non sono poi così tanti.» Kanako non poteva dimenticare, neanche volendo. Quelle scene feroci le si materializzavano nella mente quando meno se lo aspettava.

Kanako malediceva il meccanismo della memoria umana, che non poteva essere resettato in dieci anni.

«Davvero, anche tu capisci i sentimenti di Tomoko? Sei più all'antica di quanto pensassi.» E poi, dopo una pausa, l'uomo aggiunse: «Cosa c'è che non va? Sembri pallida».

«Va tutto bene. La signora Kinoshita ha ventidue anni, adesso, giusto?»

Anche se aveva il viso accaldato, sentiva le mani e i piedi sempre più freddi. Quando ripensava a quei terribili momenti di dieci anni prima, le si intorpidivano le dita. Kanako strinse entrambe le mani. Piegò le dita dei piedi in modo da farle aderire al pavimento e si sforzò di mantenere bassa la temperatura corporea.

«Ha sei anni meno di me, quindi ha solo ventitré anni.»

«Dove ha incontrato questo ragazzo?»

«Quando era scappata di casa: ha detto che lui era stato gentile con lei. È successo qui a Kyoto.»

«A Kyoto?»

«Già.» Itanami iniziò a raccontare quello che aveva sentito da Tomoko.

La casa di Tomoko Kinoshita si trovava nella città di Ōtsu, nella prefettura di Shiga, dove lei aveva vissuto con i genitori e la sorella maggiore. I genitori non andavano d'accordo e lei voleva andare via di casa con la sorella il prima possibile. Tuttavia, non appena la sorella si era diplomata, aveva trovato un fidanzato e se n'era andata di casa per conto suo. Nell'inverno dello stesso anno, Tomoko aveva superato il limite della sopportazione ed era scappata di casa.

«Sono cose che si fanno a tredici anni, no? È andata a trovare la sorella maggiore a Kyoto.»

«In quale zona di Kyoto?»

«A Fushimi.»

«Fushimi!» ansimò Kanako.

«Che succede? Hai alzato la voce!»

«Mi dispiace!»

«Non ti senti bene? Sei pallida!»

«No, no, sto bene.»

«D'accordo. Vuoi che torni più tardi?»

«No, no, va tutto bene. Quindi Tomoko ha conosciuto questo ragazzo quando è andata a trovare sua sorella?»

«La sorella maggiore di Tomoko lavorava in un negozio di articoli vari a Fushimi. Il suo ragazzo faceva il fattorino e guidava un camion. Vivevano in un appartamento non lontano dal lavoro, ma non potevano permettersi di lasciare Tomoko lì. Era pur sempre una ragazzina delle medie, quindi in un'età difficile.»

Quando Tomoko si era resa conto che sua sorella maggiore non aveva intenzione di ospitarla, aveva lasciato casa sua di notte.

«Ha mentito dicendo che sarebbe tornata dai suoi.»

«Una ragazzina di tredici anni?»

«Non sapeva dove andare. Alla fine, non ha avuto altra scelta che andare in un posto chiamato Goko... qualcosa.»

«Il Santuario Gokōnomiya.»

«Sì, proprio quello! Stava passeggiando per il Santuario di Gokō quando le è venuta fame e si è seduta su una panchina. È stato allora che è apparso quel ragazzo. Il giovane si è seduto a poca distanza da Tomoko e ha tirato fuori il suo album da disegno. Tomoko lo ha guardato, sentendosi osservata da lui. L'uomo, però, non se n'è preoccupato e ha continuato a muovere silenziosamente la matita. Tomoko, ostinata e impudente, gli ha detto senza mezzi termini che la infastidiva.»

«A un estraneo?»

«Sì, gli ha detto anche che per aver posato come modella, avrebbe avuto diritto a un compenso. Proprio una ragazzaccia!»

«Ma era rischioso!»

«Così il ragazzo ha tirato fuori dalla borsa un *nikuman* che aveva comprato in un minimarket.»

«Come compenso?»

«Direi proprio di sì.»

«Lei si sarà infuriata!»

«Tomoko, che era in preda ai morsi della fame, è stata grata per quel panino al vapore, anche se ormai era un po' freddo. Fino a quel momento, sembrava che non avesse molta fiducia nelle persone che la circondavano. Probabilmente è per questo che quel panino le è sembrato così buono. E si è innamorata di colpo. Che sciocca!»

Doveva essere stata una grande gioia ricevere quello che voleva nel momento in cui ne aveva bisogno. Kanako poteva ben comprenderla. Era stato lo stesso per lei quando aveva conosciuto Kojirō, ai tempi in cui era ancora un detective della polizia.

*

Dieci anni prima, era un sabato d'inverno.

Kanako era tornata a casa da scuola dopo la sessione mattutina del club di calligrafia e stava aspettando la sua amica. Nel pomeriggio sarebbero andate insieme a un corso.

Era dalle vacanze estive che un ragazzo con un cappellino da baseball e occhiali da sole aveva iniziato ad avvicinare Kanako, e lei aveva paura ad andare in giro da sola. Così, alcune sue amiche le facevano compagnia, a turno.

Quel giorno, però, la sua amica non arrivò, nemmeno dopo il solito orario. In ansia, Kanako uscì di casa e si recò nella zona commerciale vicino casa per cercarla. In quella zona c'era una stazione di polizia, così pensò di spingersi fin lì. Questo segnò il suo destino.

Kanako trovò la sua amica proprio alla stazione di polizia. Vi si era precipitata perché uno sconosciuto le aveva afferrato il braccio. Kanako aspettò che finisse di sporgere denuncia. Erano ormai in ritardo e troppo spaventate per andare al corso pomeridiano, quindi si affrettarono a tornare a casa di Kanako per contattare la scuola.

La porta della cucina era stata lasciata aperta. Lei si era ricordata di chiuderla bene quando era uscita, così si insospettì e guardò all'interno.

Era rosso dappertutto. Era tutto ciò che poteva vedere. Sopra il liquido rosso, vide solo i vestiti della madre. Il suo volto era vuoto e fissava il soffitto. Era buio e non riuscì a vedere chiaramente, ma c'era anche qualcuno sdraiato sulla soglia. Era suo padre, ma non ebbe la forza di controllare.

La sua amica urlò per prima. Poi pianse, si rannicchiò e vomitò.

Dopo e alla stazione di polizia, Kanako non ricordava nulla di quello che era successo.

Gli agenti di polizia che erano venuti a interrogarla avevano un aspetto severo e le facevano paura. Le parlavano con gentilezza, ma il loro sguardo era duro. In preda a uno stato di ansia che le attanagliava la mente, non riuscì a proferire parola.

Era come se il suo cuore fosse stato indebolito dallo shock del massacro dei genitori e della scena raccapricciante cui aveva assistito. Diventò sensibile anche al più piccolo suono.

La tetra stanza della stazione di polizia, le voci che chiamavano i sottoposti, il rumore delle scarpe, le porte che si aprivano e chiudevano, risuonavano con violenza nelle orecchie di Kanako. Ogni volta che sentiva un rumore, il suo corpo si atrofizzava.

Ma Kojirō era diverso.

Appena aveva visto la sua faccia, le aveva preparato del latte caldo. O, per essere precisi, aveva cercato di prepararglielo. Era andato a comprare del latte e lo aveva messo a scaldare nel cucinotto della stazione di polizia. Ci aveva aggiunto del miele, ma era decisamente troppo dolce. Quindi un'agente di polizia donna lo preparò di nuovo e glielo portò.

Mentre Kanako beveva il latte, si ricordò che era una giornata estremamente fredda di dicembre. Si rese conto che non solo il suo cuore era freddo, ma anche il suo corpo.

Kojirō le tenne compagnia tutto il tempo, bevendo lentamente il latte insieme a lei.

Certo, non poteva guarire il dolore e la paura provati per aver perso i suoi genitori. Tuttavia, quella sensazione di ansia e rassegnazione si placò. La compassione di Kojirō l'aveva aiutata.

Ciò che voleva in quel momento non erano parole gentili, ma un cuore grande che la avvolgesse. Il latte caldo era troppo dolce ed era stato un fallimento, ma i sentimenti di Kojirō le avevano scaldato il cuore.

*

Per Tomoko, quel semplice panino doveva aver rappresentato un conforto simile. Kanako non poteva credere di essere una donna così sciocca da commuoversi per dei banali *nikuman*.

«E a quel punto, Tomoko?»

«Dopodiché, quel ragazzo le ha pagato l'alloggio per un paio di notti in un hotel in città. Il Tower Hotel. Poi, una volta tranquillizzatasi, ha fatto ritorno a casa.»

«E quindi si sono separati così?»

«L'ha aiutata a trovare una stanza in hotel, e poi è scomparso. Questo è tutto. Una relazione platonica.»

«Certo. Era minorenne. Ma a parte questo, non ha nessun altro indizio su questa persona? Per esempio, le ha detto niente della sua scuola, di dove ha vissuto, della sua età?»

«Se avessi saputo tutto questo, non vi avrei disturbati.»

Itanami porse a Kanako un pezzo di carta da disegno piegato in quattro.

Sopra c'era una ragazza disegnata a matita. I capelli lunghi fino alle spalle erano ondulati e gli occhi erano così grandi che sembravano quasi uscire dalle orbite. Le labbra sporgenti, sottili e non larghe. Kanako fu sorpresa di vedere un piccolo neo sotto l'occhio, perché anche lei aveva un neo sulla guancia, anche se dalla parte opposta.

«Anche tu hai un neo», disse Itanami, notando gli occhi sgranati di Kanako.

Kanako continuava a fissare il foglio da disegno senza reagire. Stava cercando degli spunti.

Il maglione a collo alto era sfocato dalla zona del petto.

Appena sotto, in basso a destra, c'era un segno, o un marchio, o qualcos'altro che non riusciva a distinguere. Sembrava un simbolo musicale, ma forse si trattava di qualcos'altro.

Nel caso de *La donna che piega le gru*, il processo di goffratura della carta aveva fornito un indizio importante. Kanako si sforzò di scoprire qualcosa, ma fu un buco nell'acqua.

«Quindi questo è tutto quello che avete?» chiese per conferma.

«Che fai, ti arrendi subito? Pensavo foste dei professionisti...»

«Posso tenerlo, per favore?» domandò Kanako, mordendosi le labbra.

Avrebbe voluto dirgli che era semplicemente inesperta, ma che le altre persone della agenzia erano in gamba. Ma non sapeva se rassicurarlo, perché con solo quegli indizi, non era sicura che sarebbero riusciti a rintracciare la persona che desiderava.

«Devo restituire l'originale a Tomoko, quindi puoi fare una copia. Va bene?»

«D'accordo. Chi devo contattare?»

«Chiamami sul cellulare. Ti do il numero.» Itanami le dettò il suo numero di telefono.

«Bene, me ne torno a casa. Puoi spingere la mia sedia a rotelle?»

«Oh, certo!»

Kanako fece una fotocopia del foglio con sopra il disegno di Tomoko, restituì l'originale a Itanami e andò dietro di lui. Poi tolse il freno alla sedia a rotelle e la spinse silenziosamente fuori.

2.

Kojirō parcheggiò la macchina nel garage dietro l'agenzia, non prima di aver fatto scendere Michiyo, che aveva portato un regalino per tutti. Michiyo entrò in casa dalla porta sul retro.

Quando Kojirō si avvicinò alla porta di ingresso dell'ufficio, vide Yumi che stava camminando lungo il marciapiede.

«Yumi, grazie come sempre per tutto quello che fai. Come sta Tomoyo?» le chiese, immaginando che stesse facendo ritorno dalla clinica Iizu.

«Forse sarà necessario trasferirla all'Ospedale K», disse Yumi, con un'espressione cupa.

«Non sta bene?»

«Secondo il dottor Iizu sarebbe meglio chiamare suo figlio. Ma non credo sia una buona idea farla agitare più del necessario.»

«È davvero raro vedere il dottore così in apprensione.» Sapeva che il dottore era risoluto e che prendeva sempre decisioni rapide; doveva essere molto preoccupato per le condizioni di Tomoyo.

«O, forse, è solo ansioso.»

«Quindi, oggi potremo incontrare la figlia del signor Richard Sugiyama.»

«Sì, ci siamo messi d'accordo per stasera alle sette. Dobbiamo incontrare la signora Sayaka Sugiyama.»

«Okay. Bene, abbiamo tempo. Ho comprato dei bignè mentre tornavo a casa. Prendiamoci una piccola pausa.»

«Siete andati da Othello, davanti all'ospedale? I loro bignè sono davvero deliziosi, li adoro!» Yumi mostrò un'aria innocente e mise la mano sulla porta dell'ufficio. Ma non si aprì.

«Eh? È chiusa. Che succede, Kana-chan?»

«Ah, già, Yūtaka oggi aveva delle riprese. Forse Kana-chan è uscita per fare delle compere!»

«Ma era venuto un cliente!»

«Un cliente?» Kojirō aprì la macchina con la chiave dell'ufficio che aveva attaccato al portachiavi. «Dove sarà mai andata», mormorò.

La posizione del divano accanto al tavolo della reception era cambiata in modo significativo.

«Il cliente era su una sedia a rotelle», spiegò Yumi.

«Quindi avete spostato il divano?» Kojirō si guardò intorno.

«Se era su una sedia a rotelle, forse è andata con lui per aiutarlo?»

«Conoscendo Kanako, potrebbe essere uscita per dargli una mano a fare la spesa.»

Kanako, che aveva un cuore gentile, aveva la tendenza a prodigarsi troppo. La sensibilità è necessaria nelle indagini, ma essere vulnerabili poteva causare molto stress. Kojirō era preoccupato per averla coinvolta nel caso de *L'uomo dalla grafia gentile.* Eppure, dopo quel caso, aveva sentito che l'entusiasmo di Kanako per il suo lavoro di detective era aumentato.

Kanako aveva cercato di recuperare la fiducia nelle persone che aveva perso a causa della paura, ma non ci era riuscita granché. Indagare sui ricordi altrui ed entrare in contatto con le sottigliezze delle emozioni umane sembrava un modo per ricucire i bordi sfilacciati del suo cuore. Ma anche per ricucire quei bordi bisognava bucare il tessuto del cuore con un ago. E il dolore poteva essere intenso. "Forse è troppo presto, dopotutto."

«Yumi, hai parlato con il cliente?»

«Lo abbiamo fatto entrare dalla porta principale e ci siamo scusate perché aveva barriere architettoniche.»

«È vero. Dovremmo ristrutturare questo posto. Siamo nell'era dell'architettura inclusiva.»

Quando Kojirō dette un'occhiata alla scrivania di Kanako, vide la copia del disegno della ragazza. Prendendola in mano, si rese conto che il tocco era magistrale.

La modella doveva essere più o meno in età di scuola media, ma Kojirō ebbe come l'impressione che somigliasse in qualche modo a Kanako. Volto snello e occhi grandi, che emanavano un'aria di purezza come Kanako. Una volta all'accademia di polizia aveva imparato che i volti umani potevano essere tipizzati. Durante quelle lezioni, gli studenti si esercitavano a realizzare fotomontaggi da testimoni oculari.

«Yumi, cos'è questo?»

«Non saprei. Deve averlo portato il ragazzo sulla sedia a rotelle. Penso che fosse un conoscente di Kana-chan.»

«Si somigliano», disse, sollevando il disegno per mostrarlo a Yumi.

«Sì, sembra Kanako da bambina...»

«Da bambina...» Kojirō guardò di nuovo la copia.

«Già, però il neo è nella posizione opposta. Se ricordo bene, il giovane ci aveva chiesto di cercare una persona. Forse quel disegno è un indizio.»

Kojirō sentì istintivamente che si trattava di un caso complesso: «Quindi, stiamo cercando una persona sulla base di questo...».

Se si trattava di un indizio, avrebbe dovuto ricavarne qualche informazione. Guardò il disegno nei dettagli e scoprì che le linee chiare erano andate perse perché erano state sostituite da tratti a matita. L'attenzione di Kojirō fu catturata da uno strano segno nell'angolo in basso a destra della ragazza.

«Cosa?»

"È un segno che ho già visto, anche se non si vede bene. Accidenti, non è possibile!" pensò Kojirō.

«Che succede?» Yumi si era accorta che il suo viso aveva cambiato espressione.

«Yumi, Kana-chan è in pericolo!»

«Che significa?»

«Questo segno...» disse Kojirō, puntando il foglio con il disegno verso Yumi.

«Sembra una chiave di violino scritta male...»
«Già. Questo è il segno che era stato lasciato sulla scena dell'omicidio dei genitori di Kanako!»
«Cosa? Ma è impossibile!»
Il simbolo non era mai stato reso pubblico, e lo stesso disegno era stato poi ritrovato su quella che sembrava la lettera di addio dell'uomo che si era suicidato. Questo fu il fattore decisivo, perché era un'informazione che solo l'assassino poteva conoscere.
«Era sul volto della madre, pugnalata a morte, dipinto con il suo stesso sangue.»
«È terribile!» esclamò Yumi, coprendosi la bocca con la mano.
«Non so a chi appartenga questo dipinto, ma è pericoloso per Kana-chan essere coinvolta in qualcosa che riguardi questo segno.» Kojirō si precipitò fuori.

Corse a nord, lungo la Karasuma fino a Imadegawa-dōri e si guardò intorno, ma i due non si vedevano da nessuna parte. Non ebbe altra scelta che girare i tacchi e correre in direzione sud, mentre tirava fuori il cellulare.
Chiamò Nagamatsu, un giovane detective che aveva lavorato con lui nelle indagini sul caso di omicidio della famiglia Tachibana. Anche lui si era opposto ai capi che avevano accettato troppo facilmente la teoria secondo cui il colpevole si era suicidato. Un uomo, infatti, aveva confessato di aver ucciso i coniugi Tachibana dieci anni prima e la teoria venne confermata dalla presenza di quel marchio sulla lettera d'addio dell'uomo che poi si era suicidato. Tornò di corsa in ufficio, scattò una foto con il cellulare per ogni evenienza e la inviò a Nagamatsu via email.
«*Senpai*, non ci sono dubbi. È lo stesso disegno. Dove l'hai preso?»
Kojirō raccontò che era stato portato da un uomo su una sedia a rotelle e che la persona che lo aveva ricevuto era l'unica figlia delle vittime, i signori Tachibana.

«Cosa!?» urlò Nagamatsu, e Yumi, che era in piedi accanto a lui, sembrò sentirlo. Colta di sorpresa, guardò Kojirō.

«Ti richiamo. Avrò bisogno del tuo aiuto, grazie!»

«D'accordo. Quindi l'uomo sulla sedia a rotelle e Tachibana...»

«Si chiama Kanako. Ti manderò una foto via email. Se scopro qualcosa te lo faccio sapere subito, e se anche tu vieni a sapere qualcosa, contattami.»

«Certo. La prudenza non è mai troppa», disse Nagamatsu, e riattaccò.

«Il cellulare è staccato», disse Yumi, che stava aspettando che Kojirō riattaccasse. «Qui c'è il registratore di Kanachan!»

«Ascoltiamolo.»

«È stato dipinto dieci anni fa», disse Kojirō dopo aver ascoltato lo scambio tra l'uomo di nome Itanami e Kanako.

Prendendo per buona la sua storia, non era stato lui a dipingere il quadro. Kojirō si sentì sollevato. Riferì immediatamente a Nagamatsu che l'uomo sulla sedia a rotelle aveva detto di chiamarsi Takashi Itanami, di avere ventinove anni, e gli fornì indirizzo e numero di cellulare.

«Che aspetto aveva questo Itanami?» chiese Kojirō mentre provava a chiamarlo al cellulare, che però risultò spento. Se fosse stato chiaro che era coinvolto in un crimine, la polizia avrebbe potuto controllare il segnale, ma in quella fase era impossibile. Kojirō riattaccò guardando più volte l'ingresso, nella speranza che Kanako tornasse presto.

«Aveva una faccia pulita, da ragazzino, quindi non mi è sembrato una persona malintenzionata, anche se...»

«Anche se, cosa? Qualcosa ti ha insospettito?»

«No, ma non sembrava abituato... A stare su una sedia a rotelle, intendo.»

Quando era capitato a lei, Yumi raccontò che, dopo una settimana su una sedia a rotelle, era riuscita a fare affidamento sul suo corpo. Mentre Itanami era come se fosse incapace di abbandonarsi.

«Quindi pensi sia passata meno di una settimana da quando ha iniziato a usare una sedia a rotelle?»

«È solo una mia sensazione...»

«Se è come dici, allora ha mentito.» Kojirō sentì un brivido. Era una sensazione sgradevole che gli capitava spesso di provare da quando era un detective.

Mentre Yumi ricomponeva il numero del cellulare di Kanako e scuoteva di nuovo la testa, il cellulare di Kojirō squillò.

«*Senpai*, l'indirizzo di Itanami non esiste!»

«Cosa!?» Kojirō sbatté il pugno sulla scrivania.

«Arrivo da te.»

«Nagamatsu, porta la Scientifica. E organizza un intervento di emergenza!»

«Ne parlerò con il mio superiore.»

Kojirō rimase perplesso alla risposta inaspettata di Nagamatsu, di solito molto tempestivo. Si rese conto che ormai non era più il suo capo, né un detective della polizia.

«È in gioco la vita di una persona del mio staff, per favore, Nagamatsu», disse con voce sommessa, e riattaccò.

"Non te lo permetterò. Prova a toccare Kanako anche con un solo dito e io giuro che..."

«Kojirō!» lo chiamò Yumi.

«Yumi, è un'emergenza. Cancella l'appuntamento con Sayaka Sugiyama.»

Kojirō fissò lo schizzo a matita del volto della ragazza e mormorò tra sé e sé più e più volte: «Ti salverò, te lo prometto».

3.

Kanako non avrebbe mai immaginato che spingere una sedia a rotelle potesse essere così difficile.

Si chiedeva a gran voce l'eliminazione delle barriere architettoniche e i gradini in tutta la città erano visti come un problema, ma erano ancora pochi i posti in cui erano visibili effettivi miglioramenti. Anche se la cosa si sapeva e si provava in qualche modo a porre rimedio, le leggere ondulazioni disturbavano la traiettoria delle piccole ruote anteriori. Le ruote, che avevano una buona mobilità e potevano procedere facilmente, di fronte a un ostacolo giravano di novanta gradi e si bloccavano. Se la ruota si fosse scontrata improvvisamente con qualcosa lungo la strada, avrebbe potuto scaraventare la persona sulla sedia a rotelle in avanti. Itanami non doveva pesare molto, ma Kanako, così esile, avrebbe avuto serie difficoltà a sostenerlo e a prenderlo in braccio se fosse stato sbalzato fuori. Questo pensiero la rese ancora più nervosa, e procedeva lentamente per raggiungere la sua auto, a poche decine di metri dall'ufficio.

«Hai visto, quante chiacchiere sull'abbattimento delle barriere architettoniche!» esclamò Itanami.

«È vero. Non avrei mai immaginato che piccole irregolarità e lievi dislivelli potessero rappresentare un tale ostacolo. Siamo ben lontani dall'essere una città accessibile.»

«Non esistono città accessibili. Per nulla.»

Kanako era turbata dal modo sprezzante di parlare dell'uomo. Sembrava buttare lì frasi perentorie senza pensare. Era un modo poco romantico per aiutare la sua amica a trovare il suo primo amore.

«Qual è la macchina?» chiese Kanako, arrivati al parcheggio a pagamento dove Itanami aveva lasciato l'auto.
«La station wagon blu scuro.» Itanami indicò l'auto in fondo.

Poi Kanako ricordava in modo confuso i fatti successivi.
Aveva afferrato con forza il volante dell'auto e, dopo aver guidato per circa trenta minuti, aveva riacquistato la calma.
«Mi sento meglio, ora. Da qui posso guidare io.»
Una volta arrivati alla macchina, Itanami di colpo aveva iniziato a non sentirsi bene, così Kanako, alla guida della station wagon, si era diretta all'ospedale da lui indicato.
Non sapeva bene cosa fosse accaduto, ma lei aveva seguito esattamente ciò che lui aveva richiesto.
«Ora sta meglio?»
«Sì, sto bene. Ci penso io...»
«Ma prima...»
«Prima, ora non più! Le crisi vengono all'improvviso. Sono una conseguenza dell'incidente. Il sistema nervoso è complesso. Di alcune cose si può essere consapevoli, di altre no. Una volta che passa, non si ripete più a breve, quindi al momento non c'è motivo di preoccuparsi. Tuttavia è meglio se vedo il mio medico. Mi dispiace di averti causato problemi.»
«Non c'è nessun problema...»
A essere sincera, Kanako iniziava a preoccuparsi.
Aveva guidato verso sud attraverso la città di Kyoto, passando sotto una superstrada sopraelevata e uscendo sulla Keihanna-dōri. Aveva sentito dire che in quella zona stavano sorgendo nuove aree residenziali e che la città stava cambiando rapidamente. Kanako non conosceva la zona e si sentiva sempre più in ansia e disorientata.
«Non preoccuparti, dopo essere stati dal dottore, ti riaccompagno a casa io.»
«No.»
«Sei molto diretta.»
«Mi dispiace.»
«Perché ti scusi? Era un complimento.»

«Ma non è professionale.»

«Per un detective, immagino che non sia una qualità. Potresti accostare a lato della strada?»

Kanako girò il volante e fermò l'auto.

Scese dal posto di guida, aprì il baule e stava per tirare fuori la sedia a rotelle, quando Itanami la fermò. Lui, dal sedile posteriore, scavalcò lo schienale e si mise al posto di guida.

«Se mi lasci guidare, faccio prima... Cosa c'è che non va?»

«No, niente.»

«Sei sorpresa che riesca a muovermi così bene malgrado le mie gambe malandate?»

«Sì, un po'», ammise lei.

«È davvero complesso il sistema nervoso. Quando provi dolore, non puoi muoverti, ma quando il dolore passa, riesci a muoverti in modi che non avresti mai creduto possibili. Sbrigati, sali in macchina!»

Kanako obbedì: si mise sul sedile posteriore e chiuse la portiera.

«Mi spiace recarti disturbo, ma potresti restare con me ancora un po'? Non fare quella faccia strana. Andiamo all'ospedale e torniamo.»

«Ehm, okay!»

«Potresti prestarmi il tuo cellulare per un minuto?»

«Dov'è il suo telefono, signor Itanami?»

«Ha la batteria scarica. Volevo avvisare il medico che sto arrivando.»

Un telefono cellulare è una raccolta di informazioni personali. Kanako non voleva darlo a un estraneo, ma viste le circostanze sentì di non avere scelta. Tirò fuori il telefono, che aveva lasciato spento durante la registrazione della conversazione con Itanami.

«Solo un momento, vorrei sentire l'ufficio, prima...»

«Dammelo, presto! Non possiamo restare qui fermi troppo a lungo. Te lo restituisco subito!»

Sopraffatta dal tono perentorio, gli consegnò con riluttanza il telefono.

«Tipico di voi ragazze!» esclamò Itanami con un sorriso mentre osservava le decorazioni sul telefono.

Il cinturino del telefono raffigurava il personaggio di un cagnolino. "Niente di così femminile", pensò Kanako.

«Non posso fermarmi. Non disturbarmi finché non avrò fatto un po' di strada.»

Gettando il cellulare di Kanako nel cruscotto, Itanami avviò la macchina.

Kanako, che pensava di telefonare subito dopo, rimase a bocca aperta e non riuscì a parlare.

«Mi riesce difficile credere che i ricordi di una persona possano realmente trasformarsi in business», disse Itanami a Kanako mentre l'auto prendeva velocità e si muoveva nel flusso del traffico.

«"Ricordi" è solo una parola, ma all'interno ci sono tanti sentimenti e persone diverse. Non si tratta solo di nostalgia.» Kanako era infastidita dal tono gelido di Itanami.

Le parole di Junzō Tateishi, il proprietario della libreria antiquaria del suo primo lavoro, *L'uomo dalla grafia gentile*, continuavano a ronzarle in testa: *«Non c'è niente al mondo che sia più importante degli affetti»*.

«Ma questi ricordi non sono tutti belli, no?»

«Certo, ci sono cose che non si vogliono ricordare...»

«Capisco», disse Itanami con il tono di chi sapeva dove andare a parare.

«Ma i ricordi su cui indaghiamo non sono brutti.»

«Ogni storia ha sempre due facce, giusto?»

«Davanti e dietro?»

«Luce e ombra. Se c'è chi vuole ricordare, c'è anche chi vuole dimenticare.»

Per Kanako, esisteva solo quell'incidente che avrebbe voluto dimenticare: un evento e uno spettacolo del cui ricordo avrebbe volentieri fatto a meno.

«Non hai anche tu ricordi del genere?»

«Perché lo pensa?»

«Chi era... Tomoko, sì, Tomoko Kinoshita... il tuo viso è diventato strano mentre ne parlavo. Sei diventata pallida dopo che ho iniziato a parlare di dieci anni fa. Sì, dieci anni fa.»

Itanami aveva bussato alla porta dell'agenzia investigativa su richiesta di Tomoko Kinoshita, ma per un attimo non era riuscito a ricordare il nome della sua amica.

Quindi, quello che le aveva raccontato non era vero? Ma se così fosse, perché spendere soldi per cercare i ricordi di chi? Dalle sue parole, non sembrava che Itanami ritenesse importanti i ricordi. Ma allora perché era venuto in agenzia?

Kanako fissò la schiena di Itanami dal sedile posteriore.

«Quindi, cosa è successo dieci anni fa? Io, Bangami Atsushi, pittore giapponese emergente, ti aiuterò a far luce sui tuoi ricordi.»

Bangami Atsushi? Ma non era Takashi Itanami?

Un nome falso! Una volta Yūtaka le aveva detto che uno pseudonimo era una sorta di freno al nome vero. In quell'occasione le aveva raccontato delle difficoltà che aveva avuto nel trovare il suo nome d'arte.

Atsushi Bangami e Takashi Itanami. Itanami e Bangami in qualche modo si assomigliavano. Se Itanami era un nome falso, era molto probabile che anche la storia del primo amore di Tomoko Kinoshita fosse una bugia.

"Ma perché mentire? Per quale motivo?"

Kanako cercò di ricordare che aspetto avesse Itanami, o meglio Bangami, i suoi movimenti all'interno dell'auto, i suoi piedi in quel momento. Era davvero invalido? Anche la sedia a rotelle era una messinscena?

«Oh, è così...»

«Non fare la timida. Non ho nemmeno bisogno di soldi», disse Bangami con una risata volgare.

Kanako era paralizzata dalla paura, aveva la gola secca e la sensazione che la sua trachea si stesse atrofizzando. L'auto cambiò corsia e accelerò ulteriormente. Se si fosse fermata al semaforo successivo, forse Kanako avrebbe avuto la possibilità di saltare fuori.

«Mi sono assicurato di chiudere bene le portiere. Se saltassi fuori da un'auto in movimento, potresti farti molto male.»

Kanako sentì un brivido percorrerle la schiena. Era come se potesse leggerle nella mente.

«P-perché?» riuscì infine a dire Kanako.

«Riguarda il tuo ricordo preferito...»

"Ricordo?" Lei non aveva alcun ricordo di un tale Bangami Atsushi.

Forse aveva a che fare con i suoi ricordi peggiori? No, non poteva essere. Quel criminale ormai non apparteneva più al mondo: l'aveva fatta finita.

"Ma davvero?" Kanako strinse forte entrambe le mani.

4.

Bisognava scoprire dove fossero quei due il prima possibile, pensò Kojirō.

L'agenzia investigativa utilizzava un dispositivo GPS per localizzare le persone. Il problema era che la persona poteva essere localizzata soltanto se il suo cellulare era acceso e se veniva premuto il pulsante per accettare la ricerca della posizione. Yumi, accanto a Kojirō, chiamò ripetutamente il cellulare di Kanako.

«Risponde?»

«È spento.»

«Completamente inutile!»

Kojirō serrò la mascella, immaginando Kanako con quell'uomo che, senza dubbio, le aveva sottratto il telefono.

Nagamatsu doveva consultarsi con il suo superiore e dare una risposta sulla possibilità di un intervento di emergenza. Ma non si era ancora presentato, e nemmeno l'agente della Scientifica.

Kojirō lo chiamò al telefono.

«Sei in ritardo, Nagamatsu!»

«*Senpai*, mi dispiace.» La sua voce era cupa.

«Che succede?»

«Il caso è chiuso.»

«È quello che ti hanno detto i superiori! E come interpretano quel disegno? Un disegno come quello non può essere una coincidenza. Non era di dominio pubblico!»

«Secondo i capi, è possibile che alcuni giornali abbiano fatto trapelare l'informazione. È giorno e si tratta di una donna adulta, sparita da poche ore. Non ci sono le basi per procedere, in questo momento.»

«In pratica ti hanno detto che potrebbero esserci state fughe di notizie e che non è necessariamente collegato a un caso vecchio di dieci anni.»

«Comunque, se domattina non torna... mi dispiace, *Senpai.* Non posso esserti di alcun aiuto.»

Anche Nagamatsu era nei guai. Riaprire un caso del passato, soprattutto se si era chiuso con la morte di un sospettato, avrebbe significato smentire l'indagine fatta allora. Poteva essere vista come una critica ai vertici che l'avevano condotta.

"Il colpevole allora uccise due persone nel giro di pochi minuti. E in un modo raccapricciante. Se Kanako adesso è con lui..." Solo a pensarci, Kojirō digrignava i denti. Era arrabbiato con sé stesso. Soprattutto, era frustrato dal fatto che lei si fosse imbattuta nel presunto colpevole proprio nel suo ufficio. Era scosso dall'idea di essersi visto portare via Kanako sotto gli occhi, nel luogo in cui avrebbe dovuto proteggerla.

«Se la signorina Tachibana non torna stanotte chiamatemi subito!»

«Certo, lo farò.»

«*Senpai,* ti prego di non fare nulla di avventato. Pensa a tua moglie...»

Kojirō rimase in silenzio e chiuse la telefonata.

«La polizia non farà nulla.» Yumi si accigliò.

«Il GPS è inutile, quindi possiamo solo sperare nelle telecamere di sicurezza dei luoghi pubblici.»

Era improbabile che Itanami avesse rapito Kanako senza premeditazione. Dal momento che si era presentato sotto le sembianze di un giovane in sedia a rotelle, era lecito supporre che avesse lasciato che lei lo aiutasse e che l'avesse portata via appena intravisto uno spiraglio. Aveva approfittato della gentilezza di Kanako per condurla fino alla sua auto. A seconda della situazione, avrebbe potuto anche preparare una scusa per chiedere a Kanako di accompagnarlo da qualche parte.

Kojirō percepì del sarcasmo nella voce di Itanami riprodotta sul registratore.

«Probabilmente, non essendo abituato a usare una sedia a rotelle, per arrivare fino a qui, deve aver parcheggiato nelle vicinanze, no?» Yumi aprì una mappa residenziale della zona e scarabocchiò alcuni cerchi con un pennarello sulla posizione dei parcheggi.

«Dunque, eliminiamo il parcheggio sul lato ovest, che è vicino al Palazzo Imperiale, e quello sul lato est, vicino al quartier generale della polizia prefettizia.» A quel punto rimanevano un parcheggio a nord e due a sud.

«Se fosse stato più lontano, avrebbe dato nell'occhio.»

«Okay, allora restringiamo il campo a questi tre.»

Yumi fece un elenco dei negozi vicino ai tre parcheggi e Kojirō chiamò ciascun numero di telefono, chiedendo se ci fossero telecamere di sicurezza e dicendo che stava cercando una donna che spingeva una sedia a rotelle.

Tuttavia, nessun negozio dotato di telecamere era disposto a mostrare senza riserve il filmato, non trattandosi di un'indagine della polizia. Infine, telefonando al settimo negozio, riuscirono a ottenere il racconto di un testimone oculare. Una dipendente del negozio Koboku, che vendeva incenso e altri articoli, ricordava di aver visto una donna che spingeva una sedia a rotelle.

Il loro ufficio si trovava sulla via Karasuma, che attraversa la città di Kyoto. La strada a ovest da lì si chiamava Muromachi-dōri, e circa cento metri a sud c'era un piccolo parcheggio a gettoni. A una decina di metri da lì c'era il negozio Koboku. Dopo essersi fatto dire da Yumi quello che indossava Kanako quel giorno, ebbe conferma dalla dipendente che si trattava proprio di lei.

«In quale direzione si sono mossi?»

«Muromachi-dōri è una strada a senso unico in direzione sud. Abbiamo il nostro negozio di Kyoto sul lato superiore e il negozio principale sul lato inferiore, ma tra loro c'è una distanza di circa un centinaio di metri.»

Lo storico negozio, nato come spaccio di medicinali, si

era sviluppato lungo la via Muromachi. Di conseguenza, i due negozi si trovavano a breve distanza l'uno dall'altro.

«C'è un parcheggio tra loro.»

«Esatto. Ho visto quella giovane donna che camminava verso sud. Poi è salita a bordo di una station wagon blu scuro e si è diretta verso Marutamachi.»

«Una station wagon blu! Aspetti un momento: questo significa che il parcheggio è a sud del negozio da cui ha assistito alla scena.»

Si trattava di una strada a senso unico in direzione sud; quindi, se fosse andata a nord non avrebbe dovuto passare di lì.

«Ho visto passare l'auto dal negozio principale. Ma è alle calcagna di sua figlia? Qui vicino c'è la Croce Rossa giapponese e spesso vedo ragazze che spingono le sedie a rotelle. Lei, però, aveva difficoltà. Ho pensato che non fosse abituata.»

«È sicura che si trattava di una station wagon blu scuro?»

«Sì, è così. Si muoveva goffamente con la sedia a rotelle, poi è salita in auto e si è messa alla guida.»

Quindi Kanako stava guidando.

«Ha visto il numero di targa?»

«Non sono riuscita a vederlo.»

Nemmeno Kojirō ci sperava.

«Grazie, è stata davvero utile.»

Kojirō lasciò Michiyo in ufficio e le chiese di contattare Yūtaka e di continuare a chiamare il cellulare di Kanako, quindi salì sulla moto di Yumi. Non avendo una patente per moto, però, si sedette dietro a Yumi, che era alla guida.

Aveva fatto annullare a Yumi l'appuntamento con Sayaka Sugiyama, la figlia dell'interprete, che avrebbe dovuto incontrare per il caso *Il sogno della ragazza delle camelie*.

La moto di Yumi era una GSX750S, chiamata Katana e, come suggeriva il nome, aveva una forma affilata. Per questo motivo, il corpo di Yumi si inclinava in avanti e quando ci si sedeva dietro, inevitabilmente si sporgeva verso il conducente.

«Stringiti a me!» esclamò Yumi, che indossava una tuta da pilota rossa e nera.

«Va bene. Scendi per Karasuma-dōri.»

Si diressero a sud su Karasuma, verso un ristorante. Grazie ai rapidi cambi di marcia di Yumi e alla sua abilità alla guida, arrivarono in pochissimi minuti. Kojirō aveva conosciuto il proprietario del locale al tempo in cui lavorava per la polizia.

Il proprietario aveva precedentemente lavorato come manager in una sala di *pachinko* nel distretto di Kita. In quel periodo, mentre indagava su un caso di omicidio, Kojirō aveva smascherato quello che nel settore veniva definito *goto player*: si trattava di un truffatore che traeva profitto dalle vincite errate collocando un microchip nella scheda PC di *pachislot machines*. La gratitudine del direttore del negozio era stata tale che, da allora, aveva iniziato a collaborare con la polizia raccogliendo informazioni. Successivamente, con i soldi risparmiati, aveva aperto un ristorante di cucina creativa come aveva sempre desiderato.

Kojirō immaginò che Itanami si fosse mosso in quella direzione perché aveva scelto un parcheggio a sud dell'ufficio e perché aveva menzionato il nome di un posto nella zona di Hirakata, anche se era falso. In quel momento si ricordò delle telecamere di sicurezza installate nel ristorante di Karasuma-dōri. Se si fosse diretto a sud su Karasuma-dōri, nel video si sarebbe vista la station wagon blu. Il proprietario del ristorante aveva installato una piccola telecamera rivolta verso l'esterno dopo aver subito degli atti di vandalismo.

Kojirō si precipitò nel ristorante e chiamò il proprietario, dicendogli che stava inseguendo un'auto e chiedendogli di poter vedere i video delle telecamere di sicurezza.

Il proprietario fece subito passare Kojirō in un ufficio vicino alla cucina e gli mostrò il video. Kojirō fissava lo schermo come assorto in preghiera. Se si stava dirigendo in direzione sud lungo la Karasuma, sarebbe senza dubbio passato davanti a quel ristorante, a un certo punto.

«Eccolo!» gridò Kojirō non appena vide la station wagon blu scuro.

Per fortuna, la telecamera aveva catturato l'immagine di una grossa auto ferma a un semaforo.

«Puoi zoomare?»

«Non ha questa funzione!»

«Mi puoi dare il video?»

«Per lei, Jissō, questo e altro!» disse in tono scherzoso il direttore del ristorante.

Dopo aver estratto la cassetta, Kojirō uscì dal locale.

Yumi lo stava aspettando.

«Puoi chiedermi tutto, lo sai. Sono a tua disposizione!» disse a voce alta il direttore del locale.

5.

I due si diressero verso un istituto di ricerca di Fushimi.

Quando Kojirō aveva consultato Daisuke Chagawa, della Scientifica, questi lo aveva messo in contatto con un laboratorio di apparecchiature di sorveglianza gestito da uno dei suoi studenti. Gli aveva detto che si trattava di un uomo molto abile nell'analisi delle immagini video, apprezzamento raro per Chagawa, che non elogiava mai nessuno.

Quando arrivarono al laboratorio, l'attrezzatura era già pronta. Il tecnico, che si chiamava Odagiri e sembrava avere più o meno la stessa età di Kojirō, inserì immediatamente il video nel lettore.

Le immagini vennero riprodotte su un computer. Poi, quando la station wagon blu scuro incriminata apparve sul display, mise in pausa.

«È questa la macchina, vero?» Evidentemente, Chagawa lo aveva già informato. Kojirō annuì.

«Per prima cosa, creerò un'immagine statica di tutti i fotogrammi in cui è presente questa macchina. Poi, utilizzerò un software di elaborazione delle immagini per aumentare la definizione.» Mentre parlava, le sue dita battevano velocemente sulla tastiera.

Il contorno sfocato dell'auto divenne via via sempre più nitido, malgrado lo sfarfallio dello schermo.

Come prima cosa, riuscirono a identificare il modello di auto. Si trattava di una Mitsubishi Outlander, ed era più un SUV che una station wagon.

Poi, misero a fuoco il conducente dell'auto. L'immagine era stata scattata dal lato del passeggero, ma il profilo del conducente era in qualche modo visibile. Tuttavia, l'immagine così com'era assomigliava a un mosaico. Dopo un'ulteriore aumento di definizione, era stato possibile riconoscere i capelli del conducente lunghi fino alle spalle.

«È Kana-chan.» L'indice teso di Yumi puntava qualcosa di biancastro e rotondo.

«Cos'è questo?» chiese Kojirō.

«Deve essere il fermaglio che le avevo regalato. Era Kana-chan a guidare!»

«Signor Odagiri, quello che vorremmo identificare...»

«È il numero di targa.»

«Sì. È possibile?» chiese Kojirō osservando lo schermo.

«Nell'ultimo fotogramma c'è l'immagine del semaforo rosso. Questa telecamera di sicurezza è rivolta leggermente a sud e l'obiettivo è grandangolare, quindi si spera che...»

«Grazie!»

Odagiri ingrandì la targa riflessa diagonalmente per riempire l'intero schermo e iniziò a pulirla.

Kojirō cercò di osservare l'immagine, che era diventata un insieme di punti che non potevano essere riconosciuti come numeri o oggetti.

A differenza di poco prima, Odagiri sembrava in difficoltà. La sua fronte era corrugata e la sua bocca serrata. Ma non potevano fare altro che aspettare. La lotta di Odagiri con l'immagine proseguì per quasi trenta minuti.

All'improvviso una voce echeggiò in tutto il laboratorio: «Tutto bene, Odagiri?».

«Signor Chagawa!» esclamò Yumi, guardando l'ingresso.

Chagawa era lì, con il cappello in mano e il viso rosso.

«Mi devi il prezzo della corsa in taxi!»

«Chagawa, sei venuto?» Anche Kojirō alzò lo sguardo.

«Senza di me non sapreste cavare un ragno dal buco. È una cosa grossa. Ma Kojirō, che ti prende? Da te non me lo aspettavo. Il tuo unico compito era proteggere quella ragazza come fosse tua figlia. Diamoci subito da fare!» sbuffò Chagawa.

«Sono stato imprudente.» Kojirō era mortificato.

«Come hai potuto abbassare la guardia così? Allora, Odagiri, cosa ne pensi?» domandò Chagawa.

«Signore, è positivo che la telecamera di sicurezza abbia un grandangolo, ma ci vuole molto tempo per correggere la distorsione», rispose Odagiri in soggezione.

«Ho capito. Bene, Kojirō, lasciamo l'analisi dell'immagine a Odagiri e mostrami quel disegno», proseguì Chagawa mentre si spostava verso il tavolo al centro del laboratorio.

Kojirō si fece consegnare da Yumi la copia del disegno e la mostrò a Chagawa.

«Questo simbolo è sicuramente lo stesso che si trovava sulla scena del crimine. Quello sulla scena era stato tracciato con il sangue, quindi era deformato.»

«Non avevo dubbi.» Kojirō guardò Chagawa.

«Il sospetto è morto lasciando una specie di biglietto di addio su cui c'era questo simbolo, eppure non è mai stata fatta un'indagine sul suo significato. Che idioti!»

«Se si scopre che la persona che ha disegnato questo simbolo è l'uomo che ha rapito Kana-chan, allora questo significa che lui è l'autore della strage di dieci anni fa, o qualcuno molto vicino all'omicida...»

«Ma perché rifarsi vivo dopo dieci anni?»

«Ossessione, voglia di vendetta», disse Yumi, rivolgendosi a Chagawa.

«Certo, deve averla continuata a pedinare.» Chagawa sbatté le palpebre e annuì.

«Stai dicendo che inseguiva Kana-chan da dieci anni?»

«È uno stalker, Kojirō!»

Yumi raccontò di essere stata perseguitata da uno stalker per sette anni quando era un'infermiera. Ma, per qualche motivo, c'era stata una pausa di tre anni.

«Doveva trattarsi di un uomo d'affari. Probabilmente era andato all'estero per lavoro, in quei tre anni.»

«E quindi, dopo essere tornato, ha ricominciato a perseguitarti, Yumi? Era incredibilmente ossessionato da te.»

«Purtroppo questo genere di cose accade più spesso di quanto si possa pensare.»

«Be', è patologico. Eh, cosa?» Chagawa tirò fuori una lente d'ingrandimento.

«Che succede? Qualcosa non va?» Kojirō guardò Chagawa.

«Yumi, hai fatto una copia di questa immagine?»

«Sì, ho lasciato la copia che ho preso sulla scrivania di Yūtaka», rispose Yumi.

«Cioè, hai usato questa come originale, e poi ne hai fatto un'altra copia, giusto?»

«Esatto!»

«Quindi, sul primo disegno forse c'era qualcosa che è rimasto attaccato al vetro della fotocopiatrice per via dell'elettricità statica. Poi, quando hai appoggiato questo sulla superficie di vetro della fotocopiatrice per fare una fotocopia, ha attirato il materiale che era rimasto attaccato. È un po' complicato, mi rendo conto, ma forse abbiamo un indizio.» Chagawa si fece portare dal ricercatore una piastra di Petri e un pennellino di piume, poi pulì la superficie della carta da fotocopia più volte.

Diede un'occhiata intorno, si alzò rapidamente e mise il tutto in una scatola che sembrava una grande lavastoviglie. Era una specie di analizzatore di polveri all'avanguardia, disse Chagawa senza esitazione, come se si trovasse nel suo studio.

«Il componente principale è il carbonato di calcio. Inoltre, ci sono fosforo, ferro e...» Il viso di Chagawa iniziò ad arrossire mentre guardava i risultati delle analisi. «Aminoacidi. Contiene diciotto tipi di aminoacidi. Questa è una polvere altamente nutriente.»

«Collagene?»

«Ottima intuizione, Yumi! Sempre attenta alla salute, eh? Già, probabilmente si tratta di gelatina.»

Chagawa spiegò che la gelatina era composta per circa l'ottantasette per cento da collagene, per il dieci per cento da acqua e che conteneva calcio, fosforo e ferro. Aggiunse inoltre che le proteine contenute avevano tutti gli aminoacidi essenziali tranne il triptofano.

«Detto in parole semplici?» A Kojirō sembrava di ascoltare una lezione di chimica.

«Non posso dire quando sia stato fatto il disegno, ma la polvere presente sul foglio è una traccia importante dell'ambiente in cui vive Itanami. Sono sicuro che questo riesci a capirlo bene, Kojirō.»

«È la prova che si è lasciato dietro.»

«Come ho appena detto, questa polvere contiene carbonato di calcio e un'altra proteina ipernutritiva che sembra gelatina. Questa combinazione mi porta a pensare alla vernice utilizzata nella *Nihonga*, la pittura in stile giapponese.» Mentre parlava, Chagawa porse la capsula di Petri al giovane ricercatore e gli chiese di posizionarla nel microscopio elettronico.

«Solo un momento!» Chagawa si spostò sulla sedia e guardò il display collegato al microscopio. Poi disse con sicurezza: «Meravigliose microparticelle. Si tratta sicuramente di vernice bianca».

«Vernice bianca. Ma perché c'è della gelatina nella vernice?» chiese Kojirō.

«Colla. Per la vernice bianca in particolare, si mescolano conchiglie e colla.»

«Ciò significa che... se è stato lo stesso Itanami a realizzare questo disegno, allora si tratta di un artista. Avendo quindi una formazione nella pittura giapponese, non sarebbe strano per lui avere a disposizione questa vernice bianca», rifletté Kojirō. La sua voce stava riprendendo vigore.

«Oggi si utilizzano vernici all'ossido di titanio, ma questo è un prodotto naturale, con particelle estremamente uniformi e di elevata purezza. È la seconda volta che vedo un prodotto naturale così fine.»

«Ti è già capitato, quindi?»

«Già. Anche mia sorella maggiore è molto brava a dipingere. Utilizza solo prodotti di alta qualità. Si tratta di una vernice bianca chiamata *Gofun* di N, un negozio specializzato in vernici nella città di U, a Kyoto.»

«*Gofun*?» Kojirō alzò la voce di fronte a quella parola sconosciuta.

«Il *Gofun* si ricava da un tipo di ostrica chiamata *itabogaki*.

Ma N è l'unico negozio in Giappone che utilizza ancora il metodo di produzione tradizionale.»

Chagawa spiegò che il metodo di produzione, che utilizzava come materia prima conchiglie diventate friabili dopo essere state esposte alla pioggia e al vento per quindici anni, prevedeva che il guscio superiore e quello inferiore venissero frantumati separatamente; poi si aggiungeva dell'acqua e infine le conchiglie venivano nuovamente macinate tutte insieme. Solo così, infatti, si otteneva quel colore bianco, morbido e caldo.

«Vernici che vengono perfezionate grazie al clima umido del Giappone.»

«Significa che queste rare vernici fanno parte della vita quotidiana di Itanami?»

«È proprio questo il punto. Guarda il disegno: la ragazza ricorda un po' Kana-chan. Penso che sia un pittore molto bravo. Dobbiamo andare subito al negozio.»

Kojirō chiese a Yumi di cercare il negozio N sul suo cellulare.

«Ci vorrà un po' più di tempo per decifrare il numero. Ma guardate qui.» Odagiri portò un ingrandimento in A4 a Kojirō che, intanto, stava cercando di contattare il negozio N trovato da Yumi.

«Oh... ecco Itanami!»

Nella fotografia c'era il volto di un uomo seduto sul sedile posteriore poco illuminato. La fotografia immortalava il momento in cui si era voltato a sinistra.

«Questo è l'uomo venuto in ufficio!» esclamò Yumi guardando la foto.

«Temevo sarebbe stato impossibile perché era buio, ma in qualche modo siamo riusciti a recuperare l'immagine», spiegò Odagiri in tono vivace.

«Grazie», disse Kojirō, prima di rivolgersi a Yumi. «Mostriamo questa foto al negozio N.»

Kojirō chiamò il negozio e poi inviò le foto via email.

«Avete come cliente questa persona che, forse, lavora nel settore dell'arte?» Kojirō spiegò loro che era un detective di un'agenzia investigativa.

«Ah, ma certo. Si tratta di Bangami. Il maestro Bangami Atsushi.»

«Bangami!» Kojirō ricordava quel cognome.

«È un bene che sia tornato alla pittura in stile giapponese. Suo padre, Junzaburō, sarebbe molto fiero di lui.»

«È pur sempre l'erede, dopotutto», replicò Kojirō. Poi con una scusa, riagganciò il telefono.

«Il sospetto è Bangami!» gridò a Chagawa.

«Cosa?! Bangami?»

«Sì, Atsushi Bangami.»

Kojirō aveva conosciuto Atsushi durante le indagini sul caso, dieci anni prima. Nutrendo dei dubbi sul suicidio del sospettato, aveva battuto tutta la zona circostante per esserne sicuro. A quel tempo, lui era sulla lista dei conoscenti del sospettato, ma gli aveva solo chiesto informazioni sulle circostanze che avevano portato quell'uomo al suicidio. Il suo alibi per l'omicidio dei genitori di Kanako era stato accertato e, quindi, non era stato possibile ribaltare i risultati delle indagini.

«Avrei dovuto capirlo quando ho visto il disegno.»

La rabbia di Kojirō, tenuta a freno per dieci anni, esplose in quel momento.

«Sono riuscito a leggere la targa!!»

Gli applausi di Odagiri echeggiarono in tutto il laboratorio.

6.

Il SUV blu si fermò davanti a un edificio quadrato di cemento. Tutto intorno erano piantati degli alberi in maniera regolare.

L'orologio di Kanako segnava le 15.30. Aveva già trascorso più di cinque ore con Bangami.

Quell'uomo era a conoscenza della terribile tragedia che l'aveva colpita. E probabilmente si era recato nell'agenzia cercando proprio lei.

Qual era il suo scopo? continuava a pensare, frastornata.

«Siamo arrivati, finalmente.» Bangami si rivolse a Kanako con un accento diverso da quello che aveva usato fino a poco prima.

Cosa diavolo significava? Aveva finto persino l'accento?

Kanako doveva trovare un modo per andarsene. Forse sarebbe riuscita a convincerlo a liberarla, negoziando con lui. Oppure doveva scappare.

Provare a fuggire appena scesa dall'auto poteva essere una soluzione? Non si vedeva nessuno in giro, e lei non aveva la più pallida idea di dove fosse. Avevano percorso quella stretta strada per un bel po' di tempo e per Kanako, che non aveva familiarità con il territorio, quel luogo sembrava un labirinto. Scappare da un posto del genere era impensabile. Sarebbe stata catturata immediatamente.

Kanako cercò di rassicurarsi dicendo che non era più la studentessa indifesa di allora, ma un membro di un'agenzia investigativa in grado di trovare una soluzione a qualsiasi problema. Non doveva agire in modo avventato. La prima cosa da fare era capire dove si trovava e che cos'era quell'edificio.

«Questo è lo studio che mi ha lasciato mio padre», spiegò Bangami con voce pacata.

«In origine era una fabbrica di tinture. L'area del sito è di circa duemila metri quadrati e c'è solo una strada tortuosa che porta qui. Quindi, per chiedere aiuto, bisognerebbe ripercorrerla... ma non credo che tu possa avere un'idea così ridicola.»

Kanako era terrorizzata. Non doveva sottovalutare la sensibilità dell'uomo. Non gli erano sfuggiti i movimenti degli occhi o i sottili cambiamenti d'espressione di Kanako. Era allarmata dal fatto che, se non fosse riuscita a mantenersi neutra, l'uomo sarebbe stato in grado di leggerle dentro e manovrarla a suo piacimento.

Bangami scese dall'auto e aprì la portiera posteriore. Le guance di Kanako furono sferzate dal caldo vento di metà estate e dalla brillante luce del sole.

«Voglio tornare a casa. Per favore, dimmi dove siamo», disse Kanako mentre scendeva dall'auto.

«Ti dico la verità, non mi piace mentire. Ho bisogno di te. Non posso lasciarti andare.»

«Puoi aver bisogno di me quanto vuoi, ma me ne voglio andare da qui. Non ho motivi di voler stare con te.» Kanako sentì il cuore batterle all'impazzata, ma una volta iniziato a parlare, le palpitazioni rallentarono.

«"Motivi"? Ne parleremo con calma in studio», continuò Bangami appoggiando la mano sulla porta dell'edificio.

«Non abbiamo niente di cui parlare.» Kanako pensò che sarebbe stata la fine se fosse entrata nell'edificio; così, pestò i piedi e si girò. «Ahia!» A quel punto, sentì improvvisamente un forte dolore al collo.

Bangami l'aveva afferrata per il collo. Stringeva talmente forte che Kanako non riuscì a opporre resistenza.

«Non mi aspettavo tutta questa sconsideratezza!» esclamò lui, tirandola a forza dentro la palazzina.

Un odore di incenso e candele si diffondeva all'interno di quello che sembrava un vecchio auditorium scolastico.

Kanako provò un forte senso di impotenza. Si sentì patetica, pensando che Yumi sarebbe stata in grado di allontanare la mano di Bangami e addirittura afferrarlo per il volto.

Una volta dentro, Bangami lasciò andare la presa. Kanako si guardò intorno mentre si massaggiava il collo.

Appoggiati alla parete, c'erano dipinti ovunque su paraventi pieghevoli. Agli occhi di Kanako sembrava una miscela di stile giapponese e occidentale, con un tocco di malinconia. A prima vista, le sembrò così perché i motivi erano paesaggi, edifici e persone straniere.

«Avrai sentito parlare di Junzaburō Bangami, vero?»

«Sì, conosco Junzaburō Bangami. Ma allora...»

«Esatto. Ahimè, sono suo figlio», disse lui con una leggera contrazione della guancia destra e un'espressione disgustata. «La gente non mi considera. Ha occhi solo per mio padre. Eppure, i suoi dipinti non sono arte: sono completamente diversi da ciò che io sto perseguendo. Ma vedo che anche tu li apprezzi.»

Bangami fece sedere Kanako su una sedia con lo schienale duro.

Davanti a lui c'era un tavolo di legno dalle dimensioni di una stuoia di *tatami,* con una serie di fogli di carta *washi* e accessori da disegno.

«L'ho colta, la vera bellezza. Il mio capolavoro, in realtà, l'avevo quasi portato a termine dieci anni fa. Ma qualcosa o, per dirla semplicemente, un impedimento si è intromesso.»

«Dieci anni fa», ripeté Kanako.

«Sì, dieci anni fa. A Fushimi, Kyoto.»

«Eh, Fushimi?»

«È una storia completamente diversa da quella che ti ho raccontato in agenzia.»

«Quindi quella storia era una bugia?»

«Non era una bugia. Ma non era nemmeno vera.»

Detto questo, Bangami, la guardò in volto. La sua espressione era calma.

«Ormai non c'è niente da fare. Ho rimosso quell'ostacolo con le mie stesse mani», disse, passandole il palmo della mano destra davanti al viso.

«Ostacolo?»

«Sai già cosa intendo. Ho ucciso le persone che mi erano di intralcio. I tuoi genitori, Kanako», disse sussurrando.

Kanako aveva perso la lucidità. Era difficile credere che Bangami, un uomo che raccontava solo bugie, avrebbe detto la verità sull'omicidio dei suoi genitori.

«Sono stato io a sgozzare tuo padre e tua madre!» esclamò freddamente.

Nessuna persona normale avrebbe potuto dire una cosa del genere senza turbamenti. Chi era quell'uomo?

Kanako scosse la testa, cercando di non farsi ingannare.

«I miei genitori ti hanno intralciato?»

«Si sono intromessi sul mio cammino. Ma sono morti!»

Bangami, con aria serafica, si sedette sulla sedia accanto a Kanako. Lei distolse lo sguardo. Poi, la rabbia e l'odio le salirono dal profondo del cuore. Avrebbe voluto scagliargli contro i peggiori improperi, ma non le venne in mente nulla. Invece, furono le sue ghiandole lacrimali a reagire. Il pianto le rigò il viso mentre ripensava ai suoi genitori in scene di serena vita quotidiana.

«Sei triste?»

«Tu sei un mostro! Un diavolo!» fu tutto ciò che riuscì a dire. Non riusciva a smettere di piangere.

«Cos'è il diavolo per gli esseri umani che seguono la bellezza?»

«Sei il peggio! Sei il male assoluto!» Avrebbe voluto imprecare, ma era così sopraffatta dal dolore che non riuscì a gridare più forte.

«Be', sicuramente non ho fatto niente di buono, ma per me costituivano un ostacolo. Immagino che sia come il male minore prima di un bene maggiore.»

«Il male minore!»

«Esatto, il male minore!»

«Cosa pensi di fare con la vita degli altri? Ridammeli! Ridammi i miei genitori!»

«È impossibile. Non sono Dio.»

«Cosa mai ti hanno fatto mio padre e mia madre?»

«Volevo solo la bellezza perfetta.»

«La bellezza...»

«Per creare la bellezza perfetta, il sangue di Bangami non era abbastanza.» Bangami teneva in mano una matita Conté rossa e disegnò qualcosa sulla carta *washi.* «Lo riconosci?»

Le mostrò un disegno che assomigliava a una specie di vortice. Sapeva di averlo visto da qualche parte, ma non riusciva a ricordare dove.

«Questa è una scrittura geroglifica usata nella provincia cinese dello Yunnan più di mille anni fa. Probabilmente hai sentito parlare della scrittura Dōngbā. Significa "sangue".»

Kanako si sforzò di capire cosa stesse dicendo.

«Sono caratteri che risalgono a un'epoca in cui non c'era la scienza. Non credi che assomiglino a qualcosa?»

Non voleva sentire le farneticazioni di un assassino, ma allo stesso tempo voleva sapere perché i suoi genitori erano stati uccisi. Kanako raccolse tutte le sue energie per ascoltare.

«È la doppia elica del DNA.»

Dopo aver sentito ciò, guardò di nuovo il carattere che aveva disegnato Bangami. Assomigliava senza dubbio a una doppia elica. Tuttavia, non poteva immaginare che rappresentasse il DNA.

«Assomiglia anche a un simbolo musicale. L'eredità del sangue e il ritmo della vita.»

«Cosa c'entra tutto questo con i miei genitori?»

«Nutro rispetto per le persone che hanno vissuto in un'epoca in cui non c'era civiltà. Considero quella sensibilità acuta essenziale per la bellezza. In confronto a loro, non pensi anche tu che l'umanità del XXI secolo sia corrotta? Certo, non io, né mio padre. Ho voluto ripulire il sangue corrotto, inquinato, contaminato, seguendo la mia sensibilità. Volevo preservare ciò che considero bello. Per farlo, avevo bisogno di materiale che soddisfacesse il mio senso estetico.»

Bangami iniziava a ubriacarsi delle sue stesse parole.

«*Materiale*?»

«Kanako Tachibana: sei tu quel materiale. Non piangere, devi sentirti onorata di essere stata scelta.»

Bangami si spostò dall'altra parte del tavolo e disse: «Questo è il lavoro finito». Prese un telo bianco appeso a uno dei cavalletti. Lì, la stessa ragazza dello schizzo mostrato in ufficio sorrideva a Kanako.

«Che te ne pare? Non pensi che sia perfetta? Gli occhi, il naso e le labbra. Soprattutto la forma del labbro superiore è superba. Sono ben proporzionati e hanno un bell'arco, come il monte Fuji.»

«Ma questo...»

«È un bambino creato da due persone. Io e te, Kanako. Capisci cosa intendo?»

«Non capisco!»

«Lo capirai presto.»

«Fermati!» Kanako premette entrambe le mani sull'orlo della gonna.

«Non fraintendermi. È stato dieci anni fa. Il mio desiderio ora è di fare un voto io e te, e morire insieme.»

«No! Non voglio avere niente a che fare con te!» Kanako si alzò dalla sedia. Corse verso la porta, ma sentì una mano afferrarle i capelli, facendola cadere all'indietro. Per il dolore si accovacciò.

«Ecco, qui non saremo disturbati come dieci anni fa.» Così dicendo, strinse i capelli di Kanako attorno alla mano e la trascinò sulla sedia. Lei pianse di dolore.

Perché doveva subire tutto questo? Maledisse la cattiva sorte.

«Dieci anni fa, volevo farti mia. Mi sono avvicinato a te per avere una vera relazione.»

«L'uomo con il berretto da baseball e gli occhiali da sole eri tu...?»

«Non volevo attirare l'attenzione.»

«È ovvio che se ti avvicini a una liceale vestito in quel modo, le fai paura.»

«Per questo, quando ho scoperto dove abitavi, ho parlato con i tuoi genitori, chiedendo loro il premesso di incontrarti. Ma entrambi mi hanno cacciato e mi hanno detto di non avvicinarmi mai più a te.»

«Quindi, mamma e papà...»

«Questa è stata una motivazione più che sufficiente per eliminarli.»

«Ma è assurdo! Sei un mostro!»

"Quest'uomo mi ucciderà. Proprio come ha ucciso i miei genitori..." L'intero corpo di Kanako si paralizzò dalla paura e dalla disperazione.

Per circa dieci anni aveva sofferto a causa delle conseguenze dello shock del delitto compiuto da quell'uomo. Il tempo per lei era come se si fosse fermato a quel momento, costringendola a vivere una costante battaglia contro la paura. Poi aveva conosciuto il lavoro di detective dei ricordi, e finalmente aveva iniziato a recuperare un certo equilibrio mentale.

Una fine così inattesa era troppo dolorosa per lei. Solo qualche ora prima aveva pranzato con Yumi e discusso del caso con Kojirō e Yūtaka, sicura che avrebbe concluso la sua giornata felice.

"Voglio vivere!!" pensò disperata Kanako.

Non desiderava nient'altro. Ma non voleva essere alla mercé di quell'uomo. In tal caso, avrebbe preferito morire.

Pensò di guadagnare un po' di tempo.

L'ufficio doveva essere in subbuglio per la sua scomparsa. Probabilmente tutti in agenzia la stavano cercando, e presto l'avrebbero trovata. Yumi aveva visto Bangami in volto. Questo è ciò su cui potevano contare.

Si rese conto di non aver lasciato alcun indizio. Non aveva lasciato nemmeno un biglietto.

Il registratore vocale!

Aveva registrato tutta la conversazione con Bangami.

Però, nella sua storia, fatta di bugie, non c'era nessun indizio che potesse collegarlo al posto in cui si trovavano.

«Senza bellezza, preferirei morire», disse Bangami, sospettoso. «Sono disperato.»

«Perché? Sei un artista di talento!»

«Non c'è più modo di avere la bellezza che cerco. A ventisette anni sei ormai impura. Ho perso la possibilità di purificare il sangue. Non ha più senso per me continuare a vivere.»

«Se pensi che io sia impura, allora lasciami andare!»

«E dove la trovo un'altra? Ho girato in lungo e in largo,

per la Francia e altri paesi, per cinque anni, alla ricerca di materiale che corrispondesse alla mia sensibilità. Ma non ho trovato nulla.»

Le parole di quel folle erano lame nelle ferite.

«Da quando avevo diciassette anni, tutto si è fermato dopo quello che mi è successo. Hai paralizzato la mia vita.»

Bangami premette un interruttore sul telecomando e gli altoparlanti installati ai quattro angoli diffusero il *Concerto per pianoforte n. 3* di Rachmaninoff. Il volume era piuttosto alto.

«E ora, vogliamo giurarci il nostro amore eterno?» le gridò all'orecchio.

Quel posto era così isolato che malgrado tutto il rumore, nessuno li avrebbe sentiti. Kanako temette davvero per la sua vita. Così l'intera famiglia Tachibana sarebbe stata sterminata da quella bestia. Lei non avrebbe mai permesso che ciò accadesse.

Kanako si calmò e si guardò di nuovo intorno. Vide le chiavi della macchina sul tavolo.

Mentre il suo cellulare era nel cruscotto dell'auto. Sarebbe riuscita a correre fin lì in qualche modo?

Se fosse riuscita a prendere il telefono, avrebbe potuto accenderlo e collegarlo all'ufficio mentre correva via; in questo modo sarebbero riusciti a rintracciarla con il GPS.

Kanako si chiese come potesse distrarre Bangami. Le venne in mente un'idea, che avrebbe avuto successo solo se lui avesse avuto ancora una certa ossessione artistica. L'unico modo per salvarsi la vita era agire. Kanako colse la palla al balzo.

7.

La mano di Kanako raggiunse un contenitore nero tra i colori allineati sulla scrivania. Tolse rapidamente il coperchio e, come si aspettava, vide che si trattava di inchiostro nero.

«Che cosa hai intenzione di fare?»

«Sai, volevo diventare un'artista calligrafa.»

«Cosa intendi?»

«Adoro l'odore dell'inchiostro. In ogni caso mi ucciderai? Vuoi la mia vita?»

«Non esattamente. Voglio solo che tu venga con me. Voglio che tu mi accompagni nella mia disperazione.»

«La *mia disperazione*! Non potrò mai più prendere in mano un pennello! Non potrò mai più scrivere! Oh, che profumo meraviglioso...» disse Kanako, annusando l'inchiostro e facendo del suo meglio per fingersi pazza. Non aveva idea di che tipo di espressione avrebbe dovuto fare per sembrarlo.

«C'è bellezza nella calligrafia. Il cuore di chi scrive risiede nelle delicate pennellate.»

«Conosci la calligrafia? Questa è una bugia, di nuovo una bugia!» Afferrando il contenitore dell'inchiostro, Kanako sputò fuori quelle parole.

«Non disprezzarmi! Ci sono elementi calligrafici nella pittura giapponese: la teoria dell'unificazione di calligrafia e pittura.»

«Wu Daozi?» Kanako citò il nome di un calligrafo cinese della dinastia Tang che sosteneva l'idea che la calligrafia e la pittura avessero la stessa origine.

«Oh, allora te ne intendi. Esatto, diceva che la calligrafia e la pittura hanno sostanzialmente lo stesso contenuto.»

«Questa è solo teoria, che non sono mai riuscita a comprenderla pienamente.»

«A differenza tua, io sono un pittore.»

«E che significa questo?»

«Significa che non sono un dilettante.»

«In tal caso, dovresti sapere che Wu Daozi affermava che la calligrafia e la pittura sono entrambe espressioni della personalità e del carattere dell'artista.»

«Da come lo dici, sembra che mi manchi la personalità per parlare di pittura e calligrafia.»

«Sì, è così», disse Bangami con un sorriso, incrociando le braccia davanti al petto.

Questo era il momento di punzecchiarlo, per portare a termine il suo piano.

«Stai quindi dicendo che non ho le qualifiche per occuparmi di bellezza», affermò Kanako, come se la cosa riguardasse qualcun altro.

«Non hai le qualifiche», ripeté Bangami. rivolgendole uno sguardo gelido.

I suoi occhi avevano una luce inquietante che Kanako non riusciva a capire. Vedendo quel bagliore sospetto, non ebbe alcun dubbio che fosse stato proprio Bangami a uccidere i suoi genitori. Si rese conto di quanto fosse ingenua, e in qualche modo fuori dalla realtà. Quell'uomo non aveva alcuna consapevolezza della gravità di quello che aveva fatto. Se non fosse riuscita a scappare, avrebbe ucciso anche lei. Mentre ci pensava, sentì le dita che reggevano l'inchiostro tremarle.

«Secondo me la bellezza non ha nulla a che fare con la personalità. Ne ho fatto esperienza con un pittore considerato molto rappresentativo del Giappone.»

«Stai forse parlando del Maestro Bangami?»

«Quell'uomo non ha carattere. Cosa ne pensi? Il suo capolavoro, il dipinto *Donna che scrive una lettera*, l'avrai visto anche tu, no?»

Sebbene non sapesse molto su che tipo di artista fosse

Bangami, Kanako aveva visto *Donna che scrive una lettera* sulla copertina di una rivista d'arte. L'espressione del volto della donna con i capelli ricci, appoggiata con il gomito su uno scrittoio, persa nei suoi pensieri con in mano un pennello sottile, le aveva fatto immaginare a chi stesse scrivendo. Le dita della donna che tenevano il pennello erano particolarmente belle e le avevano lasciato una profonda impressione.

«Cosa ne pensi di quel quadro?» Bangami la fissò con uno sguardo che sembrava scrutare nel pozzo della sua anima.

«Non lo ricordo.»

«È una bugia. Sono sicuro che riesci a visualizzare nella tua mente le dita della donna che scriveva.»

«Non è così...» Kanako fu sorpresa dalla precisa osservazione di Bangami.

«La gente trova meravigliose le sue opere. Io ero sinceramente affascinato dalle dita che reggevano il pennello in quel dipinto. Dimmi, non è stato così anche per te?»

«Ho pensato fosse bellissimo. Ma cosa c'è che non va?»

«Te l'ho detto. Manca di carattere.»

«Abbiamo tutti facce diverse, fuori e dentro casa. Forse in famiglia tendiamo ad apparire peggio...»

«Chi, lui? La mia famiglia? Non dire sciocchezze. Sono sicuro che la personalità non ha nulla a che fare con l'arte. Credi che io non possa parlare di bellezza perché ho ucciso i tuoi genitori? Ma la bellezza prodotta dai santi è piuttosto banale: manca di originalità, non è interessante.»

«Peccato», disse Kanako, fissando il contenitore dell'inchiostro.

«Che cosa?» Bangami, sporgendosi, notò le chiavi della macchina davanti a sé.

«Adoro il nero dell'inchiostro.» Kanako si alzò e impugnò il contenitore dell'inchiostro come una pistola, con le mani tese e pronte. Stava puntando il disegno che Bangami aveva fatto di lei e del loro presunto figlio.

«Ferma, ferma! Il mio disegno!»

«Questo disegno...»

«È il mio ultimo lavoro!»

Kanako fece oscillare il contenitore dell'inchiostro sopra la testa e poi lo scosse vigorosamente, stringendolo con tutta la sua forza. Il liquido nero finì sul tavolo e si riversò sul volto della Kanako-bambina. La tela fu cosparsa di gocce nere.

«No, pazza!» urlò Bangami in preda al panico, dirigendosi verso la tela.

Proprio come Kanako aveva pianificato, afferrò le chiavi della macchina e corse il più velocemente possibile verso l'uscita.

«La mia opera!»

Ignorando le urla di Bangami, Kanako aprì la porta e scappò via.

Arrivata all'auto, si sedette al posto di guida e avviò il motore. Doveva allontanarsi il prima possibile da lì.

Inserì la marcia, tolse il freno a mano e premette l'acceleratore.

Appena l'auto iniziò a muoversi, Kanako infilò la mano sinistra nel cruscotto. Quando toccò il suo ciondolo con l'immagine di un cagnolino, le sembrò più bello del solito. Afferrò il telefono.

Davanti a lei c'era un vicolo cieco. Kanako strinse il telefono mentre manovrava il volante con la mano destra e si affrettò a sterzare. Quando premette di nuovo il pedale dell'acceleratore, sentì l'impatto violento di qualcosa contro il parabrezza. Kanako chiuse gli occhi e frenò bruscamente. Ciò era dovuto alla sua scarsa dimestichezza con la guida a una mano sola, e anche al fatto che era distratta dal cellulare. Controllò che la serratura delle portiere fosse chiusa e aprì gli occhi spaventata.

«Ah!»

L'intero parabrezza era tinto di rosso vivo. Non era possibile, lui...!

Kanako rimase inorridita e tutto il suo corpo si irrigidì quando vide una mano strisciare da sotto il parabrezza. Un palmo insanguinato aveva afferrato il tergicristallo.

8.

«Sono io, Bangami», rispose al telefono Junzaburō con voce burbera.

Kojirō aveva provato a contattarlo a casa, ma sfortunatamente Junzaburō era uscito. Riuscì finalmente a raggiungerlo dopo diverse telefonate a una galleria d'arte di Higashiyama.

«La prego di perdonare la mia maleducazione, ma si tratta di una questione di vita o di morte. Per favore, potrebbe dirmi dove si trova suo figlio, Atsushi?» chiese Kojirō dopo aver rivelato la sua identità.

«Perché un detective dovrebbe indagare su Atsushi?»

L'uomo doveva essere sulla sessantina, ma dalla voce così ovattata sembrava molto più anziano.

«Ha rapito una donna!»

«Atsushi? Una donna...?»

«L'ha rapita!»

«Allora lo dica alla polizia», replicò l'artista in tono sprezzante.

«Ho già contattato la polizia. Non ho molto tempo, quindi sarò diretto. Suo figlio potrebbe essere coinvolto in un caso di omicidio avvenuto dieci anni fa. E ora sta per commettere un crimine ancora più grave. Quindi, per favore, mi dica dove potrebbe trovarsi!»

«Dieci anni fa...»

Kojirō intuì dal tono di Junzaburō che stava cercando di sondare i ricordi passati. Doveva sapere qualcosa. Il silenzio glielo fece presagire.

«Maestro Bangami!»

«Quindi Atsushi sarebbe coinvolto in un caso di omicidio. È bravo quando ci si mette di impegno...»

Il sarcasmo di Bangami era ciò che si frapponeva nel rapporto tra padre e figlio.

«Non abbiamo molto tempo. Se non ci sbrighiamo a intervenire, Atsushi commetterà un altro crimine.»

«Aspetti. Non sta forse esagerando nel parlare di "altro crimine"?»

«Mi scusi se la interrompo, ma dieci anni fa ero il detective incaricato del caso...»

«Cosa? Un detective?»

«Esatto. Ero un detective. Ecco perché devo fermarlo!»

«Mio figlio non è coinvolto in nessun caso di omicidio.»

«Signor Bangami, ci sono molti aspetti delle azioni del signor Atsushi che destano preoccupazione. Ha rapito una donna, ha lasciato dietro di sé impronte digitali, messaggi e tracce. Non c'è alcuna volontà da parte sua di nascondere il crimine.»

«Non capisco cosa significhi.»

«Sembra un atto disperato! Ogni momento è fondamentale.»

«Se volesse portare una donna con sé... Penso che andrebbe nel suo atelier.»

«Dove si trova l'atelier?»

«L'atelier...»

«Dov'è?» domandò Kojirō a voce alta, rompendo l'esitazione di Junzaburō.

«È in una scuola abbandonata a Takafune-chō, nella città di Kyotanabe, nella prefettura di Kyoto.»

«La ringrazio per la collaborazione.»

«Ah, senta...»

Kojirō stava per riagganciare il telefono quando Junzaburō gli parlò.

«Sì?»

«Da quando è tornato dagli studi all'estero, si è impegnato molto. Può essere immaturo, ma nutro grandi speranze per lui. Spero che Atsushi non faccia nulla di avventato.»

«Farò del mio meglio per impedirlo», disse Kojirō e riattaccò.

Poi chiese a Chagawa di contattare immediatamente Nagamatsu della polizia della prefettura e ordinò a Michiyo, che era in ufficio, di indagare sui movimenti di Junzaburō.

*

Erano passate le 17 e a breve l'autostrada nazionale n. 1 sarebbe stata congestionata dal traffico dell'ora di punta, ma ciò non influì minimamente sulla Katana guidata di Yumi.

Il corpo di Kojirō sul sedile posteriore oscillava da una parte all'altra ogni volta che la moto cambiava corsia, ma Yumi guidava fluidamente tra le auto. Dopo aver attraversato uno snodo autostradale e il ponte Kizugawa, incominciarono a intravedere diversi camion.

Nonostante ciò, Yumi non si lasciò intimidire e non rallentò. Quando entrarono nella zona residenziale della città di Kyotanabe, Yūtaka, che era appena tornato da Uzumasa, li contattò. Yumi accostò la moto sul ciglio della strada; Kojirō si tolse il casco e rispose al cellulare.

«Signor Jissō!» La voce di Yūtaka era cupa.

Kojirō annunciò che stavano andando allo studio di Bangami.

«Abbiamo cercato di rintracciare il cellulare di Kanachan, ma non c'è stata risposta.»

«Ho qualcosa da chiederti, Yūtaka.»

«Che cosa?»

«Michiyo sta tenendo d'occhio Junzaburō Bangami alla Galleria Higashiyama.»

«Suo padre?»

«C'è qualcosa tra padre e figlio che non mi torna. Non riesco a spiegarlo bene, ma è come se mancasse il calore... Vorrei che contattassi Michiyo e la sostituissi.»

«Pensi che relazione padre-figlio sia stata la causa scatenante?»

«Non lo so. Ma qualcosa non va.»

Non appena Kojirō riattaccò e si mise il casco, Yumi riavviò la moto.

Man mano che il numero di auto diminuiva, Yumi aumentava ulteriormente la velocità. Quando il cielo alla loro destra iniziò a tingersi di rosso, la moto aveva già lasciato la zona residenziale e stava correndo verso sud attraverso la campagna. Era una stretta strada rurale, con ripidi saliscendi.

La pendenza diventava via via maggiore quando la strada virava leggermente verso ovest. I campi da tè erano terrazzati ma, con il buio, il colore verde delle coltivazioni sembrava a poco a poco scurirsi.

Dopo aver risalito la collina, la strada diventava improvvisamente pianeggiante. Nelle vicinanze si poteva vedere il Monte Ikoma e, dopo un po', apparve un enorme edificio in legno.

«Ci siamo, Kojirō!» esclamò Yumi.

«Okay, passa attraverso il cortile della scuola.»

Il cancello di legno della scuola era ormai fatiscente e non svolgeva più il suo compito di barriera. Da lì, Katana poté attraversare senza problemi il cortile.

La moto perse aderenza, ma Yumi riuscì rapidamente a recuperare l'equilibrio e si avvicinarono al vecchio edificio scolastico. Si guardarono intorno, ma non videro da nessuna parte l'auto di Bangami.

Quando la moto si fermò, Kojirō scese di corsa.

Con i piedi impantanati nel terreno, si diresse velocemente verso il portone dell'edificio ed entrò.

«Kana-chan!»

Non ci fu risposta.

Corse lungo il corridoio urlando il nome di Kanako e guardando dentro la stanza.

Nell'aula poco illuminata, erano accatastati in modo disordinato cavalletti, tele, carta giapponese e paraventi vari. Le pareti tra le aule erano state rimosse e il pavimento del secondo piano era stato demolito. La luce che filtrava dalle finestre luminose degli alti soffitti era debole.

Kojirō strizzò gli occhi nell'oscurità, alla ricerca di segni di vita. Ma non c'era traccia di anima viva.

Cercando di scrollarsi di dosso i pensieri spiacevoli che si stavano formando nella sua mente, si diresse verso l'angolo dello studio. Ma, come aveva immaginato, non c'era nessuno.

Nell'atelier ormai buio, cercò di nuovo sotto la scrivania e dietro il paravento, affidandosi alla luce del cellulare.

«Kojirō.» Yumi entrò nell'edificio scolastico.

«Non è uscito nessuno, vero?»

«No, nessuno. Si sta facendo buio, ma se fosse passato qualcuno, me ne sarei accorta.»

«Non c'è nessuno qui, ed è strano.» Kojirō puntò la luce del cellulare nel corridoio. Le sue impronte erano chiaramente visibili.

«Le uniche tracce visibili sono le impronte delle mie scarpe, vero? Quindi, questo posto non viene utilizzato da parecchio tempo.»

«È vero. Ci sono le impronte dei nostri stivali dall'ingresso fino a qui. Da qui in poi, ci sono solo le tue tracce. Kana-chan deve essere stata portata altrove.»

«Forse questo è uno dei luoghi frequentati da Bangami, ma immagino che suo padre si sia sbagliato.»

«Cosa facciamo ora? Ormai si è fatto buio!»

«Chiamo Yūtaka per sentire se ha notizie», disse lui mentre componeva il numero di cellulare.

«Kana-chan sta bene?» chiese Yūtaka appena rispose al telefono.

«Non c'era nessuno nell'atelier. A quanto pare non viene usato da molto tempo.»

«Capisco», disse Yūtaka deluso.

«Lì come va?»

«Il detective Nagamatsu è venuto in ufficio accompagnato da un ufficiale della Scientifica.»

«Finalmente anche Nagamatsu si è mosso. Dobbiamo pensare a come procedere. E Junzaburō?»

«Io e sua moglie lo stiamo inseguendo ora.»

Yūtaka disse che stava guidando la sua auto inseguendo il taxi su cui era a bordo Junzaburō.

«Capisco. Dove siete in questo momento?»

«Sto guidando in direzione sud sull'autostrada 24, verso Okubo. Non conosco l'indirizzo esatto perché sto percorrendo una strada intricata fuori dall'autostrada nazionale.»

«Ho capito. Guida con prudenza e non perderlo di vista. Usa il GPS del tuo telefono per confermare la posizione.»

Kojirō sentiva che il padre di Bangami aveva la chiave.

«Yumi, Junzaburō è diretto a Okubo. Sbrighiamoci», disse Kojirō mentre si allacciava il casco.

9.

La mano rossa era immobile, come se fosse rimasta attaccata al vetro.

A giudicare dalla quantità di sangue, Bangami doveva essere stato gravemente ferito. Kanako sentì di dover fare qualcosa e cercò di aprire il finestrino elettrico per controllare. Tuttavia, non riuscì a muovere la mano verso l'interruttore della porta, che si trovava a pochi centimetri da lei. Le sue mani sembravano non rispondere ai comandi. A ogni modo, doveva per forza chiamare un'ambulanza.

Con questo pensiero in mente, Kanako cercò di aprire il cellulare che aveva ancora nella mano sinistra. Ma non ci riuscì. Aveva infilato le unghie nell'apertura, ma era stranamente sottile e le dita le scivolarono via. Avvicinò il telefono per controllarlo. Era buio dentro la macchina e non riusciva a vedere bene.

Aveva la voce strozzata. Il telefono si era spaccato a metà e mancava la parte del display. Si chiese quando si fosse rotto.

Gli occhi di Kanako diventarono neri come la pece e non riusciva più a controllare il respiro. Era in iperventilazione.

Per quanta aria cercasse di incamerare nei polmoni, non riusciva a riprendere fiato. Anzi, aveva l'impressione che non le arrivasse abbastanza ossigeno alla testa, il che le faceva spalancare ancora di più la bocca. Il petto si sollevava violentemente, ma l'aria sembrava fuoriuscire da qualche parte come se avesse un buco.

Gli specialisti le avevano detto più e più volte che la sindrome da iperventilazione non l'avrebbe uccisa. Kanako razionalmente lo capiva, ma riusciva solo a pensare che la sua sofferenza fosse diversa da quella degli altri. Tutti coloro che annegano probabilmente muoiono dopo aver sofferto in questo modo. Tuttavia, lei non si trovava immersa nell'acqua. Non c'era alcuna possibilità concreta di annegare. Questo era ciò che Kanako continuava a ripetersi.

Ciononostante, non riusciva a calmare la crisi respiratoria. E lo spazio angusto dell'auto non faceva che peggiorare la situazione. Ansimando, raggiunse l'interruttore del finestrino elettrico. Appoggiandosi con il corpo alla portiera, premette con forza il viso contro il vetro del finestrino. Ci mise tutto il suo peso e spinse l'interruttore. Il telaio del finestrino fece un cigolio e il vetro si abbassò di una decina di centimetri.

Una calda brezza notturna soffiò attraverso l'apertura accarezzando la fronte di Kanako. L'afflusso di aria esterna non cambiò tuttavia la sensazione di soffocamento.

Poteva sentire il sudore gocciolarle dalle tempie.

Aveva bisogno d'aria. Spinta da questo desiderio, provò a fare una respirazione addominale, ma non riuscì a espandere lo stomaco.

Non riusciva a respirare. Non sapeva più come fare, si sentì sopraffatta dall'ansia, come se tutto si stesse muovendo in maniera disconnessa.

Applicando ulteriore pressione sulle dita, riuscì ad abbassare il finestrino di altri dieci centimetri.

Il cielo scuro della notte stava diventando dello stesso nero delle ombre degli edifici. All'improvviso, attraverso il finestrino semiaperto, un braccio bianco invase l'auto. La mano, con la rapidità di un serpente, sbloccò la serratura della portiera. Kanako non riuscì a emettere alcun suono, solo a sbarrare gli occhi.

Il volto di Bangami apparve al finestrino: solo la lastra di vetro li separava. Sorrideva.

«Tu hai usato l'inchiostro nero, io il cremisi. Il cremisi usato in questo dipinto giapponese è un pigmento di cocciniglia estratto dalla femmina dell'insetto. Sangue di insetto, per così dire. Ma è un colore davvero bello, non trovi? Cosa c'è che non va? Sei rimasta così sorpresa da aver perso le parole? Mi stai respirando sulla spalla. Vieni, lascia che ti aiuti.»

«No...»

Non aveva abbastanza fiato nei polmoni per parlare. Non aveva nemmeno più la forza di resistere.

Bangami aprì la portiera della macchina e avvolse le braccia attorno alla schiena di Kanako. Mentre veniva portata nell'atelier, vide l'auto di Bangami allontanarsi. Un cavalletto si trovava sotto la ruota anteriore.

Ciò che colpì Kanako fu il cavalletto...

C'era un lettino nel retro dell'atelier.

«Sembra che tu stia soffrendo», commentò Bangami, sedendosi accanto a Kanako mentre la faceva sdraiare. «Ti farò sentire subito meglio.»

"Voglio sentirmi meglio." Kanako lo pensava dal profondo del cuore. "L'annegamento è così lungo e doloroso?" Se fosse riuscita a liberarsi dal dolore di quel momento, non le sarebbe più importato di quello che sarebbe successo.

«Hai rovinato il mio ultimo lavoro. Ma in realtà, non ho più alcun rimpianto per questo mondo.»

Bangami si alzò e scomparve dietro il paravento, ritornando poco dopo con un sacchetto di plastica in mano.

«Vuoi sentirti meglio, vero?»

Kanako annuì.

«Pensavo di avertelo detto. Voglio condividere la mia disperazione. Non posso farlo se sei docile come una marionetta. Ecco perché ti sto aiutando.» Quindi Bangami soffiò nel sacchetto di plastica. Poi lo premette sulla bocca di Kanako.

"No, quello è..."

10.

Yūtaka stava aspettando nel punto in cui si era fermato il taxi con a bordo Junzaburō. Poco dopo, arrivò la Katana di Yumi.

Junzaburō scese dal taxi davanti a una fabbrica abbandonata, non lontano dalla guarnigione delle Forze di autodifesa a Okubo.

«È sceso qui e poi è entrato», spiegò Yūtaka, indicando il grande cancello illuminato dai fari.

«Sembra un'ex fabbrica di tinture, da quello che si riesce a leggere sull'insegna», disse Kojirō, avvicinandosi a Yūtaka, che stava sbirciando dal finestrino dell'auto.

«A quanto pare, è una vera e propria zona industriale.»

«Qui si può agire indisturbati, senza farsi vedere da nessuno.»

«Anche in pieno giorno, è totalmente disabitata.» Yūtaka porse a Kojirō la torcia che aveva in macchina.

«Entriamo», disse Kojirō. «Qui non c'è elettricità, vero?» chiese a Yūtaka, che stava camminando dietro a Yumi.

«Immagino di no.»

«Quindi, dovremmo affidarci alla luce della luna?»

Nel cielo a est, la foschia copriva la luna calante.

C'erano diverse fabbriche attaccate l'una all'altra, o recintate, che si susseguivano come in un labirinto. Gli edifici erano tutti uguali e, a causa dell'oscurità, sembrava di vagare sempre nello stesso luogo.

Dopo aver camminato per circa dieci minuti, trovarono l'unico edificio con una luce che filtrava da un lucernario. Davanti c'era il SUV visto nel video.

«E quello?» mormorò Yūtaka.

Sul parabrezza dell'auto si vedeva una macchia. Ma non si riusciva a capire di cosa si trattasse, con la sola luce che filtrava dall'edificio.

«Forza, sbrighiamoci», esortò gli altri Kojirō.

«Oh, la voce di Kanako!» disse Yumi, fermandoli.

«Si sentono anche delle voci maschili. Devono essere i Bangami, padre e figlio. Bene, io e Yūtaka ci avventiamo su di loro. Yumi, tu occupati di Kanako.»

Kojirō e Yūtaka si accucciarono e iniziarono ad avvicinarsi all'edificio da cui provenivano le voci. Kojirō ci girò intorno seguito da Yūtaka, poi si divisero ai due lati della porta. Yumi si accucciò dietro a Kojirō per nascondersi.

«C'è un unico ingresso. Al mio segnale, entrate!»

In base alle voci che si sentivano all'interno, i tre presero cautamente posizione.

«Non devi metterti in mezzo!»

«Apri gli occhi, Atsushi!»

«Dico sul serio. Se mi intralci, farò fuori anche te, padre!»

«Lascia andare quella donna!»

«Lei verrà con me!»

«No, fermati. Lasciala andare!»

Kanako era sul retro, Bangami era proprio accanto a lei, mentre Junzaburō era il più vicino all'ingresso.

«Il problema è la distanza tra Kana-chan e Bangami. Ma direi che possiamo farcela», sussurrò Kojirō a Yūtaka.

«Dobbiamo allontanarlo.»

«Bangami ha intenzione di suicidarsi con Kanako.»

Ciò che era chiaramente diverso rispetto a dieci anni prima era l'audacia di Bangami. Nel caso di dieci anni fa, dopo l'omicidio, aveva organizzato un'elaborata copertura. Infatti, la polizia non era riuscita ad arrestarlo. Ma questa volta era stato incauto. Se il finale fosse stato un doppio suicidio, la cosa avrebbe avuto senso per lui.

«Ciò significa che c'è un'alta possibilità che sia armato.»

«Esatto.»

Ma la concentrazione umana non dura mai così a lungo. C'era sempre uno spiraglio. Il momento in cui Bangami si fosse allontanato da Kanako, anche solo per un istante, non doveva essere perso. Era tutta una questione di tempismo.

Cercava di ricordare l'istinto che aveva sviluppato come detective.

«Con la forza di volontà, puoi manovrare l'avversario.» Queste erano le parole del fratello, che padroneggiava l'arte del *kendō*. Diceva che vincere un incontro, significava muovere l'avversario a piacimento. Il vero vincitore è colui che riesce a controllare la mente dell'avversario; non contano solo i piccoli dettagli, come una mossa ben riuscita. La fonte di questo potere è la forza di volontà.

Kojirō concentrò tutta la sua attenzione all'ascolto, cercando di cogliere ogni segno di respiro umano all'interno.

«E pensi di potermi uccidere con quello?» la voce di Junzaburō giunse quasi soffocata.

Considerato il *modus operandi* di un decennio prima, era plausibile che Bangami intendesse usare un coltello. Come la personalità, anche le modalità operative di un criminale difficilmente cambiano in modo significativo.

«Non voglio spargere altro sangue, padre. Per favore, lasciami fare a modo mio.»

«Se non vuoi spargere sangue, allora libera la ragazza!»

«No, io e Kanako dobbiamo stare insieme.»

«Lasciami andare. Avresti dovuto uccidermi prima! È crudele salvare una persona per poi pugnalarla a morte!» La voce di Kanako era rauca.

«Ha parlato di pugnale.» Yūtaka guardò Kojirō.

«Da qui dovremmo riuscire a raggiungere Kana-chan.»

«Sì.» Yūtaka si piegò in avanti finché le sue mani non toccarono il suolo e si mise davanti al SUV. All'estremità della sua mano c'era un cavalletto. Lo raccolse e tornò nella sua posizione.

«Usiamolo come scudo. Non credo che ci fosse sangue sul vetro. Era asciutto.»

«Vernice?»

«Sì.»

«Okay», disse Yūtaka, che stava affinando le sue abilità al *dōjō* di *kendō* del fiducioso fratello maggiore. I due trattennero il fiato mentre cercavano di capire i movimenti all'interno.

«Vista la situazione di Kana-chan, non possiamo attendere oltre...» mormorò Kojirō.

«Vuoi che entro?» sussurrò Yumi a Kojirō.

«È pericoloso.»

«Kana-chan mi darà la forza necessaria. Posso farcela.» Yumi rivolse uno sguardo serio a Kojirō.

Kanako, ormai esausta e senza forze, non sarebbe riuscita a opporsi a Bangami.

«Yūtaka, io e te ci avventiamo su Bangami, appena viene distratto da Yumi. Va bene?» disse Kojirō.

«Sì.»

«Okay, Yumi, ascolta. Adesso aprirò la porta, quindi una volta dentro, cammina verso il fondo, alla tua destra.»

«A destra, va bene!»

«Kana-chan e Bangami dovrebbero essere in fondo a sinistra, quasi al centro dell'edificio. Cercherò di parlare con Bangami per distrarlo. Quando vedi che comincia ad allontanarsi da Kana-chan, grida "Kana". Junzaburō sarà davanti alla porta e noi ci precipiteremo dietro di lui.»

Kojirō guardò dentro e mise la mano sulla maniglia della porta. «Yumi. Non fare cose avventate, siamo intesi?»

«Sì.»

«Va bene, andiamo.»

Alle parole di Kojirō, Yumi si mise davanti alla porta e si fece forza.

11.

«Gli attacchi di sindrome da iperventilazione possono essere curati con l'inalazione di anidride carbonica», disse Bangami soffiando in un sacchetto di plastica e lasciando che Kanako lo respirasse.

Ma questo lo faceva non per aiutare Kanako, bensì per morire con lei. Quando Yumi le aveva insegnato come affrontare queste crisi, aveva sentito dire che respirare l'anidride carbonica era molto pericoloso e poteva essere fatale.

Anche se cercava di rifiutare, Kanako non aveva più forza per resistere. Proprio quando ormai stava per arrendersi, sentì bussare alla porta.

«Atsushi, sono io.» Al suono di quella voce soffocata, Bangami si allontanò come se ne fosse stato disgustato.

«Apri!»

«Cosa diavolo succede?»

«Apri subito la porta!» Il tono era imperativo. Bangami, con fare obbediente, si aggiustò i vestiti, aprì la porta e tornò immediatamente da Kanako.

«Atsushi, cosa stai facendo?» L'uomo anziano era alto e aveva la barba.

Il morale di Kanako si risollevò al pensiero di poter essere salvata.

«Cosa c'è, papà?»

«È quella, la ragazza? L'hai rapita?»

«Assolutamente no. Perché avrei dovuto farlo?»

«Aiuto! Per favore, mi aiuti!» implorò Kanako.

«Piantala.» Bangami tirò il braccio di Kanako e guardò il

padre. «C'è stato un piccolo malinteso. Le sto solo chiedendo di fare la modella per me; a lei fa piacere.»

«No, non è così!»

«Stai zitta!» urlò Bangami, rivolgendosi a Kanako. «Non importa cosa farà mio padre, nessuno può interferire con la mia opera. Eliminerò chiunque si metta in mezzo.»

«Cosa? Cosa intendi con "eliminerai"?»

Bangami tirò fuori da sotto il lettino un pugnale dal fodero bianco.

«Avevi quello con te?»

«Il *wakizashi* dalla lama bianca della famiglia Bangami. È bellissimo.» Quando rimosse l'arma dal fodero bianco, apparve una lama con un motivo simile a un mare di nuvole.

«No!» gridò Kanako con forza.

«Fermati. Non fare sciocchezze!»

«L'unica cosa che può curare la mia disperazione è morire con questa donna.»

«No. Assolutamente no.»

«Non essere stupido.»

«Non metterti in mezzo.»

Mentre ascoltava la conversazione tra padre e figlio, Kanako ebbe la sensazione che Junzaburō non avesse alcuna intenzione di fermare gli atti brutali del figlio. Da qualche parte, nelle sue parole, le sembrava che gli stesse dicendo di morire da solo.

L'ansia di Kanako crebbe di nuovo. Proprio in quel momento, la porta si aprì silenziosamente.

«Chi è?» Al suono della voce di Bangami, Junzaburō deglutì e si voltò.

«Yumi-san!» urlò Kanako.

Era Yumi: aveva la faccia bianca, i lunghi capelli raccolti e addosso la tuta da motociclista in pelle.

«Che ci fai qui?» disse Bangami con voce frustrata.

«Come ci siete riusciti? Vi avevo detto di andare all'altro atelier...»

«Come hai fatto a trovarmi?» Bangami guardò Yumi. Poi, forse per paura, afferrò il polso di Kanako con la mano sinistra.

«Grazie al *Gofun* che ti sei lasciato alle spalle», rispose Yumi, camminando verso destra.

«Il *Gofun*?»

«Esatto. Non ti farò nulla di male.» Yumi si voltò verso il muro, uno scricchiolio sotto le scarpe.

«Maledizione! Non muoverti.»

«Tutte queste opere sono incompiute? Eppure, sarebbero belle, se fossero finite...» Yumi ignorò il commento di Bangami e si girò a braccia conserte per ammirare i dipinti alla parete.

Era impavida e dignitosa.

Guardando Yumi, Kanako cominciò a prendere coraggio.

«I tuoi amici stanno venendo qui», disse Bangami con un'aria un po' spaventata.

«I miei colleghi detective dei ricordi.»

«I ricordi, eh? Non importa. Non sarete d'intralcio», disse Bangami, strattonando la mano di Kanako.

Il dolore al polso dovuto alla stretta così forte la obbligò ad alzarsi.

«Ehi, non farle male! Sii gentile con le donne e non umiliare gli uomini.» Yumi continuava a guardare i dipinti alla parete e sul tavolo. «Questa è la stessa immagine della copia...» disse, indicando l'immagine che Kanako aveva schizzato con l'inchiostro.

«Quando arriveranno i tuoi amici, io e lei saremo già partiti per un lungo viaggio.»

Kanako sentì il freddo della lama sul collo.

«Che disordine! Queste sono le vernici giapponesi? Hanno delle particelle così fini...»

«Non toccarle!»

«Perché non ti calmi un momento?» La mano di Yumi afferrò un contenitore di polvere di vernice bianca e, in un istante, l'area intorno a lei si fece completamente nebbiosa.

Yumi aveva spruzzato la vernice bianca dappertutto.

«Kana! Andiamo!»

Kanako corse nella direzione della voce di Yumi.

Qualcuno le afferrò il braccio. Era la mano morbida di Yumi. Mentre correvano verso la porta, incrociarono una rapida ombra nera. La figura robusta doveva essere Kojirō e quella alta Yūtaka.

«Atsushi Bangami. È finita!» il grido di Kojirō risuonò nell'atelier.

Bangami, che stava lottando con il gesso che Yumi gli aveva lanciato negli occhi, venne attaccato da Kojirō.

L'uomo cadde all'indietro, senza opporre resistenza. Kojirō gli montò sopra e gli strappò dalle mani il pugnale lanciandolo lontano, quindi lo colpì con un pugno.

«*Augh*», gemette Bangami.

«Basta, Jissō!» disse la voce di Yūtaka da dietro.

Yūtaka mise il *wakizashi* all'interno del fodero bianco e lo avvolse nel panno appeso sopra il dipinto. Era una prova importante. Kojirō fece alzare Bangami. Dalla sua bocca usciva sangue.

«Atsushi, non dire nulla. Ci penserà il tuo avvocato», gli consigliò il padre da lontano.

«Yūtaka, chiama subito Nagamatsu», ordinò Kojirō, costringendo Bangami a sedersi su una sedia davanti alla grande scrivania. «Ero il detective incaricato del caso di omicidio della famiglia Tachibana dieci anni fa.»

«Lo so. Mentre cercavo Kanako-san, ho trovato anche te», rispose Bangami, storcendo la bocca ferita.

«Non dire nulla, Atsushi», ripeté Junzaburō, questa volta avvicinandosi un po' di più al figlio.

«Signor Bangami, vorrei parlare da solo con suo figlio fino all'arrivo della polizia», disse Kojirō con calma, fissando per un istante Junzaburō senza battere ciglio; questi distolse lo sguardo e, con riluttanza, uscì.

Nel frattempo, tornò Yūtaka. «Ho riferito tutte le circostanze a Nagamatsu. Yumi intanto sta portando Kana-chan alla clinica del dottor Iizu», disse e si sedette accanto a Bangami, impedendogli di scappare.

«Grazie per il tuo lavoro. Qui va tutto bene, controlla suo padre fuori», disse Kojirō a Yūtaka.

Kojirō, guardando Yūtaka allontanarsi, notò un quadro, il dipinto di una natura morta: un semplice piatto bianco con del formaggio e un coltello accanto. Un soggetto insolito per la pittura giapponese.

Staccò gli occhi dal dipinto e si rivolse a Bangami. «Sei tu il responsabile della strage di dieci anni fa?»

Bangami non rispose. Aveva l'atteggiamento di chi non doveva dare spiegazioni a nessuno.

Kojirō doveva sapere, perciò continuò a fare domande. «Qual è il movente?»

«Anche se te lo dico, non capiresti.»

«Dieci anni fa. Perché hai ucciso i genitori di Kana-chan? Erano innocenti», insistette Kojirō.

«Innocenti?» Bangami lo guardò con aria seria.

«Cosa? Stai cercando di dire che avevano delle colpe?»

«Ah!»

«E che colpe avrebbero mai potuto avere?»

«Cercavo la bellezza perfetta, e loro mi hanno ostacolato. Sono stato considerato una stalker.»

«Quindi, questo è il motivo?»

«Te l'ho detto che non avresti capito.»

«Era il timore di non essere in grado di superare tuo padre? Eri arrabbiato con lui. Non è forse questo il motivo alla base di tutto?»

«Dove vuoi arrivare?»

«Pensi forse che esistano persone che non sono insoddisfatte?»

«Insoddisfatto? Non voglio che la gente pensi che questo sia il mio movente. È qualcosa di molto, molto più nobile.» Voltando la testa dall'altra parte, Bangami osservò le opere nel suo studio.

«Stai forse cercando di dire che uccidere i signori Tachibana è stato un atto nobile?»

«Non dirò una parola a chi non capisce», replicò Bangami con gli occhi socchiusi, come se stesse guardando lontano.

Non dirò una parola. Questa era una frase che Kojirō aveva sentito spesso durante gli interrogatori, quando era stato un detective. In realtà, la dicevano sempre coloro che non vedevano l'ora di esporre le loro teorie.

I semi della criminalità sono spesso piantati nella mente

delle persone che commettono reati in tenera età. In molti casi, sono proprio i familiari a gettare quei semi. Questi non conducono direttamente alla criminalità; è solo un seme. Un accudimento iperprotettivo, la negligenza egoistica, la violenza domestica, le molestie sessuali: sono i semi del crimine.

«Non sono più un detective. Non ho bisogno di analizzare il movente di un crimine. Volevo solo conoscere l'origine della sofferenza della mia cara collega...»

«A che ti serve saperlo?»

«E quello strano simbolo che avevi lasciato dieci anni fa? Ti piaceva tanto da disegnarlo anche questa volta, anche se forse non aveva l'aspetto che avrebbe dovuto avere.»

«Sei un dilettante. Non sai nemmeno cosa significa.»

«Non è necessario conoscere il significato di quel simbolo», disse Kojirō con un sorriso ironico.

«Sono lettere sacre. È il "sangue" percepito dalla tribù Dōngbā in un'epoca di grande sensibilità. Ecco perché è simile a una doppia elica.»

«È un'illusione.»

«Non sai di cosa stai parlando!»

«Non voglio saperlo.»

«Hai chiesto il motivo. Dunque te lo dirò: Junzaburō Bangami è un padre ingombrante, e un bastardo lussurioso. Ha divorato donne al punto che non so nemmeno quanti fratelli ho. Ecco perché mia madre è impazzita. E il mondo? La posizione di Junzaburō nel mondo della pittura giapponese sembra guadagnare consensi a ogni nuova donna. Gli occhi del mondo sono puntati solo all'esteriorità. È il sangue di mio padre a essere marcio. Quel padre l'ha detto impunemente. La bellezza non nasce solo dalla purezza. C'è anche una bellezza pura che può nascere dal marcio. Mettetevi nei miei panni, erede di quel sangue. È per questo che ho deciso di creare un capolavoro da ciò che è puramente bello. Kanako per me rappresenta la bellezza perfetta. In realtà, volevo solo che mi facesse da modella. Ho provato a chiederlo. Ma loro avevano deciso che ero uno stalker limitandosi al mio aspetto. Non hanno nemmeno provato a vedere la mia vera natura.» Stava fissando Kojirō.

«Ti sbagli. Consideri gli ostacoli come qualcosa da eliminare, ma pensi davvero che sia meglio non avere alcuna barriera?»

«Tutto ciò che mi ostacola è un nemico che va cancellato.»

Si ricordò che Bangami aveva detto a suo padre che avrebbe eliminato chiunque si fosse messo sulla sua strada.

«Sei così giovane...» disse Kojirō con un sospiro. «Ascolta, non tutte le barriere sono ostacoli. A volte possono essere alleanze.»

«Sciocchezze.»

«Non ne so molto di pittura. Ma ho trovato affascinanti le nature morte su quella porta. Il conflitto tra pittura occidentale e giapponese è interessante. Credo che tu abbia potuto dipingere questo tipo di quadri perché c'era un grande muro, diciamo pure: un ostacolo, sotto forma di Junzaburō. Volevi ribellarti a tuo padre per non esserne lo specchio», disse Kojirō in un fiato.

«Una cosa così...» sembrava che Bangami avesse ingoiato le parole. Proprio in quel momento, si udì la sirena di un'auto della polizia.

«Signor Jissō. Mi dispiace.» Nagamatsu ammanettò Atsushi e chinò la testa.

«No, no, procedi», fu tutto ciò che riuscì a dire.

Bangami, scortato da Nagamatsu, si fermò davanti alla porta.

«Detective...» chiamò Atsushi.

«Che c'è?»

«Hai detto che questo quadro ha un certo fascino, come se l'avessi capito. Tuttavia, sei e resti un dilettante. Ma se ti piace, allora puoi fare quello che vuoi con questa schifezza, detective.» Questo è tutto ciò che disse. Poi riprese a camminare.

«Non dire nulla. Sei malato!» gridò Junzaburō al figlio, mentre saliva sull'auto della polizia.

«Malato? Cosa intende?» Kojirō si avvicinò a Junzaburō, guardando il lampeggiante rosso allontanarsi.

«Ha una lesione cerebrale.»

«Una lesione cerebrale?»

«Sì. Dopo aver saputo del caso di dieci anni fa, l'ho mandato in Europa a studiare. Il suo comportamento era strano, quindi l'ho fatto visitare in un ospedale in Francia. Si è scoperto che aveva una lesione al lobo frontale, responsabile del giudizio sul valore delle cose. Ha una malattia che lo fa concentrare sul piacere e non sul bene e sul male.»

«E il suo piacere è la bellezza. Tanto da uccidere per essa.»

«Mio figlio non è responsabile delle sue azioni...»

Kojirō era senza parole.

Due giorni dopo, Nagamatsu si presentò all'agenzia investigativa. Riferì i risultati di una risonanza magnetica al cervello di Atsushi Bangami.

La «disfunzione cerebrale superiore» era dovuta a un danno alla corteccia prefrontale mediale ventrale, e rendeva difficile determinare la sua capacità di intendere e volere.

Kanako, ricoverata presso la clinica Iizu, non era stata informata di questo fatto. Finché Bangami fosse esistito in questo mondo, Kanako non avrebbe avuto pace.

«Signor Jissō, cosa pensa di fare con il dipinto di Bangami?» domandò Yūtaka.

«Una volta completate le indagini, lo andrò a prendere.»

«È inquietante tenere il dipinto di quell'uomo», disse Yumi, con la voce tremante.

«Aveva uno strano fascino. Mi piace pensare che un giorno Kana sarà in grado di apprezzare quel dipinto.»

Alcuni ricordi sono dolorosi: vivere significa accumulare cose dolorose e tristi.

Questo è ciò che si disse Kojirō.

IV

IL SOGNO DELLA RAGAZZA DELLE CAMELIE

1.

Yumi aveva portato Kanako all'Ospedale universitario K.

Una volta ristabilita, Kojirō chiese che Kanako fosse ricoverata nella clinica di Iizu per esami approfonditi in seguito all'attacco di iperventilazione.

All'ospedale avevano completato le analisi per mezzogiorno, nel primo pomeriggio avrebbero avuto i risultati. In attesa, si recarono alla caffetteria al pianoterra per un pasto leggero.

«Quando ho visto il tuo volto, stamattina, mi sono sentita sollevata, Kana-chan», disse Yumi con un sorriso, mentre mangiava il club sandwich che le avevano portato al tavolo.

«Mi dispiace averti fatto stare in pensiero. Sto bene, adesso.» L'espressione di Kanako era luminosa.

«Ho saputo da un detective amico di Kojirō che Atsushi Bangami sta parlando con la polizia degli omicidi di dieci anni fa.»

Non accennò alla capacità di intendere e volere di Bangami. Mescolò con la cannuccia il tè freddo. Si sentì il ghiaccio tintinnare nel bicchiere.

«A quanto pare ha anche confessato di aver incastrato il suo amico per l'omicidio e di averlo fatto passare per un suicidio. Ma non pensava che avrebbe funzionato. Così è scappato in Europa per studiare pittura. Se solo la polizia fosse stata più attenta...»

«Jissō-san ha sempre detto che c'era un altro assassino.»

«Kojirō è l'unico a saper fare il suo lavoro», commentò Yumi con orgoglio, come se stesse parlando di sé. «L'interrogatorio con la polizia deve essere stato lungo!»

«Sì, sono davvero stanca.»

«È vero, ma sei stata forte.» Yumi guardò il livido sul collo esile di Kanako.

«Ho avuto paura, ma ero sicura che mi avreste salvato! Ci ho creduto fino alla fine.»

«In Kojirō?»

«In tutta l'agenzia», disse Kanako, sorridendo. «Yumi, come hai conosciuto Jissō-san?»

«È stato quando lavoravo in questo ospedale.»

«E lui che ci faceva qui?»

«Ecco, non era qui per sé stesso...» disse Yumi, evitando di fare il nome di Michiyo.

«Ah, per Michiyo?»

«Sì. Era per via della sua dipendenza.»

Kojirō veniva in ospedale per prendersi cura di sua moglie, ricoverata per alcolismo.

«A quei tempi, agivo in maniera avventata, forse...» Come per cambiare argomento, Yumi ripensò a quei giorni.

Una collega più giovane era stata molestata da un dottore molto influente nell'ospedale. Si era lamentata con la caposala, ma aveva ricevuto solo una risposta vaga, forse per paura dell'autorità. Anzi, la caposala aveva addirittura cercato di mediare una soluzione economica. Quando Yumi era venuta a saperlo, si era rivolta direttamente al dottore, nella speranza di convincerlo a scusarsi.

«Mi hanno visto avvicinarmi alla caposala con lo sguardo minaccioso. Questo perché... non tollero le ingiustizie. Non posso farci niente.»

«Allora cosa è successo?» Kanako sorseggiò il suo tè freddo con la cannuccia.

«Be', è stata la stessa vittima a cedere prima che me ne potessi rendere conto...»

«Cosa? Che significa?»

«Non lo so. Forse per i soldi, o forse imbarazzata perché era una donna giovane e non sposata. Probabilmente non voleva che la storia diventasse di dominio pubblico.»

«Ma perché ti sei arrabbiata, se non era una cosa che ti riguardava?»

Yumi era stata avvicinata da Kojirō quando si era recata nella stanza di Michiyo per somministrarle dei farmaci.

«Ti ho visto interrogare la caposala, va tutto bene?»

«È tipico di Jissō-san!» esclamò Kanako, guardando Yumi con occhi lucidi. L'espressione spaventata che aveva fino a poco prima era scomparsa. Kanako era il tipo di donna in grado di tirare fuori una forza sorprendente.

«All'inizio ho pensato che fosse il solito tizio invadente, ma i suoi occhi erano diversi.»

«Gli occhi?»

«Gli occhi di Kojirō non sono pietosi. Non riesco a spiegarmi bene: riesce a trasmettere calore. Parla sempre mosso da un reale interesse.»

«È la stessa cosa che ho provato anche io.»

«Capisco, è un detective. Ma per me era come se fosse *quella persona*», disse, guardando lontano. Poi controllò l'espressione di Kanako, che però non reagì. Yumi si stupì della sua stessa consapevolezza.

«Non sono riuscita a capire le intenzioni di Bangami, pur avendolo tenuto d'occhio. Non sono ancora così brava...»

«Non dire così, Yumi... la colpa è solo mia, mi dispiace!» disse Kanako pacatamente.

«Cosa ti dispiace?»

«Per te, Yumi, per Jissō-san... Mi sento come se fossi un peso per tutti voi.» Kanako abbassò lo sguardo e si morse leggermente il labbro.

«Ma che dici? Sei stata molto in gamba. Anche Kojirō non vede l'ora che tu ti riprenda e faccia ritorno al lavoro.»

«Yumi, tu sei un'infermiera qualificata, perché ti sei unita all'agenzia dei ricordi?»

«A quel tempo pensavo che tutti fossero arrabbiati quanto me per le molestie sessuali, soprattutto le donne. Continuavo a lamentarmi, ma il sindacato non interveniva, e alla fine sono stata l'unica ad averci messo la faccia.» Yumi buttò giù il suo tè freddo senza la cannuccia. «E mi sono ritrovata completamente sola.»

Man mano che l'assistenza sanitaria diventava più sofisticata venivano formati gruppi per la cura dei pazienti. Il lavoro di squadra era diventato fondamentale per evitare errori. Yumi fu rimossa dalle sue mansioni perché non si volevano persone che potessero disturbare il lavoro di squadra.

«Dopo essere stata privata di questa opportunità, ho perso completamente la motivazione...»

Era stato allora che Yumi era venuta a sapere da Kojirō della sua idea di creare un'agenzia investigativa dedicata ai ricordi. All'inizio non capiva il senso di indagare sui ricordi, il loro peso nella vita delle persone, ma dopo essersi presa cura dei pazienti, era arrivata a comprenderne l'importanza: anche chi aveva vissuto una vita semplice cercava un modo per lasciare traccia di sé e diventare il ricordo di qualcun altro. Da allora, era arrivata a vedere la vita di ognuno come qualcosa di insostituibile.

«Penso che tutti cerchino di diventare il ricordo di qualcun altro. Mi sono sempre chiesta se investigare sui ricordi potesse diventare un vero lavoro. Alla fine è diventato un business di successo. E il motivo risiede nell'empatia di Kojirō», disse Yumi con un sorriso. «Mi piace il lavoro che facciamo.»

«A proposito di lavoro, per causa mia hai dovuto cancellare l'appuntamento con la figlia dell'interprete.»

Yumi aveva saputo da Akira Rokushinmon, un giornalista del dopoguerra, di Richard Sugiyama, interprete della polizia militare americana ormai morto, della cui unica figlia, residente a Kobe, le era stato girato il contatto.

«Dovrei incontrare Sayaka, stasera. Rokushinmon non poteva venire perché aveva da fare l'altro giorno, ma oggi è libero e così e ci andremo insieme.»

Quella sera Yumi avrebbe incontrato Sayaka alle 19 in un ristorante cinese a Motomachi. Il suo cuore tremò all'idea di camminare per le strade di Kobe di notte con Kojirō e di poter parlare con la persona che stavano aspettando.

2.

Yumi prese la metropolitana fino alla stazione di Kyoto, incontrò Kojirō sulla banchina della linea JR e salì sul treno rapido diretto a Himeji. Cambiarono treno a Sannomiya per poi scendere a Motomachi. A sette o otto minuti a piedi c'era il ristorante cinese dove avevano l'appuntamento, il Sakakuni. In fondo a un vicolo della strada principale di Chinatown, si vedeva una grande bottiglia di fronte a un locale: a quanto pareva, fungeva da insegna.

«Buonasera, eccoci qua, finalmente!» Rokushinmon fece un cenno a Yumi e Kojirō come se li conoscesse da anni, anche se li aveva incontrati solo una volta. Nonostante la barba e i capelli bianchi, a sentire quella voce possente veniva difficile credere che avesse ottantaquattro anni. Yumi notò le guance rosse e gli occhi pieni di vita dietro gli occhiali spessi.

«La ringrazio di averci dedicato un po' di tempo prezioso.» Kojirō si inchinò mentre si avvicinava al tavolo rotondo. Yumi seguì Rokushinmon e lo ringraziò educatamente.

«Questa è Sayaka Sugiyama, la figlia di Richard.»

«Piacere di conoscervi.» Sayaka si alzò e si inchinò. Aveva circa cinquant'anni, lineamenti ben definiti e portava un taglio corto che le donava molto.

«Bene, mettiamo da parte le formalità e iniziamo a mangiare.» Rokushinmon disse al cameriere di portare i piatti.

Degustarono le pietanze e dopo cena Kojirō affrontò l'argomento.

Innanzitutto, dovevano confermare i dettagli dell'incidente che riguardava un ragazzo giapponese che aveva ucciso, o ferito, un soldato delle forze di Occupazione americane.

Se il giovane che aveva salvato Tomoyo Shimazaki avesse picchiato a morte un soldato americano, disse Kojirō, non gli sarebbe stata risparmiata una punizione severa; probabilmente, sarebbe stato condannato a morte, anche se si trattava solo di un ragazzo.

«Quando ci siamo visti l'altra volta non ve ne ho parlato. Si verificarono molti incidenti in quella zona. Ci furono diverse aggressioni e anche un omicidio. Ma secondo quanto detto da Sugiyama all'epoca, quel soldato non morì.»

«E quindi il fatto che un ragazzo giapponese avesse picchiato a morte un soldato americano come venne punito?» chiese di nuovo Kojirō.

«Lascerò che sia la figlia a parlarne.» Rokushinmon lanciò uno sguardo a Sayaka, che era seduta accanto a lui. Sayaka annuì leggermente e cominciò a parlare.

«I giapponesi, a quel tempo, non avevano la forza fisica o l'energia per sovrastare i soldati americani addestrati. Piuttosto, erano le forze di Occupazione a essere più propense ad attaccare i giapponesi con tutto il rancore che nutrivano nei loro confronti... Rokushinmon parla del mercato nero come di un male necessario. Per essere precisi, erano frequenti i casi di aggressione di ragazzini.»

Il mercato nero assicurava il cibo, cosa che il governo dell'epoca non era in grado di fare, e la gente era sull'orlo della disperazione per via della carestia.

«Be', ci sono state persone che hanno guadagnato molti soldi e hanno avviato le proprie attività, alcune delle quali sono diventate poi grandi aziende. Ma la maggior parte di loro si rivolgeva al mercato nero per mera sopravvivenza. Era una specie di sussidio che il governo, che era agli ordini di MacArthur e faceva soffrire la popolazione, non era in grado di fornire», sottolineò Rokushinmon mentre beveva un sorso del suo drink.

«Ha sempre lavorato con Richard Sugiyama da allora?» chiese Yumi a Rokushinmon.

«Dovrete ascoltare le mie vecchie storie al riguardo.»

Rokushinmon raddrizzò la postura. «Ero un bambino che amava raccontare storie edificanti, che narravano il bene, il male e i castighi.»

Rokushinmon disse di aver confidato nella giustizia, questo era l'insegnamento che aveva ricevuto dagli adulti. All'età di diciotto anni aveva sofferto di pleurite ed era riuscito a evitare il servizio militare e a farsi strada nella azienda giornalistica dove fin da bambino desiderava essere una voce per la giustizia. Il «Semba Nippon» era un giornale commerciale per l'industria tessile, ma si occupava anche di questioni sociali.

«Al giornale, vedevo i miei colleghi più anziani soffrire nel dover scrivere articoli sulla guerra. Tutti erano contro la guerra.» Si sfregò la barba per la frustrazione, dicendo che nessuno poteva essere favorevole.

«Secondo lei, qual è la prima cosa che ho fatto dopo la sconfitta?» Rokushinmon guardò Yumi.

«Forse al posto suo, avrei cantato!»

«Cantare? Sì, anche quello non sarebbe stato male!»

«E allora, cosa ha fatto?»

«Il cielo. Ho guardato il cielo.»

«Il cielo?»

«Ero felice di vedere il cielo azzurro. Non dovevo più avere paura di aerei o bombe. Odiavo il militarismo e odiavo il sistema. Per questo motivo, non riuscivo nemmeno dare il benvenuto agli Stati Uniti, che avevano distrutto il sistema dalle sue stesse fondamenta. Non riuscivo a capire cosa stesse succedendo, quindi mi sono limitato a guardare il cielo.»

«Deve essere stato difficile...» mormorò Kojirō.

«Be', lo è stato. Rimasi disgustato da tutta quella brutalità. Il mio cuore vuole solo cose romantiche, ma il mio naso reagisce alle cose cruente. Ho un bel po' di karma sulle spalle.» Rokushinmon scosse la testa e si spazzolò i capelli grigi.

«È karma, quindi?» chiese Yumi, facendo un respiro profondo.

«La prima volta che sono andato in città ero un giornalista e giravo in cerca di notizie su cui scrivere. Sapevo che se avessi trovato qualcosa di interessante, l'avrebbero pubblicato. Ma non c'erano molti giornali, quindi c'era molta competizione tra noi giornalisti. La mia area era intorno alla stazione di Osaka. Ero un reporter molto competitivo. Dei "morti sulla strada" non potevo non tenerne conto.»

Dalla mezzanotte all'alba del 13 marzo 1945, la parte settentrionale di Osaka fu completamente rasa al suolo lungo la via Midōsuji dalle bombe incendiarie sganciate da oltre novanta B29. Furono effettuati più di venti raid aerei e il trenta per cento della città fu ridotta in cenere.

Le strade davanti alla stazione di Osaka traboccavano di feriti e cadaveri. Uno dopo l'altro morivano, ma non c'era alcuna atmosfera di lutto. Ad agosto, quando la guerra fu persa, il numero di vittime aumentò ulteriormente.

«Fu desolante. Oltre ai corpi dei soldati feriti, dai rottami fu estratto anche quello di un'anziana signora dell'età di mia madre. Allora decisi di usare i giornali per dare informazioni sulle persone decedute che si potevano identificare. C'era un sacco di gente alla stazione. Prevedendo questo, alcune persone avevano iniziato a vendere pane cotto al vapore e patate dolci ai soldati smobilitati dell'esercito e della marina giapponese che avevano qualche spicciolo. Poco dopo, altre persone oltre ai soldati cominciarono a mettersi in fila e formarono una coda. Sotto gli slogan *Non lo voglio finché non vinco* e *Il lusso è il nemico*, le persone erano state ridotte alla fame. Erano riuscite a sopportare quelle condizioni grazie alla fede incrollabile nell'Impero del Giappone. Riuscirono a combattere i loro appetiti perché amavano il loro paese. Ma il paese aveva perso la guerra e persino il razionamento del cibo era in stallo. Il governo diceva che non aveva scorte e non poteva fare nulla. Ciononostante le strade davanti alla stazione si riempivano di vapore dall'aria deliziosa. Nel giro di poco tempo, davanti alle stazioni di Osaka, di Abeno, di Tsuruhashi e Tennōji apparvero uno dopo l'altro venditori di cibo. Solo il governo continuava a dire che non c'era nulla. Ma al mercato nero si trovava di tutto. C'erano *nigiri*, *horumonyaki*, *zosui* e *oden*. Si trovavano persino *sake* e *shōchū*.» Rokushinmon raccontò che al mercato nero iniziarono a vendere non solo cibo ma anche vestiti e beni di prima necessità. Si formò rapidamente un mercato di cinquanta o sessanta negozi.

Yumi ripensò a sua nonna, che ogni volta che trasmettevano *Ringo no Uta* in TV, diceva: «Non so perché, ma mi fa venire fame».

«*Ringo no Uta...*»

«Wow, sei così giovane, come fai a conoscere questa canzone?»

«Ogni volta che mia nonna la ascoltava, ripensava a quei giorni. Diceva che le faceva venire fame.»

«Quanti anni ha sua nonna?» chiese Rokushinmon.

«Ha compiuto settantanove anni quest'anno.»

«Alla fine della guerra, doveva avere circa quindici o sedici anni. Sono gli anni in cui si ha più appetito, capisco quanto possa ricordarle la fame patita», replicò Rokushinmon con un sorriso. «*Ringo no Uta* è la canzone cantata dal personaggio principale, interpretato da Michiko Namiki, nel film della Shochiku, *Soyokaze*, uscito nell'ottobre del 1945. Quella canzone diventò un successo nella primavera del 1946, poco prima che il mercato nero venisse smantellato.»

A Yumi il film fu raccontato come una storia di successo in cui la protagonista diventava una star dando speranza alla gente. Tuttavia, non riusciva a capire il collegamento tra il periodo immediatamente successivo alla guerra, la storia di successo della cantante e *Ringo no Uta*.

«Diceva sempre che per lei era un riflesso incondizionato, le veniva fame ad ascoltare quella canzone.»

«La musica non si ascolta con le orecchie, ma da qualche parte nel profondo del cuore», disse Sayaka Sugiyama.

«Vero», annuì Yumi. Pensava che anche la canzone *Ah, Ueno Station* del caso *La donna che piega le gru*, di cui si era occupato Yūtaka, era una melodia che Tamura non avrebbe mai potuto dimenticare.

«La mia cliente ha detto che le cose che aveva portato da Izumiōtsu per barattarle al mercato nero erano patate dolci», disse Kojirō.

«Da Izumiōtsu, dice? Pensi, c'erano persone che venivano

anche da più lontano, zone molto isolate. Era un lavoro duro anche per i venditori, che dovevano viaggiare sempre più lontano.»

«In che anno è successo?»

«La primavera del 1946.»

«È allora che la repressione si fece più dura. La repressione era iniziata presto. Alla fine di settembre, l'anno in cui era finita la guerra, c'erano già un centinaio di mercati neri attivi, gestiti da persone che si muovevano nell'ombra. Poi, queste persone cominciarono a diventare sempre più ricche. In questo modo, le autorità iniziarono a notarle e a indagare sui loro traffici illeciti.»

Nessuno poteva biasimare le persone che facevano lunghe file per avere il cibo sufficiente a sopravvivere. Le necessità della gente aumentavano e il mercato nero diventava sempre più prospero. I responsabili non si limitavano a vendere la merce acquistata illegalmente, ma utilizzavano ragazze di campagna, vedove di guerra, madri i cui figli erano stati portati via dai soldati, per attirare la simpatia dei clienti, ma anche perché venivano ignorate dalle autorità.

«Più sofisticata era la copertura, più la repressione si intensificava.»

Da un lato, il governo, che riteneva che la causa principale della prosperità del mercato nero fosse la carenza di cibo, cercò di affidarsi alle forniture delle forze di Occupazione come soluzione. Dall'altro, le forze di Occupazione, vedendo il prosperare dei mercati neri e i furti nelle zone rurali, non potevano credere che ci fosse carenza di cibo, usando la forza della polizia per reprimere con decisione le attività del mercato nero.

«Alla fine, la polizia di Osaka chiese l'intervento della polizia militare americana. Si decise così che il prezzo di vendita sarebbe stato fissato dal venditore. Così, se subito dopo la fine della guerra uno *shō* di riso veniva venduto a cinquanta *sen*, a settembre era salito a quaranta yen. Il pane al vapore aveva un costo di cinque yen al pezzo. Calcolando che il salario mensile di un operaio era di due o trecento yen, non era per niente economico.»

Con il denaro di oggi, avrebbe significato comprare un panino al vapore pagandolo duemilacinquecento yen.

«Davvero costoso!» esclamò Yumi ad alta voce.

«Il mercato nero fu il risultato dell'inerzia del governo e delle forze di Occupazione. Ma se non avesse barattato qualcosa, o non avesse fatto nulla per ottenere da mangiare, la gente semplicemente sarebbe morta di fame. La repressione non avrebbe certo risolto il problema. Un giorno arrivò la notizia che ben novecentocinquanta persone erano state arrestate in una sola retata.»

«È incredibile.» Kojirō si accigliò.

«La persona che all'epoca faceva da interprete per la polizia militare era il padre di Sayaka, Richard Sugiyama.»

La conversazione si spostò finalmente su Richard Sugiyama.

«Nel luglio e nell'agosto del 1946, diversi mercati neri di cui era stata ordinata l'abolizione erano in piena attività. Quindi la polizia militare fu particolarmente attiva in primavera. Anche il signor Sugiyama doveva essere stato mandato in giro piuttosto spesso. Soprattutto nei dintorni della stazione di Osaka.»

«Quando ha conosciuto il signor Sugiyama?» chiese Yumi, spostando lo sguardo da Kojirō a Rokushinmon.

«Proprio in quel periodo.» Così dicendo Rokushinmon ordinò una bottiglia di vino Shaoxing.

*

All'inizio del 1946, tre soldati americani dalla faccia rossa erano ubriachi e stavano creando confusione in un bar a nord di Osaka. Quel piccolo baracchino di legno, tirato su in fretta e furia, era stato completamente distrutto da quegli omoni e gli avventori del locale erano stati aggrediti.

Il proprietario del locale vedendo quegli ubriaconi incontrollabili, in preda al panico aveva chiamato la polizia. L'agente che si era precipitato sul posto aveva tentato di fermarli, ma, forse perché non capiva la loro lingua, aveva finito per buttare ulteriore benzina sul fuoco.

«Avevo sentito di quel trambusto e così andai subito a controllare. Pensai che ne sarebbe uscito un gran bell'articolo.» Ma appena era arrivato al locale, si era reso conto di quanto fosse avventata l'idea.

«Si trattava di tre energumeni, alti circa due metri. Ovunque, c'erano sedie, tavoli ribaltati e bottiglie di birra. Persino l'agente di polizia era stato preso a pugni in faccia ed era coperto di sangue. Mi chiesi chi avrebbe potuto fermarli.»

Proprio in quel momento, si era precipitato sul posto un uomo giapponese che non si poteva definire dotato di chissà che fisicità. Si trattava di Richard Sugiyama. Quando Sugiyama aveva gridato in inglese, uno dei soldati americani aveva sorriso e gli si era avvicinato in posizione da pugile.

«Ho pensato che stesse per colpirlo, così gli urlai di scappare.» Ma Sugiyama non mostrò alcun segno di volersene andare.

«I pugni dei soldati americani fendevano l'aria. Non riuscivano a colpirlo. Allora i soldati si arrabbiarono molto, c'era una folla di spettatori a guardare la scena.»

Dopo un po' arrivò una jeep della polizia militare che portò via i soldati ubriachi.

«Mentre li stavano portando via, vidi Sugiyama e i militari parlare, così capii che si trattava di qualcuno che lavorava con le forze di Occupazione. Però, avevo un'ulteriore motivazione: avvicinarmi a lui per cercare di conoscerle dall'interno.»

Rokushinmon si avvicinò a Sugiyama per ringraziarlo del suo aiuto, come se fosse una delle vittime della rissa.

«Volevo offrirgli una birra, ma rifiutò. Così gli chiesi di farmi compagnia mentre prendevo qualcosa da bere.» Quando Sugiyama rifiutò di nuovo, Rokushinmon divenne sempre più interessato. Voleva parlargli a tutti i costi e gli disse sinceramente che voleva intervistarlo per un articolo di giornale.

«Mi interessa conoscere il tuo lavoro come interprete per le forze di Occupazione. E in cambio non scriverò della furia dei soldati americani.»

«E il signor Sugiyama accettò?»

«Disse che dal momento che stava lavorando con le forze

di Occupazione, era preoccupato per l'opinione degli americani nei confronti del popolo giapponese. Alla fine, accettò di farlo a patto che non venisse citato il suo nome e che io scrivessi un articolo che aiutasse la gente a capire un po' meglio la situazione.»

Sugiyama era figlio di un commerciante giapponese e di una donna americana. Disse che suo padre gli aveva fatto imparare il *karate* per rafforzare il corpo e la mente, e che lui e la sua famiglia si erano trasferiti negli Stati Uniti da Kobe nella primavera in cui compì tredici anni.

Gli aveva poi raccontato di come si sentiva nel lavorare per le forze di Occupazione.

«Disse di aver schivato così bene i pugni dei soldati americani perché, prima di arruolarsi nell'esercito, era stato un pugile dilettante in un'università americana. Ridendo, disse di essere diventato bravo nel pugilato grazie alla sua esperienza con il *karate*.»

«Capisco. Quindi vi conoscete da allora.» Poi Kojirō gli chiese di nuovo se il racconto di Rokushinmon sull'aggressione di un ragazzo giapponese ai danni di un soldato americano per salvare una ragazza da un tentativo di stupro corrispondesse a ciò che Sugiyama gli aveva raccontato.

«Quello era un periodo di tensioni continue, ma non ho mai sentito una storia più bella di quella.»

«Ne è sicuro?»

«È la stessa storia che ho sentito anche io all'epoca, ma sentendola da Sayaka se ne renderà conto di persona.»

3.

«Mio padre non amava molto parlare di quei giorni», disse Sayaka, sorseggiando il suo tè oolong caldo.

«Suo padre, quando...?» Kojirō versò il tè dalla teiera nella tazza vuota.

«Sono passati undici anni da quando è morto.»

«Quanti anni aveva?»

«Ottanta.»

Sayaka era nata quando Sugiyama aveva trentacinque anni, appena cinque anni dopo la fine della guerra. Tornati per un periodo negli Stati Uniti, si erano trasferiti definitivamente in Giappone quando Sayaka era al liceo e avevano continuato a vivere nella stessa casa a Kobe.

«Poiché non mi sono mai sposata, ho potuto trascorrere trent'anni con mio padre.»

«E sua madre, invece...?»

«Vive ancora con me.»

«Immagino che sia stata sorpresa quando l'abbiamo cercata per una storia così vecchia.» Kojirō lanciò uno sguardo gentile a Sayaka.

«Sì, ho sentito dire dal signor Rokushinmon che lei è un detective in cerca di ricordi, quindi mi sono chiesta in che modo potessi aiutarla...» rispose Sayaka con un sorriso.

«E il signor Rokushinmon come lo conosce?»

«Quando mio padre è morto, informai il signor Rokushinmon del funerale. Trovai il suo nome nella preziosa rubrica di mio padre.»

«Non siete più stati in contatto da allora?» chiese Kojirō.

«Ventiquattro anni fa, quando andai in pensione, volli regalargli il mio libro, *Mercato nero: dolce o amaro?* Qualcuno glielo fece gentilmente recapitare, e così ricevetti una sua telefonata. Fui felice di sapere che viveva con la moglie e la figlia nella sua città natale, Kobe. L'ultima volta che io e Sayaka ci siamo sentiti, dopo esserci visti al suo funerale, mi pare sia stato tre anni fa», rispose Rokushinmon.

«Sì, era tre anni fa. Quando ho ricevuto quella lettera per posta aerea.»

«Posta aerea?» chiese Kojirō.

«Proveniva da un posto chiamato Warren, in Michigan. Era indirizzata a mio padre.»

«Si trattava di qualcuno che lo conosceva quando lavorava come interprete per l'esercito di Occupazione?» Kojirō si sporse in avanti.

«Il nome non era nell'agenda di mio padre», replicò Sayaka, tirando fuori la lettera dalla borsa. Aprì la carta da lettera piegata e la porse a Kojirō.

Era in uno strano inglese e Yumi, che non lo conosceva bene, non riusciva a capire cosa ci fosse scritto. Fu lo stesso per Kojirō, che si rivolse a Yumi con un'espressione confusa sul viso.

«Non capisco bene l'inglese. Tutto quello che riesco a vedere è che il mittente è un certo Frank A. Mullen», disse Kojirō in tono di scuse.

«Quell'uomo, Frank A. Mullen, aveva ventitré anni.» Nervosa, Sayaka rispose e bevve di nuovo il tè.

«Ventitré anni, è molto giovane!»

«Questo ragazzo ha scritto a mio padre dicendo che aveva un favore da chiedergli. Sembrava molto zelante.» Sayaka si schiarì la gola, prese la lettera che Kojirō aveva in mano e iniziò a leggerla.

Gentile Richard Sugiyama,

sarà probabilmente sorpreso di ricevere una lettera come questa all'improvviso. C'è però una cosa che io devo assolutamente dirle, e una cosa che lei deve assolutamente spiegarmi.

A giugno di quest'anno andrò in Giappone. Andrò all'Univer-

sità K di Kyoto per studiare la cultura tradizionale giapponese. Sin da quando ero bambino sognavo di studiare in Giappone.

In condizioni normali, avrei esultato di gioia per la realizzazione di questo sogno. Mio padre però si era ammalato ed era stato ricoverato in ospedale. Fortunatamente le sue condizioni sono migliorate e non è in pericolo di vita.

Stavo per rinunciare al mio sogno di studiare in Giappone, ma mio padre, a letto malato, mi esortava a non perdere questa occasione. Tuttavia, rimandavo il momento della partenza.

Vedendo il mio atteggiamento e cercando di spronarmi, mio padre mi chiese di incontrare una persona in Giappone. Mi disse che si trattava di una richiesta importante per ripristinare l'onore di Edward H. Steinbach, un caro amico di mio nonno.

Una volta ristabilito, gli chiesi maggiori dettagli.

Nella primavera del 1945, mio nonno venne mandato a Osaka, in Giappone, come membro della polizia militare di Occupazione.

Quando sbarcò in Giappone, scoprì che la maggior parte delle case tradizionali di carta e legno erano state rase al suolo dalle bombe, e ovunque andasse lo circondava la devastazione. Ecco perché il rapporto con Edward, di un anno più grande e suo collega, era molto importante per lui. All'epoca la loro missione era quella di aiutare la polizia giapponese a reprimere il mercato nero, un compito difficile.

All'interno dell'esercito americano c'era il sospetto di accordi sottobanco tra gli agenti di polizia e i boss del mercato. Si pensava che fosse questo il motivo per cui, nonostante gli arresti, le bancarelle continuavano ad aprire e il mercato nero era fiorente: il numero di persone che volevano comprare la merce e i prezzi continuavano a salire.

Mio nonno e il commilitone seguivano gli agenti di polizia incaricati, ma non avevano prove del fatto che ci fossero legami sottobanco. I responsabili del mercato si dimostravano sempre gentili e disponibili. Alla fine, non potevano fare altro che individuare i prodotti illegali e arrestare i responsabili del commercio.

Un giorno, andarono in jeep lungo la riva del fiume fino alla stazione di Osaka. Il motivo per cui percorsero la stretta strada lungo il fiume era che anche in quei luoghi c'erano spesso persone che allestivano bancarelle illegali. Mio nonno, che stava guidando, notò un ragazzo che tirava un carretto davanti a sé. Il ragazzo era piccolo e snello e sembrava avere difficoltà a tirare il carro. Tuttavia, non era infrequente che i padroni del mercato utilizzassero dei bambini come copertura per far loro comprare e vendere merci controllate. Pensò quindi di fermarsi per ispezionare il carro di quel ragazzino.

Appena superato il ragazzo, accostò la jeep al lato della strada. Il ragazzo, già molto debole, fece uscire le ruote posteriori del carro dall'argine e cadde nel fiume. Mio nonno fermò in fretta la jeep, ma ancor prima Edward, che era sul sedile del passeggero, saltò giù e corse lungo l'argine. Il nonno lo seguì, ma non riuscì a vedere il ragazzo: vide solo il suo carro rovesciato a metà del pendio. Si avvicinarono al fiume e lo individuarono in acqua. Edward lo prese in braccio e lo portò in una zona erbosa pianeggiante. Gli diede uno schiaffo sulla guancia, ma non ci fu alcuna reazione. Forse aveva battuto la testa cadendo. Allora Edward sbottonò l'uniforme del ragazzo. Con sua grande sorpresa capì che era una ragazza. Edward cercò di rianimarla soffiandole in bocca, e la giovane riprese conoscenza. Ma lei aveva frainteso le intenzioni. Urlò tanto forte da svenire.

Un attimo dopo, accadde qualcosa di inaspettato. Un ragazzo che indossava una camicia e dei pantaloncini colpì Edward alla testa con una spada di legno.

Edward si allontanò di riflesso dalla ragazza e cadde sull'erba. C'era molto sangue. Il nonno cercò di afferrare il ragazzo, ma Edward lo fermò. Mio nonno interpretò quel gesto come la necessità di recarsi da un medico il più presto possibile, così lo fece salire sulla jeep per portarlo allo Shin-Osaka Hotel, da un medico militare.

Insieme agli agenti di polizia giapponesi, mio nonno decise di fare immediatamente ritorno sul posto. Anche se era sicuro che il colpevole fosse scappato, doveva esaminare la scena. Contrariamente alle aspettative, però, sul luogo trovarono il ragazzo seduto con gli occhi chiusi, nella posa che i giapponesi assumono quando sono formali.

Il nonno riferì alla polizia che era stato lui a ferire Edward. Il ragazzo fu così portato via per essere interrogato. Mio nonno par-

tecipò all'interrogatorio come testimone e come membro della polizia militare. A quanto pare l'interprete di quell'interrogatorio fu proprio lei, sergente Richard Sugiyama.

Il ragazzo si presentò con il nome di Koduna Itoshiige e aveva quindici anni. Ammise di aver colpito un membro della polizia militare con la spada di legno che portava con sé. Disse che non era fuggito e stava aspettando che arrivasse la polizia.

Per quanto riguardava il movente, Koduna Itoshiige affermò che i soldati americani stavano cercando di violentare una donna giapponese e che lui non aveva potuto lasciarli fare.

Prima che il ragazzo venisse arrestato, apparve Edward, vestito di bende e con dei punti alla testa, e disse al sergente Sugiyama che il giovane non aveva fatto nulla di male e che doveva essere rilasciato immediatamente. Per risolvere il problema della lingua ed evitare inutili attriti con la polizia giapponese, si offrì di affidare il trattamento del ragazzo al sergente Sugiyama, che comprendeva i sentimenti del popolo giapponese. Mio nonno non capì mai perché Edward testimoniò in difesa del ragazzo.

Nel 1949 loro tornarono negli Stati Uniti e trovarono lavoro come civili. Mio nonno avviò un'azienda di sicurezza, mentre l'amico rilevò l'attività commerciale di famiglia. Nove anni dopo, Edward stava morendo a causa dei postumi della ferita subita in Giappone. Quando mio nonno andò a trovarlo e lo vide in quello stato, era pieno di rabbia nei confronti del ragazzo giapponese e gli chiese perché lo avesse protetto. Edward rispose con voce flebile che il giovane aveva difeso una ragazza del suo paese e non aveva alcuna colpa.

Mio nonno lasciò la stanza d'ospedale con una sensazione di impotenza. Non riusciva a comprendere le sue ragioni: anche Edward stava cercando di salvare la vita della ragazza e neppure lui aveva colpe. Sei mesi dopo l'amico morì.

Questo fatto lasciò in mio nonno del rancore nei confronti del Giappone. Non ne parlai mai con lui.

Fu soprattutto grazie all'influenza di mio padre che mi interessai alla cultura giapponese. Nel suo studio c'erano libri sul bushidō *e video di drammi d'epoca. In particolare, mi disse che i libri sul* bushidō *erano stati inviati a mio nonno da Edward.*

Gli chiesi perché mi avesse raccontato questa storia per spinger-

mi ad andare a studiare in Giappone. Allora mio padre mi mostrò la fotografia di una ragazza sorridente, vestita a festa per la sua laurea. Mi disse che era la foto della fidanzata di Edward, che lui portava sempre nel taschino mentre era di stanza in Giappone. La ragazza giapponese che stava per annegare assomigliava a quella donna. Non disse altro.

Successivamente, mio padre mi confidò che il ragazzo con la spada di legno aveva influenzato non poco il suo interesse verso il Giappone e il fascino per la sua cultura.

Mi raccomandò di andare in Giappone e di fare visita al signor Richard Sugiyama per scoprire che cosa fosse successo al ragazzo. Questo è ciò che voleva mio padre. Per questo scrivo questa lettera. Vorrei tanto che il signor Sugiyama incontrasse il ragazzo di allora e gli parlasse del caso di Edward.

4.

Yumi e Kojirō erano saliti sull'ultimo treno locale. Il vagone era semivuoto, con pochi uomini d'affari ubriachi seduti in modo scomposto. Era una calda notte estiva.

«Alla fine, l'episodio di cui parlava Richard Sugiyama riguardava davvero Tomoyo», affermò Yumi, asciugandosi il sudore dalla fronte con un fazzoletto.

«Sono sorpreso dalle coincidenze e anche colpito dal tuo fiuto, Yumi. Sono contento che Tomoyo non sia stata vittima di un'aggressione», disse Kojirō continuando a fissare il finestrino davanti a lui.

«Non si può fare a meno di notare che, subito dopo la guerra, la gente avesse paura di chiunque solo perché straniero.» Anche sua nonna, ricordò Yumi, ne era terrorizzata. E anche dopo, l'allergia per gli stranieri non è passata.

«Cosa pensi abbia impedito a quel ragazzo di scappare?»

«Evidentemente, anche se aveva solo quindici anni, aveva capito la gravità di quello che aveva fatto ed era determinato ad assumersene le conseguenze.»

Secondo il racconto di Rokushinmon, il Shin-Osaka Hotel, gestito dalle forze di Occupazione, si raggiungeva in circa dieci minuti. Considerando tutte le procedure per vedere il medico, la polizia era tornata sul posto una mezz'ora dopo. Il giovane avrebbe avuto tutto il tempo di scomparire, confondendosi tra la folla del mercato nero. Rokushinmon aveva detto che c'erano molti vagabondi nella zona, che era piena di ragazzini che indossavano gli stessi vestiti.

«Penso che fosse un bravo ragazzo, onesto e giusto.»

Si leggeva spesso sui giornali di tanti uomini che tentavano in tutti i modi di farla franca anche se colpevoli. Yumi lo trovava vergognoso.

«Era un ragazzo con un forte senso di giustizia. Non l'ha colpito perché odiava i soldati americani. Anche da quello che ci ha raccontato Tomoyo emergeva il suo autocontrollo, tanto che non sembrava avesse solo quindici anni.»

«Altrimenti, dopo più di sessant'anni, non le verrebbe in mente di ringraziarlo. Penso che Tomoyo abbia percepito la sua gentilezza.» Yumi osservò il profilo di Kojirō.

«Gentilezza, eh? Vorresti farli incontrare, vero?»

«Esatto. Mi piacerebbe. Ma non ho idea di come...»

La lettera di Frank diceva che il nome del ragazzo era Koduna Itoshiige. Sayaka aveva controllato i diari, i quaderni e altri documenti di suo padre, ma non era riuscita a trovare nessuna corrispondenza. Anche Rokushinmon aveva effettuato ricerche approfondite sui materiali d'archivio dei giornali, ma niente. Aveva controllato gli archivi della polizia, grazie a vecchi contatti, ma non c'era alcuna menzione di un ragazzo di quindici anni che aveva aggredito un soldato americano.

«Forse alle orecchie americane il suo nome doveva suonare strano. Probabilmente hanno frainteso...»

«No, Edward, ha negato il coinvolgimento del ragazzo. In altre parole, non è stata mai sporta una denuncia.» Kojirō guardò Yumi negli occhi. I loro volti erano troppo vicini, quindi lei si girò di scatto, imbarazzata.

«Kojirō... » disse due fermate dopo. «Questa è la foto che Edward ha mostrato al nonno di Frank. Non capisco cosa significhi.»

«Che la ragazza somigliava alla fidanzata di Edward...» disse Kojirō. Quando la porta si aprì di nuovo, aspettò che l'uomo in camicia che era salito sul treno si fosse seduto prima di proseguire: «Penso che Edward abbia sentito un forte desiderio per Tomoyo, anche se solo per un momento».

«E quindi Edward...»

«Esatto. Considerando questo, il ragazzo che l'ha salvata non ha agito inutilmente. È stato solo un momento. Non riesco a immaginare Edward commettere un atto osceno davanti a un suo amico. Ma quando si è reso conto che il ragazzo era in realtà una ragazza, e che il suo volto assomigliava alla sua fidanzata, deve esserne rimasto scosso.»

«Quindi, stai dicendo che ha cercato di coprire il ragazzo per nascondere le sue intenzioni?»

«Penso di sì. Penso che sia anche il motivo che ha spinto il padre di Frank a interessarsi al *bushidō*.»

«Cosa intendi?»

«Edward aveva dato al ragazzo il tempo di scappare, ma lui invece aveva atteso la polizia. Quando l'ha saputo, deve aver percepito un'alta moralità. Quel ragazzino di soli quindici anni deve averlo colpito.»

«E il *bushidō*?»

«Credo che vi abbia trovato l'autodisciplina. Poi le sue ignobili intenzioni lo hanno fatto sentire in colpa. Se fosse stato ancora vivo, mi sarebbe piaciuto parlargli. Adesso sono ancora più ansioso di conoscere Koduna Itoshiige», disse Kojirō, con un'espressione cupa in viso.

«Cosa c'è che non va?»

«Mi chiedo cosa avrebbe pensato quel ragazzo se avesse conosciuto Edward e compreso tutta la situazione. Edward ha sofferto per molti anni, per poi morire a causa delle ferite che gli aveva inflitto», sospirò Kojirō.

«È difficile capire cosa provano gli uomini.»

Yumi sventolò entrambe le mani verso il volto, come se agitasse un ventaglio.

Il treno cigolò e frenò rumorosamente. I binari seguirono una leggera curva verso destra, prima di condurre alla stazione di Kyoto.

5.

Yumi fu svegliata alle sei del mattino da una telefonata di sua figlia Yuma.

«Sapevo che te ne saresti dimenticata!» La voce di sua figlia di nove anni, che aveva lasciato a casa della madre a Ohara per le vacanze estive, sembrava cambiata. Possibile fosse cresciuta così tanto in soli venti giorni?

«Di cosa mi sarei dimenticata?» mormorò Yumi.

«Hai fatto tardi ieri sera?»

«Perché non mi dici cosa ho dimenticato? La mamma ha tanto da fare, lo sai!»

«Hai la voce di chi si è appena alzata dal letto!»

«Basta, dimmi che succede!»

«È il primo giorno di scuola.»

«Eh? Oggi...?»

«Be', se fosse stato domani, non ti avrei certo chiamato stamattina a quest'ora!»

Yumi guardò il calendario. C'era un grande cerchio sopra il 10 agosto. «Oddio, scusami, arrivo subito! A che ora devi essere a scuola?»

«Alle 8.50.»

«Va bene. Con la Katana di mamma faremo in un attimo. Poi, possiamo fare colazione da qualche parte.»

«Be', sarebbe fantastico. Qualunque cosa non sia zuppa di miso, pesce e sottaceti, sarà più che apprezzato!» disse Yuma a bassa voce. Poi si sentì qualcuno dietro di lei aggiungere: «Il cibo giapponese è la cosa migliore». Era la voce della madre di Yumi.

«Alla mamma piace la colazione della nonna.»

«D'accordo, a volte mi piacerebbe mangiare anche pane tostato, latte caldo e uova strapazzate!»

«Passami la nonna.»

«Va bene. Aspetta un attimo.»

«Pronto?» la madre rispose al telefono.

«Scusa, mamma!»

«Non preoccuparti, Yuma non è molto abituata a questi sapori, a quanto pare...»

«Ho sempre poco tempo per cucinare!»

«Be', immagino, vivendo da sola... Ecco perché, quando viene da me, cerco di farle mangiare cibo giapponese. Pensavo che prima o poi si sarebbe abituata, ma a quanto pare è piuttosto esigente.»

Yuma si stava lamentando di qualcosa all'altro capo del telefono.

«D'accordo, vengo a prenderla. Dille di prepararsi!»

«Fai attenzione con quella moto!»

«A tra poco.» Yumi riattaccò, si legò i capelli e prese due caschi.

"*Vivendo da sola...*" Le parole della madre le risuonavano in testa. Come per soffocarle, Yumi si mise a cavalcioni della Katana e accese il motore facendo un gran fragore.

Yumi e Yuma entrarono in una caffetteria vicino alla scuola. Erano le sette e mezzo circa, ma da lì alla scuola erano meno di quindici minuti di cammino. Come aveva chiesto Yuma al telefono, avevano ordinato una colazione a base di pane tostato imburrato e uova strapazzate. Da bere, si era fatta portare latte caldo a cui aggiunse un po' del caffè di Yumi.

Yuma non beveva il latte freddo nemmeno in estate, perché le dava fastidio allo stomaco.

«Non è un po' troppo presto per il caffè?»

«Questo è *café-au-lait*», replicò Yuma, imbronciata.

Quel gesto era un'abitudine che aveva anche Yumi, di tanto in tanto. Sembrava assomigliarle ogni giorno di più.

Yumi si piaceva. Non era vanitosa, ma aveva una personalità allegra e una certa sicurezza. O forse sarebbe più corretto dire che cercava di essere sicura di sé.

Nella professione infermieristica, anche il sostegno emotivo era importante. Spesso aveva avuto la sensazione che ciò che faceva con le migliori intenzioni non fosse apprezzato. Ciononostante, aveva sempre continuato a farlo. Tuttavia, non esisteva la risposta perfetta e non c'era il tempo per dare a tutti i pazienti il tipo di assistenza di cui necessitavano. Se cominciavi a dubitare di te, prima di accorgertene rischiavi di perdere completamente fiducia. Sapendo questo, aveva sempre cercato di darsi forza e coraggio. Aveva sentito dire che nessun giocatore di baseball professionista poteva essere un battitore al quaranta per cento. Quindi il trenta per cento era più che sufficiente per essere soddisfatto dei propri risultati.

«Anche i bambini dell'asilo bevono caffè.»

«Ma non era un caffellatte?» disse Yumi, sbirciando nella tazza della figlia.

«Anche io posso bere il caffè nero!»

«Allora, prova questo.» Yumi le spinse davanti la sua tazza di caffè.

Yuma sembrava un po' confusa, ma infilò le dita nel manico della tazza.

«Quando vuoi, fermati pure. È amaro.»

«Questa roba amara ha un buon sapore, no?» Yuma guardò il liquido nero e lo sorseggiò con timore. «Oh, è delizioso. Ma mi dispiacerebbe finirtelo...» commentò e si affrettò a bere il suo caffellatte zuccherato.

«La sincerità è la cosa migliore per una ragazza», ribatté Yumi con un sorriso.

Decidere che bastava il trenta per cento le dava un senso di conforto. Il personale dell'ospedale doveva aver pensato che questo atteggiamento fosse forza di carattere.

«Mamma, è un momento difficile al lavoro?»

«Eh... perché me lo chiedi?»

«Perché a volte sembri assorta nei tuoi pensieri... Se hai problemi di cuore, sono sempre disponibile per un consiglio.»

Yumi era sbalordita. Sentiva lo sguardo penetrante della figlia di nove anni: stava crescendo.

«Non dire sciocchezze. Perché dovrei confidarmi con te?»

«Anche se ho questo aspetto da bambina, gli altri vengono sempre a chiedermi consigli su ogni genere di cosa. Mi chiedo se sono troppo matura. Tutti i ragazzi della mia classe sembrano più piccoli.»

«Ehi, non fare l'arrogante con me. Stupidina!»

Da quando Yumi aveva chiamato il caso di Tomoyo Shimazaki *Il sogno della ragazza delle camelie*, si era sentita a disagio. Ebbe la vaga sensazione che ciò fosse dovuto alla vicinanza con Kojirō durante il caso di Kanako.

Avendo condiviso quella situazione disperata in cui la vita di Kanako era in pericolo, c'erano stati molti momenti in cui era stata tentata di pensare che i sentimenti di Kojirō per Michiyo fossero di compassione, e non di amore. Ma niente di tutto questo poteva condividere con la figlia di nove anni.

«A che ora esci?»

«Mi farò venire a prendere da nonna. Ha detto che voleva fare un giro in città.»

«Okay, vai a scuola, adesso. Le temperature stanno cambiando, cerca di non raffreddarti.»

Yumi finì il suo caffè.

«Non sono più una bambina, non preoccuparti.»

Detto questo, Yuma fece una smorfia con le labbra.

6.

Dato che era in ritardo, Yumi decise di fermarsi alla clinica del dottor Iizu e telefonò a Kanako, che era appena rientrata al lavoro, per avvisare che sarebbe passata a controllare come stava Tomoyo. Non se la sentiva di vedere Kojirō e Michiyo insieme, in quel momento.

Quando entrò nella stanza d'ospedale, la trovò a letto che ascoltava musica.

«Oh, Yumi.» Tomoyo si tolse in fretta gli auricolari dalle orecchie e premette il pulsante di stop. «Me li ha prestati il dottore», disse.

«Cosa stava ascoltando?» Yumi prese una sedia lì vicino e si sedette.

«Il dottore mi ha consigliato di ascoltare la musica che ascoltavo di solito a casa», rispose Tomoyo, mostrando a Yumi il titolo della compilation, che recitava: *Melodie nostalgiche del dopoguerra.*

«*Bells of Nagasaki, Yunomachi Elegy, Ringo no Uta, Blue Mountains, Yoru no platform, Kaishi no Blues, Tokyo Boogie Woogie, Shiroi Hana no Sakukoro, Kakinokizaka no Ie, Kimi no na wa...*»

«Immagino che lei, signorina, non conosca nessuna di queste, eh?» Tomoyo sorrise a Yumi con un'espressione piena di vita, dopo aver dormito quasi tutto il giorno precedente.

In un simposio a cui aveva partecipato quando era ancora infermiera, Yumi aveva sentito dire che le melodie nostalgiche attivavano il cervello e facevano sentire le persone più energiche. Non aveva mai avuto occasione di vederlo messo in pratica, ma osservando la carnagione di Tomoyo, pensò che potesse essere effettivamente efficace.

«Alcune di queste canzoni le conosco.»

«Uh, davvero? Quali?» Gli occhi di Tomoyo si illuminarono mentre mostrava a Yumi la scheda con i testi delle canzoni.

«Che canzone stava ascoltando adesso?»

«La mia canzone preferita. La sento in continuazione!»

«Quale, *Ringo no Uta*, la "canzone della mela"?» chiese Yumi, che stava visualizzando nella sua mente la scena del mercato nero, dopo averne parlato con il signor Rokushinmon.

«No. Quella canzone è troppo faticosa... Mi ricorda una vita dura.»

La reazione di Tomoyo fu sorprendente per Yumi, che aveva sempre dato per scontato che *Ringo no Uta* fosse una canzone in grado di calmare i sentimenti.

«La melodia è buona e il testo di Hachiro Sato è bello. Ma...» Tomoyo disse che era come se gli adulti intorno a lei stessero cercando una ragazza innocente, allegra ed energica, come quella del testo della canzone.

«Non era semplice in quei giorni pensarsi come una "bella mela".»

«Soprattutto da adolescente.»

«Immagino.» Yumi si sentiva come se potesse capire lo stato d'animo di Tomoyo.

All'epoca, la «mela» indicava simbolicamente le ragazze. Gli adulti, nella devastazione delle rovine buie e bruciate delle città, pensavano a una mela con le guance rosse per aggiungere un po' di colore alle loro vite sofferenti. Per lei era come se le avessero chiesto di essere come quella mela.

«Forse penso troppo, ma quando ascolto *Ringo no Uta* mi torna alla memoria la scena della caduta nel fiume.»

«Ho capito. E allora, cosa stava ascoltando? Mi dica.» Yumi era curiosa di sapere qual era la canzone preferita di Tomoyo.

«*Kimi no na wa.*»

«Ah, è *Kimi no na wa*?» Era il titolo che aveva sentito nel rapporto su *La donna che piega la gru*, il caso che aveva seguito Yūtaka, il quale si era guadagnato la fiducia di Ken Sunahara, gestore di un negozio di liquori a Ueno, proprio parlando del dramma radiofonico che si intitolava così.

«La conosce?»

«L'ho sentita in un radiodramma della mattina, non ricordo quando.»

«Ah, la nuova serie, vero? Anche se l'autore è sempre lo stesso, Kazuo Kikuta. Questa traccia audio contiene i dialoghi. Guardi.»

Yumi guardò la scheda con i testi che Tomoyo le aveva dato: «Dimenticare vuol dire dimenticare. È la tristezza di un cuore che non può dimenticare e giura di farlo».

Tomoyo, che stava ascoltando Yumi leggere le battute ad alta voce, rise felicemente.

«Anche con l'accento di Kyoto, *Kimi no na wa* mantiene un certo fascino!»

«Ah! Ah! È vero, Tomoyo, non posso farci niente!»

«Avevo circa vent'anni quando ho sentito queste parole la prima volta, se non ricordo male.»

«Quindi anche lei era ossessionata da quel dramma?»

Nel dramma, un uomo e una donna si incontrano per caso mentre fuggono dalle bombe che piovono su di loro e si promettono di rivedersi sei mesi dopo a Sukiyabashi, a Ginza. Si lasciano senza dirsi i loro nomi. A causa delle circostanze in cui si trova la protagonista, e per diversi altri motivi, i due non riescono a incontrarsi. Yumi ricordava il senso di irritazione che le derivava da quel dramma, pensando ai ripetuti incontri mancati come a uno scherzo del destino.

Yumi immaginava la giovane Tomoyo durante la guerra che, non sapendo cosa le avrebbe riservato il domani, era assorta in discorsi romantici.

Poi, si rese conto.

Quei sentimenti che provava per il ragazzo che l'aveva salvata quando aveva tredici anni dovevano essere esattamente come in *Kimi no na wa*.

«Non credo che lo rivedrò mai più.»

«Come?»

«Dopotutto, sono passati più di sessant'anni. Ma è strano.

Quando ascolto *Kimi no na wa*, lo ricordo come se fosse ieri... Ricordo persino il suo volto con chiarezza.»

«Il volto del ragazzo che l'ha salvata?» Yumi pensò che non sarebbe mai riuscita a ricordare il volto di qualcuno che aveva visto più di sessant'anni prima senza rivederlo, ma non poté fare a meno di chiedere.

«Certamente.» Tomoyo aveva piena fiducia in sé.

«Tomoyo, riuscirebbe a fargli il ritratto?»

"È un'assurdità?" Yumi rimase in attesa di una risposta.

«Un ritratto? Ma io non so disegnare»

«Chiederemo a qualcuno di farlo. Basta che ci dica i lineamenti, le caratteristiche, quello che ricorda, se pensa che sia possibile...»

«Posso provarci!» Tomoyo guardò Yumi con un'espressione raggiante.

*

«Mi ha fatto davvero piacere. Stavo giusto pensando che dovevo chiamarti, Yumi, quando il mio cellulare ha squillato. Tempismo perfetto, no? E ora eccoci noi due soli in quest'auto così piccola», disse felice Daisuke Chagawa, seduto sul sedile del passeggero.

Dopo aver parlato con Tomoyo, Yumi aveva chiamato immediatamente Kojirō. Non sembrava molto convinto dell'idea dell'identikit, ma quando gli aveva detto che Tomoyo ne era entusiasta, aveva accettato di fare un tentativo.

Kojirō allora aveva contattato Chagawa, chiedendogli di presentargli qualcuno per realizzare un ritratto. Chagawa si era vantato di essere il mago degli identikit, così Yumi era andata a prenderlo a casa sua a Gion con l'auto dell'agenzia.

«Davvero sa anche disegnare?» Yumi lo guardò di traverso mentre sterzava.

«Né il laboratorio di scienze forensi né la divisione forense sono mai riusciti a trovare un ritrattista in grado di competere. I fotomontaggi non sempre funzionano e, alla fine, si rivolgono sempre a me!»

I montaggi, in cui un gran numero di ritratti viene diviso per stile di capelli, occhi, naso, eccetera e le somiglianze che vengono selezionate e ricomposte in base all'impressione del testimone, finiscono sempre per essere un compromesso. Chagawa invece sosteneva che i ritratti che si basano sulle impressioni più forti si rivelavano maggiormente utili per identificare le persone.

«Questo è rassicurante!»

Se non lo si interrompeva al momento giusto, non finiva più di vantarsi.

«L'unica cosa che mi preoccupa è il tempo trascorso», disse Chagawa.

«Dice che lo ricorda chiaramente.»

«Non sta mentendo. Ma si rischia l'idealizzazione.»

«Pensa che lo descriverà migliore di quello che è?»

«Il problema è che non lo farebbe intenzionalmente.»

Se il processo di idealizzazione è palese, non è difficile rendere il ritratto più simile alla persona reale apportando delle correzioni.

«A volte le nostre convinzioni possono sostituirsi alla realtà. Dopotutto era una ragazzina di tredici anni... E si sentiva come l'eroina di una storia.»

Yumi raccontò a Chagawa le informazioni che aveva raccolto da Rokushinmon e Sayaka Sugiyama.

«Quindi, in base alle testimonianze, è andata in modo completamente diverso?»

«Sì, si pensava fosse il colpevole, e invece è stato la vittima. Ma non l'ho detto a Tomoyo.»

«Probabilmente prova dei sentimenti contrastanti. Meglio non dirle nulla.»

«Un buon ritratto potrebbe aiutarci a trovare la persona in questione. La prego, signor Chagawa...»

«Non è facile, ma per te, Yumi, farò del mio meglio», disse lui, accarezzandosi la testa e ridendo.

«Per quale motivo voleva chiamarmi?»

«Avrei potuto dirlo a Kojirō, ma poi ho pensato che fosse meglio parlarne con te.» Appena nominò Kojirō, Yumi sentì il battito cardiaco accelerarle leggermente.

"Sarà qualcosa di grave?" pensò ingenuamente. Sorpresa di provare ancora dei sentimenti da ragazzina, non la vedeva tutto sommato come una sensazione negativa.

«Si tratta dell'*omamori*?»

«Quello.»

«Cos'ha scoperto?» chiese Yumi, mentre l'auto su cui viaggiavano si fermava al semaforo.

«Oggi cos'è, *gotobi*, per caso? Non c'è da stupirsi ci sia tutto questo traffico.» A Kyoto era ancora consuetudine che i commercianti raccogliessero il denaro ogni cinque giorni e depositassero le transazioni economiche. Quindi le strade erano affollate a qualunque ora.

«Credo di aver appena trovato un indizio. Devo ancora esaminarlo, ma forse ci siamo!»

«Cosa ha trovato?»

«Il tessuto esterno dell'*omamori* è attualmente al vaglio di un esperto di araldica, quindi sono sicuro che mi risponderà presto. Il problema è la carta all'interno.»

«Il pezzo di carta tagliato con le lettere scritte sopra?»

«Si tratta di carta *washi*, abbastanza vecchia da poter essere datata con il metodo del radiocarbonio con spettrometria di massa e acceleratore. Ma non era tanto vecchia. Questo è *il punto*.»

«Non riesco a seguirla, Chagawa. Cosa intende in parole povere?»

«Nella migliore delle ipotesi, i caratteri sono stati scritti con inchiostro su carta giapponese prodotta nel periodo Edo.»

«E qual è *il punto*? Se parliamo del periodo Edo, allora è piuttosto antica!»

«Be', forse non dovremmo parlarne mentre guidi. Potremmo prenderci una bella birra fresca dopo che abbiamo finito con il ritratto, che ne dici?»

«Oh, cielo, ancora con questa storia?»

Quando Yumi lo guardò, Chagawa si accarezzò la testa con la mano destra, sorridendo imbarazzato.

7.

Il ritratto disegnato da Chagawa sembrava catturare bene le caratteristiche del viso del ragazzo. Yumi si sorprese nel vedere l'atteggiamento vivace di Tomoyo mentre rispondeva alle domande di Chagawa senza esitazione.

Il volto del giovane aveva una forma triangolare, con una mandibola leggermente sporgente e il mento appuntito. Aveva orecchie grandi con lobi piccoli. Naso dritto e sopracciglia a forma di ali di gabbiano. Il labbro inferiore era più sottile e chiuso rispetto al labbro superiore. Aveva capelli a spazzola e basette curate. I suoi occhi erano stretti e sembrava sorridere.

«Ha notato altri particolari?» chiese Chagawa, tenendo in bocca la matita.

«Tipo?» Tomoyo, seduta sul letto, sollevò lo sguardo.

«Per esempio, un neo o una voglia, qualsiasi cosa.»

«Ah. Ecco... Penso che fosse una ferita, c'era una striscia di cinque centimetri sulla mascella destra.»

«Il segno di un taglio?» intervenne Yumi.

«L'ho vista solo di sfuggita dal basso. Ma dal mento alla gola... ricordavo solo la cicatrice sulla mano destra, chissà perché di questo taglio me ne ricordo solo ora?» Tomoyo aveva una strana espressione.

Yumi ripensò alla conversazione avuta con Chagawa in macchina su come i ricordi si mescolano e creano convinzioni che si sostituiscono alla realtà. Pensò a quello che le aveva raccontato Tomoyo quando era venuta in agenzia.

Tomoyo, che pensava di essere stata aggredita da un soldato americano ed era scossa dalla vergogna, era stata salvata da quel ragazzo, mentre era pronta a bere il cianuro.

La disperazione e la confusione di essere «quasi baciata» da un uomo per la prima volta nella sua vita dovevano essersi mescolate. Non c'era quindi da stupirsi che volesse ricordare quell'immagine e, allo stesso tempo, dimenticarla. In effetti, era possibile che Tomoyo, allora adolescente, provasse sentimenti diametralmente opposti.

«Immagino che da davanti non sia riuscita a vedere la cicatrice», disse Chagawa, disegnando una leggera riga sul mento nell'identikit.

«Forse...»

«Comunque, è una caratteristica importante. Sono sicuro che sarà utile nelle indagini.»

«Grazie a lei, professore: ha fatto esattamente quello che le ho detto e l'ha disegnato molto bene.» Tomoyo sorrise a Chagawa.

«No, no, ma quale professore...» Chagawa era diventato tutto rosso.

Poco dopo che aveva finito di disegnare il ritratto, il dottor Iizu venne nella stanza d'ospedale.

Quello era il segnale che il tempo era scaduto. Quando Yumi e Chagawa erano andati in visita da Tomoyo, il dottore aveva spiegato loro le condizioni cui dovevano sottostare e il motivo.

«Come ho già avuto modo di spiegare, il miocardio è instabile. Il declino della funzionalità renale è ancora più significativo. Me ne sto occupando, ma dobbiamo considerare la possibilità di piccoli coaguli di sangue. In ogni caso, la stanchezza è fatale. Voglio che tutto questo finisca entro due ore.»

Yumi, visto il bell'aspetto di Tomoyo, non era convinta delle sue parole. Sapeva che il declino delle funzioni renali si sarebbe manifestato nel suo colorito. Vedendo lo sguardo interrogativo di Yumi, il dottore si voltò e aggiunse mostrando una certa sensibilità: «Dopotutto, dobbiamo preoccuparci anche del *qi* dei nostri pazienti».

«Grazie mille. Se non riusciamo a trovarlo dopo un identikit così preciso, abbiamo fallito come detective. Faremo del nostro meglio, abbia fiducia!»

«Posso avere anch'io questo ritratto?» chiese Tomoyo con esitazione.

«Nessun problema. Ne faccio un ingrandimento.»

«Bello!» Tomoyo chiuse gli occhi e annuì leggermente alle parole di Chagawa, con un sorriso sul viso.

8.

Yumi era con Chagawa in un *izakaya* sulla Shijō Karasuma. Non si sentiva a suo agio a stare da sola con lui, così provò a contattare Kojirō, ma non era disponibile. Decise quindi di chiedere a Yūtaka di unirsi a loro.

«Jissō è stato di nuovo chiamato dalla polizia per il caso di Kana-chan, e dopo ha detto di avere altro da fare», esordì Yūtaka mentre si sedeva e prendeva un *oshibori.*

Sul tavolino da quattro, sopra il *tatami,* c'erano solo qualche stuzzichino e due boccali di birra alla spina.

«Mi stavate aspettando?» chiese Yūtaka.

«Yumi ha detto che voleva attendere, che posso farci?» disse Chagawa in tono deluso.

«Che c'è, ho forse interrotto qualcosa?»

«Niente. Yūtaka, devi rilassarti ogni tanto», disse Yumi, lanciando un'occhiata a Chagawa.

«Ma non è questo il posto di Jissō?»

«Okay, okay, da quando in qua fai così caso ai dettagli, Chagawa?» Yumi gli porse il menu sorridendo.

«Non ce la faccio più ad aspettare, Yumi! Offro io, prendete pure quello che volete!»

Sia Yumi che Yūtaka ordinarono degli antipasti senza esitazione.

Yumi bevve un ginger ale. Yūtaka, invece, dal momento che dopo avrebbe avuto uno shooting, ordinò solo un tè oolong.

Chagawa, sotto l'effetto dell'alcool, divenne ancora più allegro e compiaciuto del suo ritratto. Man mano che beveva, rideva sempre più forte.

«Quando lo farò vedere a Kojirō, rimarrà sorpreso. Eccolo, il mio capolavoro.» Chagawa, di buon umore, tirò fuori il ritratto dalla borsa a tracolla.

«Effettivamente è proprio un bel ritratto. Ha un certo fascino», disse Yūtaka osservando l'identikit.

«Già. Sono stato proprio bravo», mormorò Chagawa, sporgendo il labbro inferiore e sospirando.

«C'è qualcosa che non ti soddisfa?»

«È incompleto, va perfezionato... Bisogna fare molta attenzione adesso.» Chagawa incrociò le braccia in maniera teatrale.

«Ah, certo. Ho capito», disse Yumi con voce acuta.

«Cosa?»

«Si riferisce al tempo che è passato.»

«Esatto. Tomoyo ha incontrato questo ragazzo più di sessant'anni fa. La parte difficile ora è invecchiare questo ritratto.»

«Non basta aggiungere le rughe, vero?» chiese Yūtaka.

«Già, non basta. Il modo in cui invecchi rivela come hai vissuto. E il tipo di vita che hai condotto traspare dal viso. Come persona che ha avuto modo di vedere molti criminali, posso assicurarvi che qualcosa di ineluttabile si attacca sempre sui loro volti.»

«Qualcosa di ineluttabile?» Quelle parole rimasero impresse nella mente di Yumi.

«Non importa quanto tu possa cercare di porvi rimedio, una persona che è sempre arrabbiata diventa quasi un demone, mentre una persona avida sembrerà una bestia feroce. Non è una questione di quello che fai, o di come lo fai. È che una volta entrato in quella sfera di sentimenti, non puoi più uscirne. È come un pianeta che orbita sotto l'attrazione gravitazionale di una stella.»

«E quindi una stella dal cuore avido è circondata necessariamente da persone dall'aspetto avido?» L'analogia di Yūtaka sembrava rendere la metafora di Chagawa ancora più complicata.

«Si diventa una costellazione, una specie famiglia. Chi è

fatto della stessa pasta finisce con l'agire inevitabilmente insieme, che lo voglia o no.»

«Mi sembra un indovinello zen, non capisco.»

«In parole povere, per invecchiare bene devi sorridere molto.»

«Messa così, è chiara. Ma perdiamo fiducia nel modo in cui guardiamo le persone.»

Yumi disse che la sua incapacità di comprendere la vera natura di Bangami aveva lasciato un segno indelebile in lei.

«Nel caso di Bangami, non c'era niente che tu potessi fare, Yumi», replicò Chagawa bevendo un sorso di *shōchū* di patate dolci che aveva lasciato accanto al boccale di birra vuoto.

«Perché? Cos'ha di tanto speciale Bangami?»

«Non è tanto che sia speciale, è che la sua ricerca nell'arte è... come dire... pura, ideale.»

«Conosco molte persone lontane dalle convenzioni sociali, ma che eccellono nella loro arte», aggiunse Yūtaka, mentre teneva in mano uno *yakitori*.

«Tra gli attori ci sono tipi strani. In ogni caso, qui parliamo di una persona davvero particolare, quindi non è un problema che tu, Yumi, non sia riuscita a vedere la vera natura di Bangami. Piuttosto, mi preoccupa il tuo scarso gusto in fatto di uomini, visto che nonostante esca con me a bere birra, continui a rifiutare le mie avances...» Chagawa si lasciò sfuggire un'altra risata ad alta voce.

A quelle parole, Yumi si sentì di doversi giustificare sul perché avesse deciso di andare a bere qualcosa con lui: «C'è qualcosa che non potevo certo chiedere a quel bel ragazzo laggiù...».

«Intendi la carta nel sacchetto dell'*omamori*?» disse Chagawa con l'espressione di chi aveva capito tutto, e buttò giù un sorso di *shōchū*.

«Cosa diavolo significa? Dice che è del periodo Edo, ma non è antica...»

«I caratteri scritti sopra si chiamano *honji ichigo*. Sono stati impressi con qualcosa di simile a un sigillo di inchiostro o a un timbro. Il motivo per cui i caratteri erano scritti a metà è perché sono una specie di contrassegno.» Chagawa spiegò che in epoca Muromachi, lo *honji ichigo* veniva utilizzato per i *kangōfu*, le licenze commerciali che servivano per gli scambi tra il Giappone e la dinastia Ming.

«Però se la carta risale al periodo Edo, vuol dire che non è originale...»

«E quindi hanno inserito un falso nell'*omamori*?» Yūtaka bevve il suo tè oolong con disappunto.

«La domanda è perché un oggetto del genere sia stato trasformato in un talismano. Inoltre, questo *omamori* è diverso dai souvenir che vengono solitamente venduti davanti alle porte dei santuari e dei templi. Non so dire se si tratti effettivamente di un amuleto, dà piuttosto la sensazione di essere un oggetto tramandato di generazione in generazione.»

Chagawa, da ciò che Yumi gli aveva raccontato e dalla descrizione fatta da Tomoyo, aveva dedotto che il ragazzo giapponese si era arruolato come volontario nell'esercito quando la guerra era ormai finita; quindi, doveva sentirsi smarrito. E mentre trascorreva le sue giornate vagando e covando rabbia verso il nemico, si era imbattuto nell'incidente di Tomoyo.

«Voglio dire: offrirsi volontario per diventare un soldato è come dire di essere pronto a morire. Non posso credere che l'amuleto che il ragazzo indossava fosse un souvenir di quella zona. Ho sentito che molti soldati indossavano qualcosa che avrebbe rivelato la loro identità nel caso in cui non avessero fatto ritorno.»

«Questa è la migliore informazione che abbiamo, no?»

«Se parliamo del periodo Muromachi, posso dire con orgoglio che i miei antenati erano coinvolti nel commercio con la Cina Ming», disse Chagawa, prima di chiedere un altro bicchiere di *shōchū* con ghiaccio. «Anche se si trattasse di un falso, doveva comunque appartenere a una famiglia che viveva sul mare, dal momento che utilizzavano i *kangōfu* come talismani...» Chagawa era sempre più ubriaco, e le sue parole cominciavano a diventare confuse. Tremava e aveva gli occhi iniettati di sangue. «Se fosse così, penso che potrebbe essere a ovest di Kyoto. Probabilmente, sul mare interno di Seto. Sin dal medioevo, infatti, era la principale rotta commerciale via acqua per il trasporto dei tributi e di altri beni. Nel corso del tempo, cominciò a essere sfruttata per trasportare merci e forniture diverse e, di conseguenza, alcuni civili iniziarono a possedere imbarcazioni. Dovevano esserci persone in grado di gestire queste navi. Si svilupparono anche i porti nelle province di Aki e di Bingo, come il porto di Onomichi, Tomonoura e Innoshima.» Dopo aver parlato tutto d'un fiato, Chagawa fece un respiro profondo e prese il bicchiere.

Yūtaka, vedendo il suo sguardo vuoto, gli afferrò la mano. «Chagawa, dovresti fermarti adesso.»

«Tranquillo. Ne bevo solo un altro.»

«Hai bevuto troppo.»

«Ho detto l'ultimo...»

Lo sguardo che Yūtaka rivolse a Yumi era eloquente. Chagawa, che non era nemmeno membro dell'agenzia investigativa, stava tentando disperatamente di rintracciare il ragazzo che Tomoyo voleva ritrovare. La cosa lo riempì di stupore.

«Se riuscite a rintracciare lo stemma e a trovare il luogo in cui è stato fatto l'*omamori*, il mio ritratto si rivelerà fondamentale», disse Chagawa, sdraiandosi. Un istante dopo, cominciò a russare fragorosamente.

«Che facciamo adesso?» Yūtaka si avvicinò a Chagawa.

«E che possiamo fare? È crollato di colpo!» Yumi tastò il polso di Chagawa, osservando il suo volto. Sollevò leggermente le braccia e le gambe e poi le rilasciò rapidamente per vedere come reagivano i muscoli: «Chagawa, tutto bene?».

«Oh... Si occuperà di tutto Beppin-san. Andiamo a casa?» Chagawa chiuse gli occhi, continuando a stringere la mano di Yumi.

«Sembra che stia bene. Deve essere esausto», disse Yumi a Yūtaka, che lo fissava preoccupato.

«Il signor Chagawa è incredibile, non molla mai.»

«Non vuole nemmeno essere pagato, gli basta che gli sia offerto da bere!»

«Prova un profondo affetto per Jissō.» Yūtaka fissò attentamente Chagawa, che aveva iniziato a dormire con l'espressione di un bonzo.

«A che ora hai le riprese?»

«Alle tre devo essere al Tempio Daikakuji.»

L'orologio di Yumi segnava qualche minuto alla mezzanotte.

«Che ruolo hai?»

«Sono il solito barcaiolo di uno *yakatabune*. Dobbiamo riprendere la nebbia mattutina sullo stagno di Osawa, per questo si gira alle tre.»

«Allora, andiamo!»

Yumi provò a dare uno schiaffo a Chagawa sulla guancia, ma lui non si mosse, continuando a sorridere beato. A quel punto, insieme a Yūtaka, lo tirò su a forza.

Dopo aver pagato il conto, fuori dal locale Yumi chiamò un taxi. I due spinsero Chagawa nell'auto attraverso la portiera aperta. Chagawa, completamente ubriaco, si accasciò sul sedile esanime. Mentre continuava a gridare il nome di Yumi, riuscì comunque a dare all'autista l'indirizzo di casa e chiese di essere portato lì.

Yumi vide il taxi che trasportava Chagawa allontanarsi e improvvisamente guardò Yūtaka, che fissava con aria assente le luci posteriori.

«Ehi!» lo chiamò Yumi dopo una breve pausa. I suoi capelli legati indietro ondeggiano nella brezza calda.

«Cosa?» Yūtaka improvvisamente tornò in sé.

«C'è qualcosa che non va? Sembri pensieroso...»

«No.»

«Però sei strano.»

«Chagawa è una brava persona, vero? Quando ci penso, mi rendo conto che sono tutte persone che ho conosciuto grazie a Jissō...»

«E quindi? Che intendi dire?»

«Jissō è una persona affascinante, che riesce a circondarsi di persone altrettanto belle. Ecco perché...»

«Perché... cosa?»

«Mi piace l'agenzia investigativa dei ricordi, davvero.»

«È così per tutti. Amiamo tutti sia l'agenzia che Kojirō Jissō...» A Yumi si strozzarono le parole in gola. Dicendo quella frase, ebbe come la sensazione che qualcosa stesse crollando.

«Ho ottenuto un ruolo.»

«Cosa? Intendi un vero ruolo in un film storico?»

«È una fiction storica.»

«Ma è pazzesco!»

«L'altro giorno, quando sono tornato da Tokyo per iniziare le riprese, l'attore protagonista all'improvviso mi fa: "Ti senti bene, barcaiolo?". E io ho risposto: "Sì, grazie". Mi ero dimenticato della telecamera, e avevo risposto con naturalezza. Ho poi saputo che l'attore, durante la pausa, aveva chiesto alla troupe che fine avesse fatto il solito barcaiolo. Disse che aveva ottenuto il ruolo da protagonista in una grossa produzione storica e che mi voleva con lui.»

«Devi dirlo a Kojirō! Dobbiamo festeggiare! Congratulazioni!» Yumi gli strinse la mano.

«Yumi, credo che questa sia la mia occasione per realizzare il mio sogno di sempre!»

«Sì, sì!»

«Per questo non voglio lasciarmela sfuggire. Anche se inizierò come semplice spalla...»

«Finalmente hai la tua occasione. Non devi preoccuparti di nulla. È per questo che hai lavorato così duramente, te lo meriti!»

«Le riprese dureranno poco più di dieci mesi, ma dovrò stare via più di un anno.» La voce di Yūtaka si incrinò.

«Ma certo, dovrai stare...» Yumi stava per dire «sempre con loro», poi realizzò. Yūtaka era afflitto perché non avrebbe più potuto collaborare con l'agenzia come aveva fatto fino a quel momento.

«Non hai ancora detto nulla a Kojirō, vero?»

Kojirō sarebbe stato senza dubbio felicissimo di sapere che Yūtaka era stato preso in considerazione da un grande attore e avrebbe fatto di tutto per convincerlo a rompere gli indugi.

Yumi pensò che le rughe tra le sopracciglia di Yūtaka mostrassero tutti i suoi dilemmi.

«Penso che sia arrivato il momento di mettere da parte i ricordi degli altri e pensare ai tuoi.»

«I miei ricordi?»

«Sì, adesso è il tuo turno di diventare un ricordo per coloro che guardano i drammi storici.» Yumi diede una pacca sulla spalla di Yūtaka. «È il momento di diventare un attore memorabile.»

«Ora, il mio modo di ripagare tutta la gentilezza ricevuta, è mettere tutto me stesso nella recitazione, oggi come spalla, domani chissà. Grazie per le tue parole, Yumi.»

Yumi gli diede un'altra pacca sulla spalla.

«Farò del mio meglio anche stavolta, come barcaiolo.»

Il vento caldo della sera, che non si era ancora calmato, arruffò i capelli di Yūtaka.

9.

Kojirō era in un ristorante familiare sulle rive del lago Biwa con sua moglie Michiyo.

Sul tavolo c'era una copia di «Umikaze», una rivista di quartiere creata da un ex ufficiale della polizia della prefettura di Shiga, di nome Anai, con altri abitanti di Kusatsu. Anai era la persona che aveva estratto il corpo di suo figlio Kōshi dal lago; lo aveva informato con una lettera, cui era allegata la rivista, che un membro del club di *haiku*, un uomo di nome Chisoku Fujimura, aveva pubblicato una breve poesia che avrebbe potuto interessargli.

Dopo essersi seduta, Michiyo sfogliò più volte la rivista, fissando con attenzione ciò che Chisoku aveva scritto.

Fino a un anno fa, era consentito nuotare nella spiaggia di Y *sul lago Biwa, ma ora la balneazione è vietata per proteggere i canneti. Nel bel mezzo di un'estate intensa, mi era sembrato che il vento di inizio autunno soffiasse in quell'angolo, il che mi ha reso triste. Tra le canne verdi, ho trovato un mazzo di celosie.*

Un fiore rosso nelle mani di una fanciulla a Yoshinobe,
Un fiore di celosia ondeggia triste nella brezza del lago
Come una pianta radicata, oggi fiorisce la celosia.

Fujimura Chisoku

Quello era il luogo in cui Kōshi era stato trovato morto sette anni prima. Secondo le ricerche di Anai, non c'erano state altre segnalazioni di decessi sulla spiaggia di Y né prima né dopo. Se il gesto della fanciulla descritto nell'*haiku* era un'offerta funebre, era possibile che fosse a conoscenza del caso del figlio di Kojirō, per questo si era spinto a indagare. Questo era ciò che Anai aveva scritto nella sua lettera. E aveva organizzato un incontro con il signor Chisoku Fujimura.

Era appena passata l'una del pomeriggio quando si presentò al ristorante con Chisoku. Nella primavera di quell'anno Anai, arrivato a cinquantacinque anni, aveva deciso di ritirarsi dalla polizia e ora lavorava come agricoltore. Era decisamente più abbronzato di quando era un poliziotto, nonostante non fossero passati molti mesi, e il bianco dei capelli tagliati corti risaltava. Al contrario, Chisoku, che si presentò come allevatore di bestiame, era decisamente più pallido di carnagione.

«In questo periodo, mi sono concentrato sul lavoro e ho cercato di non pensare a mio figlio, ma... non posso fare a meno di ricordarmene», disse Kojirō dopo le presentazioni.

«So quanto sia stato difficile per te e non volevo riportarti alla mente memorie dolorose, ma non potevo non contattarti, dopo aver letto quel testo...»

«Ti ringrazio.» Kojirō si inchinò, seguito da Michiyo accanto a lui.

«Lascia che ti parli subito dell'*haiku* scritto da Fujimura», disse, guardando la rivista aperta sul tavolo.

«Stavo cercando un soggetto per un *haiku* autunnale. Ero seduto qui, vicino alla finestra.» Chisoku indicò con lo sguardo la sedia dietro a Kojirō.

«Il verde delle canne era molto intenso, ma non riuscivo a renderlo in poesia.» Chisoku ammise che non era bravo a perfezionare i suoi *haiku*.

«Mentre osservavo la natura, una ragazza in età da liceo è apparsa con un mazzo di celosie. I fiori rossi posti accanto alle canne verdi risaltarono in modo così vivido che è stato così che è nato l'*haiku*», spiegò Chisoku mentre guardava la sua poesia nella rivista che Kojirō teneva in mano.

«Era una specie di offerta?» domandò Michiyo a Chisoku. La sua voce suonava un po' tesa.

«Non c'è dubbio su questo», rispose Anai.

«Ne sei sicuro?» intervenne Kojirō, sporgendosi in avanti.

Sapeva bene che Anai non era il tipo da fare supposizioni. All'epoca, mentre gli altri investigatori avevano trattato da subito il caso come un suicidio, Anai aveva messo da parte i preconcetti e aveva lavorato diligentemente per cercare di trovare eventuali testimoni.

«Faccio parte del comitato di redazione della rivista e quando ho visto l'*haiku* del signor Fujimura sono subito rimasto colpito.»

«Colpito?»

«Sì. Molte delle poesie del signor Fujimura sono schizzi di ciò che vede. Quando ho letto "Come una pianta radicata, oggi fiorisce", ho percepito la sfumatura di un bouquet di fiori offerto così spesso che aveva messo radici lì.»

«È così, signor Fujimura?» chiese Kojirō.

«Sì, be'... Il terzo verso è arrivato in un secondo momento. In quei giorni ero andato a guardare le canne almeno tre volte. E ho visto che le celosie, che credevo ormai appassite, continuavano a fiorire magnificamente. Sembrava che qualcuno venisse a raccogliere i fiori secchi e a metterne di nuovi.»

«A quel punto, entrambi abbiamo deciso di vegliare sul canneto. Il signor Fujimura ha scritto la poesia un mese fa; quindi, mi sono chiesto se saremmo riusciti a rivedere la ragazza», proseguì Anai.

«Siete riusciti a incontrarla?»

«Sì», rispose Anai.

La giovane aveva detto che raccoglieva i fiori nel suo giardino più volte al mese.

«A chi li portava?»

La domanda chiave era se la ragazza conoscesse Kōshi. Se adesso era una studentessa delle scuole superiori, quando Kōshi era morto doveva essere ancora alle elementari. Era quindi improbabile. Ma allora qual era il motivo dell'offerta di fiori? Nella sua mente, Kojirō stava cercando una spiegazione convincente. Nutriva la speranza che quella ragazza, che offriva fiori a uno sconosciuto, potesse essere stata testimone dell'incidente.

Anai era riuscito a incontrare la ragazza e ad ascoltare la sua storia. Ma lei non aveva detto nulla sul motivo per cui portava i fiori lì sulla riva del lago.

«Dopo anni di esperienza con la polizia prefettizia, ero fiducioso che sarei riuscito a convincerla a parlare. Ma lei è stata molto riservata.»

«A parte l'incidente di mio figlio, non si sono verificati altri casi di annegamento su quella spiaggia. Anche se i fiori erano per commemorare Kōshi, all'epoca della sua morte era solo una bambina delle elementari. Anche se fosse stata testimone dell'incidente, per quale motivo offrire dei fiori...?» Kojirō scuoteva la testa.

«Per questo ho cercato di indagare a fondo.»

Anai aveva spiegato alla ragazza che era un ex poliziotto e le aveva detto che un ragazzo delle superiori era morto su quella spiaggia qualche anno prima, ma che il caso era stato archiviato come un suicidio.

«La ragazza che ha detto?» chiese Michiyo con impazienza.

«Si è limitata ad abbassare lo sguardo, senza dire nulla.»

Non sapendo bene che fare, Anai aveva tentato di ottenere altre informazioni facendole domande dirette.

Sei stata tu a portare i fiori? È qualcosa che fai perché qualcuno ti ha detto di farlo? Sai del ragazzo delle superiori che è morto qui?

«Malgrado la sua giovane età, lei ha risposto alle domande annuendo o scuotendo la testa. Così, ho scoperto che porta i fiori di sua spontanea volontà. Non so da quanto tempo, ma nell'ultimo mese è venuta ogni settimana, perché presto si trasferirà e non potrà più venire. Poi ho scoperto che è a conoscenza del caso di Kōshi. Ma sui dettagli non ha saputo dirmi nulla.» Anai si asciugò il sudore dal viso con un asciugamano.

«Quindi non ci sono dubbi che sappia dell'incidente di Kōshi.»

"La ragazza avrà visto la persona che ha ucciso Kōshi?"

«Solo...»

«Solo, cosa?» chiese Kojirō, guardando il viso di Anai e lanciando anche un'occhiata a Michiyo, seduta accanto a lui.

«Ho fatto più domande, girando intorno alla questione, ma non c'è traccia di una terza persona...»

«Cosa intendi?» esclamò Kojirō.

Aveva sempre creduto fermamente che Kōshi non si fosse suicidato, ma che qualcuno lo avesse ucciso. Finora aveva vissuto la sua vita giurando a sé stesso, e a suo figlio, che avrebbe preso il suo assassino. L'apparizione di un testimone, che all'epoca non era stato trovato nemmeno dopo tante ricerche, sembrava finalmente averlo avvicinato alla verità.

«Quando le ho chiesto se avesse assistito a una discussione o a una rissa, o se avesse visto qualcuno scappare, lei ha scosso la testa e ha negato.»

«Allora mio figlio... no, il suicidio è impossibile, Anai! Kōshi non era il tipo di ragazzo che si sarebbe tolto la vita con leggerezza.» Le dita di Kojirō puntarono con forza il tavolo.

«Lo hai sempre detto, sin dal primo momento. Ecco perché anch'io ho sempre tenuto a cuore il caso di tuo figlio. Anche dopo che sono andato in pensione. Ma penso che non ci sia il coinvolgimento di terze persone. Inoltre, Jissō, la ragazza ha detto una cosa che mi ha fatto pensare.»

«Cosa?»

«Alla fine, ha detto che *lui è stato la sua salvezza.*»

«La sua salvezza!» Kojirō si sporse ancora di più in avanti.

«Ha detto proprio così. E poi se n'è andata, come se volesse scappare via.»

«La sua salvezza...» Kojirō guardava il canneto intorno alla spiaggia Y.

«Volete incontrarla? Non le faremo domande personali, in modo da non farla spaventare, ma possiamo provare a rintracciarla, se volete.» Anai si esprimeva naturalmente con un gergo poliziesco.

«Adesso basta, tesoro», disse Michiyo, premendosi un fazzoletto all'angolo degli occhi.

«Come?» Kojirō si rivolse a Michiyo.

«La ragazza ha detto di non aver visto nessun altro. E ha offerto dei fiori. Non basta? Non voglio più andare avanti, fermiamoci», disse Michiyo, coprendosi il viso con il fazzoletto.

«Sì. Basta così», mormorò Kojirō, come per convincersi.

«Che significa?» chiese Anai con aria perplessa.

«Signor Anai, signor Fujimura. Vi siamo grati per tutto quello che avete fatto per mio figlio. Siamo sicuri che quella ragazza ha delle informazioni che non vuole raccontare.»

«È vero, ma se ci muoviamo...» Anai era confuso.

«Voglio dedurre cosa ha fatto Kōshi da ciò che ha detto quella ragazza: le ha salvato la vita. Anche se si tratta solo di una congettura arbitraria.»

«Una congettura?»

«L'assenza di una terza persona dimostra che non si è trattato di un omicidio. E quando ho sentito le parole della ragazza secondo cui lui era stato la sua salvezza, mi sono convinto che non si è trattato neppure di un suicidio. A questo punto, è inutile per noi andare avanti: non abbiamo altro da chiedere.»

Michiyo annuì con convinzione, visibilmente sollevata.

Forse era stanca di continuare a provare rancore nei confronti di un colpevole che non sapevano nemmeno se esistesse.

«Capisco...» Anai sembrava quasi convinto.

«Grazie mille.» Kojirō si inchinò profondamente. Michiyo rimase con la testa abbassata e sembrava singhiozzare.

«"Come una pianta radicata, oggi fiorisce la celosia." Quando ho letto questa frase, ho avuto l'impressione che non si trattasse semplicemente di un mazzo di fiori appoggiato lì, ma che una radice del cuore fosse cresciuta da lì.» Kojirō ringraziò Chisoku, dicendo che quella poesia aveva guarito i suoi sentimenti.

Chisoku sbatté le palpebre.

Dopo essersi separati da Anai, Kojirō e Michiyo fecero una passeggiata lungo la spiaggia Y. Nonostante fosse ormai la fine dell'estate, c'erano molti pescatori che lanciavano le lenze in diversi punti.

«È stato meglio così, vero?» domandò Kojirō a Michiyo, che camminava davanti a lui sotto un parasole. «Come ha detto il signor Anai, avremmo potuto localizzare dove si trovava la ragazza. Se l'avessimo incontrata, forse saremmo riusciti a sapere cos'era realmente successo.»

Se glielo avessero chiesto loro, probabilmente lei si sarebbe aperta.

«Ricordi la poesia di Kōshi, *Voglio avere un cuore forte*?»

«"Voglio avere un cuore forte. Se si tratta di difficoltà, più grandi che piccole. Se si tratta di tribolazioni, più profonde che superficiali"», disse Kojirō, masticando le parole tra i denti.

«Non riesci a togliertela dalla testa, vero?»

«Mi sembra il suo grido.»

«Pensavo che volesse dire essere forte e sano.»

«Come un guerriero.»

«È vero, ma significa anche voler essere un asceta pronto a fare la cosa giusta.»

«Un asceta?»

«Allora la parola "tribolazione" ha senso.»

«Sì. Parla di ascetismo.»

Perché mai un normale studente delle superiori avrebbe dovuto pensare a una cosa così oscura come le pratiche ascetiche?

«Forse perché non era riuscito a impedire il bullismo contro il suo amico.»

«Deve aver avuto molti pensieri per la testa...»

I due si trovavano su una spiaggia sabbiosa lambita dalle piccole onde del lago. Se avesse fatto un altro passo avanti, le scarpe di Kojirō si sarebbero inzuppate.

«Sai, ci stavo riflettendo. Ecco perché ho pensato che la ragazza...» Michiyo guardò la superficie del lago.

«A cosa hai pensato?»

«La stessa cosa che hai pensato tu.»

«Già... è vero.» Kojirō raccolse una pietra da sotto i piedi e la gettò nel lago. Una leggera increspatura si propagò sulla superficie dell'acqua.

Nel momento in cui Kojirō aveva saputo che non esisteva nessuna terza persona, capì subito cosa potesse essere accaduto.

Kōshi doveva aver visto la ragazza annegare nel lago. Facendo appello a tutto il suo coraggio, il suo cuore forte, si era tolto la maglietta e si era buttato in acqua. La ragazza si era salvata, ma lui...

Non sapevano perché la ragazza si fosse tuffata nel lago, ma dovevano esserci delle ragioni profonde, visto che non voleva parlarne. Il fatto che non riuscisse a raccontare l'incidente, pur essendo consapevole che quel ragazzo le aveva salvato la vita, tanto da continuare a portargli dei fiori, suggeriva che era stato un problema importante a spingerla nelle gelide acque invernali del lago.

"Ma adesso a cosa serve sapere il motivo? Kōshi ha salvato la ragazza, e tanto basta", pensò Kojirō.

«Guarda questo.» Michiyo tirò fuori un libro tascabile dalla borsa e lo porse a Kojirō.

«*Volo di notte.* Saint-Exupéry, giusto?»

«Era nel cassetto della scrivania di Kōshi.»

«Sei entrata nella sua stanza?»

Aveva detto a Michiyo di non entrare nella stanza dove avevano messo le cose di Kōshi fino a che non si fosse sentita meglio. Il medico l'aveva avvertita che stati d'animo come l'eccitazione e lo sconforto avrebbero potuto portarla di nuovo a bere.

«Poco più di un mese fa. Non preoccuparti, non ho bevuto.»

«E hai preso questo?»

Aveva visto la copertina con sopra un piccolo biplano.

«Mi chiedevo perché fosse in un cassetto invece che sullo scaffale, così l'ho tirato fuori. Poi ho trovato un bigliettino all'interno.»

Kojirō aprì il libro tascabile e ne tirò fuori un bigliettino ripiegato in quattro. Lesse quello che c'era scritto ad alta voce. «"Nella vita non esistono soluzioni. Esistono forze in cammino: bisogna crearle, e le soluzioni vengono di conseguenza."»

«È la calligrafia di Kōshi, vero? È una citazione del libro. Doveva essergli piaciuta molto.»

«Soffriva e si sentiva impotente per il bullismo subito dal suo amico, ma allo stesso tempo voleva disperatamente andare avanti.»

«Non potrò mai dimenticarlo. Ma sono arrivata al punto di dovermi fermare.»

«Allora, proviamo a fare un passo avanti?»

«Ci proverò. Ma potrei cadere.»

«Ci riproveremo di nuovo», disse Kojirō indicando alla moglie *Volo di notte.*

«Già. Ci faremo spronare da Kōshi», disse Michiyo con un sorriso.

«Mi sento sollevato. Dobbiamo pensare che Kōshi aveva un cuore forte.»

Il figlio aveva messo in gioco la sua vita per fare la cosa giusta. Il fatto che non ci fosse il minimo accenno a una volontà suicida fece sentire meglio Kojirō.

«Ora, concentra tutte le tue energie sul caso di Tomoyo.»

«Finché ci saranno le forze in cammino, risolveremo ogni problema», disse con enfasi Kojirō mentre restituiva il tascabile a Michiyo.

10.

Due sere dopo, Chagawa si presentò all'agenzia investigativa.

«C'è Yumi?»

«Oh, Chagawa, mi spiace di averti disturbato l'altro giorno.» Kojirō raccontò a Chagawa il caso di Kōshi.

«Nessun problema, Kojirō», disse Chagawa, guardandosi intorno nell'ufficio.

«Yumi è in ospedale.»

«Cosa c'è che non va? Kojirō, l'hai fatta lavorare troppo, deve soffrire di un eccesso di spossatezza.» Chagawa si accasciò sul divano della reception.

«Yumi sta bene. È Tomoyo che è stata trasferita in ospedale.» Anche Kojirō si sedette.

«Capisco. Sembrava stesse bene quando l'ho vista l'altro giorno.»

«Si tratta di una misura precauzionale.»

«Ma non possiamo permetterci di prendere le cose troppo alla leggera.»

«Già. Negli ultimi due giorni, tramite un conoscente, sono entrato in contatto con alcuni ex agenti di polizia di Osaka che lavoravano come poliziotti e guardie carcerarie nell'area in cui il giovane Koduna fu portato dopo la guerra.»

«Immagino siano tutti anziani.»

«Esatto. Tuttavia, sono riuscito a sentire circa una dozzina di persone.»

La lettera di Frank A. Mullen a Richard Sugiyama aveva contribuito a far emergere i ricordi degli ufficiali collegando alcuni elementi noti, tra cui i nomi e le posizioni dei soldati statunitensi colpiti, oltre al fatto che erano stati curati allo Shin-Osaka Hotel.

«Ottimo. A giudicare dalla tua faccia, direi che abbiamo trovato qualcosa.»

«Non sono sicuro sia effettivamente collegato a quel ragazzo, ma forse potrebbe trattarsi un indizio.»

«Anche io ho buone notizie.»

«Bene!»

«Tu che cos'hai, Kojirō?» Chagawa lo guardò come un bambino.

«Secondo un agente di polizia, non ci sono stati molti casi di giapponesi arrestati per aver colpito soldati americani. Erano soprattutto piccole scaramucce. Tuttavia si registrarono alcuni casi di persone punite severamente, di gente sbattuta in prigione perché poteva costituire una minaccia per il personale militare americano. Ci furono diverse speculazioni riguardo al trattamento da riservare a uno di questi ragazzi, visto che l'americano si era a malapena ferito. Alcuni ricordarono di aver applaudito in cuor loro il coraggio di quel ragazzo. C'era un agente di polizia che lo aveva messo in gattabuia poco prima che lo rilasciassero. Ha detto di avergli parlato di nascosto per sostenerlo.»

Quando Kojirō aveva mostrato all'ufficiale di polizia il ritratto disegnato da Chagawa, commentò che, sebbene non ricordasse i dettagli, le cicatrici sembravano simili a quelle del ragazzo citato.

«Le mie doti di disegnatore si sono rivelate utili!» disse Chagawa di buon umore, accarezzandosi la testa glabra.

«Il nome di Koduna Itoshiige non gli ha detto nulla, ma gli era rimasta impressa una cosa detta dal ragazzo. Ha detto di star "male da morire", per averlo picchiato.»

«I parenti dell'agente sono di Iyo, vero?»

«Proprio così! Hai ragione. In effetti l'ufficiale aveva dei parenti a Matsuyama, ma come facevi a sapere che erano di Iyo?»

«È la ragione per cui sono venuto a trovare Yumi oggi. Ho finalmente finito di analizzare lo stemma sul tessuto dell'*omamori.*»

La foto posata sul tavolo da Chagawa era un'immagine scannerizzata della stoffa che era stata restaurata. Il motivo sulla fotografia assomigliava a un fiore a sei petali, o alla forma di una ruota idraulica.

«A quanto pare, questo è uno stemma di famiglia chiamato *Muttsu tessen*, che rappresenta il fiore di clematide, della specie dei ranuncoli.»

«E questo stemma di famiglia ha qualcosa a che fare con Iyo?» chiese Kojirō, sollevando la foto.

«No, se fosse solo questo stemma, sarebbe poco. C'era anche un sigillo a inchiostro all'interno dell'amuleto.»

«Intendi il *kangōfu*?»

«Ho parlato di questo stemma di famiglia con quelli della Sartoria K. A quanto pare, la marina delle isole intorno a Iyo usava come vessillo i petali della clematide...»

«La marina di Iyo. Il suo vessillo!»

«Il nome di quella divisione è Marina di Kutsuna.»

«Kutsuna?!» Kojirō pensava che non ci fosse da meravigliarsi che gli stranieri avessero mal interpretato la pronuncia.

«Esattamente.»

«E quindi *Koduna* sarebbe *Kutsuna*.»

«Probabile. Chiederò alla Sartoria K di fare ulteriori ricerche in tal senso.»

«Grazie!»

«La prossima volta, facciamo andare Yumi, se c'è. Ah, già, Kojirō... Mia sorella ha detto che le canne in giapponese si chiamano *ashi*, ma vengono chiamate *yoshi* perché ricordano alle persone la "cattiveria". È importante avere un cuore buono», disse Chagawa lasciando l'ufficio.

Kojirō guardò l'orologio. Yūtaka gli aveva detto che voleva parlargli, ma non l'aveva più visto negli ultimi due giorni. Aveva sempre da fare con le riprese. Si chiese se ci fosse qualcosa che lo preoccupava. E sperò che non si trattasse di nulla di grave. Mentre pensava a questo, osservò l'emblema a sei petali che Chagawa gli aveva lasciato. E si augurò dal profondo del cuore che il giovane Koduna fosse ancora vivo.

11.

Due mattine dopo, Chagawa si presentò nuovamente in agenzia, stavolta accompagnato da un'eccentrica donna di mezza età. La donna indossava un kimono con una tunica bianca sopra e un *hakama* scarlatto sotto, apparentemente vestita da *miko*. I suoi capelli erano legati all'indietro in uno stretto chignon e sembrava avere circa cinquant'anni, ma in realtà poteva essere più anziana.

Chagawa lasciò la donna che aveva portato con sé sulla soglia e quando notò Kanako, che era appena tornata al lavoro, si avvicinò alla sua scrivania.

«Come stai?»

«Sto bene, grazie mille. Mi spiace aver arrecato tanto disturbo.» Kanako si alzò in piedi e lo ringraziò.

«Sono felice che tu sia al sicuro. Fai attenzione, non tutti gli uomini sono gentiluomini come me.»

«Lo so!» rispose Kanako con un sorriso.

«Ehi, Chagawa-san, che aspetta a presentarmi? Altro che gentiluomo...» disse ad alta voce la donna in abiti giapponesi.

«Eh, eh, mi dispiace.» Chagawa condusse la donna davanti alla sala del ricevimento. «Kojirō, oggi c'è Yumi?» chiese in tono spensierato.

«Oggi la signora Tomoyo aveva delle visite in ospedale, quindi è andata da lei», disse Kojirō, preoccupato per quella donna che sembrava agitarsi.

«Allora, Yūtaka, sempre impegnato nelle riprese? Si sta dando molto da fare ultimamente, eh?»

«Uhm, Chagawa. Chi è la signora?» Kojirō guardò la donna e se la fece presentare.

«Allora, lei è Yūki Tsuchiya. Predice il futuro nel mio quartiere. Era la *miko* del santuario, molto tempo fa.»

«Ehi, molto tempo fa, parla per te. Il mio nome è Tsuchiya, piacere di conoscerla.» Yūki disse qualche parola a Chagawa, prima di rivolgere a Kojirō un inchino.

«Io sono Kojirō Jissō, il responsabile dell'agenzia.»

«Yūki si occupa di onomanzia. E visto che ho pensato che il cognome Kutsuna fosse piuttosto insolito, ho provato a chiedere informazioni a lei. Non avevo grandi aspettative, ma... »

«Signor Chagawa, lei parla davvero molto», disse Yūki rivolgendosi a Kojirō. «Il cognome Kutsuna viene fatto risalire al clan Fujiwara. Si tratta di una storia antica, quindi ci sono diverse teorie ed è difficile dire quale sia quella vera. Tuttavia, nei registri storici dell'isola Kutsuna è riportato che il nome Kutsuna risale a quando Chikakata, discendente di Fujiwara no Michinaga, fu esiliato a Nakajima nel mare interno di Seto, odierna città di Matsuyama, nella prefettura di Ehime.»

«Nella prefettura di Ehime?»

«Alcuni documenti attestano che Kutsuna fosse scritto Kotsuna. Quindi probabilmente in origine si chiamava così. Anche Nakajima, conosciuta all'epoca con il nome di Kutsunajima, in passato probabilmente era chiamata Kotsunajima.»

Il clan Kutsuna aveva fatto sviluppare quella zona, guadagnando gradualmente potere grazie al sostegno del clan Fujiwara.

«Sfruttando il vantaggio geografico di essere circondati dalle piccole isole del mare interno di Seto, la città raggiunse uno sviluppo unico, ma erano comunque necessarie abilità nella navigazione per poter andare avanti. Tuttavia, le cose sono transitorie. E il clan fu praticamente distrutto durante il *Sengoku Jidai*, il "periodo degli stati combattenti". Dopo aver stabilito il controllo dei mari, il clan Kutsuna fu riconosciuto per le sue abilità e servì la famiglia Kōno, potente clan a capo della provincia di Iyo durante il periodo *Nanboku-chō*, "il periodo delle corti del Nord e del Sud". Tuttavia, la famiglia Kōno fu oppressa dai clan Ōuchi, Hosokawa, Ōtomo e Chōsokabe e quando le conquiste di Toyotomi Hideyoshi a Shikoku portarono alla confisca e alla distruzione del loro territorio, anche il clan Kutsuna fu distrutto. La cosa interessante è che il clan Kutsuna faceva parte dell'esercito governativo durante le guerre del periodo *Nanboku-chō*. Ma poi voltò le spalle al clan di Ashikaga Takauji. Si dice che sia stato Yoshimitsu III a dare inizio ai commerci con la Cina Ming attraverso il sistema del *kangō*; quindi, non sarebbe strano se i discendenti della famiglia Kutsuna custodissero dei *kangōfu* all'interno dei loro *omamori*.»

«Signor Chagawa, non è proprio così», disse Yūki. «L'emblema della marina aveva i sei petali di clematide, ma lo stemma della famiglia Kutsuna è probabilmente la "peonia foglia di albicocca". A maggior ragione visto che è stato utilizzato per un sacchetto portafortuna.»

«Che razza di stemma è?»

«La peonia ha la forma di una foglia di albicocca ed è posizionata su entrambi i lati, uno di fronte all'altro. In alto c'è un bocciolo di peonia e in basso un fiore di peonia.»

«Tutto ciò che so è che non ci si capisce nulla!» esclamò Chagawa.

«Il signor Chagawa dubita persino dell'autenticità del contenuto...»

«Aspettate un attimo. Quindi, sia il contenuto sia il sacchetto dell'amuleto sono falsi?» Kojirō si mise in mezzo tra Chagawa e Yūki.

«No, non è così. Quello che intendo dire è che coloro che effettivamente navigavano sulle navi ed erano coinvolti nel commercio non erano gli unici a sostenere di discendere dal clan. Intendo dire che dovrebbe cancellare il presupposto che, se si tratta di un falso, allora non ha nulla a che fare con il *kangōfu* o che, poiché una persona ha quello stemma nel suo amuleto, allora vuol dire che viene dal mare...» le parole di Yūki erano appassionate.

Dopo una breve pausa, continuò: «Se gli amuleti fossero stati realizzati in un tempio di famiglia o in un santuario ancestrale, la Sartoria K sarebbe stata in grado di identificarli. Anche se fossero stati realizzati da un'azienda concorrente, avrebbe avuto informazioni sui santuari e sui templi di tutto il paese. Visto che non ha trovato riscontri, allora si tratta quasi sicuramente di un santuario che li faceva realizzare a mano o di un santuario personale. L'unico modo per scoprirlo è cercare in lungo e in largo, partendo dalla provincia di Iyo». Yūki guardò Kojirō di traverso.

Kojirō ebbe la sensazione che la sua idea fosse tutto sommato da tenere in considerazione. «Una ricerca a tappeto...»

«È un'idea avventata, ma probabilmente è il modo più veloce. Se il ragazzo avesse fatto ritorno nella sua città natale e fosse ancora lì in buona salute, sarebbe perfetto. Se invece si fosse trasferito in un altro posto, potremmo comunque trovare qualche altro indizio, no?» disse Chagawa, appoggiandosi allo schienale del divano.

«Anche riguardo al cognome», aggiunse Yūki.

«Il cognome?»

«Come dicevo prima, Kutsuna si può scrivere anche "Kotsuna". Dobbiamo capire come viene pronunciato a Matsuyama, Ehime.»

«Kutsuna e Kotsuna. Forse Kotsuna, che è più vicino alla storpiatura "Koduna"», disse Kojirō dopo averli pronunciati più volte per notare la differenza.

«Mi sembra strano pronunciare Kutsuna come "Koduna". Kotsuna sembra anche a me più simile. Inoltre, le persone dei paesi di lingua inglese non sono molto brave a pronunciare "tsu" e "zu", li ho sentiti più volte storpiare la pronuncia.»

«Proviamo con "Kotsuna".» La mente di Kojirō era già rivolta alle isole del mare interno di Seto.

12.

Il giorno successivo, Kojirō dopo aver selezionato i committenti delle zone di Hiroshima, Yamaguchi e Shikoku dall'elenco dei clienti della Sartoria K che Yumi si era precedentemente procurata, salì su un aereo subito dopo le 13.

La Sartoria K, che operava sul mercato da oltre cento anni, conservava i registri dei progetti e dei materiali di tutti i santuari e templi con cui aveva avuto a che fare prima e dopo la guerra. In pratica, avevano deciso di escludere dalle ricerche tutti i santuari e i templi che avevano intrattenuto rapporti commerciali con la sartoria.

C'era la possibilità che gli edifici fossero stati distrutti da incendi o disastri, o che i templi e i santuari stessi non esistessero più a causa di altri problemi. L'unico modo per scoprirlo era informarsi presso le autorità locali e i residenti delle zone.

In ogni caso, senza recarsi sul posto l'indagine non poteva andare avanti. Kojirō portò con sé una mappa del mare interno di Seto, l'identikit del ragazzo e la sua immagine invecchiata, l'*omamori* e la traduzione della lettera di Frank A. Mullen.

Era piuttosto titubante se mostrare o meno la lettera di Frank. Tomoyo voleva solo ringraziarlo del suo aiuto. Lo scopo non era quello di rivelare la verità: come erano andati i fatti non avrebbe portato alla felicità, pensava Kojirō.

Guardò fuori dal finestrino. Le nuvole che riusciva a vedere da lì erano di un bianco puro, così abbagliante da fargli male agli occhi, che chiuse involontariamente.

"Volo di notte."

In un istante, apparve davanti ai suoi occhi il libro tascabile che Michiyo aveva in mano.

Non aveva idea di quanto tempo sarebbe durata l'indagine, ma aveva deciso lo stesso di partire per un viaggio di cinque giorni. Anche se ora la moglie stava meglio, era comunque preoccupato per le sue condizioni. Kanako aveva accettato di rimanere a casa con lei. Anche lei, infatti, sembrava in pensiero di dover rimanere da sola, così aveva accolto la proposta di Kojirō.

Non era ancora riuscito a incontrare Yūtaka. Anche questo lo preoccupava, ma doveva concentrarsi su altro.

Kojirō aprì gli occhi. Venne annunciato di allacciare le cinture di sicurezza e l'aereo si inclinò notevolmente. In basso, si vedeva l'aeroporto di Matsuyama.

Una volta atterrato, si diresse al porto di Takahama con la linea ferroviaria Iyo Ōtemachi, e da lì prese un traghetto per sbarcare sull'isola principale di Nakajima.

Nakajima era una delle nove isole abitate dell'arcipelago Kutsuna, composto da trenta isole. Si riteneva che fosse il quartier generale della marina di Kutsuna. Nelle vicinanze, c'era il Santuario K, che era sull'elenco. Per sicurezza, Kojirō si recò comunque presso l'ufficio del santuario, dove spiegò brevemente la situazione e mostrò l'amuleto e il ritratto.

Il sacerdote scosse la testa, poi controllò nell'elenco dei fedeli per vedere se c'era il cognome Kotsuna. Tuttavia, non riuscì a trovare nessun riferimento. Kojirō non ebbe altra scelta che recarsi al tempio successivo. Dopo quaranta minuti di cammino, varcò il cancello del Tempio T. Questo tempio non aveva rapporti con la Sartoria K. Il sacerdote disse che non sapeva nulla dell'amuleto o del ritratto. Da lì, salì un ripido pendio per raggiungere un promontorio da dove si potevano vedere l'oceano e le isole. Quell'altura era una fortezza naturale.

Il sole di fine estate non era così forte come a Kyoto e la brezza marina era piacevole.

Dopo circa dieci minuti, Kojirō arrivò al Santuario Hachimangu, ma anche lì non ottenne nulla. A quel punto, decise di tornare indietro da dove era venuto.

All'improvviso, si rese conto che l'intera area intorno si era tinta di un colore vermiglio. Il sole, ormai basso, stava tramontando nel mare, colorando il mondo di un arancio brillante. Quando guardò l'orologio, si accorse che erano già passate le sei e mezzo.

Kojirō tirò fuori dalla borsa una mappa per vedere come raggiungere la pensione di Nakajima che aveva prenotato.

Appena arrivato nella sua stanza, chiamò l'ufficio.

«Finalmente, Kojirō!» disse Yumi con voce squillante. «Ero preoccupata! Sai quante volte mi sono messa a cercare online se c'erano notizie di un aereo precipitato?»

«Ero preso nelle indagini, quindi non sono riuscito a contattarvi prima. Mi dispiace.»

«Sei perdonato. Allora, com'è andata?»

Yumi, che stava seguendo Tomoyo, era ancora più in ansia di Kojirō per i risultati delle ricerche. Lui le rispose che non c'erano stati progressi.

«Come sta Tomoyo?»

«I risultati degli esami non sono molto buoni. Il miocardio non riceve abbastanza nutrienti e ha una grave sclerosi coronarica, quindi sono molto preoccupata. Potrebbe fare un'angioplastica coronarica, ma non sappiamo se sia in grado di tollerarla...»

«Mi chiedo se il trasferimento in un altro ospedale sia stata la decisione giusta.»

«Lo ha suggerito il dottor Iizu. Agitarsi non fa bene al suo cuore, quindi cerco di non dirle troppo. Continua a ripetere che spera che il ragazzo stia bene, che non vuole incontrarlo in ospedale e che vorrebbe trovare un posto con un bel panorama per rivederlo. Sembra che questo incontro le stia dando la forza di resistere.»

«Dobbiamo fare tutto il possibile per permetterle di rivederlo! Abbiamo assolutamente bisogno che sia vivo. È l'ultimo desiderio di Tomoyo.» Kojirō strinse forte il cellulare.

«Kojirō...» la voce di Yumi sembrava titubante.
«Dimmi?»
«Sto pensando di informare il figlio di Tomoyo.»
Il figlio di Tomoyo era fuggito con una donna sposata circa vent'anni prima e da allora non aveva più dato notizie di sé. All'epoca aveva trentacinque anni, quindi ora doveva averne cinquantacinque.
«Hai intenzione di trovarlo?»
«Tomoyo ha detto di non aver più avuto notizie da quando suo marito, vent'anni fa, gli inviò un telegramma in cui comunicava che lo avrebbe diseredato, ma in realtà sa qualcosa di lui...»
Quando era stata trasferita in ospedale, per completare le procedure di ricovero Tomoyo aveva dovuto compilare il modulo di richiesta, includendo i dati del contatto di emergenza; a quel punto aveva pensato a suo figlio.
«Nell'astuccio che porta sempre con sé, ho avuto l'impressione che ci fosse qualcosa con scritto l'indirizzo di suo figlio...»
Yumi aveva un ottimo spirito di osservazione.
«Se è così, allora dobbiamo tenere in considerazione ciò che desidera Tomoyo.»
«È vero, ma non so se voglia fare affidamento su suo figlio in questo momento.»
Questa era la parte difficile quando si aveva a che fare con le emozioni delle persone. Pur soffrendo nell'agire in modo opposto ai loro veri sentimenti, non riuscivano a essere oneste con sé stesse. E se qualcuno glielo faceva notare, le persone tendevano a chiudersi ancora più a riccio.
«Troviamo il suo indirizzo e facciamole rivedere suo figlio.»
"Finché è ancora viva", pensò Kojirō.
«Mi dispiace sentirti così stanco.» La voce di Yumi si fece più pacata.
«Che succede?»
«Sei preoccupato...»
«Sì, dopo quello che è successo a Kanako. Anche se il colpevole è stato arrestato, la paura rimane.»

«Quindi, sei preoccupato per Kana-chan?»
«C'è qualcosa di strano in lei?»
«No, no. Si sta riprendendo abbastanza bene. Dopotutto è giovane, quindi si rimetterà presto, ne sono sicura», disse Yumi prima di riattaccare.
Anche lui riagganciò, chiedendosi il motivo della voce insolita di Yumi.

Kojirō si svegliò con un sole splendente. Era già il quinto giorno di indagini.
Era passato da un'isola all'altra, battendole palmo a palmo, ma il risultato era stato sempre lo stesso.
Quando aprì la finestra della locanda sull'ultima isola, Futagamijima, fu investito dall'odore del mare.
Fece colazione nella sala da pranzo al piano di sotto. Tutti gli altri ospiti sembravano essere partiti la mattina presto per andare a pescare. Kojirō era l'unico in sala.
Mentre pensava al giro che avrebbe fatto quel giorno, la padrona della locanda gli si avvicinò.
«Signore, lei non è qui per pescare o visitare la città, vero?» La signora aveva un'espressione gentile e amichevole sul viso.
«Sì, è vero, sto cercando una persona.»
«È un esattore?» La padrona lo guardò con diffidenza.
«No, lavoro per un'agenzia di investigazioni.» Kojirō consegnò il suo biglietto da visita. Disse che stava cercando una persona che aveva salvato la vita a una donna, la quale desiderava ringraziarlo per questo.
«Oh, quindi è un detective!»
«Sono un detective alla ricerca di ricordi. E faccio del mio meglio per trovarli.»
«E questa persona vive qui sull'isola?» La dolcezza tornò negli occhi della padrona di casa.
«Penso di sì, ma non ho prove.»
«Come si chiama?»
«Penso che sia Kotsuna, ma non sono sicuro nemmeno di questo.»

«E cosa fa?»

«In realtà, anche questo...» Kojirō guardò la donna come per scusarsi.

«Ma senza informazioni è impossibile! Non ha altri indizi?»

«Ho questo, vuole dare un'occhiata?» Kojirō tirò fuori il ritratto.

«È un'immagine molto bella. Credo di averla già vista da qualche parte. Aspetti un attimo, la faccio vedere a mio marito e a mio figlio.» La donna chiamò due persone, che arrivarono dalla cucina.

«Lo riconoscete? Il suo nome potrebbe essere Kotsuna», chiese Kojirō, mostrando il ritratto.

«Non sarà lui, vero?» mormorò il figlio.

«Avete idea di chi sia?» Le parole di Kojirō erano piene di speranza.

«Ma non è il carpentiere che ha realizzato le barche per il festival?» chiese il figlio al padre.

«Oh, sì, assomiglia al maestro d'ascia!»

«Un maestro d'ascia?»

Ormai la domanda di barche in stile giapponese era quasi inesistente, e tra i maestri d'ascia che riparavano le vecchie navi ce n'erano diversi che si dedicavano alla realizzazione di modelli per le celebrazioni, o modellini regalo.

«Secondo me gli assomiglia», disse suo padre annuendo con la testa.

«Come si chiama?»

«Se guarda il libro contabile dell'associazione giovanile lo troverà!» disse il ragazzo.

«Allora muoviti e controlla!» La padrona di casa diede una pacca sul sedere al figlio.

«Non so come ringraziarvi per il disturbo.»

«C'è scritto solo "Kotani Dock", non c'è il nome del carpentiere», disse il figlio, scuotendo la testa da una parte all'altra.

«Dove si trova?» chiese Kojirō con un sorriso.

«L'indirizzo sulla ricevuta è a Kure.»

Kojirō si fece dare l'indirizzo e, poco dopo, si diresse verso Kure, prefettura di Hiroshima, dove si trovava la Kotani

Dock Co. Ltd. Era mezzogiorno passato quando arrivò al molo, dopo essere tornato a Nakajima da Futagamijima.

Nelle vicinanze c'erano diversi cantieri navali e, più avanti lungo la costa, si poteva vedere l'edificio bianco dell'accademia della Guardia costiera giapponese.

La Kotani aveva un molo e un ufficio annesso. Kojirō entrò nell'ufficio, dove aleggiava l'odore del mare e del ferro.

Diede il suo biglietto da visita alla donna alla reception e le spiegò che stava cercando una persona. Dopo essersi brevemente consultata con un uomo anziano in ufficio, la donna condusse Kojirō in un'altra stanza.

«Per sua informazione...» disse Kojirō, mentre porgeva alla donna il ritratto della persona che stava cercando.

«Ah, grazie. Può aspettare qui», disse la donna lasciando la sala d'attesa.

Kojirō posò la borsa sul divano e si guardò intorno. Diversi modellini di navi erano esposti sugli scaffali alle pareti. Tra questi, c'era una magnifica barca tradizionale giapponese.

Kojirō si avvicinò al modellino. Anche se era stato realizzato diverso tempo prima, profumava ancora di legno di cipresso. Era stato realizzato meticolosamente. Una targhetta di legno recava la scritta *ŌATAKEBUNE*.

Kojirō sussultò quando vide il nome dell'autore sulla targa.

KOZUNA TOSHISHIGE

Prese la targhetta e se l'avvicinò per leggere meglio. Non c'erano dubbi.

«È Kozuna Toshishige! Koduna Itoshiige!» Non poté fare a meno di esclamare.

Alla fine, erano riusciti a ritrovare il ragazzo che aveva salvato Tomoyo: *Koduna Itoshiige* o, meglio, *Kozuna Toshishige.* Kojirō tremava per l'eccitazione. La persona che stava inseguendo era lì, davanti a lui. I fili della memoria umana, separati da più di sessant'anni, erano collegati, anche se in modo sottile. La perseveranza di Tomoyo li aveva fatti ritrovare.

Sentì bussare.

Kojirō si fece forza e tenne gli occhi fissi sulla porta.

Apparve però un uomo sulla cinquantina che non assomigliava affatto al ritratto.

L'uomo si avvicinò a Kojirō e gli porse il suo biglietto da visita.

«Vedo che lei è venuto fin qui da Kyoto. Il mio nome è Nakatani e sono il presidente.»

«Mi scuso per essere piombato all'improvviso. Sto cercando una persona ma ho pochissime informazioni. La prego di perdonarmi per il disturbo.» Kojirō chinò la testa sentendosi in obbligo.

«No, no. Quando mi hanno mostrato questa immagine, sono rimasto colpito da quanto fosse disegnata bene. Stavo giusto parlando con l'amministratore delegato di quanto gli somigliasse.» Nakatani esortò Kojirō a sedersi sul divano. Kojirō si sedette contemporaneamente a Nakatani.

«Quindi, la persona di questa immagine si trova qui?»

«Sì.»

«Ho visto il modellino di una nave giapponese. Prima, non ero sicuro del nome, ma adesso invece lo so!»

«È mio suocero: Toshishige Kozuna.»

«Suocero?»

«Sì. Toshishige è il padre di mia moglie, Toshiko. È l'ex presidente di questa azienda. Il nome dell'azienda è cambiato da quando sono diventato presidente io.»

Bussarono di nuovo e l'addetta alla reception servì il tè.

«Il signor Kozuna è ancora vivo, vero?» chiese Kojirō.

«Sì, è in pensione e adesso si dedica al modellismo. Era maestro d'ascia.»

L'azienda non disponeva di un reparto di modellismo, ma a quanto pareva la domanda era aumentata in maniera esponenziale negli ultimi tempi. Nakatani disse che avevano iniziato a sviluppare il settore con Toshishige in pensione.

«È talmente bravo che sarebbe stato un peccato non sfruttare questa sua abilità. Inoltre, è davvero entusiasta dell'idea di poter espandere la gamma di modelli e il business. È anche un buon modo per prevenire la demenza.»

«Per favore, potrebbe dare un'occhiata a questo?» Kojirō

posò sul tavolo una foto dello stemma sul sacchettino portafortuna che Chagawa aveva scansionato e ingrandito.

«Controlli il retro del bigliettino da visita che le ho dato prima.» Su richiesta di Nakatani, Kojirō prese il biglietto da visita e lo voltò. In alto a sinistra del biglietto erano stampati i sei petali e il logo con il nome dell'azienda.

«È l'emblema dell'azienda?»

«Questo è uno stemma prezioso per mio suocero. Ogni volta che si ubriacava, mi diceva sempre che era anche il vessillo della marina di Kutsuna. Uhm, signor Jissō. Che tipo di persona è quella che sta cercando mio suocero?»

«Niente di preoccupante, glielo posso assicurare. Una pura ricerca di ricordi, senza conflitti né interessi economici. L'unica cosa è che la mia cliente non gode di buona salute. E vorrebbe incontrare suo suocero il prima possibile.»

«Capisco...»

«Dov'è ora?»

«In questo momento si trova ad Aomori.»

13.

Alle 18.30, Yumi uscì di corsa dall'ospedale universitario K e prese un taxi. Disse all'autista di portarla alla stazione di Kyoto, poi guardò il biglietto da visita che aveva in mano. C'era scritto il nome Tomohiro Shimazaki, insieme al titolo di presidente e direttore della Bana Drinko Ltd. Company. L'azienda era a Fujinomiya, nella prefettura di Shizuoka.

Yumi prese il cellulare e compose il numero della ditta.

«Umegaki di Bana Drinko.» Era la voce di una giovane donna.

«Buongiorno, c'è il presidente Shimazaki?»

«Purtroppo, non è qui. Aveva un appuntamento?»

«No. Chiamo da Kyoto, ma il presidente Shimazaki...» per un momento, non riuscì a trovare le parole giuste da dire. «Chiamo dall'ospedale universitario K di Kyoto, dove è ricoverata una persona di nome Tomoyo Shimazaki; tra gli effetti personali della signora c'era il biglietto da visita del presidente Shimazaki; quindi, ho pensato che potesse essere una sua parente.»

«Oh, capisco. Mi chiamo Yasuko e sono la figlia di Shimazaki. Il mio cognome è cambiato dopo essermi sposata. Mia nonna si chiama Tomoyo, quindi deve senz'altro trattarsi di lei. Come sta?»

Yumi trovò fosse strano che sua nipote riconoscesse immediatamente il nome di Tomoyo, nonostante fossero anni che non erano in contatto. Ma in quel momento non aveva il tempo di indagare. Yumi spiegò brevemente le condizioni di Tomoyo: «Soffre di cuore ed è ricoverata in ospedale. Questa mattina si è alzata la febbre e si sospetta una polmonite o un'infezione. È molto debole e non so quanto riuscirà ad andare avanti...».

«Ho capito. Mi metto subito in contatto con mio padre.»

Yumi lasciò a Yasuko il suo numero di cellulare. Arrivata alla stazione di Kyoto, contattò Kojirō.

«Ho trovato il biglietto da visita del figlio nell'astuccio che portava sempre con sé. Era una specie di amuleto. Le hanno fatto una flebo, visto che la febbre non scendeva.»

Poi, quando la medicina aveva cominciato a fare effetto e Tomoyo si era addormentata, Yumi aveva recuperato il numero del figlio dall'astuccio.

«Mi dispiace. Non avrei dovuto, ma era a fin di bene», aggiunse.

«No, non è colpa tua, non ti sono stato di aiuto. La colpa è mia, mi dispiace. Qualunque sia la ragione, è contro le regole portare fuori dall'ospedale oggetti personali senza il consenso del paziente. Ma in questo momento è più importante permettere a Tomoyo di rivedere suo figlio.»

«Grazie, Kojirō.»

«Io, invece, ho finalmente trovato Koduna Itoshiige!»

«Oh, davvero?» Yumi spalancò gli occhi per lo stupore.

«Voglio incontrarlo il prima possibile. Partirò per Aomori alle 19.»

«Aomori?»

«È lì che si trova Koduna Itoshiige o, meglio, Kozuna Toshishige.»

«Kozuna Toshishige!»

«Sì. È lui l'uomo che Tomoyo sta cercando. Arriverò all'hotel di fronte alla stazione di Aomori alle 22. Ho preso appuntamento per incontrare lì il signor Kozuna. Poi lo porterò a tutti i costi da Tomoyo. Yumi, tu occupati di suo figlio, per favore!»

«Certo, contaci. Abbi cura di te, Kojirō. E fai attenzione, per favore!»

Yumi sapeva che Kojirō non era sicuro se rivelare a quell'uomo che Tomoyo in realtà non era stata aggredita ma che, al contrario, era stata salvata dall'annegamento dal soldato americano.

Non appena riattaccò, Yumi ricevette una chiamata da Tomohiro.

«Perché mia madre è a Kyoto?» La sua voce era sospettosa, cupa e fredda.

Yumi gli riferì le condizioni mediche che aveva riportato prima alla figlia, Yasuko. Poi, proseguì: «Il fatto che sia stata ricoverata in un ospedale di Kyoto è un po' complicato da spiegare, gliene vorrei parlare con calma dopo esserci incontrati».

«A Kyoto?» Il tono era di netto rifiuto. «Ma lei non vorrà vedermi!»

«E lei, invece? Non vuole vedere sua madre?»

«Perché? Perché insiste, visto che è un'estranea... Non è un atteggiamento eccessivo per un'infermiera?»

«Comunque, Tomoyo è in condizioni critiche.»

«Io e mia madre abbiamo già...»

«Già, cosa?» Yumi alzò la voce, tanto che un ragazzo e una donna che passavano di lì si voltarono a guardarla. Yumi si girò, per evitare il loro sguardo. «Cosa c'è ancora da dire quando sua madre sta per morire? Per favore, mi chiami al cellulare quando arriva alla stazione di Kyoto.»

«Non posso venire. Per favore, mi lasci in pace.»

«Pronto?»

Tomohiro aveva già riattaccato.

Yumi immaginava che potesse succedere qualcosa del genere.

Durante i suoi anni di lavoro come infermiera, aveva visto molte volte pazienti con famiglie di questo tipo. Considerate le circostanze in cui era stato ripudiato dal padre, questa sua testardaggine c'era da aspettarsela.

Arrivata in stazione, Yumi inserì l'indirizzo di Bana Drinko sul telefono e corse subito in biglietteria, dove acquistò il biglietto per l'ultimo Shinkansen che partiva alle 19 e si fermava a Shin-Fuji; poi si affrettò al binario.

Se non fosse riuscita a far incontrare Tomoyo con suo figlio, non sarebbero riusciti mai più a rivedersi. Ovviamente non era scontato che Tomoyo morisse. Forse c'erano probabilità che si riprendesse. O, almeno, Yumi pregava che fosse così.

Ecco perché voleva dare a Tomoyo la possibilità di rimediare ai vent'anni trascorsi da quando l'aveva ripudiato.

Sapeva che era un'intromissione.

"Lo convincerò a venire", si disse Yumi. Poi salì sul treno.

14.

L'aereo su cui si trovava Kojirō atterrò quella notte all'aeroporto di Aomori.

L'aria era più fresca rispetto a Shikoku e a Osaka, dove il caldo di fine estate era ancora intenso. Con l'autobus dall'aeroporto, sarebbe arrivato alla stazione di Aomori in trentacinque minuti. Anche affrettando il passo, il suo orario di arrivo sarebbe stato comunque lo stesso. Non era mai stato tanto impaziente nemmeno quando lavorava come detective della polizia e cercava di arrestare un sospetto.

Finché non avesse visto il volto di Toshishige Kozuna con i suoi occhi, non sarebbe riuscito a credere di aver valicato quella barriera temporale di sessant'anni.

E se non fosse stato lui la persona che cercavano? Considerando le condizioni mediche in cui versava Tomoyo, non avevano più tempo per far ripartire le indagini da zero.

Tutto questo rendeva nervoso Kojirō.

Il primo passo era identificare la persona. Ripensò alla procedura che gli era stata insegnata in un lontano passato per interrogare le persone in servizio. E, all'improvviso, gli tornarono in mente le parole di un istruttore dell'accademia di polizia: «Era un incontro di *kendō*. Io ero bravo nel *men-uchi*, il fendente alla testa; avevo la spada di bambù più veloce della scuola. Mentre nel *do*, il fendente all'addome, non ero così veloce con la spada. Alla fine, l'incontro si è risolto con una mossa di *do*. Perché, secondo te?».

Nel *kendō* il giovane Kojirō si era sempre concentrato sulla velocità, quindi non era in grado di rispondere alle domande dell'istruttore.

«Sapevo che nel *do* non sarei stato veloce, mentre ero sicuro della mia velocità nel *men-uchi.* Ero convinto che un avversario più lento di me non mi avrebbe mai colpito alla testa. Invece, il mio avversario mi attaccò con un *men-uchi.* Se lo avessi evitato, sarebbe stato un colpo a vuoto. Invece di schivare, ho creduto troppo nella mia velocità e ho risposto con un *men-uchi.* Ma non sono riuscito. La persona che conosce le proprie debolezze è quella che trova la forza; ricordatene, Jissō.»

"Le proprie debolezze..."

Kojirō era ben consapevole dei suoi punti deboli, ma al momento non era questo il problema.

Toshishige Kozuna era la pedina fondamentale del caso di Tomoyo. Se l'immagine che Tomoyo aveva del ragazzo non era poi così diversa dal Kozuna rintracciato, questi non sembrava il tipo di persona che si sarebbe sottratta.

Ma Kojirō sapeva anche che sessant'anni sono più che sufficienti per far cambiare idea a una persona.

Doveva assolutamente incontrarlo e cercare di capire che persona fosse diventata.

Kojirō aveva paura.

C'era anche la possibilità che Kozuna non ricordasse affatto Tomoyo. Questo forse sarebbe stato anche peggio di aver trovato la persona sbagliata.

Kojirō si morse il labbro vedendo il proprio volto riflesso nel finestrino, poi una luce cominciò a brillare attraverso il vetro e apparve alla sua vista la rotonda della stazione di Aomori.

Appena sceso dall'autobus, sentì subito l'odore di salsedine nell'aria, anche se era diverso dal mare interno di Seto. Riuscì a sentire la ricchezza del mare sulle guance.

Kojirō camminò un po' lungo Ekimae-dōri, guardando l'oceano alla sua sinistra. Dopo circa cinque minuti, vide l'insegna dell'albergo indicato da Kozuna. Si trattava di un piccolo business hotel. Al primo piano c'era la zona pranzo, in cui la luce filtrava attraverso le tende *noren* fatte con le *tairyōbata,* le bandiere dei pescatori.

Finalmente poteva incontrare Kozuna faccia a faccia.

Kojirō strinse così tanto i pugni che le unghie gli si conficcarono nei palmi.

La sala era vuota.

Kojirō si guardò intorno per quello spazio angusto, cercando l'immagine del ritratto: un uomo dai capelli corti seduto vicino alla finestra allungò il collo e gli rivolse uno sguardo.

La mandibola leggermente sporgente e il mento appuntito, le orecchie e le sopracciglia: non c'era dubbio che fosse lo stesso uomo del ritratto di Chagawa. L'unica differenza era la quantità di rughe sul volto.

L'uomo di fronte a lui era Toshishige Kozuna.

Kojirō si avvicinò al tavolo cercando di trattenere l'euforia. Kozuna si alzò rapidamente: «Quindi, è venuto a trovarmi...».

«Il mio nome è Jissō, è un piacere conoscerla», disse Kojirō, porgendogli il suo biglietto da visita. «Mi scusi se mi ripeto, lei è il signor Kozuna, giusto?»

«Sì, sono io.» Allungò la mano. «Ho saputo che ha fatto molta strada per venire a trovarmi! Prego, si serva pure.» Sul tavolo bicchieri e tazze di *sake* erano in bella mostra accanto a un piatto di stuzzichini.

«Grazie, mi scusi ma non bevo», disse Kojirō per evitare di dover spiegare il suo voto di astinenza.

«Oh, che peccato! Si perde una delle gioie della vita!» Sembrava già brillo, ma sorrise con calore a Kojirō, che vedeva per la prima volta. «Detective dei ricordi. Che lavoro insolito!» Guardando il bigliettino da visita, Kozuna bevve un sorso del suo drink. La cicatrice sulla mascella destra era ancora ben visibile.

«Lo scopo della nostra agenzia non è quello di trovare le persone. Siamo un'agenzia che indaga sui ricordi, non importa quanto questi siano lontani nel tempo. Lavoriamo con l'idea di aiutare a trovare delle tracce, una sorta di prova, di una vita vissuta.»

«Le tracce della vita, una prova? Andiamo, signor Jissō, mi dica, che tipo è la persona che mi sta cercando? Dopo che abbiamo parlato al telefono, ho chiesto anche a mio genero. Mi ha detto che lei gli è piaciuto molto e che non si trattava di storie strane o ridicole.»

Quando Kozuna posò sul tavolo la sua tazza di *sake*, Kojirō colse la palla al balzo per iniziare.

«Signor Kozuna. La persona per cui lavoro è a letto malata. O, per meglio dire, è in condizioni piuttosto gravi.»

«Avevo sentito che la persona che mi cercava stesse male, non sapevo fosse grave.» Il sorriso scomparve dal volto di Kozuna e il suo sguardo divenne serio e penetrante.

«Purtroppo è così. Ci teneva moltissimo a incontrarla per ringraziarla personalmente. Lei ora sta combattendo con tutte le sue forze per sopravvivere.»

«Lei? È una donna, quindi?»

«Sì. È una donna: Tomoyo Shimazaki. Probabilmente il nome non le dirà nulla. È una storia accaduta più di sessant'anni fa, in primavera. Sulla via verso Izumiōtsu da Umeda, la signora Shimazaki era sul letto del fiume Aji, quando fu salvata da un ragazzo.»

«Più di sessanta anni fa... Subito dopo la sconfitta in guerra», disse Kozuna, togliendo il dito dalla tazza. Non c'era traccia di ebbrezza nella sua espressione.

«Sì. La città era stata rasa al suolo, ma davanti alla stazione c'era un mercato nero che vendeva ogni genere di merce. Ho sentito dire che i soldati americani si vedevano ovunque, così come le forze di polizia che controllavano il commercio illegale.»

«È vero. Mi vergogno a dire che ero un ragazzo soldato che si era offerto volontario per la marina nell'anno della nostra sconfitta, e prima di poter fare molto...»

Kozuna disse di essersi unito alla marina di Kure all'età di tredici anni e poi di aver frequentato la scuola navale di Yokosuka come studente junior. Dopo meno di due mesi di addestramento, era diventato un *ragazzo idrometro*, un rilevatore idrografico, spiegò Kozuna: un soldato il cui compito consisteva nell'ascoltare il suono da un sottomarino per determinare il tipo di nave in acqua e la sua distanza.

Era la prima volta che Kojirō ne sentiva parlare.

«E, così giovane, voleva fare il soldato?»

«La mia famiglia costruisce di navi sull'isola di Yuri da generazioni. Si dice che il nome della famiglia Kozuna derivi dal clan Kutsuna. L'orgoglio della mia famiglia è quello di aver partecipato alla costruzione delle imbarcazioni *Bensai* che attraversavano il mare per il commercio del *kangō* e delle imbarcazioni *Oyake* di Kutsuna. Sono cresciuto con il suono delle onde come ninna nanna e navigo su barche giapponesi da quando ho memoria. Per amore del mio paese, mi sono arruolato volontariamente in marina come soldato semplice perché avevo l'acqua di mare nelle ossa.»

«Signor Kozuna, vorrei che desse un'occhiata a questo», disse con enfasi Kojirō mentre posava sul tavolo il vecchio sacchetto dell'*omamori* che Tomoyo gli aveva affidato.

«Questo, questo è...»

«Ormai è sbiadito e non si vede più bene, ma l'emblema qui sopra era quello a sei petali.»

«Non posso crederci!» Kozuna prese il sacchetto, tirò fuori gli occhiali dalla tasca e lo fissò fino a quasi a bucarlo con lo sguardo. «È il mio *omamori*!» esclamò, togliendosi gli occhiali e fissando Kojirō.

Gli occhi di Kozuna erano pieni di sorpresa nel rivedere quell'oggetto così inaspettato. Sembrava stesse ripercorrendo i suoi ricordi.

«La mia cliente, che all'epoca aveva tredici anni, l'ha conservato con cura.»

«Una ragazza di tredici anni...»

«Per aiutare la sua famiglia, andava con un carretto al mercato nero per scambiare le verdure che avevano coltivato con riso e sale. L'incidente avvenne mentre tornava a casa», disse Kojirō bagnandosi le labbra con l'acqua.

«Incidente?»

«Aveva incrociato una jeep che trasportava dei soldati americani. Lei, per cercare di evitarla, perse l'equilibrio. Il carretto si rovesciò e lei cadde nel fiume.»

«Era caduta nel fiume?» Kozuna aggrottò le sopracciglia, come se stesse ricordando qualcosa.

«Sì, ecco...»

Kojirō era ancora indeciso. Non sapeva se proseguire raccontando i fatti in base ai ricordi di Tomoyo o in base a ciò che Frank A. Mullen aveva scritto nella sua lettera.

«Signor Kozuna, ricorda di aver visto una ragazza assalita da due soldati americani sulle rive del fiume Aji e di averla salvata?» si decise infine a chiedere Kojirō.

«Eh, l'impetuosità giovanile!»

Kojirō osservò Kozuna stringere il sacchetto dell'*omamori* che aveva in mano.

«Allora, lo ricorda...»

«Anche se avessi voluto dimenticarlo, non avrei potuto. È stato un incidente accaduto a causa della mia debolezza.» Kozuna, con gli occhi bassi, prese la bottiglia di *sake* e ne versò un po' nella tazza con movimenti lenti.

«Debolezza? Cosa intende per debolezza?» chiese Kojirō.

Conosceva molti veterani che parlavano delle loro esperienze militari come storie di eroismo. Salvare un giovane fiore innocente dalle forze di Occupazione era senza dubbio un atto di coraggio. O, almeno, non poteva essere certo definito un atto di debolezza.

«Non sono riuscito a morire», ringhiò Kozuna, rivolgendo a Kojirō un'espressione sofferente. Poi iniziò a parlare. «La guerra era entrata in una fase sempre più difficile, e un ragazzo più grande di me di un anno aveva perso la vita in mare. Aveva solo quindici anni. Era un siluro umano. Eppure, malgrado tutto, la guerra era persa... Non potevo fare nulla, vagavo alla ricerca di un posto dove morire. I marinai non sentivano altro che il rumore dell'acqua e, dopo la sconfitta, non sarebbero stati in grado di far ritorno nelle loro case.»

Di certo la descrizione del ragazzo fatta da Tomoyo, che indossava una camicia aperta e pantaloni corti, non ricordava un marinaio.

«Ha salvato una ragazza.»

«Sì. Ma a quel tempo ero immaturo.»

Kozuna era come il guscio vuoto di un uomo che non poteva fare ritorno a casa e viveva la vita quotidiana come un vagabondo. Cercava un posto dove morire. Non aveva energie per vivere, ma il suo istinto desiderava il cibo. Si guadagnava da vivere lavorando come buttafuori al mercato nero e, quando la fame si placava, si sentiva di nuovo disgustato e pensava alla morte.

«Ogni giorno era un susseguirsi di sofferenze. Ero come una bambola di pezza, ma non potevo assolutamente permettere che una donna giapponese venisse umiliata.»

«Con una spada di legno...»

«Era una spada di legno fatta a mano. L'ho intagliata quando lavoravo come buttafuori.» Kozuna finse di affilare il legno con un gesto esperto.

«E con la spada di legno ha colpito alla testa un soldato americano...»

«Anche quello è stato un errore di immaturità. Avrei dovuto mirare alla spalla per fargli perdere i sensi.»

«Fu un errore, quindi?» Kozuna non aveva alcun intento omicida. Kojirō volle accertarsene.

«Ancora oggi la mia mano ricorda l'impatto del colpo sul cranio.» Kozuna scosse la testa impotente.

«Ma i soldati americani non erano odiati?» chiese Kojirō per sondare le sue intenzioni.

«Lei è giovane, signor Jissō, e potrebbe non capire, ma credo che tutti i militari dell'epoca la pensassero allo stesso modo», disse Kozuna dopo una pausa. «Vivi e lascia vivere. Non volevo colpirlo alla testa. Se gliela avessi spaccata, ci sarebbe stato tantissimo sangue. La spalla invece non sanguina. Dopo aver urlato, la ragazza è svenuta, ma per fortuna non è successo nulla di grave. Glielo posso assicurare.»

«Quella ragazza è la mia cliente, Tomoyo Shimazaki.»

«Capisco. L'avevo intuito.»

«La paura di essere assalita dai soldati americani era così grande che ha conservato fino a oggi la fialetta che le era stata data. Sa cosa conteneva, vero?»

«La determinazione di una fanciulla. Ma non l'ha usata», disse Kozuna malinconico.

Kojirō sollevò la bottiglia per versare il *sake*, ma era vuota. Kozuna fece segno con le mani rugose che aveva bevuto abbastanza.

«Lei ha salvato la vita di Tomoyo. Era così sconvolta che

non era nemmeno riuscita a ringraziarla. Questo è il motivo per cui è venuta da me. Sono stati il suo amuleto e i ricordi di Tomoyo a portarmi fin qui», disse Kojirō mostrando a Kozuna il ritratto fatto da Chagawa.

Kozuna prese l'immagine e si rimise gli occhiali.

«Che talento. La somiglianza è notevole.»

«Non è solo la bravura di chi l'ha disegnato, ma anche il fatto che il suo aspetto sia rimasto impresso in profondità nel cuore di Tomoyo. Significa che lei è una persona difficile da cancellare.»

«Anche se dice questo... io cosa dovrei fare?» L'espressione di Kozuna mostrava esitazione, più che imbarazzo.

«Quello che per lei, signor Kozuna, è stato scontato, per Tomoyo è stata un'esperienza che non potrà mai dimenticare.»

«No. Come ho detto prima, pensavo davvero di essere un marinaio inutile. Ogni volta che sentivo notizie o voci di compagni uccisi in azione, mi si stringeva il cuore. In quel momento volevo aiutare la ragazza; poi sono tornato in me. Onestamente, il mio pensiero è stato: "Ora posso finalmente morire!".»

La lettera di Frank A. Mullen affermava che il ragazzo non era scappato, era rimasto seduto lì dove aveva commesso il reato. Era quindi una pulsione di morte, la sua?

Kojirō guardò di nuovo il volto di Kozuna e notò che alcune rughe sembravano cicatrici.

«Sono un uomo senza un posto in cui vivere, un codardo.»

«Non si può dire che lei sia un codardo.»

«Oh, sì, lo sono, un pusillanime. Non posso credere che quella donna abbia conservato nei suoi ricordi un uomo simile per oltre sessant'anni. Non merito di essere ringraziato», disse Kozuna, abbassando lo sguardo. «Io in quel momento mi sono sentito sollevato.»

«Sollevato?»

«Sì, sollevato. Visto che non riuscivo a uccidermi da solo, finalmente lo avrebbero fatto gli americani.»

«Quindi pensava che l'avrebbero punita con la morte?»

«Sotto l'Occupazione, pensavo che sarei stato sepolto,

proprio come i miei compagni d'armi. Morto per salvare una ragazza giapponese. Ero ossessionato da queste idee vigliacche da bambino, da immaturo. Oh, ero davvero superficiale.» Kozuna si coprì le orecchie con le mani e abbassò la testa per la vergogna.

I sentimenti di Tomoyo erano puri, ma Kojirō sentì che anche Kozuna aveva un cuore sincero.

«Ma alla fine è stato assolto», disse Kojirō con un tono calmo che lo aiutò a tornare alla realtà.

«Ha fatto delle indagini approfondite, detective!» Kozuna fissò la parola DETECTIVE sul biglietto da visita.

«Ho indagato perché volevo incontrarla.»

«Sono stato rilasciato dopo una notte in prigione. Mi è sembrato strano non essere incolpato delle ferite procurate all'americano.»

Ovviamente, non poteva sapere che il soldato americano colpito alla testa aveva fatto cadere tutte le accuse, negando l'incidente. Appena rilasciato dalla prigione, Kozuna aveva vagato in cerca di un posto dove morire. Ma dopo aver incontrato una coppia in un bar, aveva deciso di continuare a vivere. La coppia lo aveva aiutato a trovare un modo per sfruttare la sua esperienza di carpentiere per ricostruire alcune attività commerciali.

«Non avevamo materiali, ma siamo riusciti a mettere insieme le travi e i pilastri rimasti dall'incendio per far tornare i negozi all'antica gloria.»

La gioia di essere necessario agli altri, alla fine, aveva allontanato l'istinto di morte da Kozuna.

«Quando ho acquisito dimestichezza, ho pensato di tornare sulla mia isola natale per provare a diventare un maestro d'ascia. Compiuti diciannove anni, sono rientrato sull'isola. Mia madre e mio padre, i signori Nakatomi, sono stati i miei benefattori. A loro devo tutto.»

«I signori Nakatomi sono la coppia del bar?»

«Per loro era stato un inferno, il loro negozio era stato raso al suolo e il figlio era morto in guerra, ma la signora Nakatomi era una persona molto allegra, malgrado tutto. Si chiamava Fukuko: anche se non aveva molti soldi, era comunque una persona ricca.» Kozuna si diede una pacca sul petto.

«Aveva un cuore ricco?»

«Rideva sempre, era una commerciante dal cuore d'oro.»

Kozuna raccontò che i suoi genitori erano morti prematuramente e che lui era stato adottato dallo zio, per cui era cresciuto senza sapere come fosse un vero rapporto genitore-figlio.

«Mi dispiace per mio zio e sua moglie, ma non sono mai riuscito ad apprezzarli come genitori. Mia madre è stata Fukuko.» Kozuna raccontò di quanto ciò che lei gli aveva insegnato lo avesse plasmato.

Un giorno, Kozuna aveva ricevuto da Fukuko un paio di bacchette per cucinare. Gli era stato chiesto di assaggiare una patata dolce bollita. Il piatto su cui era appoggiata era troppo vicino e il ragazzo non riusciva ad afferrare bene la patata dolce. Quando aveva provato a spostare il piatto un po' più lontano, Fukuko si era seduta di fronte a lui e gli aveva detto: «Non spostarlo».

«Sono un bravo falegname. Ma le bacchette erano troppo lunghe. Avevo provato a tirare indietro la sedia. Ma non bastò.»

«Fukuko le aveva detto di non muoversi?»

«Aveva occhi più spaventosi del solito.»

«E poi cos'è successo?»

«Alla fine, sono riuscito a prendere una patata, ma quando ho provato a metterla in bocca, l'ho fatta cadere. Quando l'ho guardata, ha sorriso e ha preso lei stessa una patata con le sue bacchette, tenendola davanti alla mia bocca. Poi mi ha detto con il suo solito sguardo gentile: "Cosa stai facendo?".»

Senza capirne il senso, Kozuna aveva inclinato la testa per mangiare la patata dolce. Dopodiché Fukuko si era indicata la bocca con il dito.

«Voleva che dessi a lei da mangiare. Così non ho avuto altra scelta che imboccare velocemente mia madre. Poi ha detto: "Così entrambi abbiamo avuto una patata dolce", ed è scoppiata di nuovo a ridere. Sa cosa significa questo, signor Jissō?»

«Ho solo capito che vi siete dati l'un l'altra da mangiare.»

«Non avevo capito nemmeno io. Così gliel'ho chiesto.»

«E cosa ha detto?»

«"Le bacchette sono troppo lunghe, quindi non riesci a mangiare quello che vuoi. Le bacchette lunghe sono uno strumento comodo da portare alla bocca di qualcun altro. Imboccarsi a vicenda rende entrambi felici. Anche se la situazione è brutta, gli esseri umani possono cambiarla aiutandosi a vicenda." Anche questa è saggezza. Malgrado le difficoltà, lei si prodigava tanto per il negozio di qualcun altro.»

«E la risposta era nelle bacchette.»

«Mi ha detto che era menzionato nei *sutra*. Quella storia mi ha fatto pensare che potevo fare qualcosa per gli altri, anche se davanti a me c'erano cose che non sapevo fare da solo. Quindi, non dubito dei sentimenti di una persona come Tomoyo. Ma non sono sicuro di meritare la sua gratitudine...» Kozuna scosse di nuovo la testa.

«Kozuna, le condizioni di Tomoyo sono critiche. Non può vederla, anche solo per un minuto? Questo la tranquillizzerebbe. Non voglio sembrarle duro, ma io sono qui per i sentimenti di Tomoyo e non per i suoi.»

«Signor Jissō...»

«Non credo che vederla la aiuterà a guarire. Non ha importanza, questo. Voglio solo che porti via il rimpianto che le è rimasto nel cuore per più di sessant'anni.» Kojirō parlò tutto d'un fiato, poi bevve un sorso d'acqua dal bicchiere.

"Dovrei dirgli la verità?" Kojirō non era ancora sicuro se dovesse parlargli della lettera. Se Kozuna lo avesse saputo, probabilmente si sarebbe disprezzato e non sarebbe venuto a Kyoto con lui.

Da un lato, si sentiva in colpa per aver lasciato Edward nel torto. Non riusciva a dimenticare le buone intenzioni di quell'americano nel tentare di salvare una ragazza straniera dall'annegamento.

Ma come avrebbe percepito Kozuna l'errore che aveva

portato alla morte, seppure dopo anni, di un soldato americano ben intenzionato? Da quello che aveva visto finora, era chiaro che Kozuna era un uomo dallo spirito nobile. Per questo motivo, anche se era un evento lontano nel tempo, era sicuro che avrebbe avuto un impatto negativo su di lui. Kojirō doveva sostenere il peso del dilemma, se dirgli la verità o non dirgliela.

«Perché non mi ci fa pensare per una notte, signor Jissō?» disse Kozuna in tono serio. «La ragazza che ha subito un tale orrore è ancora viva dopotutto questo tempo. Potrebbe valer la pena di incontrarla anche solo per questo.»

«Grazie, signor Kozuna.» Kojirō chinò la testa finché la sua fronte non toccò il tavolo.

Kozuna gli offrì una tazza di *sake* caldo, ma Kojirō si inchinò e rifiutò.

«Ah, già, è astemio.»

Successivamente Kojirō si registrò nell'hotel dove alloggiava Kozuna e chiacchierarono per un po' davanti a *sashimi* e altri piatti.

Mentre parlavano, Kozuna disse: «Di fronte alle difficoltà, l'uomo saggio si rallegra e lo stolto si ritira». Stava riflettendo sulle difficoltà che aveva vissuto dal suo ritorno sull'isola. Ricordando come era stato costruito l'attuale molo di Kotani, disse che quando aveva iniziato a sviluppare la sua attività, aveva visto che, quando si presentavano i problemi, l'uomo saggio era motivato e si rimboccava le maniche, mentre lo sciocco dava la colpa agli altri e scappava.

«Penso che sia una riflessione molto acuta.»

Vedendo le rughe profonde incise sul viso di Kozuna, Kojirō prese coraggio.

«Signor Kozuna. C'è ancora una cosa che vorrei dirle.»

«Cosa?»

«Vuole leggere questa, per favore?»

Kojirō afferrò dalla borsa la lettera di Frank A. Mullen e la consegnò a Kozuna. Era stata tradotta da Sayaka, la figlia di Richard Sugiyama.

Kojirō lo guardò leggere in silenzio.

15.

Yumi, dopo essersi fatta dare le indicazioni da Yasuko, era finalmente arrivata alla sede della Bana Drinko. Erano già le nove passate.

«Mi dispiace per l'attesa.» Yumi si inchinò a Yasuko, che la stava aspettando davanti all'ufficio.

«Nessun problema. Come sta la nonna?» ribatté Yasuko, che aveva la pelle chiara e un viso paffuto che ricordava Tomoyo.

«Ho lasciato detto di chiamarmi sul cellulare se ci sono novità. Al momento, non ho notizie.»

«Pensi che non so nemmeno che volto ha!»

«Però, appena hai sentito il nome di Tomoyo, hai capito subito che parlavo di lei...»

«Quando mio padre ha avviato questa azienda cinque anni fa, ricevette dalla prefettura di Mie una richiesta di abbonamento a nome Shimazaki, così ho chiesto a mia madre. Lei mi ha spiegato che si trattava di mia nonna. Nello stesso periodo, ho chiesto anche a mio padre. Avevo già più di vent'anni. Sapevo che era stato ripudiato, ma pare che lei avesse richiesto l'invio di un campione.»

Se cinque anni prima aveva più di vent'anni, allora questo voleva dire che non era la figlia biologica di Tomohiro.

«Per campione, intendi l'acqua che c'è qui, giusto? Acqua al vanadio naturale?» chiese Yumi, guardando il nome del prodotto sul poster illuminato dalle luci esterne dell'azienda.

«Sì. La nonna dice che ha il cuore debole.»

Il vanadio è un minerale essenziale. Yumi sapeva che negli ultimi tempi era molto richiesto per la prevenzione dell'arteriosclerosi e dell'ipertensione.

Sebbene avesse risposto freddamente al telefono, il figlio era in realtà preoccupato per la salute di sua madre.

Tomoyo doveva aver sottoscritto un abbonamento per il desiderio di sostenere l'attività del figlio. Madre e figlio avevano mantenuto un contatto a modo loro attraverso l'acqua naturale.

Forse, la stessa malattia cronica di Tomoyo poteva aver influenzato la sua decisione di avviare un'azienda chiamata Bana Drinko.

Tomohiro era semplicemente testardo. Yumi era convinta che parlandogli in tutta franchezza sarebbe riuscita a convincerlo a incontrare la madre. E la presenza di Yasuko in questo senso era fondamentale.

«Yasuko, vorresti conoscere tua nonna?»

«Sì, mi piacerebbe tanto, se fosse possibile!»

«Tuo padre è al lavoro?»

«Sì. Era appena tornato dall'impianto di campionamento dell'acqua e stava sistemando i documenti. Ho cercato in tutti modi di prolungare il lavoro il più possibile, come mi aveva chiesto.»

«Grazie. Mi dispiace per il disturbo che ti ho causato.» Yumi sorrise; poi la sua bocca si contrasse mentre l'altra apriva la porta dell'ufficio.

«Che succede a quest'ora? E tu, non sei un'infermiera, vero? Come, *detective*?» Quando Yumi gli porse il suo biglietto da visita e si presentò, Tomohiro fu irritato.

«Questo non è importante. Tomoyo, mi scusi, sua madre è in condizioni critiche. Per favore, vada a trovarla.» Yumi sbatté il palmo della mano sulla grande scrivania di fronte a Tomohiro.

«Gliel'ho già detto al telefono. Mia madre non vuole vedere né me né nessun altro.»

«Tomoyo ha fatto l'abbonamento all'acqua naturale.»

«Sono solo affari!»

«Ancora oggi, il vostro legame madre e figlio è indissolubile. Ci sono molte famiglie al mondo che litigano tra loro pur vivendo insieme. È assurdo che le persone si allontanino per pura testardaggine. È così che siamo arrivati fin qui. Ormai è tardi, non avete un mese o una settimana. Ora o mai più. E se pensa che questa stupida donna la stia prendendo in giro, allora mi consegni alla polizia.» Yumi incrociò le braccia e guardò in modo torvo Tomohiro.

All'improvviso, la voce di Yasuko arrivò da dietro Yumi. «Papà, andiamo dalla nonna!»

«Yasuko...» Tomohiro alzò la testa e guardò la figlia.

«Se non andiamo adesso, forse non potrò mai più conoscerla.»

«Ma, Yasuko, tua...» balbettò Tomohiro.

«La mamma? Sono sicura che a lei vada bene.»

«Tua madre?» chiese Yumi a Yasuko.

«Anche mia madre non sta bene ed è all'ospedale», rispose Yasuko.

«Yasuko, non c'è bisogno di parlarne con un'estranea!» urlò Tomohiro.

«Questa estranea è venuta fin qui per la nonna! Andiamo, papà, ti prego...»

La voce di Yasuko risuonò nell'ufficio.

16.

Era passato molto tempo. O, almeno, così parve a Kojirō.

Mentre leggeva la lettera, Kozuna non mosse un muscolo, a parte l'occasionale su e giù delle sopracciglia a forma di ali di gabbiano.

L'atteggiamento di Kozuna era difficile da comprendere per Kojirō: forse era sotto shock e non riusciva a muoversi.

Proprio mentre stava per chiedergli se stesse bene, Kozuna distolse silenziosamente gli occhi dalla lettera. Kojirō fece un respiro profondo.

«Andiamo.» Kozuna si alzò, la fronte aggrottata.

«D'accordo.» Kojirō seguì Kozuna, che pagò il conto e lasciò il locale.

Il mare scuro della baia di Aomori era calmo.

Dopo aver camminato in silenzio per una decina di minuti, arrivarono al molo centrale. Il profumo dell'oceano si fece ancora più forte.

L'area era illuminata dalle luci dei magazzini e, una volta che gli occhi si erano abituati, non percepivano più l'oscurità. Ma al largo il buio era così intenso che sembrava quasi che ne potessero essere risucchiati.

«Allora la signora che dice di questa lettera?» domandò Kozuna fermandosi in un punto vicino al mare.

«Non sa niente.»

«Signor Jissō, che sta facendo?» Gli occhi di Kozuna erano fissi. «Perché sta dalla parte dell'americano?» La sua voce aveva un tono diverso da prima.

«Non sto dalla parte dell'americano!»

«Sono sciocchezze!» sputò Kozuna al mare.

«Sciocchezze? Intende il contenuto della lettera?»

«Si prende gioco di me?» Kozuna si rivolse a Kojirō. Lo afferrò per il petto e lo colpì con due pugni al volto.

Kojirō non sapeva come gestire la situazione e, pur con un taglio al labbro, continuò a fissare Kozuna senza battere ciglio.

«È soddisfatto?» domandò Kojirō pulendosi il sangue dalle labbra con il dorso della mano. «Non credo che Edward stesse mentendo», aggiunse, guardando negli occhi Kozuna.

«Questa è una diabolica scusa americana», replicò l'altro con voce debole.

«Picchiarmi non cambierà la verità.»

«Che cosa...»

«Sa cosa voglio dire. L'ha detto lei stesso prima. A quell'epoca, non c'era modo di mettere le mani addosso ai soldati americani e farla franca. Persino io, che non so nulla di quel periodo, posso immaginare quanto fosse pericoloso. E in effetti, era disposto a morire, anzi no, a essere ucciso.»

«Cosa sta cercando di dire?» Kozuna distolse lo sguardo.

Kojirō sentì che la sua spavalderia stava per venir meno. Lo sapeva: il dolore di un pugno ricevuto torna indietro a chi lo ha sferrato. Nel momento in cui lo pensò, gli balenò in mente l'immagine del padre che si sfregava il pugno con un'espressione triste sul volto dopo averlo colpito.

«Il fatto che lei sia stato assolto non è già una prova che le parole di Edward non erano sciocchezze?»

«È terribile. Lei, uno sconosciuto, ha distrutto il mio orgoglio e tutto il resto. Mi sono chiesto a lungo perché fossi stato graziato. Mi ha assillato questo pensiero. Ora lo so, dopo aver letto la sua lettera.» Gli occhi di Kozuna erano iniettati di sangue, ma senza lacrime. «Tomoyo...»

«Le dirò la verità. Anche se sarà un fardello pesante.»

«Signor Jissō, lei è così...»

«Prenderò l'autobus delle 7 per l'aeroporto. Ha tempo di pensare a cosa vuole fare», disse Kojirō a Kozuna.

All'improvviso soffiò un forte vento marino e le corde del peschereccio ormeggiato nel porto ondeggiarono violentemente. La brezza marina bruciò le sue labbra ferite.

17.

Quante ore erano passate? Yumi stava guardando il cielo notturno con Yasuko, in attesa della decisione di Tomohiro. Seduta sul retro di un camioncino, ascoltava i racconti di Yasuko sulla sua infanzia. Yasuko disse che aveva cinque anni quando suo padre l'aveva lasciata insieme a sua madre. Aveva subito abusi da parte del padre biologico e, quando sua madre lo aveva scoperto, si era fatta aiutare da Tomohiro.

«Da bambina, mi sentivo come se mi avessero regalato un nuovo padre. Ero convinta che il mio zio gentile fosse il mio vero padre. Ero il tipo di bambina a cui piaceva creare le proprie storie.»

«Lo vedevi spesso?»

«Sì, ho saputo in seguito che il mio attuale padre era il capo al maglificio dove lavorava mamma. Si occupava di tante cose per me. Così ci incontravamo spesso all'asilo interno alla fabbrica.»

«I bambini hanno una sensibilità particolare per le persone che potrebbero essere in grado di aiutarli.»

Perché Yasuko, che non aveva legami di sangue, assomigliava così tanto a Tomoyo? Forse, Tomohiro era stato attratto dalla madre di Yasuko, che somigliava a Tomoyo.

«Rispetto al mio vero padre, era estremamente gentile. Ecco perché quando ho lasciato la mia città, mi sentivo come se stessi partendo per un viaggio ed ero così felice.»

«Il signor Shimazaki deve essere stato molto determinato.»

«Credo di sì.»

«Non voglio sembrare dura, ma ha preferito tua madre ai suoi genitori.»

Forse era per questo che rivedere sua madre gli sembrava

un tradimento nei confronti della moglie. Yumi iniziò a pensare che Tomohiro fosse un uomo sincero e gentile, proprio come diceva Yasuko.

«Forse papà è troppo buono.»

La conversazione si spostò anche sul marito di Yasuko, Umegaki. Yasuko parlò con Yumi come se fosse una sorella maggiore e le raccontò tutto senza esitazione. «Assomiglia a mio padre. Anche mio marito è una persona gentile.»

Yumi aveva assistito a diversi casi di matrimoni infelici di donne che avevano vissuto esperienze traumatiche. Aveva anche lavorato con pazienti che avevano avuto disturbi psicologici.

«Il signor Shimazaki è davvero un buon padre. È una persona di cuore e credo che se non prenderà il coraggio di affrontare sua madre, se ne pentirà.»

«Non preoccuparti. Sono sicura che papà...»

«Sì.»

Quando il cielo a est si fece più luminoso, Tomohiro uscì dall'interno.

«Non restate fuori, per favore: entrate dentro.»

«Signor Shimazaki!» Yumi saltò giù dal pianale e gli corse incontro.

«Il camioncino è troppo stretto per noi tre, quindi ora vado a prendere la macchina.»

«Grazie...» Yumi non sapeva che dire.

Yasuko fece un cenno a Yumi.

Quando salì in macchina e aprì il finestrino, Yumi sentì la brezza mattutina accarezzarle le guance. Nella frescura, ripensò al volto di Kojirō.

Lui era una persona sincera. Ecco perché non avrebbe mai tradito Michiyo. Lui era una persona che non tradiva mai.

«È una bella giornata, ma a Kyoto farà caldo», disse Yumi come se parlasse a sé stessa, cercando di scrollarsi di dosso la nebbia nel cuore.

18.

Kojirō era a bordo dell'aereo decollato dall'aeroporto di Aomori. Kozuna era seduto accanto a lui.

I due si erano scambiati un saluto al mattino e poi erano rimasti in silenzio per tutto il tempo. Dopo essere arrivati a Itami ed essersi trasferiti sull'autobus dell'aeroporto, Kojirō ricevette una chiamata da Michiyo appena riaccese il cellulare. L'orologio segnava da poco le dodici.

«Ci sono novità?»

«Tomoyo tutto bene.»

«Sì.» Kojirō aveva temuto che le sue condizioni fossero peggiorate, ma sentendo il tono tranquillo di Michiyo, tirò un sospiro di sollievo.

«Sai, finora abbiamo sempre potuto contare su Yūtaka, ma ora...»

«Cosa è successo a Yūtaka?»

«Ha ottenuto una parte in un dramma storico.»

«Cosa? Quindi era di questo che voleva parlarmi!» Kojirō si morse il labbro.

«Oggi è partito per Ōshū, nella prefettura di Iwate.»

«Oggi?»

«Sì. Ti aveva contattato più volte per salutarti, ma non è riuscito a trovarti, e quindi se n'è andato.»

«Ero sull'aereo.»

«Voleva dirti: "Mi mancherà il mio lavoro di detective dei ricordi, ma farò del mio meglio per realizzare il mio sogno, quindi tenete le dita incrociate per me". Kanachan piangeva così tanto che mi è dispiaciuto...» Anche le parole di Michiyo erano piene di lacrime.

«Capisco, ha detto così. Bene, sono felice per lui.» Dopo aver riattaccato, Kojirō guardò Kozuna al suo fianco.

Poi dichiarò, tranquillo: «C'è un'altra persona che ha iniziato a camminare verso il suo destino, esattamente nella direzione in cui avrebbe dovuto andare».

19.

Yūtaka era diretto nella città di Ōshū per un incontro sul set dell'importante dramma storico.

Lo Shinkansen su cui era a bordo stava per superare il ponte sopra il Fujigawa. Dal finestrino, si poteva vedere chiaramente il maestoso monte Fuji.

Aveva provato ad aspettare Kojirō fino all'ultimo minuto, ma non era riuscito a vederlo.

Non sarebbe riuscito ad assistere alla fase finale del caso de *Il sogno della ragazza delle camelie* di cui si occupava Yumi, con l'incontro tra Tomoyo Shimazaki e Toshishige Kozuna.

Tomoyo stava assumendo antibiotici per via endovenosa e combatteva contro la malattia. Yumi, con il figlio e la nipote di Tomoyo, e Kojirō, con Kozuna, si stavano dirigendo all'ospedale da lei.

Il cellulare di Yūtaka squillò.

Era Kojirō.

«Signor Jissō!»

«Congratulazioni!»

«Grazie mille. Non so come sdebitarmi per tutto quello che ha fatto per me.»

«Yūtaka. Diventa un grande attore, che possa costituire un ricordo che incoraggerà tutti. Fino ad allora, non tornare.»

Quelle erano parole forti e calorose.

«Signor Jissō...»

«Arrivederci, Yūtaka.»

Kojirō riattaccò.

Yūtaka sentì un calore dentro di sé. Trattenne le lacrime.

Le immagini dal finestrino del treno scivolavano velocemente nel passato.

Yūtaka si rese conto che i volti di Kojirō, Michiyo, Kanako e Yumi scivolavano insieme a quelle immagini.

Anche loro si stavano trasformando in ricordi.

aburi mochi: dolce tipico della zona di Kyoto a base di farina di riso che viene cosparso di farina di soia, grigliato e infine intinto in una salsa dolce a base di miso bianco.
bentō: cibo di vario tipo in piccole porzioni posto in scatole portavivande (*bentōbako*) di lacca, plastica o cartone, che si acquista presso rivenditori specializzati, nei supermercati o si prepara a casa.
chiyogami: carta tradizionale giapponese decorata con diversi motivi e dai colori vivaci, utilizzata per realizzare gli origami.
enka: ballata popolare su tematiche quali l'amore o la solitudine.
futon: insieme di materassino (*shikibuton*) e trapunta (*kakebuton*) che costituisce il letto tradizionale giapponese. Il *futon* si stende direttamente a terra, sul *tatami* e di giorno viene riposto negli armadi.
hakama: indumento tradizionale simile a una larga gonna-pantalone indossato dagli uomini.
haori: giacca o soprabito tradizionale da indossare sopra il kimono. Usato per cerimonie e in occasioni formali, tradizionalmente maschile.
hojicha: tipologia di tè verde giapponese ottenuto dalle foglie tostate di *sencha* (la tipologia di tè verde più diffusa in Giappone) o *bancha* (tè ordinario, varietà meno pregiata). Ha un colore marrone ambrato.
horumonyaki: piatto della cucina giapponese a base di frattaglie di manzo o maiale. Kitazato Shigeo, lo chef di un ristorante *yōshoku* (specializzato in cucina di derivazione oc-

cidentale) a Osaka ideò questo piatto e registrò il marchio nel 1940.

izakaya: tipico locale giapponese in cui si servono bevande accompagnate da cibo

kamishibai: tecnica di narrazione giapponese che ha avuto la sua massima espressione tra gli anni Venti e gli anni Cinquanta del Novecento. Si basa sullo scorrimento di singole tavole illustrate, che vengono inserite dal narratore all'interno di un piccolo teatro in legno (il *butai*) e attraverso il loro susseguirsi danno vita a una storia.

konpeitō: tipico dolce caramellato prodotto in Giappone, benché di origine portoghese.

kuzu manju: dolce giapponese tradizionalmente consumato durante l'estate. Consiste in una palla gelatinosa a base di farina, zucchero e acqua, e contenente all'interno una pasta di fagioli rossi dolci.

miko: il termine indica le giovani donne che lavorano presso i templi shintoisti come sacerdotesse.

miso: pasta di soia fermentata, usata come condimento per legumi, ortaggi e per preparare verdure in salamoia.

namagashi: un tipo di *wagashi*, dolci e caramelle tradizionali giapponesi, a base di gelatine di frutta o pasta di fagioli zuccherata. Viene realizzato con motivi stagionali, come foglie e fiori, per riflettere lo scorrere delle stagioni.

nigiri-zushi: bocconcini di riso condito con aceto, con sopra fettine di pesce crudo, da mangiare intinti nella salsa di soia.

nikuman: simile al *baozi* cinese, consiste in una piccola forma di pane tondeggiante a pasta morbida e bianca ripiena di stufato di carne.

obi: lunga fascia di seta o broccato che si annoda in vita sopra il kimono e serve a chiuderlo.

oden: piatto invernale tipico della cucina giapponese. Si tratta di una zuppa che prevede la cottura di vari ingredienti nel brodo *dashi*, fatto con *katsuobushi* (tonnetto secco) e alghe *konbu*, il tutto insaporito con salsa di soia.

omamori: amuleti dedicati a particolari divinità Shinto o a icone buddhiste. La parola giapponese *mamori* significa protezione; sono quindi considerati dei portafortuna.

oshibori: piccolo asciugamano umido, caldo o freddo a seconda della stagione, offerto solitamente nei ristoranti prima di consumare il pasto.

ramen: piatto di origine cinese a base di tagliolini di farina di frumento serviti in brodo bollente insaporito con vari ingredienti a seconda della regione d'origine.

sashimi: fettine di pesce crudo che solitamente si consumano intingendole in salsa di soia e wasabi, una pasta di colore verde piccante, usata per insaporire il pesce crudo.

sencha: tipologia di tè verde in foglie molto diffuso e apprezzato in Giappone.

seppuku: termine che indica un antico rituale per il suicidio obbligatorio o volontario, privilegio esclusivo della casta dei samurai.

shinkansen: treno superveloce giapponese che collega le principali città del Giappone.

shōchū: liquore economico distillato dal riso, dalle patate dolci o da altri vegetali.

tatami: unità base del pavimento tradizionale giapponese, con misure standard di 90x180 centimetri, composto da una stuoia di giunchi intrecciati su una spessa imbottitura di paglia di riso pressata, fissata su una cornice di legno. La misura standard di un *tatami* è l'unità base per calcolare la grandezza dei locali.

udon: tagliatelle di farina di frumento piuttosto spesse e di consistenza dura. Si possono gustare in brodo caldo, oppure fredde, intinte in una mistura a base di salsa di soia.

yakitori: spiedini di pollo alla brace imbevuti e arrostiti in una salsa a base di soia e *sake*.

zosui: piatto tipico della cucina giapponese, a base di zuppa di riso, simile a un porridge.

INDICE

Questo libro è stampato col sole

Azienda carbon-free

Certificato PEFC
Questo prodotto è realizzato con materia prima da foreste gestite in maniera sostenibile e da fonti controllate
PEFC
PEFC/18-31-226
www.pefc.it

Finito di stampare
nel mese di agosto 2024 presso
Grafica Veneta – via Malcanton 2, Trebaseleghe (PD)